KB131633

어셴든, 영국 정보부 요원

어셴든, 영국 정보부 요원

Ashenden: Or the British Agent

서머싯 몸 연작 소설집 이민아 옮김

이 책은 실로 꿰매어 제본하는 정통적인 사철 방식으로 만들어졌습니다.
사철 방식으로 제본된 책은 오랫동안 보관해도 손상되지 않습니다.

서문

    이 책은 제1차 세계 대전 당시 정보기관에서 내가 직접 겪은 일을 토대로 소설적 목적을 위해 재구성한 것이다. 실화는 좋은 이야기꾼이 되지 못한다. 실화는 이야기가 본격적으로 시작되기 전까지는 마구잡이로 뻗어 나가지만, 그러다가 이렇다 할 결론 없이 흐지부지 끝나는 경우가 허다하다. 어떤 흥미로운 상황이 빚어지는가 싶다가는 상황의 핵심과는 아무런 상관도 없는 문제로 빠져 버리며, 절정의 궤도로 올라가는 듯한 분위기 하나 없이 얼토당토않게 극적인 효과를 깎아 먹는다. 이런 것을 허구에 적합한 모델로 여기는 소설가 일파가 있다. 그들은 인생이 변덕스럽고 일관성 없는 것이라면, 소설도 마땅히 그래야 한다고 말한다. 소설이란 인생의 모방이기에. 인생에서 사건이 두서없이 일어난다면 소설에서도 사건은 두서없이 일어나야 하며, 사건은 절정을 향해 가지 않아야 한다. 그랬다가는 개연성을 해치기 때문이다. 사건은 그냥 일어나고 진행되고 그렇게 계속 가는 것이다. 그들에게는 일부 작가들이 추구하는 독자의 허를 찌르는 반전이나 강력한 한 방이 될 절묘한 구절보다 불쾌한 것은 없다. 또, 이야기하고 있는 상황이 어떤 극적인 효과를 향해 간다 싶으면 맥을 끊기 위해 갖은 수를 다 쓴다. 그들이 들려주는 것은 이야기가 아니라 독자 스스로 고안하여 이야기로 만들어 갈 재료다. 때로는 뜬금없다고 생각될지도 모를 사건을 던져 놓아 그 의미를 독자가 알아서 추측해야 되는 경우도 있다. 그런가 하면 어떤 인물을 등장시켜 놓고는 거기서 끝인 경우도 있다. 나는 재료를 주었으니 요리는 독자가 알아서 하라는 식이다. 이것이 최근에는 소설을 쓰는 하나의 기법이 되었으며, 이를 통해 아주 좋은 소설이 나오기도 한다. 이 기법을 능수능란하게 구사한 작가가 체호프다. 이것은 장편소설보다 아주 짧은 단편에 더 적합한 방법이다. 대여섯 쪽 되는 이야기라면 작품의 분위기나 인물의 심리 묘사로 독자를 붙잡아 둘 수 있지만, 50쪽이 넘어가는 소설에는 이야기를 받쳐 주는 뼈대가 필요하다. 그 이야기의 뼈대가 바로 플롯이다. 플롯에는 없어서는 안 될 일정한 요소들이 있다. 시작이 있고 중간이 있고 결말이 있다. 이 안에서 하나의 이야기가 완결되어야 한다. 이야기는 일련의 상황에서 시작되며, 그 상황은 일련의 사건을 야기하는데, 이 단계에서는 사건의 원인이 무시될 수 있다. 이들 사건은 때가 되면 다른 사건의 원인으로 작용하기도 하는데, 이야기는 그 사건들을 파고들어 하나의 지점에 도달하는 과정이다. 독자는 이 지점에 이르렀을 때 이것이 더 이상 고려해야 할 여타의 사건이 없는 궁극의 원인임을 납득한다. 이는 하나의 이야기는 한 지점에서 시작하여 한 지점에서 끝난다는 뜻이다. 그것도 종잡을 수 없이 오락가락하는 것이 아니라, 발단에서 절정까지 하나의 뚜렷하고도 역동적인 곡선을 따라 전개되는 것이다. 그 곡선을 도형으로 표현하자면 반원이 될 것이다. 독자에게 놀라움을 주는 요소, 그러니까 체호프 숭배자들은 경멸하는, 뇌리에 박히는 한 방이 있는 문장이나 예상 못 한 반전 같은 요소를 넣는 것은 문제가 없다. 물론 어설프게 사용하면 없느니만 못하지만, 개연성에 부합하며 이야기에 없어서는 안 될 요소가 되었을 때는 더할 나위 없는 장치가 된다. 사건이 전개되면서 갈등이 극에 달하는 절정에도 문제는 없다. 모든 독자가 아주 자연스럽게 기대하고 요구하는 요소다. 앞에서 전개되던 상황에서 자연스럽게 이어지지 않았을 때가 문제지, 어차피 인생에선 사건이 일어나도 허무하게 흐지부지되고 마는 경우가 다반사 아니냐면서 이 요소를 회피하는 태도도 알고 보면 허세다.

허구는 인생을 모방해야 한다는 주장을 절대적인 원칙으로 삼아야 하는 것은 아니니까. 이것도 그저 많은 문학 이론의 하나일 뿐이다. 이에 못지않게 설득력 있는 이론이 하나 있는데, 즉 허구는 인생을 그저 재료로 이용하면 되고 그 재료를 독창적인 양상으로 배열만 잘하면 된다는 주장이다. 미술 쪽에서 아주 유사한 경향을 찾을 수 있다. 17세기의 풍경화가들은 자연을 있는 그대로 표현하는 데는 흥미가 없었다. 그들에게 자연은 하나의 틀에 박힌 장식물을 그려 볼 기회에 지나지 않았다. 그들은 풍경을 건축물 세우듯이 구성했는데,

가령 한 무더기의 나무 위로 한 무리의 구름을 넣어 균형을 잡아 주고 명암을 써서 뚜렷한 윤곽을 부여하는 식이었다. 이들의 의도는 풍경을 생생하게 묘사하는 것이 아니라 하나의 작품을 만들어 내는 것, 즉 의도에 따른 구성 작업이었다. 이들은 실제의 자연을 자신의 의도에 따라 배열하거나 조합하면서도 그것이 보는 이의 실재감을 침해하기를 바라지 않았다. 자신의 눈에 들어온 대로 그리는 작업은 인상주의의 몫이었다. 그들은 자연의 순간적인 아름다움을 포착하고자 했으며, 환한 햇살이나 그림자의 빛깔, 반투명한 공기를 그려 냈을 때 기뻐했다. 그들이 추구하는 것은 진실이었다. 화가에게 눈 하나와 손 하나, 그 이상의 것은 필요치 않다고 본 이들은 지성을 경멸했다. 그런데 이제는 놀랍게도 클로드 로랭[1]의 장엄한 그림을 옆에 놓으면 이들의 작품이 얼마나 공허해 보이는지 모른다. 클로드의 기법을 문학에서 찾으면 단편소설의 대가 기 드 모파상의 기법을 들 수 있다. 나는 이것이 인상주의 기법을 넘기고 살아남을 아주 훌륭한 기법이라고 생각한다. 19세기 말 러시아의 중산층이 어떠했으며 어떻게 살았는지 궁금해할 사람은 많지 않을 것이며, 체호프의 단편을 보더라도 등장인물들은 흥미롭고 재미있을지 몰라도 일화들 자체는 (파올로와 프란체스카 이야기[단테의 『신곡』 「지옥편」에 수록된 비극적인 사랑 이야기]나 맥베스 이야기가 아주 흥미진진한 것과는 달리) 흡인력이 그렇게 강한 편

1 Claude Lorrain(1600~1682). 바로크 시대 프랑스 화가. 이하 모든 주는 옮긴이의 주이다.

이 아니다. 내가 말하는 기법은 인생에서 호기심을 끄는 것, 인상적이고 극적인 인물이나 사건을 선택하여 담아내는 이야기 방식이다. 인생을 모방하려 들지는 않지만, 그렇다고 독자가 그런 소리를 누가 믿느냐고 할 정도로 현실과 괴리되지 않도록 선을 지키는 것이 중요하다. 이야기로 다루기에 적당한 사실에서 뺄 것은 빼고, 어떤 것은 조금 바꾸거나 윤색하여 하나의 그림으로 완성하는 것이다. 이야기는 작가의 기질이 담기기에 어느 정도는 작가 자신의 초상이지만, 이는 어디까지나 독자를 자극하고 흥미를 일으키며 몰입시키기 위한 것이다. 그 의도가 성공하면 독자가 그 이야기를 진짜로 받아들인다.

내가 지금까지 말한 것은 독자에게 이 책이 허구임을 강조하기 위해서이지만, 이를 말로 설명하는 것보다는 지난 몇 해 동안 출간된 같은 소재의 책과 실화를 기록한 회고록 성격의 책을 몇 권 읽어 보면 그 차이가 명확하게 보일 것이다. 정보부 기관원이 하는 일은 대체로 단조롭기 짝이 없다. 많은 부분 쓸모없는 활동으로 이루어지는 것도 사실이고. 소설의 소재로 쓰려 해도 단편적이고 무의미한 것이 대부분이지만, 작가가 그것을 가져다가 이야기가 되게끔 구성하고 전개를 극적으로 만들며 개연성을 부여하는 것이다.

나는 1917년 러시아로 갔다. 내게 주어진 임무는 볼셰비키 혁명을 차단하여 러시아가 전선에서 이탈하는 것을 막는 것이었다. 독자들이 알다시피 내 노력은 성공을 거두지 못하고 끝났다. 나는 블라디보스토크에서 열차를 타고 페트로그라드로 향했다. 시베리아를 가로지르며 달리던 어느 날, 열차가 어느 역에 섰다. 정차할 때마다 그러했듯이 승객들은 밖으로 나갔다. 차 끓일 물을 가지러 가는 사람도 있고, 먹을 것을 사는 사람도 있고, 그저 몸을 좀 움직거리는 사람도 있었다. 그 가운데 눈이 보이지 않는 한 병사가 벤치에 앉아 있었다. 다른 병사 몇이 옆자리에 앉았고, 뒤에 선 병사도 여럿 있었다. 다들 스무 살에서 서른 살 사이로 보였고, 군복은 얼룩지고 다 닳아 해져 있었다. 그 눈이 보이지 않는 병사는 큰 덩치에 활기가 넘치는 친구였는데, 꽤나 어려 보였다. 태어나서 한 번도 깎아 본 적이 없을 듯한 옅은 색의 보드라운 수염이 양 볼을 덮고 있었는데, 모르긴 해도 아직 열여덟 살도 되지 않았을 것이다. 평평한 얼굴형에 눈 코 입은 간격이 넓었고, 이마에는 깊고 큰 흉터가 있었다. 이것이 시력을 잃게 만든 부상이었을 것이다. 두 눈이 감겨 있어 묘하게 허공을 응시하는 듯한 인상이었는데, 그가 아코디언으로 반주하면서 노래를 부르기 시작했다. 감미로우면서도 힘 있는 목소리였다. 열차가 정차해 있는 동안 어린 병사는 곡을 이어 가며 노래했다. 가사는 알아듣지 못했지만 구슬프고 격정적인 노래풍에서 억압당하는 이들의 절규가 들리는 듯했다. 그의 노래에서 나는 쓸쓸한 대초원과 끝없이 이어지는 숲, 넓은 러시아 강의 물살, 땅을 갈고 익은 옥수수를 수확하는 농민들의 고투, 자작나무 숲에 이는 바람의 탄식, 길고 침울한 겨울, 시골 마을 아낙들의 춤과 여름밤 얕은 개울에서 물놀이하는 아이들을 떠올렸고, 전쟁의 비참함, 참호 속의 모진 밤, 진창

길의 긴 행군, 공포와 고뇌와 죽음의 전장을 실감했다. 참담하면서도 깊은 감동을 안겨 주는 노래였다. 철모가 병사의 발치에 놓이고, 승객들이 그 안을 돈으로 채웠다. 모두가 같은 감정에 휩싸였다. 한없는 연민과 어렴풋한 공포. 저 눈이 보이지 않는 흉터 있는 얼굴에 위협적인 무언가가 있었기 때문이다. 사람의 마음을 사로잡는 저 아름다운 음악과는 별개의 무언가가 있는 것 같은 느낌이었다. 그에게서는 인간미가 느껴지지 않았다. 말없이 서 있는 병사들에게서는 적의가 느껴졌는데, 마치 당연한 권리처럼 승객들에게 돈을 기부하라고 요구하는 듯한 태도였다. 그들 쪽에서는 경멸에 찬 분노가 느껴졌고, 우리 쪽에서는 이루 다 헤아릴 수 없는 동정이 일었으나, 이 가여운 젊은이가 당하는 고통에 보상이 될 것은 하나밖에 없으리라는 생각은 결코 희미해지지 않았다.

R

전쟁이 발발하면서 외국으로 나갔던 작가 어셴든은 9월 초가 되어서야 영국으로 돌아올 수 있었다. 귀국 직후 어느 파티에 참석했다가 우연히 한 중년의 대령을 소개받았는데, 이름은 귀담아듣지 않았다. 그와는 몇 마디 말을 나누었을 뿐이다. 돌아가려는데 대령이 그에게 다가와 물었다.

「저, 실례인 줄은 알지만 저를 한번 만나 주실 수 있겠습니까? 좀 나누고 싶은 이야기가 있어서요.」

「얼마든지요. 편하실 때 찾아뵙겠습니다.」 어셴든이 말했다.

「내일 11시는 어떻습니까?」

「좋습니다.」

「제 주소를 적어 드리겠습니다. 명함을 갖고 계신가요?」

어셴든이 명함을 한 장 건네자, 대령이 그 위에 연필로 거리 이름과 집의 호수를 갈겨썼다. 어셴든은 다음 날 아침 약속 시간에 맞추어 길을 나섰다. 한때는 고급 주택가였으나 이제는 좋은 집을 찾는 이들에게 인기가 없는, 런던 한구석의 조잡한 벽돌집 동네였다. 어셴든이 방문하기로 한 집에는 〈매매〉라고 써놓은 표지판이 붙어 있고 덧문까지 닫혀 있어 인기척이라고는 느껴지지 않았다. 초인종을 누르니 문이 벌컥 열렸고, 한 부사관이 서 있었다. 어셴든은 그의 신속한 행동에 흠칫 놀랐다. 그는 용건을 묻지도 않고 즉각 안쪽에 있는 기다란 방으로 안내해 주었는데, 예전에는 식당으로 사용했던 공간인 모양이었다. 그곳은 화사한 장식이 듬성듬성하게 놓인 낡은 사무용 가구와 묘한 대조를 보였고, 이미 중개업자들 손에 넘어간 집이라는 인상을 받았다. 어셴든이 나중에 안 일이지만, 대령은 정보부에서 R로 통하던 인물이었다. 방으로 들어서자 그가 일어나 악수를 청했다. 중키를 약간 웃도는 신장에 주름이 깊게 팬 누르스름한 낯빛의 대령은 성긴 흰머리에 콧수염은 칫솔처럼 숱이 많았다. 그를 보자마자 가장 먼저 눈에 들어오는 것은 사팔뜨기를 가까스로 면한 듯 바짝 붙은 파란 두 눈이었다. 냉혹하고 매정하며 사람을 경계하는 듯한 눈빛은 약삭빠르고 교활한 인상을 주었다. 그래서인지 첫눈에는 호감도 믿음도 가지 않았지만, 사람을 대하는 태도가 유쾌하고 허물이 없었다. 그는 이것저것 묻더니 단도직입적으로 제안을 했다. 어셴든이 첩보원 역할에 특출나게 적합한 사람이라면서, 유럽의 여러 언어를 잘 알고 있을 뿐만 아니라, 작가라는 직업이 첩보원이라는 신분을 위장하는 데 더할 나위 없이 적절하다는 얘기였다. 책을 쓰기 위한 작업이라는 구실이 있으니 괜한 시선을 끌지 않고도 어떤 중립국에든 갈 수 있지 않느냐고. 이 점을 이야기하면서 R은 이렇게 말했다.

「게다가 선생 작품에 요긴하게 쓰일 자료를 얻게 되실 겁니다.」

「그 점은 나쁘지 않군요.」

「바로 요전 날 있었던 일을 하나 말씀드릴까요. 맹세컨대 실제로 있었던 일입니다. 이거 굉장한 소설감 아닌가 싶었으니까요. 프랑스의 한 장관이 감기에 걸려 니스로 요양을 하러 갔어요. 한데 그 사람의 서류 가방에 아주 중요한 문서가 들어 있었단 말이죠. 아주 중요한 문서였어요. 니스에 도착해 하루 이틀 지나서 어떤 식당에서였는지 어디 춤추는 곳에서였는지 한 노랑머리 여자를 알게 되었고, 굉장히 친해졌습니다. 간단히 본론만 말하자면, 장관이 그 여자를 자기가 묵고 있는 호텔로 데려갔어요. 물론 경솔한 행동이었죠. 그런데 아침에 눈을 떠보니 여자와 서류 가방이 사라진 겁니다. 두 사람이 방에서 술을 한두 잔 마셨는데, 자기가 등을 돌리고 있을 때 여자가 술잔에다가 약을 넣었다는 것이 그 장관의 주장이고요.」

말을 마친 R은 바짝 붙은 두 눈을 번뜩이며 어셴든을 바라보았다.

「드라마 같지 않나요?」R이 물었다.

「이 일이 요전 날 일어났다는 말씀이십니까?」

「지지난주였죠.」

「설마요.」어셴든이 소리쳤다. 「아니, 그런 건 작가들이 60년 동안이나 연극 무대에 올려 왔고, 수천수만 권의 소설에 써왔던 흔해 빠진 소재 아닙니까. 그런데 현실이 이제 겨우 우리 작가들을 따라잡기 시작했다는 말씀이십니까?」

R은 조금 당황한 듯했다.

「뭐, 필요하시다면 실명과 연월일시까지를 알려 드릴 수 있습니다만, 그 서류 가방에 들어 있던 문서를 잃어버리는 바람에 연합국이 정말로 지금 말도 못 할 곤경에 처해 있습니다.」

「비밀 정보부에서 하는 일 처리가 그런 수준이라면 말입니다, 안타깝지만 작가의 소설감으로는 실패작이라고 할 수밖에 없네요. 그 소설은 더 이상 어떻게 손써 볼 도리가 없어요.」어셴든은 한숨을 지었다.

두 사람은 시간을 끌지 않고 얘기를 끝냈고, 자리에서 일어나는 어셴든의 손에는 이미 빼곡한 지침이 들려 있었다. 그는 다음 날 제네바로 떠나기로 했다. R이 끝으로 한 얘기가 있는데, 말할 때의 태도가 데면데면해서 오히려 마음에 걸렸다.

「이 일을 맡기 전에 알아 두셔야 할 것이 한 가지 있습니다. 잊지 마십시오, 임무를 무사히 완수하시더라도 인사치레를 기대하시면 안 되고, 문제가 생기더라도 도움을 바라시면 안 됩니다. 그래도 괜찮겠습니까?」

「물론입니다.」

「그럼 이만.」

가택 수색

어셴든은 제네바로 돌아가는 길이었다. 그날 밤은 폭우가 쏟아지고 산에서 불어오는 바람도 냉랭했다. 승객을 가득 실은 작은 증기선은 풍랑이 거센 호수를 꿋꿋하게 헤치고 나아갔다. 쏟아지던 빗발이 진눈깨비로 변하면서, 말꼬리를 잡고 늘어져 잔소리를 멈출 줄 모르는 여자처럼 성난 돌풍이 갑판을 때려 댔다. 어셴든은 긴급히 보고서를 써 보내야 할 일이 생겨 프랑스에 다녀오는 길이었다. 이틀 전 오후 5시경 인도인 첩보원이 그의 방으로 찾아왔다. 그때 마침 그가 방에 있었던 것은 천만다행한 일이었다. 미리 약속된 일이 아닌데도 불구하고 첩보원이 호텔로 지령을 가져왔다는 것은 긴박한 사안이 발생했다는 뜻이기 때문이었다. 인도인 첩보원의 보고에 따르면, 독일 첩보부에서 일하는 한 벵골인이 최근 베를린에서 검정 라탄 트렁크를 하나 가지고 들어왔는데, 그 안에 영국 정부가 관심을 보일 만한 문서가 잔뜩 들어 있다는 것이었다. 당시 동맹국은 영국 군대를 인도에 묶어 두고, 또 어쩌면 프랑스에 배치된 다른 부대까지 파견할 수밖에 없는 상황을 조성하느라 온갖 수단을 다 동원하고 있었다. 그 벵골인을 모종의 혐의로 베른에서 체포되게 만들어 얼마간 위험한 상황을 피해 가는 것까지는 가능했으나, 문제는 그 검정 라탄 트렁크의 행방이 묘연해졌다는 것이다. 어셴든의 첩보원은 용감하고 영리한 사내로, 영국의 이익에 반감을 품고 있는 자국민들과도 거리낌 없이 어울려 지냈다. 이 첩보원이 알아낸 바로는, 벵골인이 만전을 기하기 위하여 베른으로 가기 전에 트렁크를 취리히역 수하물 보관소에 맡겨 두었는데, 현재 짐 주인이 구치소에서 재판을 기다리고 있어 보관증을 입수할 수 없는 상황이라는 것이었다. 자칫하다가는 그 트렁크가 동맹국 쪽으로 넘어갈 판이라고. 트렁크의 내용물을 지체 없이 확보하는 것이 독일 첩보국에도 긴요한 문제인데, 정상적인 경로로는 손에 넣을 방도가 없는 상황이라서 그날 밤 역으로 잠입하여 트렁크를 훔치기로 결정했다는 것이었다. 과감하고도 기발한 계획이었다. 어셴든은 그 얘기를 들으면서 기분 좋은 흥분을 느꼈다(그에게 주어진 임무라는 것이 거개 따분하기 그지없었기 때문이다). 그는 베른에 있는 독일 첩보국 수뇌부의 작업 스타일이 얼마나 대담하고 거침없는지 알 수 있었다. 하지만 그들의 잠입 작전은 그날 밤 새벽 2시로, 촌각을 다투는 상황이었다. 영국군 지휘관과 연락을 취해야 하는데 전보도 전화도 믿을 수 없고, 그렇다고 인도인 첩보원을 보낼 수도 없는 노릇이었다(어셴든을 찾아온 것만도 목숨 건 일이었는데, 이 방을 나가다 눈에 띄었다가는 언제 등에 칼이 꽂힌 시체로 호수에 떠오를지 모를 일이니 말이다). 사정이 그러하니 어셴든으로서는 자기가 직접 가는 것 말고는 달리 선택의 여지가 없었다.

때마침 바로 탈 수 있는 베른행 열차가 있었다. 어셴든은 곧장 모자와 코트를 걸치고 아래층으로 달려 내려가 택시를 잡아탔다. 그리고 네 시간 뒤 첩보국 본부에 도착해 초인종을 눌렀다. 첩보국 본부에서 어셴든의 이름을 알고 있는 것은 한 사람뿐이었고, 그가 바로 어셴든이 만나야 할 사람이었다. 피로한 안색을 한 장신의 사내가 나왔는데, 초면인 사람이었다. 그는 말 한마디 없이 자신의 방으로 그를 안내했다. 어셴든은 용무를 보고했다. 장신의 사내는 손목시계를 확인했다.

「뭔가 손을 쓰기에는 너무 늦었군요. 그 시간 안에 취리히로 들어갈 방도가 없어요.」

그는 곰곰이 생각에 잠겼다.

「스위스 당국에 맡겨 봅시다. 그들이 전화로 조치를 취해놓을 것이고, 놈들이 잠입을 시도할 때쯤이면 역에는 이미물샐 틈 없이 경비가 이루어져 있을 겁니다.」

그는 어셴든과 악수를 한 후 문 앞까지 배웅해 주었다. 어셴든은 이 일이 앞으로 어떻게 될지 자신은 결코 알지 못하리라는 것을 잘 인지하고 있었다. 자신은 거대하고 복잡한 기계의 한구석에 들어가는 하찮은 대갈못에 지나지 않으며, 따라서 어떤 작전의 기승전결을 지켜보는 특권 같은 것은 주어지지 않는다는 것을. 작전의 발단이나 말미 혹은 어떤 사건의 중간에는 관여하겠지만 자신이 수행하는 임무가 어떻게 진전되는지 알 기회가 좀처럼 오지 않는 것이 어셴든에게는 찝찝하게만 느껴졌다. 서로 연관 없는 일화를 한껏 늘어 놓고는 독자가 알아서 그럴듯한 이야기로 꿰어 맞출 것을 기대하는 현대 소설 같다고나 할까.

털외투와 목도리로 몸을 칭칭 감쌌어도 냉기가 뼛속까지 스며드는 날씨였다. 선실은 따스했고 조명도 책 읽기에 적당했지만, 아무래도 그곳에 있으면 안 될 것 같았다. 혹시라도 이 여객선의 정기 이용자들 중에서 그를 알아보고 〈이 남자는 스위스 제네바와 프랑스 토농레뱅 사이를 무슨 일로 이렇게 뻔질나게 왕복하는거지〉 하는 미심쩍은 눈초리를 던지는 사람이라도 있다면 큰일이겠기에, 그는 은신하기에 좋은 어두컴컴한 곳을 찾아 지루하게 앉아 가기로 했다. 제네바 쪽을 바라보니 불빛이라곤 없었고, 진눈깨비가 눈으로 변하는 바람에 어디가 어딘지 알아볼 수도 없었다. 레만호는 쾌청한 날이면 프랑스 정원의 연못처럼 손으로 다듬어 놓은 듯 단정하고 예쁜 호수이지만, 이렇듯 비바람이 거센 날에는 바다처럼 예측 불가능하고 위협적으로 돌변한다. 그는 속으로 호텔로 돌아가자마자 거실에 불을 피우고 뜨끈한 물로 전신욕을 하고 나서, 잠옷과 가운 차림으로 흡족하게 만찬을 즐기리라 계획을 세웠다. 파이프를 입에 물고 책 한 권을 읽으며 홀로 한적한 저녁 시간을 보낼 수 있을 것이라고 생각하니 기분이 좋아졌고, 이 고생스러운 호수 횡단 여행도 얼마든지 할 만하게 느껴졌다. 선원 두 사람이 얼굴을 때려 대는 진눈깨비를 피하느라 고개를 푹 숙이고 육중한 발소리를 내며 그의 옆을 지나가다가 그중 한 사람이 크게 소리쳤다. 「이제 곧 도착합니다.」 그들은 뱃전으로 가서 빗장을 뽑아 현문을 열었다. 강풍이 윙윙 울부짖는 어둠을 뚫고 어셴든의 시야에 흐릿하게 부두의 불빛이 들어왔다. 반가운 광경이었다. 2, 3분 뒤 증기선은 부두에 닿아 계선줄로 단단히 고정되었고, 어셴든은 목도리로 얼굴을 눈 밑까지 덮은 채 하선을 기다리는 승객 무리에 섞였다. 그렇게 자주 하는 여행이어도 — 매주에 한 번씩 이 호수를 통해 프랑스로 들어가 보고서를 제출하고 지령을 하달받는 것이 그의 의무였다 — 승객들 틈에 섞여 상륙을 기다리며 트랩에 서 있을 때면 늘 어렴풋하게 불안감이 느껴졌다. 여권에는 프랑스에 다녀왔다는 흔적 같은 것이 없었고, 그 선박은 프랑스령 두 지점을 거쳐 레만호를 일주하는 노선이었으므로, 목적지는 브베라고 해도 되고 로잔이라고 해도 될 일이었다. 하지만 비밀경찰이 그를 주목하고 있지 않다고 확신할 수는 없었다. 만약에 미행이 붙어 프랑스에 들어갔던 것을 들킨다면 여권에 입국 도장이 없는 이유를 어떻게 해명한단 말인가. 물론 생각해 놓은 변명거리는 있었지만 썩 설득력 있는 소리로 들리지 않으리라는 것은 그 스스로도 잘 알고 있었다. 또 설사 스위스 당국에서 그가 결코 평범한 관광객이 아님을 입증하는 것이 불가능하다고 해도 2, 3일은 구치소에 갇혀 지낼 수도 있고, 그것만 해도 불쾌해할 일인데 거기에서 도로 국경으로 송환되기까지 한다면 여간 굴욕스러운 일이 아닐 터였다. 스위스 당국은 자기네 나라가 온갖 음모의 온상이 되어 주요 도시의 호텔마다 첩보 기관원, 스파이, 혁명가, 선동가 들이 진을 치고 있다는 사실을 인지하고 있었고, 교전국 중 어떤 나라와도 갈등 국면에 휘말릴 사태를 방지하는 데 만전을 기함으로써 중립국으로서 자국의 위치를 지키기 위해 경계 태세를 강화하고 있었다.

부두에서는 평소처럼 두 명의 경관이 하선하는 승객들을 지켜보고 있었다. 어셴든은 최대한 태연한 표정을 지은 채 그들 앞으로 걸어갔고, 무사히 통과했을 때는 안도의 한숨이 나왔다. 사위가 어둠에 잠긴 가운데 그는 가뿐한 발걸음으로 호텔로 향했다. 단정하던 산책로는 인간 세계를 비웃는 듯한 흉포한 날씨에 쑥대밭이 되어 있었다. 가게들은 문을 닫아걸었고, 이따금씩 머리칼이 헝클어진 채로 저 미지의 존재가 내뿜는 맹목적 분노로부터 도망치듯 살금살금 길을 가는 사람들만이 눈에 띌 뿐이었다. 그런 암담하고 씁쓸한 밤이면 문명이 대자연의 격노 앞에서 자신의 어쭙잖은 솜씨를 부끄러워하며 몸을 조아리는 듯한 느낌을 지울 수 없다. 내리던 눈이 이제는 우박으로 변해 얼굴을 때리기 시작했고, 어셴든은 비에 젖어 미끄러운 보도를 조심해서 걸어야 했다. 호텔은 호수와 마주하고 있었다. 호텔에 당도하자 급사가 문을 열어 주었다. 어셴든이 홀에 들어서는데, 갑자기 거센 바람이 불어와 프런트 데스크 위에 놓여 있던 서류가 어지러이 휘날렸다. 어셴든은 호텔 조명에 눈이 부셨다. 그는 잠깐 걸음을 멈추고 프런트에 다가가서 자기 앞으로 온 편지가 있는지 물었다. 없다는 대답에 그냥 엘리베이터를 타려는데, 짐을 나르는 보이가 신사 두 분이 방에서 그를 기다리고 있다고 말해 주었다. 제네바에 친구가 있을 리 없는데?

「그래요?」 그는 적잖이 놀라서 대답했다. 「누굴까요?」

그는 이 보이와 우호적인 사이로 지내기 위해서 각별히 노력을 기울여 왔고, 별것 아닌 서비스에도 팁을 후하게 주곤 했다. 보이가 그를 보며 의미심장하게 웃었다.

「선생님께 이걸 말씀드려도 별문제는 없겠죠. 제 생각인데, 경찰에서 나오신 분들 같습니다.」

「무슨 일이라고 해요?」

「그런 건 말하지 않았어요. 선생님이 어디 계시는지 묻길래 산책 나가셨다고 했습니다. 그러니까 돌아오실 때까지 기다리겠다고 하더군요.」

「온 지 얼마나 됐죠?」

「한 시간쯤요.」

어셴든은 가슴이 철렁 내려앉았지만 애써 태연한 표정을 지었다.

「올라가서 만나 봐야겠군.」 어셴든이 말했다. 보이는 어셴든이 엘리베이터에 타도록 옆으로 비켜섰지만, 그는 고개를 저었다. 「지금 몸이 너무 추우니 걸어서 올라가도록 하죠.」

그는 생각할 시간을 좀 갖고 싶었지만, 3층까지 천천히 오르다 보니 두 발이 납덩이처럼 무거워졌다. 두 경관이 왜 그토록 간절히 그를 만나려고 하는지 깊이 생각해 볼 것도 없었다. 피로감이 엄습했다. 쏟아지는 질문에 제대로 대처할 수 있을 것 같지가 않았다. 게다가 지금 비밀 첩보원으로 체포당했다가는 오늘 밤은 영락없이 철창신세였다. 뜨거운 물에 몸을 담갔다가 훈훈한 난롯가에서 즐기는 쾌적한 저녁 식사가 지금만큼 절실했던 때가 또 있었던가. 나중에야 어찌되었건 당장 호텔에서 줄행랑을 칠까 하는 마음도 없지 않았다. 여권은 지금 호주머니에 있었고, 국경행 열차 시각표도 훤히 꿰고 있으니, 스위스 당국이 방침을 결정하기 전에 무사히 빠져나갈 수 있으리라. 그런데도 그는 계속해서 터덜터덜 위층으로 발걸음을 옮겼다. 자기가 맡은 일을 그렇게 쉽게 내팽개친다는 것이 영 내키지 않았기 때문이다. 어떤 위험이 따를지 충분히 인지하고서 임한 것이고, 엄연히 해야할 일이 있어 제네바까지 파견된 것이니, 어쨌든 끝까지 밀고 나가 봐야지 싶었다. 물론 스위스의 감옥에서 2년을 보낸다는 것은 유쾌한 일이 아닐 것이다. 그러나 한 나라의 왕 노릇을 하자면 암살의 위험을 감수해야 하듯, 이런 위험은 이 직업을 가진 사람들이 감당해야 하는 불가피한 일들 중 하나였다. 어셴든에게는 세상사를 하찮게 여기는 좀 남다른 기질이 있었는데, 주변 사람들도 그의 이런 구석을 못마땅히 여겨 지적하곤 했다. 문 앞에 잠시 서 있노라니 자신이 처한 이 곤경이 갑자기 꽤나 우습게 느껴졌고, 왠지 불끈 용기가 솟아올랐다. 좋다, 까짓것 한번 해보자. 그는 자기도 모르게 미소 띤 낯으로 방문 손잡이를 돌리고 손님들이 기다리고 있는 방으로 들어섰다.

「안녕들 하십니까.」 그가 말했다.

전등불을 있는 대로 다 켜놓아 방 안이 눈부시게 환했고,

난로에서는 불이 활활 타오르고 있었다. 그를 기다리기가 무료했던지, 이 낯선 손님들이 독한 싸구려 시가를 연신 피운 탓에 방 안은 회색 연기로 자욱했다. 그들은 마치 방금 들어온 양 두꺼운 외투와 중산모를 벗지 않은 채 앉아 있었다. 하지만 탁자 위 작은 재떨이에 수북이 쌓인 담뱃재만 보아도, 주변을 샅샅이 훑고 나서도 시간이 남아돌았음을 충분히 짐작할 수 있었다. 짙은 콧수염을 기른 살집이 좋고 건장한 남자들이었다. 어센든은 「라인의 황금」[1]에 나오는 거인 파프너와 파솔트를 떠올렸다. 볼품없는 구두며 소파를 펑퍼짐하게 차지하고 앉은 모양새, 태연한 듯 빈틈없는 표정이 누가 봐도 형사였다. 어센든은 방 안을 한번 휘둘러보았다. 매사 깔끔한 그는 자기 물건들이 마구 흐트러진 것은 아니지만 외출할 때 해놨던 대로가 아님을 한눈에 알아보았다. 이미 수색을 이행했겠거니 짐작되었다. 여기에는 개의치 않았다. 자신을 위태롭게 만들 문서 같은 것은 방에 두지 않았으니까. 암호는 다 암기한 후 잉글랜드를 떠나기 전에 파기했고, 독일에서 오는 연락은 제삼자를 통해서 직접 전달받아 지체 없이 적절한 곳으로 옮기고 있었으므로 수색에 대해서 겁날 것은 없었지만, 스위스 당국에 비밀 첩보원인 자신의 신분이 탄로난 것은 아닐까 하던 의혹이 확증된 것 같다는 인상을 받았다.

「무슨 일이신지요?」 어센든이 상냥하게 물었다. 「실내가

1 북유럽 신화를 바탕으로 한 바그너의 오페라 「니벨룽의 반지」의 첫 번째 전야제 악장.

좀 더운데 코트를 벗지 않으시겠습니까? 아, 그리고 모자도요?」

그에게는 형사들이 모자를 쓴 채로 방 안에 앉아 있는 것이 약간 거슬렸다.

「금방 갈 겁니다.」 한 형사가 말했다. 「그냥 갈까 했는데, 안내인이 곧 돌아오신다고 하길래 좀 기다려 볼까 한 겁니다.」

그 형사는 모자를 벗지 않았다. 어셴든은 목도리를 풀고 무거운 외투를 벗었다.

「시가 태우시겠습니까?」 그는 시가 상자를 두 형사에게 차례로 내밀었다.

「사양하진 않겠습니다.」 파프너가 대답하면서 시가를 하나 집으니 파솔트도 고맙다는 말 한마디 없이 하나를 집어 들었다.

시가 상자에 찍힌 상표가 이들의 태도에 어떤 영향을 미쳤는지, 두 사람은 비로소 모자를 벗었다.

「이런 험한 날씨에 산책을 나가시다니 고생하셨겠습니다.」 파프너가 이빨로 시가 끄트머리를 손가락 한마디쯤 끊어 난롯불에 뱉으면서 말했다.

사정이 허락하는 한 되도록이면 진실을 말한다는 것이 어셴든의 수칙이었기에(정보부 활동에는 물론 실생활에서도 바람직한 방침인데) 다음과 같이 대답했다.

「사람을 뭘로 보시고. 이런 날씨에는 피할 수만 있다면 외출을 하지 않죠. 병으로 앓아누운 친구가 있어 오늘 할 수 없이 브베에 다녀와야 했어요. 배편으로 돌아왔는데, 호수가 아주 모질더군요.」

「우리는 경찰에서 나왔습니다.」 파프너가 무심한 듯 말했다.

어셴든은 저자들이 자기를 완전히 멍청이로 여기는 것이 틀림없다고 생각했다. 자기가 그걸 여태 몰랐을 것이라고 생각하다니 말이다. 그럼에도 농담으로 대꾸할 만한 계제는 아니었다.

「아, 그러시군요.」 그가 말했다.

「여권 갖고 계십니까?」

「네. 요새 같은 전시 상황에서 외국인이라면 여권을 항상 지참하고 다니는 것이 현명한 일이죠.」

「대단히 현명하십니다.」

어셴든은 자신이 석 달 전 런던에서 왔고, 그 뒤로 국경을 넘은 적이 없다는 것 이외에는 어떠한 행적도 기록된 바가 없는 빳빳한 새 여권을 건넸다. 형사는 여권을 꼼꼼히 살펴보고는 동료에게 넘겼다.

「별 이상은 없어 보입니다.」 그가 말했다.

어셴든은 난로 앞에 서서 몸을 덥히며 담배를 입에 문 채 잠자코 있었다. 그는 속으로는 우쭐해하면서, 호의적이면서도 태연한 표정으로 두 형사를 유심히 지켜보았다. 파솔트가 파프너에게 여권을 도로 건네자, 파프너는 두툼한 집게손가락으로 여권을 톡톡 치면서 생각에 잠겼다.

「서장님이 보내서 왔습니다만.」 파프너가 말했다. 어셴든은 두 형사가 이제는 자기를 주시하고 있음을 의식했다. 「몇 가지 여쭤보겠습니다.」

어셴든은 마땅히 할 말이 없을 때는 입을 다무는 편이 낫다는 것을 알고 있었다. 상대방한테서 어떤 답변을 요구하는 듯한 발언이 나왔는데 침묵을 지킬 때는 거북하게 느껴지곤 했다. 어셴든은 형사의 다음 말을 기다렸다. 잘은 모르겠지만 그는 망설이는 것 같았다.

「최근 들어 심야에 카지노에서 나오는 사람들이 소란을 피운다는 민원이 많이 들어오고 있습니다. 선생께서도 그런 소란에 피해를 입으신 바가 있는지요? 선생이 묵는 방이 이렇게 호수를 면하고 있어서 창 밑으로 행락객들이 지나다닐 텐데, 소음이 심할 때는 그 소리가 이리로 다 올라왔을 겁니다.」

그 순간 어셴든은 말문이 막혔다. 이 형사라는 작자, 대체 무슨 잠꼬대 같은 소리를 하는 건가(쿵쿵, 거인이 무대에서 움직일 때 음향 효과로 울리는 큰북 소리가 들려오는 듯했다). 경찰서장이란 자가 시끄러운 도박꾼 패거리 때문에 투숙객이 초저녁잠을 설치지나 않는지 알아보라고 사람을 보내다니, 이 무슨 얼토당토않은 소리란 말인가? 얼핏 봐도 어처구니없는 일에 심오한 의미를 부여하는 것만큼 어리석은 일은 없을 것이다. 이것이 바로 세상 물정 모르는 평자들이 성급하게 빠지곤 하는 함정이다. 어셴든에게는 인간이란 어리석은 동물이라는 확신이 있었는데, 인생을 살아오면서 그에게 여러모로 유익하게 작용해 온 신념이었다. 형사가 그런 질문을 한 이유는 그가 불법적인 행위에 관여했다는 일말의 증거도 찾아내지 못했기 때문일 것이라는 생각이 뇌리를 스쳤다. 고발이 들어간 것은 분명하나 증거를 제시하지는 못했으며, 방 수색에서도 성과는 없었다. 그렇다고 해도 그런 소리를 방문 사유라고 늘어놓다니 얼마나 어리석으며, 이들의 창의력은 어디까지 빈곤할 참인가! 어셴든은 형사들이 그를 심문하기 위한 구실로 댈 만한 근거를 세 가지쯤 떠올려 보았다. 그러고는 이 사람들에게 그 근거를 귀띔해 줄 만큼 절친한 사이라면 차라리 좋겠다고 생각했다. 정말이지 이자들은 첩보 기관의 수치였다. 생각했던 것보다 훨씬 더 아둔한 사람들이었다. 그는 평소 아둔한 사람들에게는 짠한 마음이 들곤 했다. 하지만 가당치 않게도 지금 이 순간 이 작자들을 다정하게 토닥여 주고 싶어지다니. 그래도 그는 진중하게 대답했다.

「사실은 제가 잠이 깊게 드는 편이어서 말입니다(이것은 물론 내가 양심이 깨끗하고 마음이 편하다는 증거다), 아무 소리도 듣지 못했습니다.」

어셴든은 자신의 대답이 작은 미소 정도는 받을 만하다고 생각하며 두 사람을 바라보았지만, 그들은 변함없이 무뚝뚝한 표정이었다. 어셴든은 영국 정부의 첩보원이기도 하지만 유머를 사랑하는 사람인지라, 한숨이 나오려는 것을 꾹 참고 자세를 바꾸어 정색을 한 후 더 진지한 어조로 말을 이었다.

「하지만 설령 사람들이 일으키는 소란 때문에 잠에서 깼다고 해도 고작 그런 일로 불평을 하다니요? 저로서는 상상도 못 할 일입니다. 고통과 비참, 불행이 만연한 이 세상에서 기껏해야 재미 좀 보자는 사람들한테 헤살을 놓다니, 아무리 생각해도 지나친 처사라고밖에는 볼 수 없네요.」

「*En effet*(옳은 말씀입니다). 하지만 주민들에게 피해를 주고 있다는 것은 사실이고, 따라서 실태를 파악해 봐야 한다는 것이 저희 서장님의 의지입니다.」

스핑크스 저리 가라 싶을 정도로 침묵만 지키고 있던 동료 형사가 이윽고 입을 열었다.

「여권을 보니, 작가시라고요.」

조금 전까지 당황스럽던 상태에 대한 반작용인지 어셴든은 유쾌한 기분이 되어 여유 있게 대답했다.

「그렇습니다. 작가라는 것이 고충이 많은 직업이지만, 이따금씩 보상은 돌아옵니다.」

「*La glorie*(명예가 있지요).」 파프너가 정중하게 말했다.

「악명이랄까요?」 어셴든은 과감하게 받아쳐 보았다.

「그런데 제네바에선 뭘 하고 계신지요?」

질문의 어조가 어찌나 사근사근한지 어셴든은 경계를 늦추어서는 안 되겠다고 느꼈다. 공격적인 경관보다는 상냥하게 구는 경관이 더 위험하다는 것쯤은 알아 두는 편이 현명하다.

「희곡을 하나 쓰고 있습니다.」 어셴든이 말했다.

그는 손짓으로 탁자 위에 놓인 종이 뭉치를 가리켰다. 눈동자 네 개가 그의 몸짓을 따라다녔다. 힐끗 보니 형사들은 이미 그의 원고를 살펴보았고 메모까지 해둔 눈치였다.

「그런데 희곡을 왜 굳이 외국까지 나와서 쓰시는 건가요?」

어셴든은 그들을 보며 아까보다도 훨씬 더 사람 좋은 웃음을 지었다. 이 질문은 익히 대비해 온 기출문제였기에 홀가분하게 답할 수 있었기 때문이다. 이 대화가 어떻게 흘러갈지 자못 궁금해지기까지 했다.

「그건 말입니다, 지금 전쟁이 진행되고 있잖습니까. 나라 안이 너무 혼란스러워 조용히 앉아 글을 쓴다는 것이 불가능한 상황입니다.」

「희극입니까, 비극입니까?」

「아, 희극입니다. 아주 가벼운 이야기죠.」 어셴든이 말했다. 「예술가들에게는 평화와 적막이 필요하죠. 완전히 고요한 환경을 갖추지 못한다면 창조적인 작업에 요구되는 초연한 정신을 어떻게 유지할 수 있겠습니까? 스위스는 중립국의 이점이 있지요. 제가 바라던 환경을 제네바에서 찾을 수 있을 거라는 생각이 들었습니다.」

파프너는 파솔트를 향해 가볍게 고개를 끄덕였다. 하지만 어셴든으로서는 그 고갯짓이 자기를 가망 없는 얼간이라고 생각한다는 뜻인지, 혼란스러운 세계로부터 안전한 피신처를 갈구하는 그의 심정에 공감한다는 뜻인지 알 도리가 없었다. 어쨌거나 형사는 어셴든과의 대화에서 더 이상 얻어 낼 것이 없다는 결론에 도달했는지, 하는 말이 갈수록 지리멸렬해지더니 몇 분 후에는 자리에서 일어섰다.

어셴든은 형사들과 훈훈하게 악수를 나누고 두 사람이 나가자 문을 닫으면서 깊은 안도의 한숨을 내쉬었다. 그러고는 욕조에다 겨우 참고 앉아 있을 정도의 뜨거운 물을 틀어 놓고 옷을 벗으면서 아슬아슬하게 위험에서 벗어난 그 순간을 느긋하게 돌이켜 보았다.

생각해 보니 요전 날 정신을 바짝 들게 만드는 사건이 하나 있었다. 그의 연락원 가운데 스위스 사람이 한 명 있다. 독일에서 최근에 넘어온 그는 정보부에서 베르나르라는 이름으로 통한다. 어셴든은 그 사람을 만나고 싶어 아무 날 아무시 모 카페로 오라고 지령을 보내 두었다. 서로 면식이 없기에 혹여 실수하지 않도록 중간책을 통해서 신원을 확인할 암호 문답을 알려 놓은 터였다. 약속은 손님이 많지 않을 것으로 보이는 점심시간으로 잡았는데, 카페에 들어서니 마침 베르나르의 연령대로 보이는 남자 한 사람밖에 없었다. 어셴든은 혼자 앉아 있는 그에게 다가가 사전에 정한 암호 문답을 슬그머니 꺼내 보았다. 정한 답이 돌아오자, 그의 옆자리에 앉아 뒤보네를 한 잔 주문했다. 땅딸막한 체구에 남루한 차림새, 뾰족한 두상에 짧게 깎은 금발, 약빠른 인상을 주는 푸른 눈동자, 누르께하게 병색이 도는 낯빛의 이 스파이는 도통 믿음이 가지 않는 사람이었다. 이 시국에 독일에 기꺼이 들어가겠다는 사람을 찾는 것이 얼마나 힘든지를 경험해 봤기에 망정이지, 전임자는 어떻게 이런 사내를 고용했는지 놀랄 뻔했다. 그는 독일계 스위스인으로 억양이 강한 프랑스어를 사용했다. 다짜고짜 보수부터 달라는 그에게 어셴든은 봉투를 건넸다. 스위스 프랑으로 준비한 돈이었다. 그는 독일에서 지내며 보고 들은 전반적인 상황을 보고하고, 어셴든이 꼼꼼하게 챙겨 묻는 질문에 하나하나 대답했다. 그는 웨이터를 생업으로 하고 있는데, 라인강의 어느 다리 근처에 있는 식당에 취직한 덕분에 필요한 정보를 구하기가 수월하다고 했다. 스위스에 며칠 다니러 온 이유가 꽤 그럴듯해서 돌아가는 길에 국경선을 넘는 데는 아무 어려움이 없을 것 같았다. 어셴든이 그의 활동에 만족을 표하고 지령을 내린 뒤 면담을 마무리하려는 찰나, 베르나르가 말했다.

「좋습니다. 그런데 독일로 돌아가기 전에 2천 프랑을 받았으면 합니다.」

「2천 프랑을요?」

「네. 그것도 지금 당장요. 이 카페를 뜨기 전에 말입니다. 내가 지불해야 되는 돈이 있는데, 그 액수라서 꼭 필요해요.」

「안타깝지만, 그렇게는 안 되겠는데요.」

표정이 일그러지자 가뜩이나 흉한 그의 얼굴이 한층 더 꼴사나워 보였다.

「주셔야 합니다.」

「아니, 누구 맘대로?」

그는 몸을 바짝 숙이고 목소리는 높이지 않은 채 어셴든의 귀에만 들리도록 벌컥 화를 터뜨렸다.

「내가 고작 그 잔돈푼이나 받자고 목숨 걸 사람으로 보이십니까? 불과 열흘 전에 한 남자가 마인츠에서 붙잡혀 사살되었어요. 그거 당신네 사람 아니었습니까?」

「마인츠에는 우리 사람이 없는데요.」 어셴든은 대수롭지 않다는 듯 받아넘겼다. 그가 아는 한 그것이 사실이기도 했고, 평소 독일에서 오던 연락을 받지 못해 의아해하던 차였는데, 어쩌면 베르나르의 이 행동이 그 답이 될 수도 있었다.
「얼마를 받을지 알고 하기로 한 일 아니었나요? 액수가 못마
땅했다면 애초에 맡지를 말았어야죠. 내겐 동전 한 푼이라도
더 지급할 권한 자체가 없어요.」

「내가 뭘 갖고 있는지 압니까?」 베르나르가 말했다.

그는 작은 6연발 권총을 주머니에서 꺼내더니 보란 듯이
만지작거렸다.

「그걸로 뭐 하게요? 전당포에 저당이라도 잡히시려고?」

그는 분풀이하듯 어깨를 휙 들먹이더니 권총을 도로 주머
니에 넣었다. 베르나르가 연극 기법의 기본이라도 이해했더
라면 그렇게 속이 훤히 들여다보이는 몸짓을 해봐야 아무짝
에도 쓸모가 없다는 것을 알았을 텐데, 하고 어셴든은 생각
했다.

「그러니까, 돈을 못 주시겠다는 거요?」

「그렇죠.」

처음에는 비굴하던 태도가 다소 시비조로 바뀌기는 했지
만, 그럼에도 그는 끝까지 냉정을 잃지 않고 단 한 번도 언성
을 높이지 않았다. 어셴든은 베르나르가 불한당처럼 굴기는
해도 첩보원으로서는 믿음직한 사람이라는 판단을 내렸고,
R에게 그의 급료를 올려 줄 것을 건의해 봐야겠다고 생각했
다. 그는 잠시 시선을 돌렸다. 조금 떨어진 곳에 검게 턱수염
을 기른 뚱뚱한 제네바 시민 둘이서 도미노 놀이를 하고 있
었고, 다른 쪽에서는 안경 쓴 젊은 남자가 종이를 빠른 속도
로 숨가쁘게 넘기며 엄청난 장문의 편지를 쓰고 있었다. 한

쪽에는 아버지와 어머니, 네 자녀로 이루어진 스위스 가족이 (아마도 성씨가 로빈슨이거나 하겠지) 테이블에 둥글게 모여 앉아 조막만 한 커피 두 잔을 알뜰하게 나눠 마시고 있었다. 검정 실크 블라우스가 터질 듯한 큰 가슴과 짙은 갈색 머리가 인상적인 계산대 점원은 지역 신문을 읽고 있었다. 평화로운 일상에 둘러싸여 있으니 자신이 연루된 이 신파극 같은 장면이 괴기스럽게만 느껴졌다. 지금 쓰고 있는 희곡이 훨씬 더 현실감 있게 보일 정도로.

베르나르가 씩 웃었다. 정이 가는 웃음은 아니었다.

「내가 경찰서에 가 한마디만 하면 당신은 체포될 수 있다는 거 압니까? 스위스 감옥이 어떤 곳인 줄은 아시나 몰라.」

「모릅니다. 최근 들어 궁금해지기는 합디다. 댁은 알아요?」

「알다마다요. 결코 거기서 살고 싶지는 않으실 겁니다.」

어셴든이 걱정하는 한 가지 문제는 희곡을 끝내지 못하고 체포될 가능성이었다. 하던 일을 도중에 무한정 손에서 놔야 하는 상황은 생각만 해도 싫었다. 자신이 정치범으로 취급될지 잡범으로 취급될지도 알 수 없는 일이었다. 베르나르에게 후자가 될 경우(베르나르가 알 만한 경우라면 이것밖에 더 있겠는가) 필기도구는 허용이 되는지 묻고 싶었지만, 혹여 자기를 낮잡아 보는 질문으로 여기지나 않을까 조심스러웠다. 하지만 베르나르의 위협에는 흥분할 것 없이 넉살 좋게 응할 수 있었다.

「2년 감옥형 정도는 너끈히 받게 만들 수 있겠죠.」

「최소 2년이죠.」

「아니, 그게 최대치예요. 내가 아는 바로는 그래요. 그거면 충분할 테고. 감옥살이가 극도로 불쾌할 것이라는 사실은 부인하지 않겠어요. 하지만 당신한테도 불쾌하기는 매한가지일 테죠.」

「뭘 어쩌시게요?」

「무슨 수를 쓰더라도 댁을 잡을 거니까요. 어쨌거나 전쟁도 언젠가는 끝나게 마련이죠. 당신은 웨이터니 행동의 자유를 원할 테고요. 만에 하나 내가 어떤 곤경에 처하게 된다면 말이죠, 연합국에 속한 어떤 나라가 되었건 당신은 앞으로 평생 입국 금지 신세라는 거, 내 장담하죠. 사는 게 어지간히 거추장스러울 겁니다.」

베르나르는 대꾸하지 않고 부루퉁해서 대리석 테이블만 내려다보았다. 어셴든은 이제 음료비를 지불하고 떠날 때가 되었다고 생각했다.

「잘 생각해 봐요, 베르나르. 본업으로 복귀하고 싶다면, 지령받은 거 잘 갖고 있죠? 보수는 기존 액수대로 기존 경로를 통해서 받게 될 겁니다.」

베르나르는 어깨를 으쓱했다. 이 대화의 결과가 어떻게 될지 전혀 감이 잡히지 않았지만, 어셴든은 점잖고 당당하게 카페를 떠나야만 할 것 같았다.

어셴든은 과연 견딜 만할까 조마조마해하면서 한쪽 발을 욕조에 담가 보았다. 베르나르는 최종적으로 어떤 결정을 내렸을까. 팔팔 끓는 온도는 아니었다. 그는 스르르 물속으로 미끄러져 들어갔다. 전체적으로 정리해 보자면, 그 스파이는 원래 하기로 했던 대로 밀고 나가는 게 좋겠다고 생각했을 것이고, 밀고자는 다른 곳에서 찾아야 할 것이다. 어쩌면 이 호텔 안에 있을지도 모를 일이다. 어셴든은 몸에서 힘을 뺀 후 뒤로 기댔고, 뜨거운 물에 몸이 서서히 적응되면서 만족스럽게 깊은 숨을 내쉬었다.

「맞아.」 그는 생각에 잠겼다. 「사람이 살다 보면 이따금씩 저 태곳적의 원형질에서부터 오늘날의 나에 이르기까지 이 세계에서 벌어져 왔던 그 숱한 야단법석이 다 그럴 만한 가치가 있는 일이었다고 생각되는 순간이 있는 거지.」

그날 오후 영문도 모르고 휘말렸던 궁지에서 간신히 빠져 나온 일은 이리 생각하고 저리 생각해 봐도 그저 천행이었다. 그때 체포되었더라면 결국 유죄 판결을 받았을 것이고, 그러면 R은 어깨를 한 번 으쓱하고 구제 불능 머저리라고 욕 한 번 내뱉고는 자기를 대신할 사람을 물색해 나섰을 것이다. 어셴든은 자기 상관에 대해서 다는 몰라도, 문제가 생긴다고 해도 도움을 바라면 안 된다고 한 말이 공연한 소리가 아님을 숙지할 정도는 파악하고 있었다.

미스 킹

어셴든은 욕조 안에 편안하게 누워 잘하면 무사히 희곡을 끝낼 수 있으리라는 생각에 흐뭇했다. 경찰이 이번에 헛걸음 질한 데다 앞으로 그를 예의 주시할지는 몰라도 적어도 3막을 마무리할 때까지는 어떠한 조치도 취하기 어려울 것으로 보이기 때문이다. (불과 보름 전에 동료 한 사람이 로잔에서 징역형을 선고받은 바 있어) 행동에 신중을 기해야겠지만, 지레 겁먹는 것도 어리석은 노릇이다. 제네바에서 활동하던 그의 전임자는 자신에 대한 과대망상이 심한 나머지 하루 온종일 미행당하고 있다고 믿다가 신경과민 증세까지 나타나 결국 경질되고 말았다. 어셴든은 매주 두 차례 시장통에 들러 프랑스령 사부아에서 나오는 버터와 달걀을 파는 고령의 농촌 여인으로부터 지령을 받는다. 노파는 시장에 오는 다른 여인들 틈에 끼어서 들어오기 때문에 국경 검문은 요식 행위에 지나지 않았다. 이른 새벽 동트기 전에 국경을 넘기 때문에 검문소 관리들은 수다로 왁자지껄한 이 여인들을 대충 통과시키고는 어서 따스한 불가로 돌아와 시가나 피우려 들었

41

기 때문이다. 아닌 게 아니라 넉넉한 살집에 오동포동하고 혈색 좋은 얼굴을 보나 웃음기 머금은 온화한 입매를 보나 평범하고 순박한 시골 노인으로밖에는 보이지 않는 여인이 었기에, 제아무리 예리한 형사라도 저 풍만한 가슴 사이 깊은 골 안에 (자식을 전장의 참호 속으로 보내지 않기 위해 이 위험한 임무에 자원했던) 한 갸륵한 노인과 중년이 되어 가는 한 영국 작가를 피고석에 세울 종이쪽지가 들어 있으리라고는 상상도 할 수 없을 터였다. 어셴든은 제네바의 아낙네들이 장을 거의 다 보았을 즈음인 9시경, 시장으로 가서 비가 오나 눈이 오나 추울 때나 더울 때나 한결같이 그 자리를 지키고 있는 저 불굴의 여인의 바구니 앞에 발길을 멈추고 버터를 반 파운드(약 220그램) 샀다. 여인은 10프랑을 받고 잔돈을 거슬러 주면서 그의 손안에 쪽지를 슬쩍 밀어 넣었고, 그는 어슬렁거리며 자리를 떠났다. 위험한 순간은 그 쪽지를 주머니에 넣고 호텔로 돌아올 때뿐이었고, 이 긴장된 상황을 넘기고 난 뒤로 그는 쪽지가 발각될 시간을 가능한 한 단축시키리라 마음먹었다.

어셴든은 한숨이 나왔다. 욕탕 물이 더 이상 따끈하지 않은데, 손이 수도꼭지에 닿지도 발가락으로 돌려지지도 않았다(제대로 작동하는 꼭지라면 잘 돌아갔을 텐데). 그렇다고 일어나서 온수를 돌리느니 아예 탕 밖으로 나가 버리고 말지. 또 발로 마개를 뽑아 식은 물을 다 버리자면 탕 밖으로 나가야 하는데, 그러자니 사내답게 척 밖으로 나올 기력이 없다. 사람들은 그에게 기개가 있다고 말하곤 했는데, 생각해 보면 사람들이란 충분한 근거도 없이 섣불리 남의 인생에 대해 왈가왈부 논하기 좋아하는 족속이다. 시나브로 식어 가는 온탕속에 앉아 있는 그를 보고도 기개니 뭐니 그런 소리가 나올 것인가. 그의 생각은 다시 지금 쓰고 있는 희곡으로 돌아갔다. 쓰라린 경험에 비추어 볼 때 대본으로 읽어도 상큼하지 않고 무대 위에 올려 보아도 썩 경쾌하지 않을 듯한 우스갯소리며 만담 따위를 읊조려 보면서 물이 갈수록 식어 간다는 사실에서 주의를 돌리는데, 누군가 문을 두드리는 소리가 들려왔다. 누구도 반갑지 않은 터라 〈들어오라〉고 말하고 싶지 않았지만, 문 두드리는 소리가 그치지 않았다.

「누구시죠?」 어셴든이 짜증스럽게 소리쳤다.

「편지 왔습니다.」

「들어오십쇼. 잠깐만 기다리세요.」

침실 문 열리는 소리가 들려 어셴든은 욕조에서 나와 타월을 걸치고 방으로 들어갔다. 급사가 쪽지를 하나 들고 기다리고 있었다. 구두 대답이면 충분한 일이었다. 호텔에 묵는한 여성 투숙객이 저녁 식사 후에 브리지 게임을 할 수 있는지 묻는 내용이었는데, 드 히긴스 여남작이라는 이름이 대륙식[1]으로 서명되어 있었다. 어셴든은 자기 방 안에서 맨발에실내화 차림으로 독서등 앞에 편안히 앉아 저녁을 먹는 아늑한 시간을 고대하고 있었기에 거절 의사를 표하고 싶었지만, 현재 상황이라면 그날 밤 식당에 모습을 드러내는 것이 도리

---

1 영국식은 글자들이 연결되는 필기체로 비스듬하게 눕혀 쓰며, 대륙식은 활자체에 가깝게 또박또박 한 글자씩 수직으로 세워 쓴다.

어 신중한 행동일지도 모른다는 생각이 들었다. 그 호텔 안에 경찰이 그를 찾아왔었다는 소문이 퍼지지 않았기를 기대하는 것은 어리석은 일이었고, 자기가 당황하지 않았음을 다른 투숙객들에게 증명해 보일 필요가 있었으니까. 그렇지 않아도 이 호텔 안에 그를 밀고한 자가 있을지도 모른다 싶었는데, 이 기운 넘치는 여남작의 이름이 그 의혹과 관련되어 있을지도 몰랐다. 만약 이 부인이 그를 고해바친 장본인이라면 같이 앉아 브리지 게임을 하는 것도 꽤나 재미난 일이 될 터였다. 그는 급사에게 기쁜 마음으로 가겠노라는 전갈을 보내고는 천천히 야회복을 차려입었다.

폰 히긴스 여남작은 오스트리아 사람으로, 전쟁이 발발한 첫해에 제네바에 정착하면서 되도록 프랑스인처럼 보이는 것이 여러모로 유리하다는 것을 알고 이름을 그렇게 고쳐 부르게 되었다. 여남작은 영어와 프랑스어를 완벽하게 구사했다. 성이 독일계와 거리가 먼 것은 조부에게서 물려받아서인데, 조부는 잉글랜드 요크셔에서 마구간지기로 일하다가 19세기 초에 블랑켄슈타인 공작이라는 사람을 따라서 오스트리아로 왔다. 조부는 흥미롭고 낭만적인 인생을 살았다. 젊었을 때는 굉장한 미남이어서 한 오스트리아 대공 부인의 마음을 사로잡았고, 주어지는 기회들을 마다하지 않고 잘 살려 냄으로써 끝내는 남작 작위를 받았을 뿐만 아니라, 한 이탈리아 공국에 공사로 파견되기도 했다. 여남작은 조부의 유일한 자손으로, 결혼 생활이 평탄치 않았고, 아는 사람들에게는 그때 이야기를 자세하게 들려주곤 한다는데, 그 생활을 끝낸 뒤에는 원래의 성으로 돌아갔다. 여남작은 조부가 대사를 지냈다는 사실은 자주 언급하면서도 마구간지기 출신이라는 이야기는 한 번도 입에 올리지 않았고, 어셴든은 이 흥미로운 뒷이야기를 빈에서 얻어들었다. 그는 여남작과 친해지면서 그녀의 과거사에 대해 몇 가지 속사정 정도는 알아둘 필요가 있겠다고 판단했는데, 현재의 소득으로는 제네바에서 누리는 씀씀이가 큰 소비 규모를 감당하기 어려운 상태라는 사실도 이때 얻은 정보였다. 여남작은 첩보 활동을 하기에 여러모로 유리한 조건을 갖추고 있었기에 어떤 기민한 비밀 정보기관이 진즉 기용했으리라고 보아도 무리가 없을 듯했으므로, 어셴든은 여남작이 어떤 식으로든 자신과 같은 종류의 일에 종사하는 사람이겠거니 여겼다. 그래서인지 오히려 이 사람에게 동질감이 들고 더 가깝게 느껴졌다.

식당은 이미 만원이었다. 그는 겨우 자리를 잡고 앉아 아까의 모험을 떠올리고는 의기양양해져서 씩씩하게 샴페인 한 병을 주문했다(비용은 영국 정부에서 지불한다). 여남작이 그에게 눈부시도록 환한 웃음을 보냈다. 마흔이 넘었지만 절도 있고 세련된 행동거지가 무척이나 아름다운 여성이었다. 금속성 광택이 도는 밝은 금발은 분명 보기 좋지만 크게 매력적이지는 않았는데, 심지어 어셴든은 처음 보자마자 먹던 수프에서 발견하고 싶지 않은 그런 유의 머리카락이라는 생각부터 떠올렸다. 파란 눈에 곧은 콧날의 수려한 이목구비였고, 팽팽한 하얀 피부에는 발그스레한 기운이 돌았다. 목선은 시원하게 드러냈고, 하얗고 풍만한 가슴은 흡사 대리석처럼 매끈해 보였다. 하지만 다감한 사내들의 심금을 흔들어 놓을 만한 연약한 구석이라고는 찾아보기 어려운 외모였다. 근사하게 차려입은 옷에 비해 보석은 변변찮았는데, 이 방면에 일가견이 있는 어셴든은, 그녀를 채용한 기관의 결정권자가 의상에 대해서는 자유재량에 맡겼지만, 반지며 진주 목걸이 따위의 장신구까지 제공하는 것은 분수에 넘친다고 판단했거나, 아니면 그럴 필요까지는 없다고 보았으리라 미루어 짐작했다. 그럼에도 그녀는 원체 사람들의 눈길을 끄는 인물이었다. R로부터 조부의 내력에 대해 전해 들은 얘기가 없었더라도, 이 여자가 작업 한번 걸어 보겠다는 염을 품는다면 그 상대가 되는 사람은 누구라도 대번에 조심해야겠다고 긴장하지 않을 수 없을 것이다.

식사가 나오기를 기다리는 동안 어셴든은 식당 안을 둘러보았다. 앉아 있는 손님 대부분은 낯이 익은 사람들이었다. 당시 제네바는 온갖 음모가 판치는 온상이었고, 그중에서도 어셴든이 묵는 호텔이 본거지여서 프랑스, 이탈리아, 러시아, 터키, 루마니아, 그리스, 이집트에서 이곳으로 사람들이 모여들었다. 고국을 등지고 도주한 경우도 있었지만, 몇몇은 틀림없이 제 나라를 위해 일하는 사람들이었다. 어셴든의 첩보원으로 일하는 한 불가리아 사람은 안전을 기하기 위해 제네바에서 아는 체조차 하지 않고 지냈다. 그날 밤에는 자기 나라 사람 둘하고 저녁을 같이하고 있었는데, 하루 이틀 사이에 그가 큰 변을 당하지 않고 살아남는다면 뭔가 대단히 흥미로운 일로 연락을 취할지도 몰랐다. 식당에는 청자색 눈동자에 인형 같은 얼굴의 독일인 매춘부도 있었다. 그녀는 레만호 연안 일대에서 베른에 이르기까지 뻔질나게 다니면서 일했는데, 직업의 특성상 주워듣는 정보가 적지 않기에 베를린 당국은 필시 그 활용 여부를 신중하게 검토했을 것이다. 물론 여남작과는 계급도 다르고, 이 여자가 상대하는 사냥감은 다루기가 훨씬 수월하다. 하지만 폰 홀츠민덴 백작이 시야에 들어왔을 때는 화들짝 놀랐다. 저 양반은 대체 여기서 뭘 하는 걸까. 그는 브베에서 활동하는 독일 첩보원으로, 제네바에는 어쩌다 한 번씩만 오는데. 한번은 제네바 구시가지의 적막한 주택가, 인적이 드문 거리 모퉁이에서 누가 보아도 스파이임 직한 사내와 이야기를 나누는 모습을 본 적이 있는데, 어셴든은 그 둘이 무슨 말을 주고받는지 무척이나 듣고 싶었다. 백작을 이런 곳에서 우연히 만나다니, 재미있는 일이었다. 전쟁 전 런던에서는 꽤 잘 알던 사이였기 때문이다. 그는 명문가 태생이었고, 더 깊이 들어가면 호엔촐레른 가문과 친척 관계였다. 그는 잉글랜드를 좋아하고 춤과 승마, 사격에 능했는데, 사람들은 그를 보고 잉글랜드 사람들보다도 더 잉글랜드 사람 같다고 했다. 마른 몸매에 키가 큰 그는 잘 재단된 양복을 입고 있었고, 양옆을 바짝 치고 위쪽은 조금 더 길게 자른 프로이센식 짧은 머리를 하고 있었다. 이제 곧 왕을 배알하려는 신하처럼 윗몸을 수그린 자세는, 직접 본 바는 없으나 평생 궁정에서 지낸 사람에게서 느껴지는 몸가짐이었다. 그는 태도가 반듯하고 미술에도 조예가 깊은 사람이었다. 지금 그들은 모르는 사이인 체하고 있지만, 서로 상대방이 어떤 일에 관여하고 있는지 잘 알고 있었다. 어셴든은 이 상황을 두고 백작을 골려 주고 싶은 마음이 들었다. 여러 해 동안 이따금 식사도 하고 카드도 치던 사이에 생면부지인 척 굴다니, 얼마나 어처구니없는 일인가 말이다. 하지만 그런 행동이 이 독일인에게 영국인들은 전쟁이 벌어지는 와중에도 어쩔 수 없이 경박한 사람들이라는 심증만 굳힐 것 같아서 자제했다. 어셴든은 머릿속이 복잡해졌다. 홀츠민덴이 한 번도 발을 들인 적 없는 이 호텔에 아무런 이유 없이 갑자기 나타났을 리 없었다.

이 일이 알리 왕세자가 유례 없이 이 식당에 모습을 드러낸 일과 조금이라도 관련이 있을까, 어셴든은 속으로 자문해 보았다. 현재와 같은 정국에 생기는 일이라면 아무리 우연찮게 보일지언정 그저 우연으로 치부하고 넘긴다는 것은 신중하지 못한 처사다. 알리 왕세자는 이집트인으로, 가까운 친척인 총독이 폐위당했을 때 망명해 온 처지였다. 그는 영국에 대해 절치부심하며 이집트 내에서 반란을 선동하는 데 적극적으로 가담하고 있는 것으로 알려져 있었다. 그 전주에 총독이 극비리에 이 호텔에서 사흘 동안 묵으면서 왕세자의 아파트에서 둘이 쉴 새 없이 회의를 해오고 있었다. 왕세자는 뚱뚱하고 작달막한 몸집에 까만 콧수염이 빽빽한 남자였다. 그 아파트에는 두 딸과, 왕세자의 집무를 보좌하는 무스타파라는 이름의 파샤[2]가 같이 살고 있었다. 그 네 사람이 지금 식사를 하고 있었는데, 엄청난 양의 샴페인을 마시는 그

2 고급 관료를 높여 부르는 칭호.

48

자리에 활기라고는 없이 침묵만 흐르고 있었다. 왕세자의 두 딸은 식당에서 혈기왕성한 제네바 남자들과 춤추며 밤을 보내는 자유분방한 젊은 여성들이었다. 맑고 까만 눈동자, 어두운 혈색에 몸이 작고 다부진 두 사람이 입은 요란한 복장은 파리의 중심가 뤼 드 라 페보다는 카이로의 수산 시장을 연상시키는 차림새였다. 왕세자는 주로 위층 거처에서 식사를 해결했지만, 딸들은 밤마다 사람이 많은 식당으로 나왔다. 두 사람 곁에는 눈에 띄지 않게 돌봐 주는 사람이 있었다. 미스 킹이라는 자그마한 영국인 노부인이었는데, 원래는 두 사람을 가르치던 가정 교사였다. 하지만 이날은 다른 테이블에 앉아 혼자 밥을 먹었고, 두 군주는 거들떠보지도 않는 듯했다. 어셴든은 어느 날 복도를 걷다가 뚱뚱한 두 자매 중 언니 되는 사람이 노부인을 프랑스어로 난폭하게 나무라는 숨 막히는 현장을 맞닥뜨렸다. 고래고래 소리를 질러 대더니 급기야는 노부인의 따귀를 갈기는 것이 아닌가. 그러다 어셴든과 눈이 마주치자 사납게 노려보더니 문을 쾅 닫으며 방으로 휙 들어가 버렸다. 그는 아무것도 보지 않은 척하며 그대로 지나갔다.

식당에 도착했을 때 어셴든은 미스 킹과 안면을 트려고 해 보았지만, 돌아온 반응은 심드렁한 정도가 아니라 퉁명스럽기까지 했다. 처음 만났을 때 모자를 벗어 인사하니 부인은 뻣뻣한 목례로 답했다. 그리고 나서 그가 정중하게 말을 걸었는데, 댁하고는 알고 지내고 싶지 않다는 듯 퉁명스럽게 단답형으로 대꾸했다. 그런다고 물러설 그가 아니었기에, 처음으로 잡은 이 기회를 놓치지 않고 온갖 넉살을 다 부려 곧바로 대화를 시도했다. 부인은 꼿꼿한 자세로 서서 영어 억양이 섞인 프랑스어로 말했다.

「저는 낯선 사람하고 사귀고 싶지 않습니다.」

그렇게 한마디 하고 돌아서서 가더니 다음부터는 어셴든을 없는 사람 취급했다.

미스 킹은 주름진 피부 한 겹 속에 뼈만 앙상한 아주 왜소한 노인이었고, 얼굴에는 주름살이 깊었다. 보아하니 머리에는 가발을 썼는데, 칙칙한 갈색에 아주 정교하게 손질되어 있었지만 어쩌다가는 비뚜름하게 얹힌 날도 있었다. 화장은 늘 진했는데, 움푹 팬 뺨에는 진홍빛 볼연지를 넓게 펴 발랐고 입술도 연지를 빨갛게 발라 번들거렸다. 옷차림은 중고 의류점에서 아무렇게나 골라잡은 듯 화려하기 짝이 없는 데다가 낮에는 우스꽝스럽게 거대한 소녀풍 모자를 쓰고 다녔다. 또 발에는 최신 유행하는 굽 높은 작은 뾰족구두를 신고 종종걸음으로 다녔다. 이런 부인의 모습은 재미있기는커녕 아연실색할 정도로 기괴했는데, 거리에서는 행인들이 길을 가다 말고 돌아서서 입을 다물지 못한 채 부인을 바라보곤 했다.

어셴든이 듣기로 미스 킹은 왕세자 모친의 가정 교사로 고용된 후로 단 한 번도 영국을 찾은 일이 없다는데, 그 기나긴 세월 카이로 궁궐의 내실에서 얼마나 많은 일을 보고 겪었을지 생각하면 그저 놀라울 따름이었다. 부인은 나이가 얼마나 되었을까, 짐작도 되지 않았다. 저 동방의 나라에서 얼마나 많은 이의 때 이른 죽음을 목도했을 것이며, 저 안에서 벌어졌던 어두운 비밀은 또 얼마나 많이 알고 있을 것인가! 영국 어느 지역 출신일까? 그토록 오랜 세월 고국을 떠나 있었다면, 고향에는 가족도 친구도 없을 것이다. 어셴든은 부인이 반(反)영국적 정서가 강하다고 느꼈는데, 그에게 그렇게 무례하게 나온 것을 보면 자기를 경계하라는 소리를 들은 것이려니 짐작했다. 부인은 프랑스어로만 말했다. 점심때나 저녁때나 혼자 앉아서 무슨 생각을 하고 있을까? 책이라도 읽으려나? 그녀는 식사가 끝나면 바로 위층으로 올라갔고, 사람들이 있는 거실에는 모습을 보이지 않았다. 남의 눈치 보지 않고 번쩍거리는 야한 옷차림으로 이류 카페에서 낯선 남자들과 춤추며 어울리는 저 왕세자 딸 자매에 대해서는 어떻게 생각할까? 그를 지나쳐 식당에서 나가는 미스 킹을 보니, 그 가면 같은 얼굴을 잔뜩 찡그리고 있었다. 이제는 대놓고 그를 싫어하기로 했나 보다. 그때 눈이 마주쳐 두 사람은 잠깐 서로를 응시했다. 어셴든은 미스 킹이 눈빛으로 무언의 모욕을 전달하고자 한다는 느낌을 받았다. 총천연색으로 호화찬란한 그녀의 주름 가득한 얼굴이 어쩐지 묘하게 측은하게 느껴져 마냥 우스꽝스럽지만은 않았다.

그때 저녁 식사를 마친 드 히긴스 여남작이 손수건과 핸드백을 챙겨 들고 일어났고, 양옆의 웨이터가 허리를 굽혀 인사하며 길을 터주었다. 어셴든의 테이블 앞에 선 여남작의 자태는 근사했다.

「오늘 밤 브리지 게임을 하실 수 있다니 너무 기뻐요.」독일어 억양이라곤 느껴지지 않는 완벽한 영어였다. 「준비 되시면 제 방에 와서 커피나 한잔하시겠어요?」

「드레스가 참 아름답습니다.」 어셴든이 말했다.

「아름답긴요. 입을 것이 없어 파리에도 갈 수 없게 되었으니 어찌 해야 할지. 흉측한 프로이센 놈들.」 목소리를 높이자 〈r〉 발음에서 목을 긁는 소리가 강해졌다. 「저들은 힘없는 우리 나라를 뭐 때문에 이 무시무시한 전쟁에 끌어들이려고 하는 걸까요?」

여남작은 한숨을 짓더니 싱긋 웃고는 우아하게 걸어 나갔다. 어셴든이 자리에서 일어났을 때는 식당에 남은 사람이 몇 명 되지 않았다. 홀츠민덴 백작 곁을 지나칠 때 그는 기분이 명랑해져 살짝 윙크를 던져 보았다. 이 독일 첩보원은 무슨 의미인지 감을 잡지 못했고, 설사 알아챘더라도 그것이 무슨 비밀스러운 일의 전조인지 궁리하느라 머리를 쥐어짤 것이다. 어셴든은 2층으로 올라가 여남작의 방문을 두드렸다.

「*Entrez, entrez*(들어오세요, 어서 들어오세요).」 여남작이 문을 활짝 열어젖히고는 그의 두 손을 힘차게 잡아 흔들면서 방 안으로 안내했다. 두 사람이 벌써 와 있어 브리지 게임을 하기 위한 네 명의 조합이 완성되었다. 그런데 그 나머지 두 사람이 알리 왕세자와 그의 비서라니, 놀랄 노자였다.

「어셴든 씨를 소개할까 합니다, 전하.」 여남작이 유창한 프랑스어로 말했다.

어셴든은 고개 숙여 인사하고 왕세자가 내민 손을 잡았다. 왕세자는 그를 힐끗 훑어보고는 아무 말도 하지 않았다. 드 히긴스 여남작이 말을 이었다.

「파샤를 뵌 적 있으신지 모르겠군요.」

「이렇게 만나 뵙게 되어 반갑습니다, 어셴든 씨.」 왕세자의
비서가 살갑게 악수하면서 말했다. 「우리의 아름다운 여남작
께서 두 분이 브리지 놀이를 한다고 하시더군요. 전하께서도
이 놀이에 아주 심취하고 계시지요. *N'est-ce pas, Altesse*(그
렇지 않습니까, 전하)?」

「*Oui, oui*(아, 그렇지).」 왕세자가 말했다.

마흔다섯 살 정도로 보이는 무스타파 파샤는 거구에 뚱뚱
한 사내였다. 큰 눈은 기민하게 움직이고 콧수염은 검고 수
북했다. 셔츠 앞섶에 큼직한 다이아몬드가 달린 야회복 상의
를 입었고, 머리에는 타부시[3]를 쓰고 있었다. 그는 대단한 달
변가였는데, 입에서 말이 우당탕 튀어나오는 것이, 흡사 거
꾸로 들어 올린 자루에서 구슬이 쏟아지는 형세였다. 그는
어셴든에게 예의를 갖추느라 무던히도 노력하고 있었다. 왕
세자는 묵묵히 앉아 무거운 눈꺼풀 밑으로 어셴든을 가만히
지켜보았다. 내성적인 사람 같았다.

「클럽에서는 선생을 뵙지 못한 것 같습니다.」 파샤가 말했
다. 「바카라 게임[4]은 좋아하지 않으시는지요?」

「할 줄은 알지만 많이 해보지는 못했습니다.」

「여남작님이 책을 엄청나게 많이 읽는 분인데, 선생이 비
범한 작가라고 하시더군요. 안타깝게도 저는 영어를 읽지 못

3 오스만 제국에서 유래한 술 달린 원통형 모자.
4 카드 두 장을 더한 수의 끝자리가 9에 가까운 쪽이 이기는 카드 게임.

합니다만.」

여남작이 어센든에 대해 후한 칭찬을 늘어놓았다. 그는 조신하고 정중하게 감사하는 사람의 태도로 경청하는 수밖에 없었다. 여남작은 이어서 손님들에게 커피와 식후주를 대접한 뒤 카드를 꺼냈다. 어센든은 무슨 이유로 자기를 이 카드놀이 자리에 부른 것인지 도무지 알 수가 없었다. 그는 (칭찬해 주니 기분은 좋았으나) 자신에 대해서 헛된 환상을 품는 사람이 아니었을 뿐만 아니라, 브리지 게임에 관한 한 내세울 것이라고는 없었다. 아마추어들 사이에서야 괜찮게 한다는 소리도 들을 만하겠으나, 세계적으로 내로라하는 선수들과 종종 게임을 해봤기에 자기가 그 동네에 낄 수준은 못 된다는 것을 잘 알고 있었다. 지금 하는 것은 그에게는 익숙지 않은 계약 게임이었다. 판돈은 컸어도 이 카드 게임은 순전히 구실이었다. 하지만 그 안에 무슨 또 다른 꿍꿍이가 있는지 어센든으로서는 알 도리가 없었다. 왕세자와 비서가 그가 영국의 첩보원이라는 사실을 알고 어떤 인간인지 알아보기 위해서 만나 보고 싶었는지도 모른다. 요 하루 이틀 사이에 무언가 수상한 기운이 흐른다고 느껴지던 차에 이 모임으로 그 의심이 확신으로 바뀌었지만, 그 무언가가 어떤 성질의 것인지는 짐작조차 가지 않았다. 근자에 정보원들에게서 들은 얘기에서도 단서가 될 만한 것은 없었다. 어센든은 스위스 경찰들이 찾아왔던 것은 여남작이 살뜰하게 손을 쓴 결과물이었고, 그런데 거기서 허탕 치고 돌아갔다는 것을 알고는 이 브리지 모임을 잡았을 것이라고 생각하니, 그간의 상황이 납득되었다. 장담하기 어렵지만, 이런 생각에 기분이 후련해졌다. 어셴든은 이 삼세판 승부를 거듭하며 쉴 새 없이 대화에 참여하면서도 다른 사람들이 하는 말보다는 자기 입에서 나오는 말을 더 조심했다. 전쟁 얘기가 많이 나왔고, 여남작과 파샤는 반독일 정서를 강하게 표출했다. 여남작은 자기 조상(요크셔 출신의 그 마구간지기)의 뿌리인 잉글랜드가 마음의 고향이었고, 파샤는 파리를 영혼의 고향으로 여겼다. 파샤가 몽마르트르와 그곳의 밤 문화 얘기를 꺼내자, 왕세자가 긴 침묵을 깨고 말문을 열었다.

「C'est une bien belle ville, Paris(파리라, 참으로 아름다운 도시지).」

「전하께선 거기에 아름다운 맨션을 한 채 가지고 계시죠.」 비서가 말했다. 「아름다운 그림이며 실물 크기의 조각상들도 함께요.」 파샤가 말했다.

어셴든은 독립된 국가로 우뚝 서고자 하는 이집트[5]의 열망에 깊은 공감을 표하고, 유럽에서는 빈을 가장 살기 좋은 도시로 꼽는다고 말했다. 어셴든이나 왕세자 일행이나 서로 상대에게 충분히 호의적으로 대하고 있었다. 그러나 그들이 그로부터 스위스 언론에서 이미 본 것 이상의 새로운 정보를 얻어 낼 수 있으리라는 기대를 품는다면, 천만의 말씀이다. 어느 순간에는 자기가 돈에 넘어갈 사람이라는 인상을 주고 있는 것은 아닌가 하는 의심도 들었다. 워낙 은밀하게 진행

5 대영 제국으로부터 1922년에 독립했으나 1952년까지 군사 강점은 지속되었다.

되고 있어 확신할 수는 없지만, 인류애가 넘치는 사람이라면 누구라도 염원할 평화를 이 격란의 세계에 가져다줄 모종의 협상에 응함으로써 조국의 이익에 이바지하고 겸사겸사 자신도 한탕 크게 버는 것이 영리한 작가의 처세 아니겠느냐 하는 분위기가 감돌고 있었다. 초면에 바로 깊은 얘기가 나오지 않으리라는 것은 알지만, 그래도 어셴든은 상대방 얘기를 더 듣고 싶어 한다는 인상을 주고자 웬만한 얘기에는 되도록 얼버무리면서 싹싹한 태도로 임했다. 어셴든은 파샤와 아름다운 오스트리아 여인과 대화를 나누면서 알리 왕세자가 자신을 면밀하게 지켜보고 있다는 것을 의식했는데, 아무래도 자신의 생각을 속속들이 꿰뚫어 보고 있는 것 같은 느낌을 지우기 어려웠다. 잘은 모르지만 왕세자는 유능하고 빈틈없는 사람이라고 느껴졌다. 어셴든이 방을 나오는 순간 왕세자가 나머지 두 사람에게 다 시간 낭비라고, 저자에게서는 얻어 낼 것이 없다고 말할지도 모르겠다. 자정이 조금 지났을까, 삼세판 게임이 한차례 마무리되자 왕세자가 자리에서 일어났다.

「밤이 늦었군. 게다가 어셴든 씨는 내일 할 일이 많으실 텐데, 계속 붙들어 둬서야 되겠나.」

어셴든은 이 말을 그만 물러가라는 신호로 받아들였고, 나머지 정국 이야기는 세 분께 맡기겠다 하고는 적잖이 아리송한 기분으로 방을 나왔다. 저들도 자기 못지않게 곤혹스러우리라. 방으로 돌아오자 기진맥진해진 몸에 피로감이 엄습했다. 그는 눈이 감긴 채로 옷을 벗었고, 침대에 몸을 던지자마자 곯아떨어졌다.

장담컨대 잠든 지 채 5분도 되지 않았을 때였다. 문 두드리는 소리에 그는 도로 잠이 깨어 버렸다. 잠시 귀를 기울였다.

「누굽니까?」

「객실 담당 메이드입니다. 문 좀 열어 주세요. 말씀드릴 게 있습니다.」

욕을 뱉으면서 불을 켠 어셴든은 (율리우스 카이사르가 그랬던 것처럼 벗어져 보기 흉한 머리를 내보이는 것이 싫어서) 숱이 줄어만 가는 헝클어진 머리를 쓰다듬은 후 잠금을 풀고 문을 열었다. 헝클어진 머리의 스위스인 직원이 서 있었다.

「영국 노부인 말씀인데요, 그 이집트 군주들의 가정 교사되시는 분이요, 그분이 지금 위독하신데 선생님을 찾고 계십니다.」

「나를요?」 어셴든이 말했다. 「그럴 리가요. 난 그분을 모릅니다. 오늘 저녁에만 해도 괜찮으셨어요.」

그는 당황해서 생각나는 대로 아무 말이나 내뱉었다.

「부인께서 선생님을 찾으세요. 의사 선생님이 와주실 수 있겠는지 물으셨어요. 오래 버티기는 힘드실 것 같다고요.」

「무슨 착오가 있었던 것 같은데. 나를 찾으실 리가 없어요.」

「선생님의 성함과 방 번호를 말씀하셨어요. 〈빨리, 빨리〉하시면서요.」

어셴든은 어깨를 으쓱하고는 방으로 돌아가 슬리퍼와 실내복을 착용했고, 뒤늦게 생각이 떠올라 소형 권총을 주머니에 챙겨 넣었다. 엉뚱한 때에 발사되어 괜한 소동을 일으킬 수 있는 무기보다는 자신의 예리함을 훨씬 더 신뢰했지만, 총을 손에 쥐고 있어야 자신감이 생기는 경우도 있는 법이다. 더군다나 이 갑작스런 호출은 수상해도 너무 수상했다. 그 정중하고 땅딸한 이집트 신사들이 그를 포섭하기 위해 모종의 함정을 파놓은 것이라고 하면 조롱이나 사기에 딱 좋은 소리지만, 어센든은 다람쥐 쳇바퀴 돌듯 틀에 박힌 이 일이 따분하다 보니 이따금씩 얼굴에 철판을 깔고 60년대풍 신파로 빠져들곤 했다. 사람이 격정에 취하면 부끄러움도 모르고 낡아빠진 문구를 읊어 대듯, 호기회를 만난 사람은 문학적 관습의 진부함에 무뎌지게 마련이다.

미스 킹의 방은 어센든의 방에서 두 층 위였다. 어센든은 객실 담당 메이드를 따라 복도를 지나 층계를 오르면서 노부인에게 무슨 일이 있었는지 물어보았다. 돌아오는 대답은 두서없고 투미했다.

「뇌졸중이 온 것 같습니다. 잘 모르겠어요. 야간 보이가 절 깨우더니 브리데 씨가 저를 당장 불러오라고 했다네요.」

브리데 씨는 이 호텔의 부지배인이었다.

「지금 몇 시죠?」어센든이 물었다.

「3시는 되었을 거예요.」

두 사람은 미스 킹의 방 앞에 당도했고, 메이드가 문을 두드리자 브리데 씨가 나왔다. 브리데 씨도 자다가 일어난 듯 맨발에 슬리퍼만 신고 있었고, 회색 바지와 파자마 위로 프록코트를 걸친 행색이 정신 나간 사람처럼 보였다. 평소 단정하게 붙어 있던 머리도 쭈뼛 곤두서 있었다. 그를 보고는 미안해서 쩔쩔매는 모습이었다.

「어셴든 씨, 주무시는데 성가시게 해드려 뭐라 드릴 말씀이 없습니다만, 부인께서 계속 어셴든 씨만 찾으시는 데다가 박사님께서도 꼭 모셔 오라고 하셔서요.」

「전 괜찮습니다.」

어셴든이 방으로 들어갔다. 작은 뒷방이었고 조명은 전부 켜둔 상태였다. 창문을 닫고 커튼까지 쳐놓아서인지 몹시 더웠다. 의사는 턱수염이 더부룩하고 머리칼이 희끗거리는 스위스인으로, 침대맡에 서 있었다. 브리데 씨는 옷차림도 엉망이고 이 상황이 누구보다도 당황스러울 위치임에도 불구하고, 매니저로서의 본분을 잃지 않고 차분하게 격식을 갖추어 방에 모인 사람들을 소개했다.

「이분이 미스 킹이 찾고 계신 어셴든 씨입니다. 이분은 제네바 의과 대학교의 아보스 박사이십니다.」

의사는 말없이 침대를 가리켰다. 거기에 누워 있는 미스 킹의 모습이 어셴든에게는 자못 충격적이었다. 턱밑에서 꽁꽁 묶은 큼직한 흰색 취침모에(방에 들어올 때 어셴든은 화장대 스탠드에 그 갈색 가발이 걸려 있는 것을 보았다) 목까지 바짝 채워 입은 헐렁한 흰색 잠옷. 취침모와 잠옷은 찰스 디킨스 소설의 크루크섕크[6] 삽화에서나 보던 구시대의 유물이었다. 얼굴은 잠자기 전 화장을 지울 때 사용한 크림으로 번들거렸지만 대충 지웠는지 눈썹 쪽에는 검은 얼룩이 번져

6 George Cruikshank(1792~1878). 19세기 영국의 삽화가이자 판화가.

있었고, 볼에도 불그스름한 얼룩이 남아 있었다. 침대 위에 누운 부인은 어린아이만 할 정도로 몸집이 작았고, 무척이나 늙어 보였다.

〈여든은 족히 넘었겠군.〉어셴든은 생각했다.

그 모습은 사람이라기보다는 인형에 가까웠다. 짓궂은 장난감 제작자가 혼자 재미 삼아 만들어 보았을 법한 익살스러운 마녀 인형. 반듯하게 누워 미동도 없는 부인의 몸은 어찌나 작고 가냘픈지 편편한 담요 아래 무언가가 있다는 흔적조차 느껴지지 않았다. 얼굴은 틀니를 빼놓은 까닭에 평소보다 훨씬 더 작아 보였고, 쪼그라든 얼굴에 유난히 커 보이는 검은 눈이 깜박임도 없이 허공을 응시하고 있지 않았더라면 이미 저세상 사람이라고 생각했을 것이다. 그러던 두 눈이 그를 보았을 때 표정이 생긴 것 같다고 어셴든은 느꼈다.

「아니 미스 킹, 이런 모습으로 뵙게 되다니 마음이 아픕니다.」어셴든이 억지로 꾸며 낸 밝은 목소리로 말했다.

「지금 말을 못 하십니다.」의사가 말했다.「메이드가 선생을 모시러 갔을 때 미미하게 한 차례 더 발작이 있었습니다. 막 주사를 놓았으니 조금 있으면 다소 회복되어 혀를 움직이는 것이 가능할 수도 있습니다만. 선생께 뭔가 말하고 싶으신 게 있나 봅니다.」

「얼마든지 기다리겠습니다.」어셴든이 말했다.

저 어두운 눈빛 속에서 한 줄기 안도감이 떠오른 것 같은 느낌이 들었다. 잠시 네 사람이 침대 주위에 서서 숨이 다해 가는 부인을 바라보았다.

「자, 이제는 제가 더 할 수 있는 일이 없을 것 같은데, 이만 잠자리로 돌아가도 되겠습니까?」 브리데 씨가 말했다.

「*Allez, mon ami*(이제 그만 들어가요, 친구). 당신이 할 일은 없어요.」 의사가 말했다.

브리데 씨가 어셴든 쪽으로 돌아서며 말했다.

「잠깐 말씀 좀 나눌 수 있을까요?」

「그럼요.」

의사가 미스 킹의 눈빛이 갑자기 공포로 바뀌는 것을 보았다.

「놀랄 것 없어요.」 의사가 다정하게 말했다. 「어셴든 씨는 가는 게 아닙니다. 부인께서 가라고 하기 전까지는 여기 있을 거예요.」

부지배인은 어셴든을 문가로 데리고 가서 방 안에 있는 사람들한테 들리지 않도록 문을 살짝 닫았고, 그러고도 목소리를 한껏 죽여 말했다.

「어셴든 씨를 믿고 말씀드려도 될까요? 누가 되었든 호텔에서 사람이 죽는다는 것은 매우 불쾌한 일입니다. 다른 손님들께서 몹시 꺼려하는 일이라 알려지지 않도록 저희가 최선을 다하지 않으면 안 됩니다. 시신은 제가 가능한 한 빠르게 옮길 텐데요, 사망자가 있었다는 얘기를 다른 분들께 하지 말아 주십사, 긴히 부탁드리겠습니다.」

「저를 믿고 마음 놓으세요.」 어셴든이 말했다.

「무척이나 유감스럽지만, 지배인님이 하필 오늘 밤 자리에 안 계십니다. 이 일을 아시게 되면 얼마나 언짢아하실지 걱정입니다. 할 수만 있었다면 구급차를 불러서 병원으로 모셨을 겁니다. 그런데 박사님이 미스 킹을 아래층으로 내리기도 전에 돌아가실지도 모른다고 극구 말리는 바람에 할 수가 없었습니다. 부인이 호텔에서 돌아가신다 해도 결코 제 잘못이 아니라는 말씀입니다.」

「죽음이란 남의 사정 봐주지 않고 불쑥 얼굴을 디밀곤 하죠.」어셴든이 낮은 소리로 혼잣말을 했다.

「어쨌든 원체 연세가 많은 분이었으니 진즉에 돌아가셨다고 해도 이상할 일은 아니죠. 그 이집트 왕세자라는 분은 뭐 때문에 이런 고령자를 가정 교사로 두었을까요? 고국으로 돌려보냈어야죠. 하여간 동양인들이란 노상 골칫거리라니까요.」

「왕세자는 지금 어디에 계시죠?」어셴든이 물었다. 「그렇게 오랜 기간 동안 전하를 위해 일하신 분인데, 깨워서 알리는 게 도리 아닐까요?」

「지금 호텔에 안 계십니다. 비서분하고 출타하셨어요. 바카라 게임이라도 하고 계시려나 모르겠습니다. 그렇다고 지금 제네바를 구석구석 다 뒤지고 다닐 수도 없고.」

「그럼 따님들은요?」

「돌아오지 않았습니다. 여간해선 동트기 전에 귀가하는 걸 보기 힘들어요. 요새 춤에 미쳐 있거든요. 지금 어디에 있는지도 모를뿐더러, 한참 즐기고 있는데 자기네 가정 교사가 발작을 일으켰다고 끌고 와봤자 고마워하지도 않을 거고요. 그분들에 대해서는 제가 좀 압니다. 돌아오면 야간 보이가 얘기를 해줄 거고, 그러면 알아서들 하겠죠. 미스 킹은 그 사람들을 보고 싶어 하지 않아요. 야간 보이가 저를 데리러 왔을 때, 제가 방에 가서 왕세자 전하는 어디 계신지 물었더니 사력을 다해 소리치더라고요. 〈싫어요, 싫어〉라고요.」

「그땐 말을 할 수 있었군요?」

「그럭저럭 하셨죠. 그런데 제가 놀란 건, 영어를 쓰시는 겁니다. 늘 프랑스어만 고집하셨거든요. 영어를 싫어하셨잖습니까.」

「나를 무슨 일로 찾으셨을까요?」

「그건 저도 모르겠습니다. 당장 어셴든 씨에게 해야 할 말이 있다고 하셨습니다. 참 이상하죠. 어셴든 씨의 방 호수를 알고 계시는 겁니다. 처음 어셴든 씨를 불러 달라고 했을 때는 제가 받아들이지 않았습니다. 웬 정신 나간 노인이 부른다고 고객님을 오밤중에 오라 가라 할 수는 없으니까요. 저희 고객이라면 마땅히 주무실 권리가 있으시고요. 하지만 의사가 오더니 말씀대로 해드려야 한다고 하지, 미스 킹은 잠시도 사람을 가만두지 않지, 심지어 제가 아침까지 기다리셔야 한다고 했을 때는 울고불고 난리였죠.」

어셴든은 부지배인을 바라보았다. 그는 자기가 이야기하는 상황에 대해 일말의 연민도 느끼지 못하는 것 같았다.

「박사님이 어셴든 씨가 어떤 분인지 묻길래 알려 주었더니, 어쩌면 같은 나라 사람이라서 만나고 싶어 하는 것일 수도 있다고 하더군요.」

「그럴 수도 있겠죠.」 어셴든이 냉담하게 답했다.

「자, 그럼 저는 가서 잠을 좀 청하겠습니다. 야간 보이에게 상황이 마무리되면 깨워 달라고 말해 두겠습니다. 다행히 요즘은 밤이 기니 만사가 순조롭게 진행된다면 날이 밝기 전에 시신을 치울 수도 있겠습니다.」

어셴든이 방으로 돌아가자마자, 사경에 이른 여인의 검은 눈이 그를 찾았다. 뭔가 말을 해야 할 것 같은 의무감에 말을 건네면서도, 사람들이 환자에게 위로랍시고 하는 말이 얼마나 무의미한지 다시 생각하지 않을 수 없었다.

「아무래도 많이 편찮으신 것 같습니다, 미스 킹.」

순간 노여움의 눈빛이 스쳐 가는 듯했다. 자기가 하나 마나 한 소리나 하고 있으니 분이 치밀었으리라 생각하는 수밖에.

「그렇게 기다려도 괜찮으시겠습니까?」의사가 물었다.

「괜찮고말고요.」

어떻게 된 일인고 하니, 야간 보이가 미스 킹의 방에서 걸려 온 전화벨 소리에 잠이 깼고, 수화기에서는 아무 소리도 들리지 않는데 벨이 계속해서 울려 대니까 위층으로 올라가 문을 두드려 보고는 마스터키로 열고 들어갔고, 미스 킹이 바닥에 쓰러져 있는 것을 발견했던 모양이다. 전화기도 떨어져 있었다. 미스 킹이 몸 상태가 좋지 않아 도움을 청하려고 수화기를 들었다가 그대로 쓰러진 듯했다. 야간 보이가 부랴부랴 부지배인을 데려와 둘이서 같이 들어 올려 침대에 눕혔고, 그러고 나서 메이드를 깨워 의사를 부르러 보낸 것이다. 어셴든은 본인이 다 듣고 있는 자리에서 의사가 전해 주는 상황의 진상을 듣고 있자니 기분이 썩 좋지 않았다. 프랑스어를 알아듣지 못하는 양 취급하는 저 태도, 미스 킹을 이미 죽은 사람 취급하는 저 태도 때문에.

의사가 말을 이었다.

「자, 이제는 더 할 수 있는 일이 없는 것 같군요. 내가 있어봤자 도움이 될 게 없어요. 어떤 변화가 있거든 바로 전화 주시면 됩니다.」

어셴든은 미스 킹의 이런 상태가 몇 시간이고 계속될 수도 있다는 것을 알고 어깨만 으쓱했다.

「잘하고 있어요.」

의사는 어린아이를 다루듯 미스 킹의 홀쭉해진 뺨을 톡톡 두드렸다.

「작가 선생도 잠을 좀 청하도록 해요. 나는 아침에 돌아오겠소.」

의사는 왕진 가방에 의료 기구를 챙겨 넣고 손을 씻은 뒤, 어정쩡한 자세로 무거운 외투에 몸을 끼워 넣었다. 어셴든이 문까지 배웅하고 악수로 인사를 하는데, 의사가 턱수염 덮인 입술을 삐죽 내밀며 자신이 생각하는 예후를 설명했다. 어셴든이 방으로 돌아와 메이드를 보니 그녀는 의자 끄트머리에 불편하게 앉아 있었는데, 마치 죽음의 면전에서 불경이라도 저지를까 두려워하는 듯한 모습이었다. 너부데데하니 푸석한 그녀의 얼굴이 피로로 부어 있었다.

「이렇게 앉아 밤새워 봐야 할 일이 없어요. 가서 눈을 좀 붙이지 그래요?」 어셴든이 말했다.

「여기 혼자 계시는 게 싫으실 텐데요. 누군가 같이 있어 드려야 해요.」

「맙소사, 뭐 하려요? 내일 주간 근무가 있잖아요.」

「어쨌든 5시에는 일어나야 하죠.」

「그러니 지금이라도 좀 자둬요. 일어나서 잠깐 들여다봐 주면 돼요. *Allez*(자, 어서요).」

그녀는 우물쭈물 자리에서 일어났다.

「신사분이 바라시는 대로 하지요. 하지만 정말이지 그냥 있어도 돼요.」

어셴든은 싱긋 웃으며 고개를 저었다.

「*Bonsoir, ma pauvre mademoiselle*(편히 주무세요, 가엾은 분).」 메이드는 미스 킹에게 인사하고 방에서 나갔다.

어셴든 홀로 남았다. 침대맡에 앉자, 다시금 미스 킹과 눈이 마주쳤다. 꿈쩍도 않고 바라보는 눈길이 당황스러웠다.

「걱정하실 것 없어요, 미스 킹. 가벼운 발작일 뿐이었습니다. 금세 말하게 되실 수 있을 거예요.」

그녀의 검은 두 눈에서는 무언가 말하고자 하는 필사적인 노력이 느껴졌다. 이건 결코 그의 착각일 리가 없었다. 마음은 의지로 용솟음치지만 마비된 몸이 뜻대로 움직여 주지 않는 것이다. 낙담한 마음이 그대로 표출되는 듯 눈물이 볼을 타고 흘러내렸다. 어셴든은 손수건을 꺼내 닦아 주었다.

「자신을 너무 다그치시지 마세요, 미스 킹. 조금만 참고 기다리시면 하고 싶은 말씀 다 하실 수 있을 거예요.」

그녀의 눈에서 이제 더는 기다릴 시간이 없다는 절망적인 생각을 읽었다면, 그만의 상상이었을까. 어쩌면 자신의 머리에 떠오른 생각을 그녀의 생각이라 여긴 것뿐일지도 모른다. 화장대에는 미스 킹의 궁상맞은 화장 도구, 돋을새김으로 장식된 은제 브러시와 거울이 있었고, 낡아 너덜거리는 검정 트렁크가 한구석에 세워져 있었으며, 옷장 위에는 닳아서 번들거리는 가죽 모자 상자가 놓여 있었다. 그 모든 물건이 니스 칠 된 고급 자단목으로 마감한 근사한 호텔방과 대조되어 옹색하고 초라하게만 보였다.

「조명을 몇 군데 끄면 좀 더 편안하시지 않을까요?」어셴든이 물었다.

그는 침대 옆의 램프 하나만 남겨 놓고 나머지를 다 끈 뒤 다시 앉았다. 담배 생각이 간절했다. 폭삭 늙어 버린 이 노부인에게서 살아 버티고 있는 것의 전부인 저 검은 눈을 다시 마주쳤다. 그에게 긴급히 말하고 싶은 무언가가 있는 것이 분명해 보였다. 무슨 말일까? 대체 무엇일까? 그를 불러 달라고 한 것은, 그토록 긴 세월 조국을 등지고 살아온 그녀이지만 죽음이 가까워졌음을 느끼는 순간 불현듯 그토록 오래 잊고 지내온 그곳, 모국 사람 곁에서 마지막을 맞고 싶다는 갈망이 일었기 때문인지도 모른다. 의사의 생각은 그랬다. 하지만 왜 하필 그일까? 호텔에 영국인이 어셴든만 있는 것도 아닌데? 은퇴한 인도 군무원과 그의 아내인 노부부도 있었다. 미스 킹에게는 그 사람들이 훨씬 더 의지가 되지 않을까? 아니, 이 호텔에서 어셴든보다 더 낯선 사람이 있겠는가 말이다.

「미스 킹, 저한테 무슨 하실 말씀이 있으신가요?」

그는 미스 킹의 눈에서 답을 읽으려고 해보았다. 무언가 의미를 담은 듯한 눈빛으로 계속해서 그를 응시하고 있으나, 그로서는 도저히 헤아릴 길이 없었다.

「아무 데도 가지 않을 테니 걱정하지 않으셔도 됩니다. 가라고 하실 때까지 있을 거니까요.」

아무 뜻도, 아무 말도 읽어 낼 수가 없었다. 검은 눈, 비밀이 불길처럼 이글거리는 듯한 저 검은 눈만이 그저 집요하게 그의 시선을 붙잡고 있을 뿐이었다. 그러다 문득 의문이 들었다. 그를 부른 이유가, 설마 그가 영국 첩보원이라는 것을 알았기 때문은 아닐까? 어쩌면 마지막이 임박한 순간, 그토록 오랜 세월 중요하게 여겨 왔던 모든 것에 예기치 못하게 증오의 감정을 느끼게 된 것일까? 죽음을 눈앞에 둔 순간 조국을 향한 사랑이, 죽은 줄로만 알았던 조국애가 반세기 만에 깨어나 — 〈이런 어처구니없는 생각이라니, 우습기는.〉 어셴든은 생각했다. 〈싸구려 소설 쓰고 있네.〉 — 이제라도 조국을 위해 무언가 하고 싶다는 욕망에 사로잡힌 것은 아닐까? 결국 자신이 돌아가 안길 그곳을 위하여. 그 시절에는 누구 하나 제정신으로 살아가는 사람이 없었을뿐더러, 애국심, 그러니까 태평연월에야 정치인이며 정치부 기자들, 바보들한테 맡겨 두면 그만이지만 전쟁이 벌어지고 있는 암흑기에는 사람의 심금을 압박하는 이 애국심이란 감정이 사람으로 하여금 별짓을 다 하게 만드는 것이다. 어째서 왕세자나 그 딸들을 만나고 싶어 하지 않은 것일까? 갑자기 그 사람들을 증오하게 된 것일까? 아니면 자신이 그 사람들 탓에 매국노 노릇을 하게 된 것이라 여기고 이제라도 무언가로 보상을 하고 떠나고 싶다고 생각한 것일까? (다 가능성 없는 생각이다. 그래 봐야 언제 죽었어도 이상할 것 없는 무력한 노인네일 뿐인걸.) 하지만 그럴 가능성 또한 배제해서는 안 된다. 그의 상식은 그럴 리 없다며 버티고 있었지만, 어쩐지 미스 킹이 자기한테 털어놓고 싶어 하는 어떤 비밀이 있을 것이라는 확신이 들었다. 자기의 정체를 알고 그 점을 활용할 수 있으리라는 생각으로 자기를 부른 것이라고. 죽어 가는 사람이 무엇이 두려우랴. 하지만 그게 정말로 중요한가? 어센든은 미스 킹이 말하고자 하는 바가 무엇인지 읽어 보려고 더 절실한 마음으로 몸을 기울여 그녀의 눈을 들여다보았다. 어쩌면 그 비밀이란 것도 흐리멍덩해진 노인의 머릿속에서만 중요한, 별 시답지 않은 것인지도 모른다. 어센든은 자기하고 상관도 없는 애먼 사람을 보고 스파이가 아닌가 의심하고, 세상없이 무해한 온갖 상황을 엮어 음모를 찾아 대는 사람들에게 신물이 났다. 미스 킹이 말을 회복할 가능성도 백분의 일이 될까 말까이지만, 그 말조차 듣고 보면 아무짝에도 쓸데없는 소리일 것이다.

하지만 그녀는 얼마나 많은 것을 알고 있겠는가? 그녀의 예리한 눈과 귀라면 결코 중요하지 않다고 할 수 없을, 사람들이 꽁꽁 감춰 둔 사정을 알아낼 기회는 하고많았을 것이다. 어센든은 전에 중대한 결과를 가져올 무언가가 자기 주변에서 착착 준비되고 있다는 예감이 들었던 일을 복기해 보았다.

홀츠민덴이 하필 그날 그 호텔에 온 것은 무슨 영문이었으며, 알리 왕세자와 파샤, 그 도박광 일행은 어째서 하룻밤을 자기하고 브리지 게임이나 하면서 허비했던 것인가? 어쩌면 어떤 새로운 작전이 논의되고 있을 수도 있고, 어쩌면 절체절명의 사건이 진행되고 있는지도 모른다. 그리고 어쩌면 저 노인이 하고 싶어 하는 그 한마디가 이 상황을 완전히 뒤집어 놓게 될 중대한 내용일 수도 있다. 승리냐 패배냐를 가늠할. 또 어쩌면 별 의미 없는 말일 수도 있고. 그런데 미스 킹은 말 한마디 못 하고 하릴없이 누워 있다. 어셴든은 한참을 말없이 그녀를 응시했다.

「혹시 이 전쟁하고 관계가 있는 겁니까, 미스 킹?」 어셴든이 별안간 큰 소리로 말했다.

무언가가 미스 킹의 눈빛에 스치더니 그 작은 얼굴에 파르르 떨림이 지나갔다. 또렷이 눈에 보이는 움직임이었다. 무언가 익숙하지 않은, 무서운 일이 일어나고 있었다. 어셴든은 숨을 죽였다. 그 작고 연약한 몸이 갑자기 극심한 경련을 일으키더니, 최후의 필사적인 안간힘인 듯 침대에서 일어나 앉았다.

「영국.」 갈라져 나오는 거친 목소리로 이 한마디를 말하더니, 미스 킹은 그의 품 안으로 쓰러졌다.

어셴든은 미스 킹을 베개 위에 눕히면서 알았다. 그녀가 숨을 거두었다는 것을.

대머리 멕시코인

「마카로니 좋아합니까?」 R이 물었다.

「마카로니라니, 무슨 말씀이신지?」 어셴든이 답했다. 「그건 나더러 시를 좋아하느냐 묻는 격이로군요. 나는 키츠와 워즈워스, 베를렌과 괴테를 좋아합니다. 마카로니라고 하신건 스파게티,[1] 탈리아텔레,[2] 리가토니,[3] 베르미첼리,[4] 페투치네,[5] 투폴리,[6] 파르팔레[7] 중에서 어느 것을 말씀하시는 겁니까, 아니면 그냥 마카로니를 말씀하시는 겁니까?」

「마카로니.」 R은 말수가 적은 사람이다.

「저는 단순한 음식을 좋아합니다. 삶은 달걀, 굴, 철갑상어알, 트뤼트오블뢰,[8] 구운 연어, 직화 구이 양고기(그중에서도

---

1 가장 일반적인 형태의 파스타.
2 면발이 넓적한 파스타.
3 짤막한 대롱형 파스타.
4 면발이 가느다란 파스타.
5 평평하고 두꺼운 파스타.
6 리가토니보다 더 짧고 지름은 더 큰 대롱형 파스타.
7 나비 모양 파스타.
8 물에 데쳐 익힌 송어 요리.

등심을 좋아하죠), 차게 식힌 들꿩 고기, 당밀 파이, 쌀 푸딩 같은 거요. 하지만 모든 단순한 음식 중에서 날마다 먹어도 싫증이 나기는커녕 무한히 식욕을 돋우는 것은 마카로니뿐이죠.」

「잘됐군요, 이탈리아로 내려가게 됐으니.」

어셴든은 제네바에서 R을 만나러 리옹으로 왔는데, 약속 시간보다 미리 와서 오후 시간을 이 번화한 도시의 단조로운 거리와 분주한 거리, 그리고 특색 없는 거리를 배회하면서 보냈다. 이제 두 사람은 한 식당에 앉아 있다. 어셴든은 R이 리옹에 도착하자 바로 이곳으로 데려왔다. 프랑스 남부에서 가장 음식을 잘하는 식당이라고 정평이 난 곳이었기 때문이다. 하지만 (리옹 사람들이 진미를 즐기는 까닭에) 워낙 사람이 붐비는 명소인지라, 어떤 호기심 많은 사람이 누군가 무심코 내뱉는 유용한 정보라도 얻어들을까 귀를 쫑긋 세우고 있을지 알 수 없는 노릇이니 시시껄렁한 잡담이나 주고받는 것으로 만족해야 했다. 이윽고 근사한 식사가 끝났다.

「브랜디 한 잔 더?」R이 물었다.

「괜찮습니다. 잘 먹었습니다.」절제하는 기질을 지닌 어셴든이 대답했다.

「혹독한 전쟁의 고통을 완화시켜 주는 것이라면 뭐든 하는 게 좋죠.」R은 술병을 들고서 자기 잔을 채운 다음, 어셴든의 잔도 채워 주면서 이렇게 말했다.

어셴든은 허세로 비칠 것 같아 더 이상 사양하지 않았지만, 이 사람이 아무리 상관이라고 해도 술병을 잡는 모양새가 예절에 어긋나는 점에 대해서는 충고를 하고 넘어가야 할 것 같았다.

「어려서부터 듣곤 했죠. 여자는 허리를 잡고 술병은 목을 잡으라고.」어센든은 나직하게 말했다.

「말씀은 고맙소만, 나는 이대로 계속 술병은 허리를 잡고 여자는 밀어낼 테요.」

어센든은 이 말에 어떻게 대답해야 할지 몰라서 가만히 브랜디를 한 모금 홀짝였고, R은 계산서를 요청했다. R이 많은 동료를 쥐락펴락할 힘이 있으며, 그의 말이라면 제국의 명운을 손에 쥔 이들조차 경청하는 중요한 인물임에는 틀림없었다. 그런 사람이 식당 종업원에게 팁을 줄 때만 되면 어쩔 줄 모르고 쩔쩔맸다. 너무 많이 줬다가 호구 취급을 당하거나 너무 적게 줬다가 업신여김을 당할까 두려워 진땀을 흘렸다. 계산서가 오자 백 프랑가량 되는 지폐를 어센든에게 넘기며 말했다.

「계산 좀 해주겠소? 프랑스 사람들이 숫자 쓰는 방식은 도무지 이해할 수가 없어서.」

종업원이 두 사람의 모자와 외투를 가져왔다.

「호텔로 돌아가시겠습니까?」

「그러는 게 좋을 것 같군요.」

아직 연초인데도 날씨가 갑자기 따뜻해져 외투를 팔에 걸치고 걸었다. 어센든은 R이 거실 공간이 갖춰진 방을 좋아한다는 것을 알고 있었고, 호텔에 도착하자마자 바로 그리로 갔다. 호텔은 구식이었고, 거실이 널찍했다. 녹색 벨벳을 씌운 묵중한 마호가니 소파가 비치되어 있었고, 대형 탁자를 중심으로 의자들이 단정하게 놓여 있었다. 칙칙한 벽지를 바른 벽에는 나폴레옹 전투를 묘사한 커다란 동판화가 걸려 있었다. 천장에는 거대한 샹들리에가 매달려 있었는데, 예전에는 가스등이던 것을 현재는 전구로 바꾼 것이었다.

「아주 좋군요.」 방에 들어서면서 R이 말했다.

「아주 아늑하진 않죠.」 어센든이 완곡하게 말했다.

「그렇긴 하지만, 이 호텔에선 가장 좋은 방 같군요. 나한테는 이 정도면 아주 좋습니다.」

그는 녹색 벨벳 의자 하나를 탁자에서 끌어내어 앉더니, 시가에 불을 붙이고 허리띠와 웃옷 단추를 풀었다.

「나는 뭐니 뭐니 해도 궐련이 최고라고 생각해 온 사람인데, 전쟁이 난 뒤로는 아바나 시가가 좋아졌어요. 뭐, 이 기호도 영원하진 않겠지만 말이오.」 이렇게 말하는 그의 입가에 웃음기가 스쳤다. 「그래 봤자 사람한테 하등 이로울 것 없는 메스꺼운 바람일 뿐이지요.」

어센든은 의자 둘을 끌어내어 하나는 앉고 하나는 두 발을 얹었다. R이 어센든을 보더니 〈그것도 괜찮은 생각이군〉 하며, 탁자에서 의자를 하나 더 끌어내어 안도의 숨을 내쉬면서 구두를 신은 채로 두 발을 올렸다.

「저 옆방은 뭐요?」

「대령님 침실입니다.」

「저 다른 쪽은?」

「연회장입니다.」

R은 일어나 방 안을 어슬렁거리다가 창가에 이르렀을 때

괜한 호기심이 생겼는지 두꺼운 암막 커튼을 들추고 밖을 한 번 슬쩍 보고는, 의자로 돌아와 다시 편안하게 두 발을 올리고 앉았다.

「어지간하면 위험을 감수하면서 나서는 건 하지 않는 편이 낫죠.」R이 말했다.

그는 생각에 잠겨 어셴든을 바라보았다. 얇은 입술에는 미소가 떠올랐지만, 가운데로 몰린 파란 눈은 여전히 차갑고 무정하게 느껴졌다. 익숙하지 않은 사람이라면 당황스러워했을 눈빛이었다. 그는 R이 지금 도모하는 일이 있는데 어떻게 얘기를 꺼낼까 궁리하고 있다는 것을 알았다. 침묵이 2, 3분 정도 이어졌다.

「오늘 밤 한 사람이 오기로 했습니다.」마침내 R이 말문을 열었다.「그 열차가 10시경에 도착합니다.」R은 손목시계를 힐끗 보았다.「대머리 멕시코인으로 불리는 사람이지요.」

「왜 그렇게 부르죠?」

「대머리이고 멕시코인이니까.」

「완벽하게 납득이 되는 설명이로군요.」어셴든이 말했다.

「자기가 어떤 사람인지는 본인이 와서 다 말할 겁니다. 말이 아주 청산유수지. 처음 만났을 때는 군색하기가 이를 데 없었어요. 멕시코에서 무슨 혁명 운동에 연루되었다가 땡전 한 푼 없이 간신히 옷만 부랴부랴 걸쳐 입고 빠져나왔던 모양입니다. 그 옷조차도 얼마나 너덜너덜하던지. 그 사람한테 장군님이라고 불러 주면 좋아할 거요. 자기가 우에르타[9]의

9 Victoriano Huerta(1850~1916). 1910~1920년 멕시코 혁명 과정 중

반란군에서 장군으로 있었다더군요. 아마 우에르타가 맞을 거요. 아무튼 일만 잘 풀렸다면 지금쯤 국방부 장관으로 대단한 거물이 되었을 거라고 하더군요. 퍽 쓸모가 있습디다. 나쁜 사람은 아니오. 다만 딱 한 가지 심하게 거슬리는 점이 있는데, 향수를 쓴다는 거요.」

「그런데 제가 할 일은?」어셴든이 물었다.

「그 사람이 이탈리아로 내려갈 거요. 이번에 그 사람한테 좀 까다로운 일을 맡기려고 하는데, 당신이 함께해 줬으면 해요. 큰돈을 맡기고 싶은 사람은 아니거든. 노름을 하는 데다가 여자도 꽤 밝히는 사람이라. 제네바에는 어셴든 본인 여권으로 온 거 맞지요?」

「예, 맞습니다.」

「여권이 하나 더 준비되어 있어요, 외교관용으로. 이름은 서머빌이고, 프랑스와 이탈리아 입국 비자가 발행되어 있어요. 내 생각엔 두 사람이 일행으로 움직이는 게 좋을 것 같군요. 분위기를 탔다 하면 아주 재미있는 사람이고, 두 사람이 서로에 대해서 알아 둘 필요도 있으니까.」

「임무는 뭡니까?」

「그걸 미리 말해 주는 게 과연 당신한테 좋을지 어떨지, 아직 판단이 서지 않소.」

어셴든은 아무 말도 하지 않았다. 어셴든과 R은 열차 칸에서 옆자리에 앉게 된 사람들이 서로 옆 사람에 대해 뭐 하는 작자인가 싶은 생각으로 훑어보는 듯한 눈빛을 주고받았다.

반혁명군에 가담해 군사 쿠데타로 대통령이 된 인물.

「내가 당신이라면, 장군이 하고 싶어 하는 말을 다 하게 내버려 두고 가만히 있는 쪽을 택하겠소. 꼭 필요한 얘기가 아니면 자신에 관해서는 입을 다물고. 그 사람 쪽에서 뭔가를 물어보는 일은 없을 거요. 내가 장담할 수 있는 건, 그자가 자기 나름대로 예의를 지키는 사람이라는 거요.」

「그건 그렇고, 그 사람 본명은 뭡니까?」

「나는 마누엘이라 부르고 있어요. 본인이 마음에 들어 하는지는 모르겠지만, 어쨌거나 이름은 마누엘 카르모나요.」

「대령님이 말씀하시지 않은 바로 짐작하건대, 그 사람 아주 못 말리는 무뢰한이겠군요.」

R의 파란 눈이 씩 웃었다.

「그 정도까지인지는 모르겠소만, 정규 교육의 효과를 보지 못하는 사람이라고 하면 되겠군요. 그자가 문제를 다루는 방식은 당신이나 나하고는 달라요. 그자가 근처에 있을 때 황금 담배 케이스를 맘놓고 내놔도 될까 걱정할 필요는 없을지 몰라도, 만약 포커를 쳐서 당신한테 돈을 잃었다면 그 담배 케이스를 들고 냉큼 전당포에 잡혀 본전을 찾으려 들 사람, 틈만 보였다 하면 당신 아내를 꼬드기려 들다가도 당신이 곤경에 처하면 마지막 남은 빵 부스러기까지 내어 줄 사람, 구노의 〈아베마리아〉를 들으면 눈물을 흘리지만 자기 인격을 모독한 자는 개처럼 쏴죽일 사람이오. 멕시코에서는 남자와 술 사이를 지나가는 게 모욕이랍니다. 마누엘이 해준 얘기가 있는데, 한 네덜란드 사내가 술집에서 무심결에 자기가 앉은 테이블과 술잔 사이를 가로질러 가길래 재까닥 권총을 뽑아 쏴죽였다고 하더군.」

「그 사람 그러고도 무사했다고요?」

「그랬다지. 멕시코 최고 명문 집안 출신이라는 것 같습니다. 사건 자체를 쉬쉬 파묻어 버리더니 신문에는 그 네덜란드인이 자살한 것으로 보도가 되었지요. 이 대머리 멕시코인, 인명을 대단히 중시하는 사람이라고 보기는 어렵죠.」

R을 골똘히 보며 얘기를 듣고 있던 어센든은 흠칫 놀라, 피로한 기색이 가득한 그 주름진 누런 얼굴을 한층 더 유심히 살펴보았다. 결코 별 뜻 없이 하는 소리가 아니었다.

「인명의 가치 운운하는 온갖 헛소리가 판치는 세상이긴 합니다만, 포커에서 사용하는 칩은 각각의 가치가 있지만 그 가치는 사람이 임의적으로 매긴 것이죠. 전투 중인 장군에게 병사는 포커 칩에 지나지 않아요. 감상적인 이유로 그들을 인간으로 바라보려는 장군이 있다면, 얼간이로 취급받아 마땅한 법이죠.」

「하지만 그들은 느끼고 생각하는 칩이란 말이죠. 자기네를 소모품 취급한다고 느낀다면, 더 이상 이용당하는 것을 거부할 수도 있다는 겁니다.」

「좌우간 그게 중요한 건 아니고, 콘스탄티네 안드레아디라는 자가 우리가 입수하고자 하는 문서를 들고 콘스탄티노플에서 이쪽으로 온다는 정보가 들어왔어요. 그리스인이고 엔베르 파샤[10]의 첩보원이오. 엔베르의 신임이 아주 두터운 인

10 Enver Pasha(1881~1922). 제1차 세계 대전 당시 터키가 동맹국에 가담하는 데 핵심 역할을 한 오스만 제국의 육군 장성.

물이라는군요. 문서로 남길 수 없을 정도로 중대한 기밀을 이자가 구두로 하달받아 이타카호라는 배로 피레우스항을 떠나 브린디시항에 기착했다가 로마로 들어갑니다. 그 기밀 문서를 독일 대사관에 전달할 것이고, 엔베르에게 받은 구두 지령은 대사에게 직접 말로 전할 거요.」

「알겠습니다.」

당시 이탈리아는 아직 중립을 지키고 있어서 동맹국 진영에서는 이탈리아를 중립으로 남겨 놓기 위해서 온 힘을 다 쏟고 있었고, 연합국 진영은 선전 포고에 이탈리아를 포함시키기 위해 백방으로 힘쓰는 국면이었다.

「우리는 이탈리아 당국과 문제를 일으키고 싶지 않아요. 그랬다가는 치명적인 결과를 가져올 수도 있으니까. 하지만 안드레아디가 로마에 들어가는 건 무슨 일이 있어도 막아야 합니다.」

「아무리 큰 대가가 따르더라도 말입니까?」 어셴든이 물었다.

「돈은 상관없소.」 R은 대답하며 냉소하듯 입술을 삐죽거렸다.

「제안하시는 바는?」

「당신이라면 그 정도 일에 골머리 썩일 필요는 없을 듯한데.」

「제가 상상력이라면 흘러넘치죠.」 어셴든이 말했다.

「그 대머리 멕시코인과 함께 나폴리로 내려가 주면 좋겠소. 그 사람, 어떻게든 다시 쿠바로 갈 생각에 여념이 없어요.

그 사람 친구들이 뭔가 일을 꾸미고 있는 눈친데, 가능한 한 가까이에 있다가 때가 무르익었을 때 바로 멕시코로 넘어갈 요량인 거죠. 현금이 필요한 상황이에요. 돈은 내가 미국 달러로 준비해 왔소. 오늘 밤 당신한테 줄 테니 지참하고 가도록 하시오.」

「액수가 큽니까?」

「액수는 꽤 되지만 부피가 크면 곤란할 것 같아서 천 달러짜리 지폐로 준비했어요. 그 대머리 멕시코인으로부터 안드레아디가 들고 오는 문서를 받는 대로 현금을 넘겨주면 되겠소.」

어셴든은 한 가지 의문이 떠올라 입이 근질거렸지만 묻지 않았다. 대신 다른 것을 물었다.

「그 친구는 자기가 뭘 해야 하는지 알고 있습니까?」

「아주 잘 알고 있소.」

노크 소리가 나더니 문이 열렸다. 대머리 멕시코인이 그 앞에 서 있었다.

「막 도착했습니다. 안녕하셨습니까, 대령님. 다시 뵙게 되어 무척 반갑습니다.」

R이 자리에서 일어섰다.

「여행은 어땠소, 마누엘? 인사해요, 카르모나 장군. 이쪽은 서머빌 선생, 나폴리까지 동행할 사람이오.」

「만나 뵙게 되어 반갑습니다.」

악수하는 손에 어찌나 힘이 들어갔는지 어셴든은 움찔했다.

「손이 무쇠 같습니다, 장군.」어셴든이 우물우물 말했다.

마누엘은 두 사람을 흘끗 쳐다보았다.

「오늘 아침에 손톱 손질을 받았습니다. 썩 잘 된 것 같지가 않아요. 난 반질반질 광나게 하는 게 좋더라고요.」

장군의 손톱은 끝을 뾰족하게 다듬고 밝은 빨간색으로 물들여져 있었는데, 어셴든이 보기에는 거울처럼 반짝거리는 것 같았다. 날이 춥지도 않은데 장군은 아스트라한[11] 목깃이 달린 모피 외투를 입고 있었고, 움직일 때마다 향수 냄새가 코를 찔렀다.

「장군, 외투를 벗고 시가나 한 대 피우시죠.」R이 말했다.

대머리 멕시코인은 장신이었고, 마른 듯해도 아주 힘센 사람이라는 인상을 주었다. 남색 소모사 정장을 말쑥하게 차려입었는데, 상의 가슴 주머니에는 실크 손수건도 얌전하게 꽂혀 있었다. 손목에는 금팔찌를 차고 있었다. 이목구비는 잘생겼지만 얼굴이 다소 큰 편이었고, 눈동자는 형형한 갈색으로 빛났다. 노르스레한 피부가 여자처럼 매끈한데, 아닌 게 아니라 전신에 털이 없다 보니 눈썹에 속눈썹마저 없었다. 연갈색 장발의 가발을 쓴 머리는 예술가스럽게 일부러 헝클어뜨린 듯했다. 이런 외양과 주름살 하나 없는 황색 피부에 쫙 빼입은 옷차림의 조합은 약간 소름 끼치는 첫인상을 주었다. 이런 그의 모습이 혐오스럽고 우스꽝스럽기는 했지만 좀처럼 눈을 뗄 수가 없었다. 그 기이한 모습 속에 어떤 불길한 매력이 있었다고나 할까.

11 러시아 볼가강 하구 도시 아스트라한산 어린 양털로 만든 검은 모피.

그는 앉으면서 무릎이 튀어나오지 않도록 바지를 추켜올렸다.

「자, 마누엘. 오늘은 또 누굴 울리지 않았소?」R이 빈정대는 투로 놀렸다.

「우리 친애하는 대령님께선 내가 여자들하고 잘 지내는 걸 시기하신다니까요. 누누이 말씀드리지만 제 말만 들어도 얼마든지 저 못지않은 여복을 누리실 겁니다. 퇴짜 맞기를 두려워하지 않는 자는 퇴짜를 맞을 수 없다, 이 말씀입니다.」

「그 무슨 당치 않은 소리요, 마누엘. 여자를 대하는 방식은 사람마다 다른 법이오. 당신이야 거부하기 어려운 뭔가가 있는 사람이고.」

대머리 멕시코인은 껄껄 웃으며 흐뭇한 속내를 굳이 감추려 들지도 않았다. 그는 영어를 아주 잘했는데, 스페인어 발음에 미국 억양이 섞인 영어였다.

「이왕 물으셨으니 말씀드리는데요, 열차에서 시어머니를 뵈러 리옹으로 오는 길이라던 한 아담한 여자와 대화를 나누긴 했습니다. 나이가 어리지 않은 데다 제 이상형보다 마른 편이었지만 괜찮아 보였죠. 덕분에 열차에서 기분 좋은 시간을 보낼 수 있었습니다.」

「자, 그럼 본론으로 들어갑시다.」R이 말했다.

「분부만 내리십시오, 대령님.」대머리 멕시코인이 어셴든을 흘끗 보면서 말했다. 「서머빌 씨는 군에서 일하시는 분인가요?」

「아뇨, 작가십니다.」R이 말했다.

「세상엔 별별 직업이 다 있다고들 하더니……. 알게 되어서 반갑습니다, 서머빌 씨. 나한텐 작가 선생께 흥미로울 이야깃거리가 한 보따리 있죠. 우리, 잘 어울릴 것 같습니다. 동정심 많은 분 같아 보이는데, 내가 그쪽으로 굉장히 예민한 사람이라서 말이죠. 사실을 말씀드리자면, 나는 온몸이 하나의 신경 덩어리라 나한테 반감 있는 사람하고 같이 있게 되면 아주 자제심을 잃고 말죠.」

「즐거운 여행이 되었으면 좋겠습니다.」 어셴든이 말했다.

「우리 친구들은 브린디시에 언제 도착합니까?」 멕시코인이 R을 보며 물었다.

「14일에 이타카호로 피레우스항에서 출발합니다. 보나마나 낡아 빠진 선박일 텐데, 시간 늦지 않게 브린디시에 들어가도록 해요.」

「옳은 말씀이십니다.」

R이 일어나더니 양손을 주머니에 넣은 채로 테이블 끄트머리에 걸터앉았다. R은 군복이 낡은 데다 상의 단추를 끄르고 있어, 말쑥하게 잘 차려입은 멕시코인 옆에 있으니 한층 더 남루해 보였다.

「서머빌 씨는 이번 임무에 대해 사실상 아무것도 아는 게 없고, 당신도 아무 말 하지 않기를 바랍니다. 내 생각엔 당신이 입을 다물고 있는 편이 좋을 것 같군요. 서머빌 씨에게 당신 일에 필요한 자금을 전달하도록 지시는 해두었소만, 현장에서 어떻게 움직일 것인지는 당신 스스로 결정할 바요. 물론 조언이 필요하다면 구할 수 있소.」

「나는 좀처럼 타인에게 조언을 구하지 않고, 준다 해도 절대 받아들이는 사람이 아닙니다.」

「일이 잘못될 경우에도 서머빌 씨를 끌어들이지 않으리라 믿겠소. 그를 위험 속으로 몰아넣는 일은 절대로 없어야 합니다.」

「대령님, 나는 명예를 중시하는 사람입니다.」 대머리 멕시코인이 엄숙하게 말했다. 「친구를 배신하느니 차라리 내 몸이 갈기갈기 찢기는 쪽을 택합니다.」

「그러잖아도 서머빌 씨한테 그렇게 말했죠. 하지만 만사가 순조롭게 마무리될 시, 내가 말한 문서를 서머빌 씨가 받는 대로 우리가 약속한 금액을 당신한테 건네도록 지침을 내려두었소. 당신이 어떤 방법으로 그 문서를 손에 넣는가는 서머빌 씨가 관여할 사안이 아닙니다.」

「그건 당연지사고요. 다만 한 가지 분명하게 해두고 싶은 게 있는데, 대령님이 나에게 맡긴 임무를 수락한 것은 돈 때문이 아니라는 것을 서머빌 씨도 물론 알고 있겠죠?」

「물론이죠.」 R은 그의 눈을 똑바로 보면서 진지하게 답했다.

「나는 뼛속까지 연합국 편입니다. 벨기에의 중립을 침해하는 독일을 용서하지 않을 것이며, 대령님이 제안한 돈을 받는다면 그건 내가 무엇보다도 애국자이기 때문입니다. 서머빌 씨는 절대적으로 신뢰해도 되는 사람이겠죠?」

R이 고개를 끄덕여 대답했다. 멕시코인이 어센든 쪽으로 돌아서며 말했다.

「현재 조국을 수탈하고 망치는 독재자 무리로부터 나의 불우한 조국을 해방시키기 위해 원정군이 조직되고 있습니다. 내가 받는 돈은 한 푼도 남김없이 총포와 탄약에 들어갈 것입니다. 나한테 돈 따위는 필요하지 않아요. 나는 군인이고, 빵 쪼가리 하나와 올리브 몇 알만 있으면 살아갈 수 있습니다. 신사에게 어울리는 것은 전쟁, 노름, 여자, 딱 이 세 가지뿐이오. 소총을 어깨에 걸머메고 산속으로 들어가는 데 무슨 돈이 들겠습니까. 그리고 이게 진짜 전쟁이지, 대군 동원하고 대포나 쏘아 대는 건 전쟁이 아닙니다. 여자들은 이런 나를 있는 그대로 사랑하며, 노름에선 보통 내가 땁니다.」

어셴든은 손수건엔 향수를 뿌리고 팔목에는 금팔찌를 두른 이 별난 사내의 요란함이 무척이나 마음에 들었다. 그저 오다가다 길에서 흔히 볼 수 있는 그런 사람이 아니었다(우리는 이런 사람의 전횡을 욕하지만, 결국에 가서는 따를 수밖에 없다). 인간의 기이한 면을 탐구하는 비전문가의 눈에 이 사람은 기쁜 마음으로 감상해야 할 진품이었다. 그는 걸어다니는 미사여구랄까, 가발 쓴 머리에 수염 한 가닥 없는 큰 얼굴에도 불구하고 어떤 품격이 느껴지는 사람이었다. 자기도취가 대단해 허황한 구석이 있긴 하지만 함부로 다뤄도 될 만한 인상은 아니었다.

「마누엘, 장비는 어디 있죠?」R이 물었다.

그 순간 멕시코인은 미간을 찌푸리며 안색이 어두워졌는데, 열띤 웅변을 뚝 끊어 버린 이 뜬금없는 질문에 모멸감을 느낄 법도 했다. 하지만 그 이상으로 불쾌한 내색은 내비치지 않았다. 어셴든은 대령을 〈섬세한 감정이라곤 모르는 야만인〉으로 바라보는 마누엘의 속마음을 알아챘다.

「역에 맡기고 왔습니다.」

「서머빌 씨가 외교관 여권을 소지하고 있으니, 원한다면 당신 짐도 검사 없이 국경을 통과시킬 수 있을 겁니다.」

「짐이랄 것도 없어요. 양복 몇 벌하고 속옷 몇 장 정도? 그래도 서머빌 씨가 처리해 주시면 좋을 것 같군요. 파리를 떠나기 전에 실크 잠옷을 대여섯 벌 구입했거든요.」

「당신은요?」 R이 어셴든을 돌아보며 물었다.

「제 짐은 가방 하나뿐입니다. 방에 있어요.」

「아직 짐꾼이 있을 때 역으로 보내 놓는 게 좋지 않겠소? 열차는 1시 10분 출발입니다.」

「네?」

어셴든은 출발이 바로 그날 밤이라는 것을 이제야 알았다.

「가급적이면 빨리 나폴리로 내려가는 게 좋겠습니다.」

「알겠습니다.」

R이 자리에서 일어났다.

「나는 자러 가야겠군요. 두 분도 원하는 걸 하도록 해요.」

「나는 리옹 거리를 좀 돌아다닐까 해요.」 대머리 멕시코인이 말했다. 「나는 사람들이 살아가는 모습을 보는 걸 좋아해요. 대령님, 백 프랑만 좀 빌려주시겠습니까? 잔돈 가진 게 없어서요.」

R은 지갑을 꺼내 장군이 요구한 지폐를 건네고 어셴든에게 물었다.

「당신은 뭘 할 건가요? 여기서 기다리겠소?」

「아니요, 저는 역에 먼저 가서 책을 읽고 있겠습니다.」

「두 분, 출발 전에 위스키소다 한잔씩 하면 좋지 않겠소? 어때요, 마누엘?」

「말씀은 감사합니다만, 나는 샴페인과 브랜디 이외에는 마시지 않아요.」

「섞어서 말입니까?」R이 건조하게 물었다.

「꼭 그렇지는 않습니다.」상대는 진지하게 대답했다.

R이 주문한 브랜디와 소다수가 나왔다. R과 어셴든은 두 가지를 섞어 마셨지만, 대머리 멕시코인은 브랜디만 텀블러에 4분의 3을 채우더니 벌컥벌컥 두 모금에 마셔 버렸다. 그러고는 자리에서 벌떡 일어나 아스트라한 목깃이 달린 외투를 걸치고는 한 손은 화려한 검정 모자를 들고, 다른 손은 사랑하는 여자를 자기보다 자격 있는 남자에게 양보하는 듯 로맨틱한 배우의 몸짓으로 R에게 내밀었다.

「자, 대령님, 이만 인사를 드려야겠군요. 좋은 꿈 꾸시고 편한 밤 보내십시오. 당분간은 뵙기 어렵겠지요.」

「마누엘, 제대로 해주길 기대하오. 설령 실패하더라도 입은 꾹 다물도록 하시오.」

「신사의 자제분들이 해군 사관 훈련을 받는 대령님 나라의 한 대학에 〈영국 해군에 불가능이라는 말은 없다〉라는 글귀가 금문으로 새겨져 있다는 얘기를 들었습니다만, 나는 실패라는 말이 무슨 뜻인지 모르는 사람입니다.」

「실패라는 말에는 동의어가 많죠.」R이 받아쳤다.

「서머빌 씨, 우린 역에서 만나죠.」 대머리 멕시코인은 이 말과 함께 요란한 몸짓으로 자리를 떠났다.

R이 보일락 말락 하는 웃음을 띤 얼굴로 어셴든을 보는데, 그렇게 웃을 때마다 몹시 교활해 보이곤 했다.

「그래, 저 사람 어떻게 생각해요?」

「당황스러웠습니다.」 어셴든이 말했다. 「저 사람 무슨 협 잡꾼인가요? 공작처럼 허영이 넘치던데요. 또 외모가 저렇게 무시무시한데, 저 사람이 말하는 것처럼 여자들이 따르는 거 맞아요? 대체 어딜 보고 저 사람을 신뢰하시는 거죠?」

R은 한번 키드득 웃더니 나이 든 앙상한 두 손을 비누로 씻듯이 문질렀다.

「좋아할 줄 알았는데요. 꽤나 괴짜 아닙니까? 믿을 수 있는 사람이라고 생각합니다.」 R의 눈빛이 갑자기 흐려졌다. 「우 리를 배반해 봐야 자기에게 이로울 것이 없을 테니까요.」 그 는 잠시 멈추었다가 말을 이었다. 「좌우간 한번 걸어 보는 수 밖에요. 여기 열차표와 돈을 드릴 테니 이제 떠나도 좋습니 다. 나는 아주 녹초가 됐어요. 이만 잠자리에 들어야겠군요.」

10분 뒤 어셴든은 가방을 짊어진 짐꾼과 함께 역으로 향 했다.

출발 시간까지 두 시간가량 남아 있어 어셴든은 대합실에 편하게 자리를 잡고 앉았다. 조명이 적당해서 소설을 읽었다. 파리발 로마행 직행열차의 출발 시각이 다 되어 가는데, 대 머리 멕시코인이 나타나지 않자 불안해진 어셴든은 플랫폼 으로 나가 보았다. 어셴든에게는 한 가지 병 같지 않은 병이 있었는데, 열차 도착 예정 시각 한 시간 전쯤 되면 차를 놓칠 것 같은 불안감에 시달리는, 이른바 열차 병이다. 호텔에서 짐을 가져오기로 한 짐꾼이 영원히 오지 않을 것 같아 조바심 태우고, 호텔 셔틀버스는 어째서 그렇게 시간을 빠듯하게 다니는지 도무지 이해할 수가 없고, 도로가 한번 막혔다 하면 돌아 버릴 것 같고, 역 짐꾼들이 굼뜨게 움직이는 꼴을 보면 속이 부글부글 끓고, 온 세계가 자기를 지각하게 만들 작정으로 무시무시한 음모를 꾸미는 것만 같다. 승강장 입구를 통과할 때는 사람들이 자기를 막는 것 같고, 매표소에서 다른 열차표를 사기 위해 길게 늘어선 행렬 속 사람들은 잔돈을 꼼꼼하게 센다고 일부러 꾸물거리는 것 같고, 수하물 등록은 끝도 없이 오래 걸린다. 게다가 동행이라도 있을라치면 신문을 사러 가지 않으면 운동 좀 하겠다고 승강장으로 내려가거나, 또 난데없이 처음 보는 사람하고 대화를 하거나, 갑자기 전화할 데가 있다면서 순식간에 눈앞에서 사라져 버리거나, 열차 놓칠 행동만 골라서들 한다. 이래도 그가 타려는 열차마다 다 놓치게 하려고 온 우주가 공모하는 것이 아니라고 장담할 수 있겠는가. 넉넉히 출발 30분 전에 짐을 머리 위 선반에 얹고 예약한 좌석에 앉기 전까지는 도저히 마음이 놓이지 않는다. 심지어 역에 너무 일찍 나가는 바람에 자기가 타야 할 열차가 아닌 앞 열차를 타고 간 적도 한두 번이 아니지만, 이게 다 열차를 놓칠까 봐 안절부절못하는 그놈의 열차 병 때문에 벌어지는 일이다.

로마행 급행열차 신호가 들어왔는데 대머리 멕시코인은

나타날 기미가 보이지 않았고, 열차가 들어왔을 때도 감감무
소식이었다. 어셴든은 점점 더 초조해져서 빠른 걸음으로 승
강장을 오르내리고, 대합실을 들여다보고, 가방을 맡긴 수하
물 보관소에도 가보았지만, 어디에서도 그의 모습은 보이지
않았다. 침대칸은 없었지만 승객이 밖으로 많이 나와 있어,
일등칸에 두 좌석을 잡은 뒤 문간에 서서 시계를 올려다보며
승강장을 위아래로 살폈다. 이 동행자가 나타나지 않으면 로
마에 가봤자 말짱 헛수고 아닌가. 어셴든이 짐을 들고 내려
야겠다고 생각하는데, 짐꾼이 〈승차〉를 외쳤다. 〈이 인간, 찾
기만 해봐라! 아주 호된 맛을 보여 주고 말 테다.〉 이제 3분,
2분, 1분, 시간이 다 되어 간다. 승강장에 어슬렁거리는 사람
은 거의 없고, 열차를 타고 가는 사람들은 전부 좌석에 자리
를 잡고 앉았다. 그때 대머리 멕시코인이 짐꾼 두 명과 중산
모 쓴 사내를 데리고 슬렁슬렁 승강장을 걸어오고 있었다.
그러다 어셴든을 발견하고는 손을 흔들었다.

「어이, 선생. 어떻게 되셨나 궁금하던 차였습니다.」

「맙소사, 서둘러요. 이러다 열차 놓치겠어요.」

「나는 차를 놓치는 법이 없어요. 자리는 좋은 데로 잡았습
니까? *Chef de gare*(역장)가 하필이면 오늘 밤 휴무라더군요.
이 사람은 부역장이죠.」

어셴든이 목 인사를 하자 사내는 모자를 벗었다.

「하지만 이건 보통 칸이군. 난 이런 거 못 타요.」그는 애교
넘치는 웃음을 지으며 부역장 쪽을 보았다. 「그 정도는 해줄
수 있지, *mon cher*(자기)?」

「*Certainement, mon général*(그야 여부가 있겠습니까, 장군님). *Salon-lit*(라운지 침대칸)로 모시겠습니다.」

부역장이 두 사람을 이끌고 차량을 이동하여 침대 두 개가 있는 빈 객실로 안내했다. 멕시코인은 흡족한 눈빛으로 객실을 살피고는 짐꾼들이 짐 정리하는 모습을 지켜보았다.

「이거면 됐어요. 이거, 신세 단단히 졌어요.」 그는 중산모 사내에게 손을 내밀었다. 「내가 잊지 않고 있다가 다음번에 장관님을 만날 때 당신이 내게 얼마나 잘해 줬는지 꼭 얘기하겠어요.」

「잘해 줬다니요, 장군님. 말씀만이라도 감사할 따름입니다.」

호루라기 소리가 울리고 열차는 출발했다.

「웬만한 일등석보다 좋은 것 같죠, 서머빌 씨.」 멕시코인이 말했다. 「여행 좀 할 줄 아는 사람이라면 어떤 환경에서도 묘수를 찾아내는 법이죠.」

「대체 이렇게 빠듯하게 나타난 이유가 뭡니까? 열차를 놓쳤다면 아주 바보꼴 날 뻔했다고요.」

「어허, 진정해요, 친구. 그렇게 되었을 리 없답니다. 처음 도착했을 때 이미 역장한테 말해 두었거든요. 〈나는 멕시코군 사령관 카르모나 장군이다, 리옹에는 대영 제국 육군 원수와 회의차 몇 시간 들른 것이다, 내가 혹시라도 늦거든 열차 출발을 좀 늦춰 달라, 그러면 우리 정부가 훈장을 수여할 방도를 모색해 볼 수도 있다〉고 넌지시 얘기해 뒀지요. 리옹에는 전에 와봤는데, 난 여기 여자들이 좋아요. 파리 여자들 같은 세련미는 없지만 뭔가 있어요. 여기 여자들만의 부인할 수 없는 매력이라고 해두죠. 잠자기 전에 브랜디 한 모금 하시겠습니까?」

「전 괜찮습니다.」어셴든이 퉁명스럽게 대답했다.

「나는 잠자리에 들기 전에 꼭 한잔합니다. 신경을 안정시켜 주지요.」

그는 여행 가방 안을 들여다보더니 가뿐하게 술병을 찾아냈고, 입에 대고 길게 한 모금 들이켜고 나서 손등으로 입가를 쓱 훔친 뒤 담배에 불을 붙였다. 그러고는 부츠를 벗고 누웠다. 어셴든은 조명을 줄였다.

「이게, 아직 판단이 서질 않는단 말이에요.」대머리 멕시코인이 생각에 잠겨 말했다. 「아름다운 여자의 입술을 받는 쪽이냐, 아니면 입에 담배가 물려 있는 쪽이냐, 어느 쪽이 더 기분 좋게 잠드는 방법인지 알 수가 없단 말입니다. 멕시코엔 가보셨나요? 멕시코에 대해선 내일 얘기해 드리죠. 그럼 잘 자요.」

어셴든은 이내 들려오는 고른 숨결을 통해 그가 잠들었다는 것을 알아차렸고, 자신도 깜박 잠들었다가 얼마 가지 않아 도로 깼다. 멕시코인은 얼마나 깊이 잠들었는지 미동도 없었다. 모피 외투를 담요 삼아 덮고 자는데, 가발은 그대로 쓰고 있었다. 갑자기 덜컹하더니 요란한 제동 소음과 함께 열차가 멈춰 섰다. 무슨 일이 일어난 건지 어셴든이 어리둥절해하고 있는데, 멕시코인은 눈 깜짝할 사이에 침대에서 내려왔고 손은 허리 뒤쪽에 가 있었다.

「뭡니까?」그가 외쳤다.

「아무것도 아니에요. 보나마나 정차 신호일 겁니다.」

멕시코인은 침상에 털썩 둔탁한 소리를 내며 앉았다. 어셴든이 조명을 밝혔다.

「그렇게 깊게 잠이 들었는데도 어떻게 금방 깨시는군요.」

「직업상 그럴 수밖에 없습니다.」

어셴든은 그게 살인을 하는 것인지, 어떤 음모를 꾸미거나 군대를 지휘하는 것인지 묻고 싶었지만, 분별 있는 행동이 아닐 것 같아 그만두었다. 장군은 가방을 열고 아까의 술병을 꺼냈다.

「한 모금 하시렵니까?」 그가 물었다. 「한밤중에 갑자기 잠에서 깼을 때 이것만 한 건 없지요.」

어셴든이 사양하니 그는 다시 병을 입에 갖다 대고 제법 많은 양을 목구멍으로 들이부었다. 그는 한숨을 쉬고 담배에 불을 붙였다. 지금 브랜디 한 병을 거의 다 마셨고, 열차를 타기 전 시내를 돌아다닐 때도 십중팔구 꽤나 마셨을 터인데도 말투를 보나 행동을 보나 술 마신 사람으로는 보이지 않았다.

열차는 다시 출발했고, 어셴든은 금세 곯아떨어졌다. 다시 눈을 떴을 때는 아침이었고, 빈둥빈둥 뒹굴거리다 보니 멕시코인도 깨어 담배를 피우고 있었다. 그의 자리 바닥에는 담배꽁초가 널려 있었고, 공기는 뿌옇고 탁했다. 밤공기가 위험하니 창문을 열지 말아 달라고 부탁까지 했으면서.

「선생이 깰까 봐 일어나지 않고 있었습니다. 세수 먼저 하시렵니까? 아니면 내가 먼저 할까요?」

「전 급할 것 없습니다.」 어셴든이 말했다.

「나는 노병이니 오래 걸리진 않을 겁니다. 양치질은 매일
하십니까?」

「네.」 어셴든이 답했다.

「나도 그래요. 뉴욕에 살면서 생긴 습관이지요. 사내한테
는 고르고 깨끗한 이가 일종의 장신구라 여기고 있습니다.」

세면대가 딸린 객실이어서 장군은 안에서 콸콸 우구우구
힘차게 양치질을 했다. 그러고는 가방에서 오드콜로뉴 병을
꺼내 수건에 약간 붓더니 그것으로 얼굴과 손을 문질렀다.
다음으로는 머리빗으로 가발을 정성 들여 빗었는데, 밤새 꼼
짝 않고 머리에 붙어 있었을 리는 없고 아마도 어셴든이 깨
기 전에 다시 썼으리라. 그는 가방에서 또 다른 병을 꺼내더
니 뚜껑에 달린 고무 스포이트를 꾹 눌러 셔츠와 외투를 은
은한 향으로 뒤덮고 손수건에도 똑같이 하고는, 세상에 대한
자신의 의무를 다하고 흐뭇해하는 사람처럼 환한 얼굴로 어
셴든을 돌아보며 말했다.

「이제 오늘 하루를 살아 낼 준비가 되었습니다. 내 물건은
선생께 맡기지요. 오드콜로뉴는 겁내실 필요 없어요. 파리에
서 구할 수 있는 최고의 물건이죠.」

「고맙습니다만, 저는 비누하고 물만 있으면 됩니다.」 어셴
든이 말했다.

「물이라고요? 나는 목욕할 때 외에는 절대 물을 쓰지 않아
요. 물만큼 피부에 해로운 게 없거든요.」

열차가 국경에 가까워졌을 때 어셴든은 장군이 한밤중에
갑자기 잠에서 깼을 때 보여 주었던 군인다운 대처가 떠올라

말을 건넸다.

「혹시 권총을 갖고 계시다면 나한테 맡기시는 게 좋을 것 같습니다. 그 사람들이 나는 외교관 여권 소지자라 그냥 넘어가겠지만, 장군님은 검색하고 싶어 할 수도 있는데, 거기서 말썽이 생기는 건 곤란하지 않겠습니까.」

「이거야 무기 축에도 못 들죠. 장난감 수준인걸요.」 멕시코인은 바지 뒷주머니에서 여섯 발이 빼곡하게 장전된 겁나는 연발 권총을 꺼냈다. 「이 녀석하고는 한시도 떨어져 있고 싶지 않아요. 얘가 없으면 옷을 다 입지 않은 기분이 든단 말입니다. 하지만 선생 말이 맞아요. 여기서 공연히 모험을 할 필요는 없겠지요. 비수도 맡길게요. 난 권총보다는 칼 쓰는 걸 선호하죠. 훨씬 우아한 무기라고 생각해요.」

「그건 다 습관의 문제일 뿐이라고 감히 말씀드립니다.」 어셴든이 말했다. 「아마도 비수 쓰는 것이 더 익숙하신가 봅니다.」

「방아쇠는 누구라도 당길 수 있지만 비수를 쓸 수 있는 건 오직 남자뿐이지요.」

멕시코인이 조끼를 홱 열어젖히는 동시에 허리띠에서 섬뜩한 형상의 날카로운 비수를 낚아채 칼집에서 꺼내 놓는데, 어셴든에게는 이 과정이 단 하나의 동작으로 보였다. 그는 흉하고 민둥한 큰 얼굴 가득 의기양양한 웃음을 머금고 어셴든에게 비수를 건넸다.

「걸작을 받으십시오, 서머빌 씨. 내 평생 이보다 훌륭한 금속은 본 적이 없어요. 면도날처럼 예리한 날에 튼튼하기까지

합니다. 궐련지를 자를 수도 있고, 참나무를 찍어 넘길 수도 있죠. 고장 날 일도 없고, 딱 접으면 초등학생이 책상에 눈금 새길 때 쓰는 평범한 학용품으로 보인답니다.」

멕시코인이 째깍 하고 접어 건네는 칼을 어셴든은 권총과 함께 호주머니에 넣었다.

「또 다른 건 없습니까?」

「내 손이요.」 멕시코인이 거만을 부리며 대답했다. 「하지만 요놈들은 세관원들이 문제 삼지 않을 테지요.」

어셴든은 처음 만났을 때 잡았던 무쇠 같은 손아귀가 떠올라 흠칫했다. 손등에도 손목에도 털 한 가닥 없는 크고 길쭉하고 부드러운 손이었지만, 매니큐어를 칠한 뾰족하고 혈색 좋은 손톱은 아무래도 불길하게 느껴졌다.

미지의 여인

어셴든과 카르모나 장군은 국경에서 입국 절차를 각각 별도로 거쳤다. 열차로 돌아왔을 때 어셴든이 권총과 비수를 돌려주자 장군은 한숨을 쉬었다.

「이제야 좀 마음이 편해지는군요. 카드 한판 어때요?」

「그거 좋죠.」 어셴든이 말했다.

대머리 멕시코인은 다시 가방을 열고 한쪽 구석에서 손때가 묻어 찐득거리는 프랑스제 카드 한 벌을 꺼냈다. 어셴든에게 에카르테[1]를 할 줄 아는지 묻기에 모른다고 하니 피케트[2]를 제안했다. 피케트는 어셴든도 낯설지 않은 게임이어서 판돈을 정하고 플레이를 시작했다. 두 사람 다 빠른 진행을 선호해 네 판을 했고, 첫판과 막판은 판돈을 두 배로 키웠다. 어셴든에게도 충분히 좋은 패가 들어왔지만, 어째서인지 장군에게는 계속 더 좋은 패가 가는 것 같았다. 어셴든은 자신

1 높은 패를 많이 차지하는 쪽이 승리하는 2인 게임으로 19세기 프랑스에서 유행했다.
2 에카르테와 비슷하나 52장 카드에서 2~6 숫자 카드를 뺀 32장 카드로 하는 게임.

의 적수가 못마땅한 기회를 바로잡을 가능성을 염두에 두고 두 눈을 부릅뜨고 지켜보았으나 정당하지 못한 수를 쓰는 기미는 찾을 수 없었고, 게임은 판판이 졌다. 패 하나 따지 못하고 지거나, 두 배 이상의 점수 차로 지거나. 실점이 쌓이고 쌓이더니 1천 프랑에 육박하는 돈을 잃었는데, 당시로서는 상당히 큰 액수였다. 장군은 줄기차게 담배를 피워 댔다. 손수 말아 혀끝에 대고 쓱 침을 발라 만드는데, 기가 막힌 솜씨였다.

「그건 그렇고 말이오, 임무 수행 중에 내기에서 잃은 돈도 영국 정부가 대줍니까?」 장군이 물었다.

「당치도 않죠.」

「이제 그 정도 잃었으면 됐습니다. 비용 계정에서 처리되는 돈이라면 로마에 도착할 때까지 하자고 했을 텐데, 나한테 호의적인 분이 자기 돈을 쓰는 거라니 더 이상 따고 싶지 않군요.」

그는 카드를 챙겨 옆으로 치웠다. 어셴든은 어딘가 애처로운 표정으로 지폐 몇 장을 꺼내 멕시코인에게 주었다. 그는 한 장 한 장 세어 보더니 그답게 꼼꼼하게 접어 지갑에 넣었다. 그러고는 윗몸을 기울여 어셴든의 무릎을 정답게 토닥였다.

「난 서머빌 씨가 마음에 듭니다. 허세가 없고 사람이 꼬이지도 않았어요. 보통 영국 사람들 같은 오만함이 없는 사람이니, 내가 충고하는 것을 기분 나쁘게 받아들이지 않으리라 믿고 말합니다. 모르는 사람하고는 피케트하지 말아요.」

어셴든은 굴욕감을 느꼈는데, 얼굴에 나타났는지 멕시코인이 그의 손을 붙잡았다.

　「이런, 내 말에 감정이 상한 건 아니겠지요? 죽어도 그럴 생각은 없었습니다. 피케트를 못 하시는 게 아닙니다. 이건 그런 문제가 아니에요. 같이 있을 시간이 더 길다면 카드에서 이기는 비법을 가르쳐 드릴 텐데. 카드는 돈을 따기 위해서 하는 것이니 지는 건 말도 안 됩니다.」

　「세상에 공정한 건 사랑과 전쟁밖에 없는 줄 알았지 뭡니까.」어셴든이 픽 웃으며 말했다.

　「아유, 선생이 웃는 얼굴을 보니 마음이 놓입니다. 이게 바로 패배를 받아들이는 법이지요. 선생은 유머도 있고 양식도 갖추었어요. 인생에서 성공하실 분입니다. 내가 멕시코로 돌아가서 저택 소유권을 되찾게 되면 꼭 한 번 방문해 줘요. 왕처럼 모시리다. 내가 가장 아끼는 말에 태워 드리고, 함께 투우도 보러 가는 겁니다. 마음에 드는 여자를 발견했다? 말만 해요. 뭐든 뜻하는 대로 해드립니다.」

　그는 몰수당한 멕시코의 광대한 사유지며 대목장, 광산 따위에 대한 이야기를 시작했다. 자신이 살았던 왕조에 대해서도 말했다. 그가 하는 이야기가 사실인지 아닌지는 상관없었다. 그가 낭랑하게 읊조리는 구절구절에 낭만의 향기가 흘러넘쳤다. 그의 이야기 속에 그려지는 광활한 삶의 모습은 어느 다른 시대에 속한 듯했고, 이야기와 함께 펼쳐지는 그의 풍부한 몸짓을 보노라니 머나먼 황갈색 풍광 속 대농장과 방대한 가축 떼가 눈앞에서 펼쳐지는 것 같았고, 달빛 내리는 밤공기에 스미는 맹인 가수들의 노래와 팅팅 울려 퍼지는 기타 소리가 들려오는 듯했다.

「가진 걸 전부 잃었어요, 전부 다. 파리에서는 쥐꼬리만 한 돈이라도 벌려고 스페인어를 가르치기도 했고, 아메리카 관광객들을 상대로 — *Americanos del Norte*(북아메리카 말입니다) — 밤거리 안내도 했죠. 만찬 한 번에 거금을 써대던 내가 빵 한 조각 얻겠다고 눈먼 인도 거지처럼 구걸을 하고, 아름다운 여인의 팔목에 다이아몬드 팔찌를 채워 주는 낙에 살던 내가 내 어머니 연배의 노인에게서 옷 한 벌 겨우 얻어 입는 처지가 된 겁니다. 버티는 자가 이깁니다. 불꽃이 위로 튀듯 인간은 태어나면 고생을 하게 되어 있지만, 불행이 영원히 계속되리란 법은 없습니다. 때가 무르익었어요. 머잖아 우리의 반격이 시작될 겁니다.」

그는 손때로 찐득거리는 카드를 다시 집어 들고 몇 개의 더미로 나누어 쌓았다.

「점괘가 어떻게 나오는지 봅시다. 카드는 절대 거짓말하는 법이 없죠. 아, 내가 이걸 더 충직하게 믿었더라면, 지금껏 나를 짓누르고 있는 그 일생일대의 행동은 피했을 텐데. 양심에 거리낌은 없습니다. 그런 상황이라면 누구라도 그렇게 행동했을 테니까요. 하지만 어쩔 수 없는 상황 때문에 마지못해 행동했다는 것이 후회스러운 겁니다.」

그는 카드를 훑어보더니 어셴든으로서는 이해가 되지 않는 어떤 규칙에 따라 몇 장을 뽑아 따로 놓아둔 뒤, 남은 카드를 뒤섞어서 다시 몇 개의 작은 더미로 나누었다.

「카드가 내게 경고했습니다. 카드의 경고가 엄정하고 확고하다는 걸 이젠 철석같이 받아들일 겁니다. 사랑, 미지의 여인, 위험, 배신, 죽음이었어요. 손바닥 들여다보듯 분명했죠. 삼척동자라도 무슨 뜻인지 알았을 것을 평생 카드를 갖고 논 내가 몰라보았다니. 나는 뭔가를 하려고 할 때 카드 점괘를 보지 않고 행동으로 옮기는 경우가 좀처럼 없지요. 실은 변명의 여지가 없어요. 내가 그땐 얼이 빠져 있었던 겁니다. 아, 당신네 북방족은 사랑이 뭔질 몰라요. 사랑 때문에 밤잠을 이루지 못하고 식욕도 잃어 열병이라도 앓는 것처럼 사람이 시들어 갈 수 있다는 걸요. 이게 얼마나 미친 짓인지, 사랑의 욕정을 채우기 위해서 어떤 짓도 서슴지 않게 된다는 걸 당신들은 이해 못 하죠. 나 같은 남자는 사랑에 빠졌다 하면 물불을 가리지 않아요. 어떤 바보짓도 어떤 범죄도 가릴 것이 없고, 예, 그렇습니다, 우리는 영웅이 되기도 합니다. 에베레스트보다 높은 산을 오르지 못하겠으며, 대서양보다 너른 대양을 헤엄쳐 건너지 못하겠습니까. 사랑에 빠진 남자는 신이요 악마입니다. 아, 여자 때문에 망한 인생입니다.」

멕시코인은 다시 한번 카드를 살펴보고 작은 더미 일부를 빼낸 다음 나머지를 도로 넣더니 또다시 섞었다.

「많은 여자의 사랑을 받았었죠. 허황된 소리가 아닙니다. 시시콜콜 설명하진 않겠습니다. 사실이 그러니까요. 멕시코시티로 가서 마누엘 카르모나에 대해서, 그가 거둔 승전보에 대해서 물어보십시오. 마누엘 카르모나를 거부한 여자가 얼마나 있었던가 물어보세요.」

어센든은 미간을 약간 찡그린 채 생각에 잠겨 그를 지켜보았다. 그토록 확실한 직관으로 대리자를 고르던 그 빈틈없는 R이 이번엔 실수한 것이 아닌지 불안해졌다. 이 대머리 멕시코인은 정말로 자기가 거부할 수 없는 매력의 남자라고 믿는 건가? 아니면 그저 뻔뻔한 거짓말쟁이일 뿐인가? 멕시코인은 카드를 다루면서 전부 버리고 네 장만 남긴 뒤 카드 앞면이 보이도록 나란히 배열했다. 한 장 한 장 손을 갖다 댔지만 뒤집지는 않았다.

「운명이란 게 있어요.」 그가 말했다. 「세상 어떤 힘으로도 그걸 바꿀 수는 없어요. 망설여지는군요. 이때만큼 불안이 나를 사로잡는 순간도 없죠. 이 패가 재앙이 내 앞에 기다리고 있다고 말할지도 모르니, 뒤집기 전에 마음을 단단히 다잡아야 합니다. 나는 용감한 남자지만, 가끔은 이렇게 운명을 판가름할 카드 네 장을 뒤집어 볼 용기를 내지 못하는 그런 국면에 맞닥뜨리곤 하죠.」

아닌 게 아니라 카드 뒷면을 응시하는 그의 눈빛에서는 불안이 감출 길 없이 도사리고 있었다.

「어디까지 말했죠?」

「여자들이 장군님의 매력을 거부하지 못한다는 얘기였습니다.」 어센든이 밋밋하게 대답했다.

「그런데 딱 한 번 나를 거부한 여자가 있었어요. 처음 만난 건 멕시코시티의 *a casa de mujeres*(사창가에서)였지요. 내가 층계를 올라가는데 그 여자는 내려오고 있었죠. 대단한 미인은 아니었어요. 그녀보다 훨씬 더 예쁜 여자를 수도 없이 만났으니까요. 하지만 그 여자한테는 내 마음을 끄는 뭔가가 있더군요. 그래서 그 유곽 여사장한테 그 여자를 내게 보내 달라고 했어요. 멕시코시티에선 그 여사장을 모르는 사람이 없는데, 다들 후작 부인이라고 부르죠. 후작 부인 말이 그 여자는 거기서 일하는 여자가 아니라 가끔씩 오는데, 지금은 가고 없다는 거예요. 다음 날 밤에 갈 테니 그 여자를 부르고 내가 올 때까지 붙잡아 두라고 했죠. 그런데 그날따라 내가 늦은 겁니다. 도착하니까 후작 부인이 그 여자가 자기는 누굴 기다리는 게 익숙하지 않다면서 그냥 가버렸다는 거예요. 나는 성격이 좋은 사람이고, 여자들이 변덕 부리고 애태우고 하는 것도 싫어하지 않아요. 외려 그게 여자들의 매력이죠. 그래서 한바탕 웃고는 백 두로 지폐를 한 장 보내면서 약속했죠. 다음 날엔 정각에 도착하겠다고요. 다음 날 시간에 딱 맞춰 갔습니다. 그런데 후작 부인이 내가 건넸던 백 두로를 돌려주면서 그녀가 나한테 끌리지 않는다고 그랬다는 거예요. 나는 제법 건방지다고 비웃었죠. 그러고는 끼고 있던 다이아몬드 반지를 빼 후작 부인한테 주면서, 그 여자한테 전하고 그걸로 여자 마음이 돌아서는지 봐달라고 했어요. 다음 날 아침 후작 부인이 반지 대신 뭔가를 내미는데, 붉은 카네이션 한 송이더라고요. 웃어야 할지 화를 내야 할지 모르겠더군요. 나는 내 열정을 퇴짜 맞는 게 익숙하지 않은 사람입니다. 돈 쓰는 것도 하나도 아깝지 않고. 예쁜 여자한테 쓸 것이 아니라면 돈은 뒀다 뭐 하겠습니까? 후작 부인에게 그 여자한테 가서 그날 밤 나하고 저녁 식사를 하면 천 두로를 주겠다고 전하라고 했죠. 후작 부인이 바로 답을 가지고 왔어요. 저녁 먹고 바로 귀가하게 해준다는 조건이면 응하겠다고. 나는 어깨를 으쓱하면서 받아들였죠. 그게 본심일 거라고는 생각하지 않았어요. 자기한테 더 안달나게 하려는 속셈이라고 생각했죠. 여자가 저녁 식사를 하러 우리 집으로 왔어요. 내가 그 여자를 대단한 미인은 아니라고 했던가요? 정말 아름다웠어요. 그렇게 아름다운 생명체는 어디에서도 본 적이 없었습니다. 황홀했어요. 안달루시아인들의 *gracia* (매력)를 한 몸에 다 갖춘, 하나의 총합체라고나 할까. 매력과 재치를 겸비한 여자였어요. 한마디로 사랑하고 싶은 여자였습니다. 나한테 왜 그렇게 무심하게 굴었는지 물으니, 나를 정면으로 보면서 웃기만 하더군요. 나는 그 여자의 마음을 사기 위해서 최선을 다했어요. 내가 가진 모든 수를 다 동원했을 뿐만 아니라, 나한테 있는 줄도 몰랐던 능력까지 발휘했어요. 하지만 식사가 끝나자 그녀는 바로 자리에서 일어나더니 작별을 고하는 겁니다. 당연히 어디 가느냐고 물었죠. 그랬더니 식사가 끝나면 보내 주기로 약속했고, 내가 남아일언중천금을 아는 신의의 남자일 거라고 믿는다는 겁니다. 타일러도 보고 찬찬히 설득도 해보고, 화를 내고 호통도 치며 할 수 있는 건 다 해봤지만, 여자는 끝까지 내 약속을 잡고 늘어졌어요. 내가 할 수 있었던 건 그다음 날 밤에도 함께 저녁 식사를 하자는 승낙을 받아 내는 것뿐이었죠.

날 보고 바보 같다고 생각하실지도 모르겠지만, 난 세상에서 가장 행복한 남자였습니다. 이레 동안 매일 저녁 식사만

하는 데 이 여자한테 7천 두로를 썼어요. 매일 저녁 여자를 기다리면서 얼마나 안절부절못했던지……. 첫 투우를 앞둔 초짜 투우사가 그렇게 긴장했을까요. 매일 저녁 여자는 나를 가지고 놀고, 나를 비웃고 교태를 부리며, 나를 미치게 만들었어요. 그 여자한테 미치도록 빠진 겁니다. 내가 누군가를 그렇게 사랑하게 되다니, 전무후무한 일이었죠. 다른 건 눈에 들어오지도 않았어요. 나는 애국자이고, 내 조국을 사랑합니다. 당시 우리는 동지 몇 명이 뭉쳐서 우리를 도탄에 빠뜨리는 이 학정을 더 이상 좌시하지 말자고 결의를 한 참이었습니다. 굵직굵직한 자리는 죄다 그놈들이 차지했고, 나머지 국민은 꼬박꼬박 세금을 바쳐야 하는 소매상 같은 처지로 전락한 데다 진저리나는 모욕을 감수하며 살아가야 했습니다. 우리는 자금과 인력을 모았습니다. 계획을 세웠고, 이제 일전을 앞둔 상태였어요. 회의에 참석한다, 탄약을 조달한다, 명령을 내린다, 해야 할 일이 끝도 없는데, 정작 나는 이 여자한테 빠져서 어느 것 하나 제대로 집중할 수가 없었습니다.

아무리 시시한 것이라도 원하는 바를 충족하지 못한다는 게 뭔지 모르던 나를 그런 바보로 만든 여자한테 당연히 화가 났을 거라고 생각하시겠지요. 나는 그 여자가 내 욕망에 불을 지피려고 날 거절한 것은 아니라고 믿었습니다. 나를 진정으로 사랑할 때까지는 자신을 허락하지 않겠다고 말했을 때, 나는 진짜 자기 마음을 얘기한 것이라고 믿었어요. 자기가 나를 사랑하게 되느냐 아니냐는 내 몫이라고 하더군요. 나는 천사가 내게 왔구나, 생각했어요. 언제까지라도 기다릴 수 있었어요. 그렇도록 강렬한 열정이면 언젠가는 그녀의 마음을 움직이리라고 나는 믿었어요. 그때 난 마치 주위의 모든 것을 한입에 집어삼키는 대초원의 불길 같았죠. 그리고 마침내, 마침내 그녀가 내게 말했어요. 나를 사랑한다고. 그때 내가 느꼈던 감정이란 얼마나 격렬했던지, 이러다 내가 쓰러져 죽는 게 아닌가 싶을 정도였어요. 오, 그날의 환희! 오, 그날의 격정! 내가 가진 모든 것을 다 주리라! 하늘에서 별을 따다 머리에 장식해 주리라! 무엇이든 해서 내 넘치는 사랑을 증명하고 싶었습니다. 불가능한 것, 믿을 수 없는 것을 하고 싶었습니다. 나를 통째로 바치고 싶었습니다. 내 영혼, 내 명예, 내 모든 것, 내가 가진 모든 것, 나의 모든 것을 주고 싶었어요. 그날 밤 나는 그녀를 품에 안고서 우리의 계획에 대해서, 함께하는 우리 동지들에 대해서 이야기해 주었죠. 내 이야기에 그녀의 몸이 굳어지는 게 느껴졌어요. 그녀의 눈꺼풀이 깜박이는 걸 보면서 뭔가 있다고 느꼈죠. 그게 뭔지는 알 수 없었지만, 내 얼굴을 쓰다듬는 그녀의 손길이 메마르고 차가웠어요. 갑자기 의혹이 들더군요. 불현듯 그 카드 점괘가 떠올랐어요. 사랑, 미지의 여인, 위험, 배신과 죽음. 카드가 세 번이나 경고했건만 내가 새겨듣질 않은 겁니다. 나는 뭔가 눈치챈 듯한 기색을 일절 내비치지 않았습니다. 여자는 내 품에 파고들면서, 그런 얘기를 들으니 겁이 난다면서 아무개도 관련되어 있는지 묻더군요. 답을 해줬습니다. 확실하게 알고 싶었거든요. 중간중간 내게 입을 맞추고 달콤한 말로 꾀면서 더없이 영악하게 우리 계획을 꼬치꼬치

캐물으며 하나하나 조각을 맞추어 가는 여자를 보면서 확신이 들었습니다. 지금 내 앞에 선생이 앉아 있는 것만큼이나 분명해진 겁니다. 그 여자는 스파이였습니다. 대통령 측에서 보낸 스파이, 그 악마 같은 매력으로 나를 유혹하라는 명령을 받고 파견된 겁니다. 그렇게 해서 여자는 우리 작전의 모든 비밀을 전부 다 알아냈습니다. 나와 동지들의 목숨이 그녀의 손아귀에 들어간 거죠. 여자가 이 방을 나가면 우리는 모두 스물네 시간 안에 불귀의 객이 되리라는 걸 알았습니다. 하지만 나는 그녀를 사랑했습니다. 진심으로 사랑했어요. 아, 이 심장을 불태웠던 그 욕정의 고뇌는 어떤 말로도 다 설명하지 못합니다. 그런 사랑에 쾌락이란 없어요. 고통, 오직 고통뿐이죠. 그 어떤 쾌락도 초월하는 극심한 고통. 이것이 바로 성자들이 어떤 황홀경에 빠져들었을 때 다다른다고 하는 그런 신성한 고통이겠지요. 그 여자를 이대로 이 방에서 내보내서는 안 된다는 걸 알았습니다. 조금이라도 지체했다가는 용기가 꺾일까 봐 두려웠습니다.

〈이제 잘가 봐요.〉 여자가 말했습니다.

〈자요, 내 비둘기.〉 내가 답했죠.

〈알마 데 미 코라손*Alma de mi corazón!*〉 여자가 나를 그렇게 불렀죠. 〈내 심장의 영혼이여!〉라는 뜻입니다. 그게 그녀의 마지막 말이었습니다. 그녀의 무거운 눈꺼풀, 포도처럼 검은 파르르 떨리는 촉촉한 눈꺼풀이 무겁게 닫혔습니다. 조금 지나 내 가슴으로 느껴지는 고른 호흡으로 그 사람이 잠들었다는 걸 알았습니다. 난 그 여자를 사랑했어요. 그 사람이 고통스러워하는 걸 견딜 수 없을 만큼 사랑했어요. 그래요. 그 여자는 스파이였습니다. 하지만 내 가슴이 시키는 대로 해야 했어요. 자기한테 닥쳐온 일을 맨정신으로 깨닫는 공포를 안겨 주지 말라고요. 참 이상한 일이죠. 나를 배신한 건데 그 여자한테 조금도 화가 나지 않는 겁니다. 그 여자가 나를 데리고 했던 그 사악한 행동들을 생각하면 마땅히 증오심이 일었어야 했는데 말입니다. 하지만 그럴 수 없었어요. 그저 내 영혼을 휘어 감은 듯한 밤의 적막만이 느껴졌습니다. 가엾은 사람, 불쌍한 사람. 그 사람에 대한 연민으로 울음이 터질 것만 같았습니다. 나는 그 사람을 안고 있던 팔을, 그건 왼팔이었죠, 그 팔을 살며시 빼내고 자유로운 오른팔을 짚어 몸을 일으켰습니다. 아, 그 사람은 너무나 아름다웠습니다. 나는 고개를 돌린 채 혼신의 힘을 다하여 비수로 그녀의 목을 그었습니다. 그 사람은 깨지 않고 잠 속에서 죽어 갔어요.」

말을 멈춘 그는 눈살을 찌푸리고 뒤집히기를 기다리며 가만히 놓여 있는 네 장의 카드를 응시했다.

「카드가 다 말해 주었던 겁니다. 난 왜 그 경고를 받아들이지 않았을까요? 보지 않으렵니다. 빌어먹을 것. 집어치워!」

그는 거친 몸짓으로 카드를 몽땅 바닥으로 쓸어 버렸다.

「난 원래 불가지론자이지만 그녀의 영혼을 위해 미사를 열어 주었습니다.」 그는 몸을 뒤로 기대고 담배를 하나 말았다. 연기를 한 모금 깊이 들이마시고는 어깨를 으쓱하면서 말했다. 「대령님한테 선생이 작가시라고 들었습니다. 어떤 걸 쓰십니까?」

「소설이요.」어셴든이 대답했다.

「탐정 소설이요?」

「아닙니다.」

「왜요? 내가 유일하게 읽는 게 탐정 소설인데요. 내가 작가라면 탐정 소설을 쓸 겁니다.」

「그게 무척 어렵거든요. 창의력이 이만저만 필요한 게 아닙니다. 한번 살인을 다룬 이야기를 고안한 적이 있었어요. 하지만 그 살인이 얼마나 교묘하게 이루어졌는지, 작가인 내가 범인이 그 살인을 저지른 것으로 이야기를 꿰맞출 수가 없었어요. 어쨌거나 이야기 마지막에 이르면 수수께끼가 풀리고 범인은 정의의 심판을 받아야 한다는 것이 탐정 소설의 공식이니까요.」

「살인이 그렇게 교묘하게 이루어졌다면, 범인의 죄를 입증하는 유일한 방법은 그 동기를 찾아내는 것뿐이죠. 동기만 찾아낸다면 그때까지 빠져나가기만 하던 증거를 딱 잡아낼 수 있어요. 동기가 없는 살인이라면 제아무리 꼼짝달싹 못할 증거가 있어도 결말을 내지 못할 겁니다. 예를 하나 들어 보죠. 달빛이 교교한 밤, 당신이 어느 인적 없는 거리에서 마주친 남자의 심장을 칼로 찔렀다고 가정해 봅시다. 누가 당신을 의심하겠습니까? 하지만 그 남자가 당신 아내의 애인이었다거나 당신 형제였다면, 또는 당신에게 사기 치고 굴욕을 안긴 사람이었다면, 쪽지 한 장이나 노끈 한 가닥 혹은 우연히 내뱉은 말 한마디도 당신을 교수대로 보내기에 충분한 단서가 되는 겁니다. 그 남자가 살해당할 때 당신은 어떤 행동을 하고 있었습니까? 그 사건 전후에 당신을 본 사람이 몇 명이나 되었나요? 하지만 그 남자가 생전 처음 보는 낯선 사람이었다면 당신은 추호도 의심을 사지 않겠죠. 살인마 잭[3] 사건의 경우도 현장범으로 체포했다면 모를까, 끝내 미궁에 빠질 수밖에 없었던 이유가 있는 겁니다.」

어셴든은 이쯤 해서 화제를 돌려야 했다. 로마에 도착하면 헤어져야 하니, 이후 각자 어떻게 움직일 것인지 미리 입을 맞춰 둘 필요가 있다는 것이 그의 생각이었다. 장군은 브린디시로, 어셴든은 나폴리로 간다. 어셴든은 벨파스트 호텔에서 묵을 계획인데, 항구 가까이에 있는 호텔로 경비를 아끼려는 세일즈맨 같은 여행자들이 묵는 규모가 큰 이류 숙박업소다. 유사시에 장군이 프런트에 묻지 않고 곧장 방으로 올라올 수 있도록 묵는 방 번호까지 알려 놓는 것이 좋을 듯하니, 다음 정차 역 매점에서 우편 봉투를 한 장 구입한 뒤 장군이 자필로 브린디시 우체국에서 자기 앞으로 보내는 편지 겉봉을 적는다. 그러면 방 번호가 정해지는 대로 어셴든이 이 봉투에 넣어서 부치면 되는 것이다.

장군은 어깨를 으쓱했다.

「내 생각엔 이렇게까지 해야 하나 싶은데요. 좀 유치하게 느껴져요. 이번 일에는 위험 요소 같은 게 있을 수가 없어요.

---

3 Jack the Ripper (?~?). 19세기 말 영국 런던에서 최소 다섯 명의 매춘부를 극도로 잔인한 방식으로 잇따라 살해했으나 끝내 검거되지 않은 연쇄 살인범.

설사 무슨 일이 생긴다 한들 당신을 위험에 빠뜨리지는 않을 테니 안심해도 좋아요.」

「이건 내가 익히 해오던 일이 아니라서 대령님이 내린 지침을 그대로 따르고 싶습니다. 내가 꼭 알아야 할 것 이외에는 일절 알려 들지 않고요.」어셴든이 말했다.

「딴은 그렇군요. 혹시 비상사태가 발생하여 어떤 과단한 조치를 취하다가 곤경에 처하더라도 나는 의당 정치범으로 취급될 겁니다. 이탈리아가 조만간 연합국 쪽으로 참전할 수밖에 없는 상황이니, 나는 오래지 않아 석방될 겁니다. 모든 경우의 수를 다 따져 보고 판단한 겁니다. 하지만 우리 임무의 결과에 대해서는 부디 더 이상 염려하지 않기를 바랍니다. 그저 템스강에 소풍 나간다, 이 정도로 생각하면 좋겠어요.」

하지만 때가 되어 두 사람이 헤어지고, 홀로 나폴리행 열차의 객실에 앉은 어셴든은 깊은 안도의 한숨을 내쉬었다. 허무맹랑하고 엉뚱한 괴짜의 시끄러운 수다로부터 벗어난 것이 기뻤다. 그 멕시코인은 콘스탄티네 안드레아디를 맞으러 브린디시로 떠났다. 저 사람이 말한 것의 절반만이라도 사실이라면, 어셴든은 자기가 그 그리스인 스파이의 입장에 있는 것이 아니라는 사실을 자축하지 않을 수 없었다. 그 그리스인은 또 어떤 작자일까. 자기 머리를 어떤 올가미 속에 던져 넣는 건지도 알지 못한 채 기밀 서류와 위험한 비밀을 들고 저 푸른 이오니아해를 건너온다? 생각만 해도 으스스한 기분이었다. 하기야 그게 전쟁이지. 고급 가죽 장갑 낀 손으로 점잖게 전쟁을 치를 수 있다고 믿는 건 동네 바보들뿐이리라.

그리스인

어셴든은 나폴리에 도착해 벨파스트 호텔에 방을 잡은 뒤 방 번호를 정자체로 또박또박 적어 대머리 멕시코인이 수신인으로 적혀 있는 봉투에 넣어 부쳤다. 그러고는 영국 영사관으로 갔다. 지령이 생길 경우 R이 이곳으로 보내 놓기로 했는데, 가보니 영사관에서 그에 대해 알고 있었고, 모든 일이 순조롭게 진행되고 있다는 소식도 접할 수 있었다. 그는 이제 일은 잠시 접어 두고 즐거운 시간이나 보내기로 했다. 여기 남쪽은 벌써 봄이 한창이었고, 번화가는 햇볕이 뜨거웠다. 어셴든에게 나폴리는 꽤 친숙한 곳이었다. 활기 넘치는 산페르디난도 광장이며 수려한 성당이 있는 플레비시토 광장이 그의 가슴속에 행복한 기억을 불러일으켰다. 키아이아 도로는 여느 때와 다름없이 소란스러웠다. 그는 거리 모퉁이에 서서 가파르게 경사진 골목길을 올려다보았다. 높다란 집들이 늘어선 골목마다 양쪽을 가로질러 내걸린 빨래들이 축일을 기념하는 삼각기처럼 나부끼고 있었다. 해변가를 어슬렁거리며 바라본 반짝이는 바다 너머로는 햇빛에 반사된 카프리섬이 아스라이 윤곽을 드러내고 있었다. 포실리포에 이르니 요상한 구조로 울퉁불퉁하고 낡아 해진 저택이 나왔다. 젊은 날 어셴든에게 많은 낭만을 안겨 준 곳이었다. 지난날의 추억이 심금을 휘젓는 듯 가슴 한켠이 묘하게 아려 왔다. 그러고는 허약하고 말라빠진 조랑말이 끄는 전세 마차를 타고 다가닥다가닥 자갈길을 따라 갈레리아로 돌아왔다. 그는 그늘에 앉아 아메리카노를 한잔 마시면서 힘찬 손짓과 함께 끝도 없이 수다를 이어 가는 한가로운 행인들을 구경하며 그 사람들의 외모에서 실제 생활 모습을 연상해 보기도 했다.

어셴든은 이 지저분하고 정 많고 매력적인 도시에 걸맞게 빈둥거리며 사흘을 보냈다. 아침부터 밤까지 정처 없이 배회하면서 그는 볼거리를 찾아다니는 관광객의 시선도, (저녁 노을에서 어떤 음악적인 문구를 떠올린다거나 사람들의 얼굴에서 어떤 인물의 단서를 발견한다거나 하는 등) 영감을 구하는 작가의 시선도 아닌, 일어나는 모든 일을 있는 그대로 받아들이는 방랑자의 시선으로 그 도시를 바라보았다. 그는 특별히 아끼는 소(少)아그리피나[1]의 조각상을 보기 위해서 박물관에 갔다. 또 이왕 온 김에 초상화 전시장으로 가서 티치아노와 브뤼헐의 작품들도 다시 보았다. 하지만 그가 항상 다시 찾게 되는 곳은 산타 키아라 성당이었다. 종교를 경쾌하고 익살스러운 태도로 대하는 듯한 분위기의 이면에 관능적인 정서가 스며 있는 우아하고 화사한 건축물의 과한 듯

1 Julia Agrippina Minor(15~59). 야심 있고 존경받던 로마 제국의 첫 여황제로, 아들 네로 황제의 명으로 암살당한 것으로 전해진다.

세련된 선이 어셴든에게는, 말하자면 하나의 부조리하고도 과장된 은유로서, 햇빛 찬란하면서 흙먼지 자욱한 이 사랑스러운 도시와 그런 곳에 사는 이 떠들썩한 주민들을 표현해주는 듯했다. 이 성당은 또 〈인생은 유쾌하고도 슬픈 것이다. 돈이 없는 것은 안된 일이지만 돈이 전부는 아니다. 오늘 왔다 내일 가는 우리네 인생, 뭐 때문에 아등바등 살아갈 텐가. 아무려나 신나고 재미난 인생, 살아 있는 동안 실컷 즐겨요. *Facciamo una piccola combinazione*(자, 좀 즐겨 봅시다)!〉라고 말하는 듯했다.

그런데 나흘째 아침, 어셴든이 욕조에서 나와 수건으로 몸의 물기를 닦으려는 순간, 방문이 벌컥 열리더니 웬 남자가 슬그머니 들어왔다.

「무슨 일이시죠?」어셴든이 외쳤다.

「걱정 말아요. 나 알잖아요?」

「맙소사, 멕시코 장군이시군요. 대체 무슨 짓을 하신 겁니까?」

멕시코인은 가발을 바꾸어 바짝 깎은 검은 머리를 하고 있었는데, 그의 머리에 모자처럼 잘 맞았다. 가발 하나로 모습이 완전히 바뀌었는데, 여전히 이상하긴 했어도 전혀 딴사람이 되어 있었다. 옷차림도 허름한 회색 정장으로 바뀌어 있었다.

「시간이 얼마 없어요. 그 친구가 지금 면도를 하고 있거든요.」

어셴든은 갑자기 볼이 붉어지는 것이 느껴졌다.

「그럼 그 사람을 찾은 겁니까?」

「그거야 어렵지 않았죠. 그 배에 탄 그리스인이 그 사람 하나뿐이었으니까요. 배가 들어오자마자 올라타서 피레우스에서 탄 승객을 찾았어요. 게오르게 디오게니디스 씨라는 분을 만나러 왔다고 했죠. 그 사람이 보이지 않아 무척 당황한 척하면서 안드레아디에게 말을 걸었어요. 그 친구, 가명으로 여행하고 있었어요. 롬바르도스라고 자기를 소개하더군요. 그 친구가 하선할 때부터 따라다녔는데, 육지에 내려 맨 처음으로 한 일이 뭔 줄 알아요? 이발소로 가더니 턱수염을 깎는 겁니다. 어떻게 생각해요?」

「생각은요. 면도는 누구라도 할 수 있지요.」

「내 생각은 달라요. 외모를 바꾸려고 한 거죠. 아주 철저한 놈이에요. 난 독일 사람들을 인정해요. 뭐 하나 운에 맡기는 법이 없죠. 앞뒤가 딱딱 맞아떨어지는 사연을 준비해 왔더군요. 그건 좀 있다 얘기하기로 하고요.」

「그나저나 장군님도 외모를 바꾸셨는데요.」

「아, 그래요. 이거, 가발이죠. 좀 달라 보입니까?」

「못 알아보겠습니다.」

「매사에 조심해야 하니까요. 우린 허물없는 친구 사이가 되었어요. 브린디시에서 하루를 보내야 했는데, 그 친구가 이탈리아어를 못해서 내가 있으면 도움이 된다고 좋아했고, 그래서 지금까지 같이 여행한 거죠. 실은 이 호텔에도 데려왔어요. 내일 로마로 간다는데, 몰래 빠져나가게 놔둘 순 없죠. 내가 당하지는 않을 겁니다. 나폴리를 관광하고 싶다고 하길래 놓치면 안 될 곳을 다 안내하겠다고 했죠.」

「왜 오늘 로마에 가지 않는 걸까요?」

「그 얘기도 좀 있다 할 겁니다. 그 친구는 전쟁으로 부자가 된 그리스 사업가 행세를 하고 있어요. 연안 항행 증기선 두 척을 운용하다가 최근에 팔았다는군요. 파리로 가는 길인데, 이번에 좀 놀아 볼 계획이랍니다. 평생 파리에 가보는 게 소원이었는데, 드디어 기회가 온 거라고. 그 친구 입이 무겁습디다. 말을 시키느라 애를 먹었죠. 나는 스페인 사람인데 터키 당국과 군수 물자에 관한 협상 자리를 마련하기 위해서 브린디시에 다녀오는 길이라고 했죠. 그 친구, 내 얘기에 귀를 기울이더군요. 관심 있어 보였어요. 하지만 다그치는 건 현명한 방법이 아니라고 생각해 아무 말도 하지 않았죠. 그 친구, 그 기밀 서류를 몸에 지니고 있습니다.」

「어떻게 알죠?」

「손가방에 대해서는 불안한 기색이 없는데, 허리 쪽을 수시로 만지더군요. 허리띠 아니면 조끼 안감에 넣어 둔 겁니다.」

「대체 무슨 생각으로 이 호텔에 데려온 겁니까?」

「여러모로 편리할 거라고 생각했어요. 그 친구 짐 가방을 뒤져 봐야 할 수도 있잖습니까.」

「장군님도 여기 묵으십니까?」

「아뇨. 나는 그렇게 바보가 아닙니다. 그 친구한테는 야간 열차로 로마에 가기 때문에 방을 잡지 않는다고 했어요. 이제 정말 가야겠군요. 15분 뒤에 이발소 앞에서 만나기로 했거든요.」

「좋습니다.」

「오늘 밤 만일의 경우가 발생하면 어디로 찾아가면 됩니까?」

어셴든은 대머리 멕시코인을 잠깐 살펴보고는 살짝 찌푸린 표정으로 고개를 돌렸다.

「오늘 밤엔 그냥 방에 있을 겁니다.」

「좋습니다. 복도에 누가 없나 봐주시겠습니까?」

어셴든은 방문을 열고 밖을 내다보았다. 아무도 보이지 않았다. 사실 지금은 비수기라서 호텔이 거의 비어 있었다. 나폴리에 오는 외국인도 많지 않고 경기도 좋지 않았다.

「괜찮은 것 같습니다.」어셴든이 말했다.

대머리 멕시코인은 대담하게 걸어 나갔다. 어셴든은 방문을 닫고 면도한 후 느릿느릿 옷을 입었다. 태양은 여느 때와 다름없이 광장을 환히 비추고 있었고, 길 가는 사람들과 앙상한 조랑말이 끄는 낡아 빠진 마차들도 그대로였건만, 어셴든은 더 이상 이 광경이 유쾌하게 느껴지지 않았다. 마음이 편치 않았다. 그는 호텔을 나와 늘 하던 대로 영사관에 가서 자기 앞으로 전보 온 것이 있는지 물었다. 없었다. 그러고는 관광 안내소를 찾아 로마행 열차 편을 알아보았다. 자정 직후에 한 편, 새벽 5시에 또 한 편이 있었다. 앞엣것을 탈 수 있으면 좋으련만. 그 멕시코인의 계획이란 게 뭔지 알 수가 없었다. 꼭 쿠바로 갈 생각이면, 스페인으로 가면 훨씬 수월할 텐데. 안내소에 붙은 공지문을 훑어보니 다음 날 나폴리에서 출발해 바르셀로나로 가는 배편이 하나 있었다.

어셴든은 이제 나폴리가 따분해졌다. 하고한 날 쾌청하기만 하니 이젠 햇빛에 눈이 피로하고 흙먼지도 견딜 수 없었으며, 소음 때문에 귀가 먹먹할 지경이었다. 그는 갈레리아로 가서 술을 한잔 마셨고, 오후에는 영화관에 갔다. 그러고는 호텔로 돌아와 프런트에 아침 일찍 출발할 계획이라서 숙박비를 한꺼번에 지불했으면 한다고 말한 뒤, 본인의 부분 암호집과 책 두어 권이 든 서류 가방만 방에 남겨 두고 나머지 짐은 역에 갖다 맡겼다. 그는 저녁을 먹고 다시 호텔로 돌아와서 대머리 멕시코인을 기다렸다. 자신이 극도로 긴장한 상태라는 사실이 감출 길 없이 드러났다. 책을 읽기 시작했지만 지루했고, 다른 책을 집어 들었지만 주의가 흐트러져 시계를 보았다. 지독히도 일렀다. 다시 책을 집어 들면서 30쪽을 읽을 때까지는 시계를 다시 보지 않으리라 마음먹었다. 눈은 착실하게 한 쪽 한 쪽 책을 따라갔으나 뭘 읽었는지 가물거리기만 했다. 다시 시계를 보았다. 맙소사. 이제 겨우 10시 반이었다. 대머리 멕시코인은 지금 어디에서 뭘 하고 있을지, 뭔가 실수를 저지르지는 않았는지 궁금하면서도 불안했다. 이 일, 도저히 못 해먹겠다. 문득 창문을 닫고 커튼을 치는 것이 좋겠다는 생각이 들었다. 그는 담배를 쉴 새 없이 피웠다. 시계를 보니 11시 15분이었다. 한 가지 생각이 떠올라 심장이 뛰기 시작했다. 호기심에 맥박을 재어 보았더니 놀랍게도 정상치였다. 밤 기온이 후끈하고 실내는 공기가 꽉 막혀 있는데도 손발이 얼음장 같았다. 털끝만치도 보고 싶지 않은 광경이 눈앞에 그려지는 상상력을 갖고 있다는 것은 얼마나 귀찮은 노릇인가. 생각할수록 짜증이 났다. 그는 작가된 입장에서 살인에 대해 자주 생각하곤·했는데, 그럴 때면 『죄와 벌』에 나오는 그 무서운 묘사에 생각이 미치곤 했다. 하고 싶지 않아도 피할 수 없이 자꾸만 떠오르는 생각이었다. 책이 무릎 사이로 떨어지고 눈앞의 벽(검붉은 장미 무늬가 들어간 갈색 벽지였다)을 응시하면서 자문해 보았다. 나폴리에서 살인을 해야 하는 상황이 된다면, 어떤 식으로 해야 할까? 물론 대저택이다. 녹음이 우거지고 인공 연못이 있는 큰 정원이 만(灣)을 마주하고 있다. 인적이 끊긴 칠흑같이 깜깜한 밤, 대명천지에는 일어날 수 없는 일들이 벌어진다. 분별 있는 사람이라면 해가 진 뒤에는 얼씬도 하지 않을 불길한 길이다. 포실리포 너머로는 길이 후미지고 산으로 통하는 샛길은 밤이면 그림자 하나 없이 외진데, 겁 많은 사람을 어떻게 그런 데로 가게 만들 것인가? 만에 있는 나룻배를 제안할 수도 있지만, 그러면 사공이 당신의 얼굴을 볼 것이며, 그렇다고 배를 혼자 타고 저어 가게 해줄 리도 만무하다. 항구 근처에 밤늦게 짐 없이 도착하는 손님에게 신원에 대해 아무것도 묻지 않고 숙박시키는 싸구려 호텔들이 있지만, 여기에서도 방을 안내해 줄 급사가 당신의 얼굴을 자세히 보게 될 가능성이 있을뿐더러 숙박 명부의 상세한 질문 항목을 다 기입해야 한다.

어셴든은 다시 시계를 보았다. 무척이나 피곤했다. 이젠 책 읽을 생각도 없이 멍하니 앉아 있었다. 그때 문이 슬그머니 열렸고, 그는 벌떡 일어섰다. 소름이 쫙 끼쳤다. 대머리 멕시코인이 앞에 서 있었다.

「놀랐습니까?」 멕시코인이 웃으며 물었다. 「노크하지 않는 것이 나을 줄 알았는데요.」

「들어오는 걸 본 사람이 있습니까?」

「야간 경비원이 들여보내 줬습니다. 벨을 눌렀을 때 잠들어 있던 상태라 날 쳐다보지도 않았어요. 늦어서 미안합니다. 변장하느라 그랬습니다.」

이번에는 열차를 타고 올 당시 입고 있던 옷에다가 금발 가발을 쓰고 있었다. 놀라울 정도로 달라 보였는데, 훨씬 더 크고 화려해졌으며, 얼굴 생김새마저 달랐다. 눈동자가 반짝거렸고 기분도 아주 좋아 보였다. 그는 어셴든을 흘끔 보았다.

「얼굴이 몹시 창백하군요! 긴장한 건 아닌가요?」

「서류는 입수했습니까?」

「아뇨, 서류를 갖고 있지 않더군요. 이게 전부였어요.」

그는 두툼한 지갑과 여권을 탁자에 내려놓았다.

「이런 건 필요 없어요. 당신이나 가져요.」 어셴든이 곧바로 답했다.

「돈밖에 없더군요. 지갑을 다 뒤져 봤지만 사적인 편지와 여자들 사진뿐이었어요. 오늘 밤 나하고 외출하기 전에 서류를 가방에 넣어 잠가 둔 게 분명합니다.」

「젠장.」 어셴든이 말했다.

「그 친구 방 열쇠가 나한테 있어요. 지금 가서 짐을 뒤져 보는 게 좋겠습니다.」

어셴든은 배 속 깊이 메스꺼움을 느꼈다. 망설여졌다. 멕시코인이 악의 없이 웃었다.

「위험할 것 없어요, *amigo*(친구).」 그가 어린아이를 달래듯이 말했다. 「하지만 기분이 좋지 않다면 나 혼자 가겠소.」

「아뇨, 같이 가겠습니다.」 어셴든이 말했다.

「지금 호텔 사람들은 전부 잠들어 있고, 안드레아디 씨도 방해하지 않을 겁니다. 원한다면 구두를 벗고 움직여도 좋아요.」

어셴든은 대답하지 않았지만, 자신의 떨리는 손을 보면서 얼굴을 찌푸렸다. 그는 구두끈을 풀고 신을 벗었다. 멕시코인도 똑같이 했다.

「먼저 가시지요.」 멕시코인이 말했다. 「왼쪽으로 돌아 복도를 쭉 따라가요. 38호실입니다.」

어셴든은 문을 열고 밖으로 나왔다. 복도의 조명이 희미했다. 자기는 이렇게 긴장했는데 동료는 물 만난 고기처럼 느긋한 것을 보니 짜증이 밀려왔다. 38호실 앞에 도착했다. 대머리 멕시코인이 열쇠를 돌려 방문을 열고 들어갔다. 불을 켰다. 어셴든은 뒤따라 들어가 문을 닫았다. 그는 닫혀 있는 덧문을 주목했다.

「이제 됐습니다. 서두를 것 없어요.」

대머리 멕시코인은 주머니에서 열쇠 뭉치를 꺼내 하나하나 시도하다가 마지막으로 맞는 열쇠를 찾았다. 여행 가방은 옷가지로 꽉 차 있었다.

「싸구려들이군.」 멕시코인이 옷을 꺼내면서 경멸스럽다는 투로 말했다. 「최고품을 사는 게 결국은 싸게 먹힌다는 것이 나의 철학입니다. 신사냐 아니냐를 결정하는 게 이런 거죠.」

「말을 안 하고는 못 배기겠습니까?」 어셴든이 물었다.

「위험의 짜릿함을 받아들이는 태도가 사람마다 다르긴 해요. 나한테는 그저 신나는 일이지만, 당신은 심술이 나는 것 같군요.」

「보시다시피 나는 겁에 질렸어요. 장군님은 아니고요.」 어셴든이 솔직하게 말했다.

「그거야 그저 긴장하고 안 하고의 차이일 뿐입니다.」

그러면서도 멕시코인은 옷가지를 하나하나 꺼내며 신속하면서도 세심하게 만져 보았다. 여행 가방 안에는 서류 비슷한 것도 없었다. 그러자 그는 비수를 꺼내더니 가방 안감을 가늘게 쩼다. 싸구려 가방이라 안감이 같은 소재인 겉면에 접착되어 있어 그 안에 뭔가 감춰 놓았을 가능성은 희박했다.

「여기엔 없군. 그렇다면 이 방 안에 숨겨 놓았겠군요.」

「어딘가에 맡겨 놓은 건 아닐까요? 이를테면 영사관 같은 데 말입니다.」

「그 친구, 면도할 때 외에는 내 시야에서 벗어난 적이 없어요.」

대머리 멕시코인은 서랍을 열어 보고 선반도 뒤졌다. 바닥에 양탄자는 깔려 있지 않았다. 침대 아래, 침대 속, 매트리스 밑까지 찾아보았다. 그의 검은 눈동자가 숨긴 장소를 찾아 방 안을 위아래로 샅샅이 훑어보는데, 그 눈을 피할 수는 없을 듯싶었다.

「혹시 아래층 귀중품 보관소에 맡겨 두지 않았을까요?」

「그랬다면 내가 알았을 겁니다. 그렇게 대담하게 굴 만한 친구도 아니고요. 여기엔 없어요. 도저히 이해가 가지 않는데요.」

그는 난감해하며 방 안을 둘러보면서 이 풀리지 않는 수수께끼의 답을 궁리하는 듯 눈살을 찌푸렸다.

「이만 나가죠.」어셴든이 말했다.

「금방 됩니다.」

대머리 멕시코인은 무릎을 꿇고서 손을 빠르게 놀려 옷가지를 개킨 후 다시 가방에 넣었고, 자물쇠를 채우고는 일어섰다. 그리고 전등을 끈 다음, 천천히 방문을 열고 복도를 살폈다. 그는 어셴든에게 손짓으로 지시하고 복도로 빠져나갔다. 어셴든이 따라 나오자 걸음을 멈추고 문을 잠근 뒤, 열쇠를 주머니에 넣고 어셴든과 함께 방으로 돌아왔다. 두 사람은 방 안으로 들어와 빗장을 걸었다. 어셴든은 축축해진 손과 이마를 훔쳤다.

「휴, 이제 빠져나왔군!」

「정말 위험이라곤 없죠? 하지만 이젠 어쩐다? 서류를 찾지 못했으니 대령이 크게 화를 낼 텐데.」

「나는 5시 열차로 로마에 갑니다. 거기서 지령을 기다릴 겁니다.」

「좋습니다. 나도 같이 가죠.」

「내가 생각해 봤는데, 장군님은 되도록 빨리 이탈리아를 빠져나가는 게 좋을 것 같습니다. 내일 바르셀로나로 가는 배편이 하나 있더군요. 그 배를 타고 가시고, 유사시에 내가 그곳으로 가서 장군님과 합류하는 것으로 하면 어떻겠습니까?」

「나를 한시바삐 떼어 내고 싶으시군요. 뭐, 이런 일에 익숙하지 않으니 어쩔 수 없이 봐드려야겠지요. 바르셀로나로 가겠습니다. 스페인 비자도 있으니.」

어센든은 시계를 보았다. 2시가 조금 지났다. 앞으로 거의 세 시간을 기다려야 한다. 그의 동행인은 느긋하게 담배를 말았다.

「간단히 요기라도 하는 게 어때요? 몹시 허기가 지는군요.」

어센든은 음식 생각만 해도 속이 메슥거렸지만 목이 심하게 말랐다. 대머리 멕시코인과 함께 외출하고 싶지는 않았지만, 그렇다고 호텔방에 혼자 앉아 있기도 싫었다.

「이런 시각에 어디 갈 데나 있습니까?」

「따라와요. 찾아 드리죠.」

어센든은 모자를 쓰고 서류 가방을 들었다. 아래층으로 내려가니, 홀에는 짐꾼이 바닥에 매트리스를 깔고 세상모르게 자고 있었다. 그를 깨우지 않으려고 살금살금 데스크를 지나는데, 칸막이 선반 위 그가 묵는 방 호실 칸에 편지가 한 통있는 것이 보였다. 꺼내 보니 어센든 앞으로 온 것이었다. 두 사람은 발끝으로 호텔을 빠져나와 문을 닫고 걸음을 서둘렀다. 한 백 미터쯤 걷다가 가로등 아래 멈춰 서서 호주머니에서 편지를 꺼내 읽었다. 영사로부터 온 것이었는데, 이렇게

그리스인 **125**

적혀 있었다. 〈동봉한 전보가 오늘 밤 도착했습니다. 긴급 상황에 대비하여 바로 심부름꾼 편에 묵으시는 호텔로 답신을 보냅니다.〉 자정이 되기 전 어셴든이 방에 있는 동안 전달된 모양이었다. 전보를 펴보니 암호로 되어 있었다.

「흠, 이건 좀 있다 봐야겠군.」 그는 전보를 도로 호주머니에 넣으면서 말했다.

대머리 멕시코인은 그 인적 없는 거리에서 목적지를 아는 사람처럼 걸었고, 어셴든은 옆에서 따라 걸었다. 역한 냄새를 풍기는 어느 막다른 골목에 자리 잡은 한 술집 앞에 다다라 멕시코인이 성큼 안으로 들어갔다.

「호화로운 리츠[2]는 못 되지만, 이런 오밤중에 뭐라도 먹으려면 요런 데밖에 없죠.」 멕시코인이 말했다.

어셴든이 들어간 곳은 기다랗고 지저분한 공간으로, 한구석에는 말라깽이 젊은이가 피아노 앞에 앉아 있고, 양쪽 벽으로 붙박이 테이블과 장의자가 놓여 있었다. 남녀 몇 사람이 앉아서 맥주나 포도주를 마시고 있었다. 여자들은 나이가 많았고, 짙은 화장으로 추해 보였다. 웃고 떠들어 대는 그들 쪽에서 나는 소리는 소란하면서도 생기가 없었다. 어셴든과 대머리 멕시코인이 안으로 들어서자 모두가 쳐다보았다. 두 사람은 한 테이블에 자리를 잡았고, 어셴든은 그의 환심을 사려고 웃음을 던지려는 듯 곁눈질하는 사람들의 시선을 피해서 고개를 돌렸다. 말라깽이 피아노 연주자가 한 곡조 팅

2 영국 런던 중심부의 호텔로, 20세기 초에 문을 연 이래 호화로운 상류 사회의 상징이 되었다.

기자, 몇 쌍의 남녀가 일어나 춤을 추기 시작했다. 남자 수가 모자라 차례가 오지 않자, 몇 명의 여자는 자기네끼리 짝을 맞춰 춤을 추었다. 장군이 스파게티 두 접시와 카프리섬 포도주 한 병을 주문했다. 포도주가 나오자 장군은 한 잔 가득 부어 게걸스럽게 마시고는 파스타를 기다리는 동안 다른 테이블에 앉은 여자들을 말똥말똥 쳐다보았다.

「춤출 줄 알아요?」 멕시코인이 어셴든에게 물었다. 「난 저쪽 여자에게 같이 한 바퀴 돌자고 청하러 갑니다.」

그는 자리에서 일어났다. 어셴든은 멕시코인이 적어도 눈이 반짝이고 치아라도 하얀 여자에게 가서 춤을 신청하는 것을 구경했다. 여자가 일어났고, 멕시코인은 그녀를 팔로 감았다. 춤 솜씨가 제법이었다. 멕시코인이 말을 걸기 시작하니 여자가 웃음을 터뜨렸고, 춤을 청할 때만 해도 무관심해 보이던 그녀의 표정이 이내 관심으로 바뀌었다. 두 사람은 곧 희희낙락했다. 춤이 끝나자 멕시코인은 여자를 자리로 데려다 주고 어셴든에게 돌아와 포도주를 한 잔 더 마셨다.

「나와 함께 춤췄던 여자 어떻게 생각해요?」 그가 물었다. 「나쁘지 않죠? 춤에는 좋은 점이 많아요. 당신도 가서 춤을 청하지 그래요? 이 집, 꽤 괜찮지 않습니까? 이런 집을 찾을 땐 나만 믿으면 됩니다. 그쪽으로 내가 감이 좋거든요.」

피아노 연주가 다시 시작되었다. 여자는 대머리 멕시코인을 보고 있다가 그의 엄지가 플로어를 가리키자 튕기듯 벌떡 일어섰다. 멕시코인은 상의 단추를 채우고 등을 구부렸다가 테이블 옆에 서서 여자가 오기를 기다렸다. 그는 여자를 빙

글빙글 돌리며 춤을 추었고, 신나게 웃고 떠들면서 무도장 안의 모든 사람과 친해졌다. 그는 스페인 억양이 섞인 유창한 이탈리아어로 사람들과 농담을 주고받았고, 그의 재치 있는 말에 모두들 웃음을 터뜨렸다. 웨이터가 마카로니가 두 덩이 수북이 담긴 접시를 가져오는 것을 본 멕시코인은 격식이고 뭐고 춤을 멈추고는, 여자가 테이블로 돌아가거나 말거나 헐레벌떡 음식을 먹으러 왔다.

「내가 걸신들린 모양입니다. 아까 저녁을 잘 먹었는데도요. 선생은 저녁을 어디서 드셨습니까? 마카로니, 좀 드시겠어요?」

「식욕이 없네요.」어셴든이 말했다.

하지만 일단 먹어 보니 놀랍게도 자신이 배가 고팠다는 것을 깨달았다. 대머리 멕시코인은 입안 가득 마카로니를 퍼먹으면서 식사를 한껏 즐겼다. 눈은 빛났고 수다스러워졌다. 함께 춤췄던 여자가 그 잠깐 사이에 자기에 관한 모든 것을 털어놓은 모양인지, 그는 어셴든에게 여자가 해준 얘기를 그대로 들려주었다. 어셴든은 입이 미어지도록 빵을 큼직하게 떼어 물고는 포도주를 한 병 더 주문했다.

「포도주?」멕시코인이 멸시조로 외쳤다. 「포도주는 술이라고 할 수가 없어요. 오직 샴페인뿐입니다. 그걸로 목이나 축일 수 있느냐 말이죠. 자, 친구, 이제 기분이 좀 나아졌소?」

「그렇다고 말씀드려야겠는걸요.」어셴든이 씩 웃었다.

「실전, 선생한테 필요한 건 실전뿐이라오.」

멕시코인이 손을 뻗어 어셴든의 팔을 토닥였다.

「그거 뭡니까?」 어셴든이 깜짝 놀라 외쳤다. 「소맷단에 그 얼룩 어떻게 된 거죠?」

대머리 멕시코인이 자기 소매를 흘끗 보았다.

「이거요? 아무것도 아닙니다. 그냥 피가 좀 묻었어요. 아까 실수로 베였지 뭡니까.」

어셴든은 말없이 문 위에 걸려 있는 벽시계를 보았다.

「열차를 놓칠까 봐 걱정되시나 보군요? 딱 춤 한 판만 더 추고 내가 역까지 바래다 드리지요.」

멕시코인은 자리에서 일어나 그 특유의 자신감으로 가장 가까이에 앉아 있던 여자를 일으켜 품에 안고 춤을 추었다. 어셴든은 언짢은 심정으로 그를 지켜보았다. 금발 가발에 털 하나 없는 민둥한 얼굴의 그는, 외양은 무서운 괴물이었지만 움직임만큼은 비길 데 없이 우아했다. 발은 작아서 고양이나 호랑이가 발바닥으로 바닥을 짚는 듯 춤을 추는데, 그 리듬 또한 근사할 정도로 자연스러워 함께 춤추는 저 잔뜩 치장한 여자가 그의 몸짓에 얼마나 흠뻑 빠져 있는지 눈에 보였다. 그의 발끝과 자신 있게 여자를 감싸 안은 긴 두 팔에는 음악이 있었고, 허리 부위에서부터 야릇하게 움직이는 긴 두 다리에도 음악이 있었다. 기괴하고 사악한 사내가 분명한데도 고양잇과 짐승의 우아함에, 심지어는 아름다움까지 느껴져 어셴든은 저런 자에게 매료되는 자신이 부끄러웠다. 그의 모습은 어셴든에게 아스테카 문명 이전 시대 석공의 조각상을 연상시켰다. 무시무시하고 잔인하며 야만성과 생명력을 간직한, 그러면서도 동시에 어떤 상념에 잠긴 듯 처연한 아름다움이 스며 나오는 듯했다. 이 멕시코인 혼자 밤새도록 춤 추라며 저 천박한 무도장에 남겨 두고 떠나고 싶은 마음이 굴뚝같았으나, 유감스럽게도 임무에 관해서 얘기할 것이 있 었다. 어셴든은 그 대화가 기다려지기는커녕 불안하기만 했 다. 그가 받은 지령은 모종의 문서와 일정 금액을 맞교환하 라는 내용이었다. 그런데 그 문서가 나올 것 같지 않은 상황 이다. 그 밖의 사항에 대해서 어셴든으로서는 아무것도 아는 바가 없을뿐더러 자신이 관여할 바도 아니었다. 대머리 멕시 코인이 옆으로 지나가면서 경쾌하게 손을 흔들었다.

「이 음악만 끝나면 갑시다. 여기 계산 좀 부탁해요. 그럼 바로 갈 수 있겠죠.」

어셴든은 저자의 머릿속을 좀 들여다보고 싶었다. 대체 무 슨 생각을 하고 있는 건지 짐작조차 할 수 없었다. 이윽고 멕 시코인이 향수 뿌린 손수건으로 이마의 땀을 훔치며 돌아 왔다.

「즐거우셨습니까, 장군님?」어셴든이 물었다.

「나야 언제 어디서나 즐겁죠. 형편없는 종자예요. 하지만 뭐 어떻습니까? 여자 몸을 품에 안았을 때의 그 느낌이 좋아 요. 나를 향한 욕망으로 여자의 골수가 별 아래 내다 놓은 버 터처럼 녹아내려 눈빛이 풀리고 입술이 헤벌어지는 것을 보 면 기분이 좋아진다는 거 아닙니까. 형편없는 종자라도 여자 는 여자니까요.」

두 사람은 길을 나섰다. 멕시코인이 이 동네에서 이 시간 대에는 택시를 잡기 어려우니 걸어가자고 했다. 별이 총총하게 빛나는 밤하늘, 바람 한 점 없이 여름처럼 더운 밤이었다. 적막이 두 사람 곁을 망자의 혼처럼 따라 걸었다. 역에 가까워졌을 때, 갑자기 가옥들이 어둑해지면서 윤곽이 또렷해지는 것이 이제 여명이 다가왔음이 느껴졌다. 밤을 가르고 희미한 전율이 일었다. 불안의 순간, 영혼이 두려움에 떠는 순간이었다. 영겁 이래 우리를 줄곧 괴롭혀온 듯한, 다시는 새 날이 밝아 오지 않을지도 모른다는 저 어리석은 공포 말이다. 역사(驛舍)에 들어서자 또다시 밤기운이 두 사람을 휘감았다. 짐꾼 한두 사람이 막이 내려가고 무대 장치 철거 작업을 끝낸 무대 담당자들처럼 빈둥거렸고, 칙칙한 제복 차림의 군인 둘이 부동자세로 서 있었다.

대합실은 텅 비어 있었지만, 어셴든과 대머리 멕시코인은 가장 구석진 자리로 들어가 앉았다.

「열차가 출발하려면 아직 한 시간 남았군요. 나는 이 전보 내용을 확인해 봐야겠습니다.」

어셴든은 호주머니에서 전보를 꺼낸 뒤 서류 가방에서 암호집도 꺼냈다. 당시에 사용하던 암호는 정교하지가 않았다. 보통 두 부분으로 구성되는데, 하나는 얇은 책자이고, 다른 하나는 그가 받은 종이 한 장으로, 연합국 영토를 떠나기 전에 암기한 뒤 없애 버렸다. 어셴든은 안경을 쓰고 작업에 착수했다. 대머리 멕시코인은 의자 끄트머리에 앉아서 담배를 말아 피웠다. 그는 어셴든이 하는 일에는 개의치 않은 채 천연덕스럽게 앉아 힘겹게 얻어 낸 휴식을 만끽했다. 어셴든은 여러 숫자 묶음으로 이루어진 암호를 해독하여 풀리는 대로 종이에다 한 단어씩 적어 나갔다. 그의 해독법은 해독이 완전히 끝날 때까지 일체의 주관적인 생각을 배제하는 것이다. 작업 도중에 나오는 단어마다 생각을 하다 보면 섣불리 결론을 내리게 되고, 그러다가 오독을 범하는 경우도 있었기 때문이다. 그래서 단어를 하나하나 적되 의미는 생각하지 않는, 아주 기계적인 접근법을 택하게 된 것이다. 마침내 작업이 다 끝나 완성된 메시지를 읽었다.

콘스탄티네 안드레아디 건강 문제로 피레우스에서 지체 중. 현재 여행 불가. 제네바로 돌아가 지령을 기다릴 것.

처음에는 이해가 되지 않아 다시 읽었다. 머리끝부터 발끝까지 부들부들 떨려 왔다. 이번만큼은 어셴든도 자제력을 잃고 말았다. 격노가 부글거리는 낮은 목소리로 그의 입에서 거친 말이 튀어나왔다.
「이 어처구니없는 멍충이, 엉뚱한 사람을 죽였잖아.」

파리행

어셴든은 노상 자기는 지루함이라고는 모르는 사람이라고 자부해 왔다. 속이 텅 빈 사람들이나 지루해하는 것이며, 외부 세계에서 재미를 찾는 것은 바보들뿐이라는 게 그의 지론이었다. 어셴든은 자신에 대해 어떠한 환상도 갖고 있지 않았고, 당대 문단에서 거둔 큰 성공에도 혹하지 않았다. 그는 명성과 소설 한 편으로 대박을 터뜨리거나 상업적 희곡 한 작품으로 성공을 거둔 작가에게 보상으로 따라붙는 유명세를 분명하게 구분할 줄 알았고, 따라서 이런 식의 유명세에는 무관심했지만, 실질적인 이익이 따르는 경우는 예외로 두었다. 가령 배를 탈 때 지불한 삯 이상의 특등실을 받을 수 있다면 얼마든지 유명세를 이용하려 들었고, 세관원이 그가 쓴 단편소설을 읽어 봤다는 이유만으로 수하물을 열어 보지 않고 통과시켜 주는 경우라면 작가라는 직업을 택한 보람이 있음을 기꺼이 인정했다. 하지만 젊은 연극 지망생들이 희곡 작법을 토론하자고 나올 때면 한숨이 절로 나왔고, 여성 독자들이 격앙된 목소리로 귀에다 대고 그의 책에 대한 찬사를 쏟아부을 때에는 죽고 싶을 지경이라는 생각이 드는 날이 하루 이틀이 아니었다. 스스로 지적인 사람이라고 자부하는 그에게 지루함을 느낀다는 것은 있을 수 없는 일이었다. 아닌 게 아니라 그는 좀이 쑤시도록 따분하다고 동료들마저 빚쟁이 본 듯 도망치게 만드는 사람하고도 흥미진진하게 대화를 나눌 수 있었다. 어쩌면 이런 것도 좀처럼 잠들 줄 모르는 작가적 본능에 충실한 것에 불과할지도 모르겠지만, 이런 사람들, 그러니까 그의 작업 원료가 되는 인간들에게 지루함을 느낄 수 없는 것은 화석이 지질학자를 지루하게 만들 수 없는 것과 같은 이치였다. 지금 그는 욕심이 과하지 않은 인간이 여가에 필요로 하는 모든 것을 갖추고 있었다. 좋은 호텔에 쾌적한 방을 잡았으며, 제네바는 유럽에서 가장 살기 좋은 도시 가운데 하나다. 배를 빌려 호수에서 노를 저어 타보기도 하고, 말을 빌려 도시 근교 자갈길을 따라 유유자적하게 달려 보기도 했다. 깔끔하게 단장된 이 지역에서는 신나게 속력을 내볼 만한 잔디 경마 코스를 찾기가 어려웠기 때문이다. 그는 먼 옛날의 시대정신을 다시 느껴 보고자 오랜 거리를 도보로 두루 배회하고, 또 그토록 고요하고 위엄 있는 회색 석조 가옥들 사이를 거닐기도 했다. 그는 기쁜 마음으로 루소의 『고백록』을 재독했고, 『신엘로이즈』는 두 번짼가 세 번째 도전인데 이번에도 헛수고였다. 신원을 드러내지 않아야 하는 이 일의 특성상 알고 지내는 사람은 별로 없었지만, 호텔에 묵고 있는 몇 사람하고는 가벼운 대화를 주고받을 정도로 친해졌기 때문에 외롭지 않았다. 일상은 다채롭고 충만했으며, 마땅히 할 일이 없을 땐 혼자만의 사색에 잠겨 들 수 있었다. 이런 환경에서 도무지 지루할 틈이 있으랴 싶었다. 그런데 하늘에 홀로 떠가는 한 조각 외로운 구름이라도 된 듯 권태가 바로 눈앞에 다가오는 것만 같았다. 루이 14세의 일화가 떠올랐다. 루이 14세가 한 행사에 자신을 수행할 신하를 불렀다. 갈 채비가 다 되어서야 그 신하가 나타나자, 루이 14세는 차갑고 준엄하게 쏘아보며 말했다. 〈제 페이 아텅드르 *j'ai failli attendre.*〉 서투르나마 번역해 보면 이 정도가 될 것이다. 〈하마터면 과인이 경을 기다릴 뻔했군.〉 어셴든도 하마터면 지루할 뻔했다는 소리가 나올 판이었다.

그는 둔부가 근사하고 목이 짤막한 얼룩진 말 위에 앉아 호숫가를 돌면서 생각했다. 생긴 것은 옛날 그림에서 볼 수 있는 앞발을 들고 껑충거리는 준마 같은데, 이 녀석은 껑충거리기는커녕 속보로 조금 달리게 하는 데도 힘껏 박차를 가해야 했다. 그는 또 생각했다. 런던의 사무실 안에서 일하는 첩보 기관 고위직 간부들은 이 거대한 기구의 조절판에 손만 얹은 채 흥분 가득한 삶을 살아가고 있는지도 모르겠다고. 그들은 이리저리 장기짝을 옮겨 보거나 형형색색 무수한 실로 무늬가 짜이는 것을 보고(어셴든은 은유를 아낌없이 썼다), 가지각색의 다양한 조각을 맞춰 보면서 하나의 큰 그림을 완성할 것이다. 그러나 솔직히 털어놓자면, 어셴든 같은 잔챙이가 첩보 기관의 일원으로 하는 일은 사람들이 생각하는 것만큼 모험으로 가득한 것이 못 된다. 그의 공무 활동은 시 공무원의 업무만큼이나 판에 박히고 단조롭다. 정기적으로 자신의 첩보원들을 만나 급료를 지불하고, 새 사람을 찾으면 고용한 후 지령을 내려 독일로 보낸다. 정보를 기다렸다가 입수되면 급송한다. 매주 한 번씩 프랑스로 들어가 국경 저쪽에서 활동하는 동료들과 협의하고 런던에서 오는 명령을 받는다. 장날에는 장에 가서 그 버터 장수 노인이 호수 건너편으로부터 가져오는 정보가 있거든 접수하며, 언제 어디서나 눈과 귀를 열어 두고 생활한다. 그는 또 장문의 보고서를 작성하는데, 이걸 읽는 사람은 아무도 없을 것이라고 확신한다. 그러다가 예상 못 하고 농담을 슬쩍 끼워 넣었다가 경솔한 행동이라고 모질게 질책받은 일도 있긴 하다. 당연히 필요한 일이고 해야 하는 일이지만, 그럼에도 단조롭다고밖에는 달리 할 말이 없다. 언젠가는 뭔가 좀 더 재미있는 일이 없을까 하다가 드 히긴스 여남작과의 연애를 생각해 보기도 했다. 이제는 여남작이 오스트리아 정부를 위해 일하는 기관원이라는 확신이 생겨 앞으로 예상되는 둘의 싸움이 얼마나 흥미진진할지 기대가 컸다. 그 두뇌 대결이 자못 재미있을 것이라고. 드 히긴스 여남작이 자기를 옭아 넣기 위해 덫을 놓을 텐데, 이를 피하기 위한 수를 찾자면 머리가 녹스는 일을 막아 줄 것이다. 보아하니 여남작도 이런 대결을 피할 사람은 아니었다. 어셴든이 꽃을 보냈을 때 감정에 북받친 편지를 써 보내왔고, 호수로 함께 배를 타러 갔을 때는 길고 하얀 손가락을 호숫물에 담근 채 사랑을 이야기하며 실연의 아픔이 있음을 은근히 내비쳤다. 두 사람은 함께 저녁을 먹었고, 프랑스어로 공연하는 산문 연극 「로미오와 줄리엣」

을 보러 갔다. 어셴든이 이 관계를 얼마나 깊이 끌고 갈 것인지 긴가민가하고 있을 때였는데, R로부터 대체 무슨 한가한 놀음을 하고 있는 거냐고 신랄하게 꾸짖는 편지가 왔다. 어셴든이 자칭 드 히긴스 여남작이라는 여자하고 상당히 자주 어울린다는 정보가 〈손에 들어왔다〉면서, 그 여자는 동맹국 쪽 첩보원으로 알려져 있는데 형식적인 예의를 지키는 것 이상의 교제는 삼가는 편이 바람직하겠다는 얘기였다. 어셴든은 어깨를 으쓱했다. R이 어셴든을 어셴든 자신이 생각하는 것만큼 영리한 사람으로 평가하지 않는다는 소리겠지. 하지만 여태 몰랐는데, 제네바에서 누군가 하고많은 일 중에서 하필이면 자기를 주시하는 임무를 맡은 사람이 있다는 사실이 무척이나 흥미롭게 느껴졌다. 분명히 어셴든이 맡은 일은 내버려 두고 한눈팔면서 말썽에나 휘말리고 다니는 것은 아닌지 지켜보라는 명령을 받은 사람이 있는 것이다. 보통 재미난 일이 아니었다. R, 이 작자, 얼마나 빈틈없고 거리낌 없는 노친네인가! 모험이란 사전에 없고 아무도 믿지 않으며, 부하들은 도구로 이용할 뿐 그들의 지위 고하를 막론하고 인간적인 존중 같은 것은 안중에 없다. 어셴든은 R에게 자기의 일거수일투족을 고해바친 자가 누구일지 찾을 수 있을까 하여 주위를 둘러보았다. 호텔에서 일하는 웨이터들 중 누구일까? 어셴든이 알기로 R은 웨이터들의 존재에 상당히 의지하는 편이다. 많은 것을 직접 눈으로 볼 기회가 있고, 주위 담은 정보가 널려 있는 장소에 쉽게 드나들 수 있는 사람들이니까. 심지어는 여남작이 R에게 그의 얘기를 전한 장본인일지도 모른다는 생각까지 들었다. 하긴 여남작이 연합국 소속 국가의 비밀 첩보 기관에 고용된 사람이라면 새삼스러울 것도 없는 노릇이다. 어셴든은 변함없이 여남작을 정중하게 대했으나 더 이상 세심하게 챙기는 일은 없었다.

그는 말의 머리를 돌려 천천히 제네바를 향해 달렸다. 경마장의 마부 한 사람이 호텔 문 앞에서 대기하고 있었으므로, 어셴든은 안장에서 미끄러지듯 내려와 호텔로 들어왔다. 접수대에서 짐꾼이 전보를 한 통 전해 주었다. 다음과 같은 전갈이었다.

매기 이모 건강 좋지 못함. 파리 로티 호텔 체류 중. 문병 요망. 레이먼드.

레이먼드는 R이 장난으로 쓰는 가명인데, 어셴든에게는 매기라는 이모를 둔 행운이 없었으므로, 이는 곧 파리로 가라는 지령이라고 결론을 내렸다. 어셴든이 늘 느껴 왔던 바이지만, R은 틈만 나면 탐정 소설에 탐닉하는데, 특히 기분이 좋을 때면 선정적인 싸구려 소설 문체를 흉내 내면서 쾌감을 느끼는 별난 구석이 있는 듯했다. R이 기분이 좋다는 것은 조만간 터뜨릴 회심의 일격을 준비하고 있다는 뜻이었다. 하지만 그렇게 해서 한 건을 해치우고 나면 잔뜩 침울해져서는 부하들에게 울화를 터뜨리곤 했다.

어셴든은 전보를 고의로 프런트 데스크에 내버려 둔 채 파리행 급행열차 출발 시각이 언제인지 물었다. 그는 영사관이 문 닫기 전에 들러 비자를 발급받을 시간이 될까 하여 벽시계를 슬쩍 보았다. 여권을 가지러 방에 올라가려는데, 엘리베이터 문이 닫히기 직전 짐꾼이 그를 불렀다.

「선생님, 전보를 놓고 가셨습니다.」

「이런 바보같이.」 어셴든이 말했다.

이제 오스트리아 여남작이 혹시 그가 무슨 일로 그렇게 황급히 파리로 떠난 것인지 의아해하더라도, 그것이 여자 친척의 병환 때문이라는 사실을 알게 될 것이다. 전쟁으로 어지러운 이런 시절에는 만사 명명백백하게 처리해 두는 것이 현명하다. 프랑스 영사관에서는 그를 알고 있어서 시간 허비 없이 용무를 마칠 수 있었다. 짐꾼에게 열차표를 부탁해 두었기 때문에 호텔로 돌아오자마자 썻고 옷을 갈아입었다. 예정에 없던 이 여행에 대한 기대로 적잖이 흥분되었다. 그는 여행을 좋아한다. 침대차에서도 끄떡없이 잘 자고, 어쩌다 급정거로 눈을 뜨더라도 이내 잠들 수 있다. 드러누운 채로 담배 한 대 피우면서 좁은 객실 안에서 고독을 만끽하는 순간도 사랑한다. 철로 돌출부를 지날 때 덜커덩거리는 바퀴의 리듬감 넘치는 소리는 의식의 흐름에 멋진 배경 음악이 되고, 툭 트인 시골 벌판을 지나 깊은 밤을 뚫고 달리노라면 마치 우주를 가르며 쏜살같이 질주하는 별이 된 것 같은 기분을 느낀다. 그리고 그 여행 끝에 미지의 세계가 우리를 기다리고 있다.

어셴든이 파리에 도착했을 때 공기는 쌀쌀하고 보슬비가 내리고 있었다. 면도를 해야 할 것 같고, 어서 목욕한 다음 깨끗한 속옷으로 갈아입고 싶어 찝찝했지만 기분은 최고였다. 역에서 R에게 전화해 매기 이모의 안부를 물었다.

「지체 없이 한달음에 달려올 만큼 이모님 사랑이 극진한 모습을 보니 고맙군요.」대답하는 R의 목소리에서는 웃음기가 묻어나는 듯했다.「지금은 기력이 무척 약해지셨지만, 조카님을 보면 분명히 호전되실 겁니다.」

어셴든은 이것이 전문적인 직업 작가와 달리 아마추어 유머 작가들이 흔히 저지르는 실수라고 생각했다. 아마추어는 한번 농담을 했다 하면 그걸 계속해서 우려먹는다. 농담과 농담하는 사람의 관계는 꽃과 꿀벌의 관계처럼 신속하고 종잡을 수 없어야 한다. 농담을 했다면 바로 넘어가야 한다. 물론 꿀벌이 꽃에 접근할 때처럼 조금 윙윙거리는 정도는 문제 될 것이 없다. 머리가 둔한 사람들한테는 오히려 그것이 농담이었다고 알려 주는 것이 나을 수도 있기 때문이다. 하지만 어셴든은 여느 직업적인 유머 작가들과는 달리 다른 사람들의 유머를 너그럽게 봐줄 아량이 있었으므로 R의 시도에 적당히 맞장구쳐 주었다.

「이모님은 언제 뵈러 가면 될까요?」어셴든이 물었다.「이모님께 제 사랑을 전해 주시겠습니까?」

R이 이제는 아주 대놓고 낄낄거렸다. 어셴든은 한숨이 나왔다.

「아마도 당신이 오기 전에 조금 단장하고 싶어 하시지 않을까 싶군요. 어떤 분인지 잘 알잖아요. 항상 최고의 모습을 보이고 싶어 하시죠. 10시 반쯤이면 될까요? 그리고 이모님

하고 얘기가 끝나면 어디 밖으로 나가 함께 점심이나 하도록
합시다.」

「좋습니다. 로티로 10시 반까지 가겠습니다.」어센든이 말
했다.

어센든이 깨끗이 씻고 상쾌한 기분으로 호텔에 도착하니,
얼굴을 아는 잡역부가 홀에서 그를 맞이하여 R의 아파트로
데리고 올라갔다. 그가 문을 열어 어센든을 안으로 안내하니,
R이 환히 불타는 장작불을 등지고 서서 비서에게 뭔가를 받
아 적게 하고 있었다.

「앉아요.」어센든에게 이렇게 말하고 R은 바로 구술을 이
어 갔다.

거실에 놓인 가구는 고급스러웠다. 꽃병에 꽂힌 장미 다발
에서는 여성의 손길이 느껴졌다. 대형 탁자 위에는 서류가
어지럽게 흐트러져 있었다. R은 지난번 만났을 때보다 나이
가 들어 보였다. 야위고 누르스름한 얼굴에는 주름이 늘었고,
머리도 더 하얘져 있었다. 과중한 업무의 흔적이었다. 그는
몸을 아끼지 않고 일하는 유형이었다. 매일 아침 7시면 일어
나서 밤늦게까지 일한다. 단정하고 말쑥한 제복이지만 R이
입은 것은 초라해 보였다.

「이제 됐어요. 이거 전부 치우고 타자로 쳐요. 점심 먹으러
나가기 전에 결재하도록 하죠.」R은 비서에게 지시하고 나서
잡역부에게 말했다.「이제부터 아무도 들여보내지 말아요.」

비서는 서른 줄에 들어선 해군 중위로 민간인이 임시로 임
관된 것으로 보였는데, 서류를 한 아름 챙겨 들고 방을 나갔

다. 잡역부도 따라 나가는데 R이 말했다.

「밖에서 대기해요. 필요하면 부를 테니까.」

「알겠습니다, 대령님.」

두 사람만 남자 R이 어셴든에게 말을 던졌는데, 그로서는
성의를 다한 인사였다.

「여행은 즐거웠나요?」

「예.」

「이 방 어때요?」 R이 방을 둘러보며 물었다. 「나쁘지 않죠?
전쟁의 고통을 완화시킬 수만 있다면 뭐든 하지 못할 이유가
없다고 봐요.」

R은 입으로는 한가하게 사담을 나누면서도 두 눈은 어셴
든을 뚫어져라 바라보았다. 바짝 붙은 파란 눈으로 저렇게
응시할 때면, 상대의 머릿속을 훤히 들여다보고는 그 허접한
내용에 그만 혀를 끌끌 차는 것 같은 인상을 주었다. R은 좀
처럼 개인적인 생각을 말하지 않는 편이었지만, 간혹 가다가
그럴 때면 부하들을 멍청이나 악당으로 여긴다는 사실을 숨
김없이 드러내곤 했다. 이런 생각이 그의 직업에는 장애로
작용할 수밖에 없었다. 하지만 대체로 악당인 쪽이 낫다고
했다. 그러면 자기가 어떻게 상대해야 하는지 알 수 있고, 그
에 맞추어 적당한 조치를 취하면 된다고. 그는 직업 군인으
로서 인도를 비롯한 식민지 주둔군 소속으로만 봉직해 왔다.
제1차 세계 대전 발발 당시에는 자메이카에 배치되어 있었
는데, 그의 상관이었던 국방부의 누군가가 그를 기억하고 불
러와 정보부에 넣었다. 그의 일솜씨가 얼마나 기민하고 빈틈

없었는지 아주 빠르게 요직을 꿰차게 되었다. 그는 활동력이 왕성했고 조직을 만드는 데 재능이 있었으며, 해야 할 일에 망설임이라고는 없는 과단성, 기략과 용기, 결단력을 고루 갖춘 인재였다. 하지만 한 가지 약점이 있었으니, 평생 사회적 영향력을 지닌 사람들, 특히 여성과는 가까이 지내 본 적이 없다는 것이었다. 그가 아는 여자라고는 동료 장교들의 아내들, 정부 관료며 사업가의 아내들뿐이었는데, 전쟁 초반 런던으로 와서 업무상 똑똑하고 아름답고 뛰어난 여성들과 접하면서 온당치 못하게 현혹되곤 했다. 그는 수줍음을 타면서도 그들과 어울리는 법을 익혀 나갔고, 점차 여성들에게 인기 있는 남자가 되었다. R을 R 자신보다 잘 아는 어셴든에게는 이 장미 꽃병이 뭔가 특별한 의미를 담고 있는 것이 아닌가 수상하게 느껴졌다.

어셴든은 R이 날씨나 농작물 얘기나 하자고 부른 것이 아니라는 것을 알기에, 언제쯤 본론에 들어가려고 저러나 궁금해졌다. 그리 오래가지 않아서 답이 나왔다.

「제네바에서는 잘해 내고 있더군요.」R이 말했다.

「그렇게 생각해 주시니 다행입니다, 대령님.」어셴든이 답했다.

R의 표정이 갑자기 차갑고 단호하게 바뀌었다. 한가한 잡담은 여기까지라는 뜻이었다.

「맡길 일이 있소.」R이 말했다.

어셴든은 대답하지 않았지만 짜릿한 흥분으로 뱃속에서 미세한 파닥거림이 느껴졌다.

「찬드라 랄 얘기를 들어 본 적 있습니까?」

「없는데요.」

그 순간 대령의 미간이 짜증으로 일그러졌다. 필요한 일은 부하들이 미리미리 알아 놓기를 바라는가 보다.

「아니, 지금까지 어디에서 살았습니까?」

「메이페어 체스터필드 거리 36번지에서 살았습니다.」 어셴든이 대답했다.

R의 누르스름한 얼굴에 웃음기가 희미하게 퍼졌다. 다소 뻔뻔한 응답이 그의 냉소적인 기질과 맞아떨어진 모양이었다. 그는 대형 탁자 쪽으로 가서 그 위에 놓여 있던 서류 가방을 열었다. 거기서 사진을 한 장 꺼내 어셴든에게 건넸다.

「이 남자요.」

동양인의 외양에 익숙하지 않은 어셴든에게는 그저 오다가다 길에서 마주쳤던 여느 인도인 같은 얼굴이었다. 정기적으로 잉글랜드를 방문하여 삽화 주간지에 그림으로 등장하는 어느 인도 왕자의 사진이라고 하면 그런가 보다 할 그런 얼굴 말이다. 살집 있고 가무잡잡한 얼굴에 입술이 두껍고 코는 뭉툭하며 머리는 숱이 빽빽한 검은 직모였고, 퉁방울같이 큰 눈은 사진으로만 봐도 소 눈처럼 그렁그렁했다. 양복 차림이 불편한 기색이었다.

「여기 이 사진에서는 인도 정통 의상을 입고 있어요.」R은 어셴든에게 다른 사진을 주었다.

첫 번째 사진은 어깨까지만 나왔는데, 이것은 전신사진으로 꽤 오래전에 찍은 것으로 보였다. 이때는 훨씬 말랐고, 크다 못해 얼굴을 집어삼킬 것같이 큰 눈에 눈빛이 진중했다. 캘커타에서 현지 사진사가 찍었는데, 배경이 어수룩하니 촌스러운 사진이었다. 찬드라 랄이 어딘가 구슬프게 야자수 한 그루가 바다를 바라보며 서 있는 그림 앞에서 고무나무 화분이 놓인 문양이 복잡하게 새겨진 테이블에 한 손을 짚고 서 있었다. 하지만 터번을 두르고 흰색의 긴 튜닉을 걸친 그의 모습에서는 위엄이 느껴졌다.

「어떤 사람 같습니까?」R이 물었다.

「존재감이 없지는 않다고 해야 할 것 같군요. 어떤 힘이 느껴집니다.」

「이 사람의 신상 보고서입니다. 읽어 보겠소?」

R이 타자로 친 문서 두 장을 건넸고, 어셴든은 자리에 앉았다. R은 안경을 쓰고 그의 결재를 기다리는 서류를 읽기 시작했다. 어셴든은 보고서를 먼저 한 번 훑어본 뒤 한 번 더 주의를 기울여 읽었다. 찬드라 랄은 위험한 선동가로 보였다. 직업은 변호사였지만 정치에 뜻을 두면서 영국의 인도 통치에 강한 적개심을 품게 되었다. 그는 무장 반란군에 가담했고, 인명을 앗아 간 폭동을 일으킨 것이 한두 번이 아니었다. 한 차례 체포되어 재판을 받고 2년 징역형을 받았지만 전쟁 발발과 함께 석방되었고, 이를 기화로 적극적인 반란 조장 활동을 시작했다. 그는 인도에 주둔하는 영국군을 낭패에 빠뜨리고, 그렇게 해서 이들 부대가 전장으로 이동하는 것을 방해하려는 계획의 핵심 인물로, 독일 첩보원들에 의해서 전달된 거액의 자금을 토대로 막심한 피해를 야기할 수 있었다.

또 두세 건의 폭탄 테러에도 연루되었는데, 무고한 양민 몇 명의 목숨을 앗아 간 것을 제외하면 이렇다 할 피해는 끼치지 못했으나 대중을 불안에 떨게 만들고 심리적으로 위축시켰다. 그는 자신을 체포하려는 온갖 시도를 피해 다니면서 동에 번쩍 서에 번쩍 가공할 만한 활약을 펼쳤다. 어떤 도시에 나타났다는 정보가 들어왔을 때는 이미 임무를 완수하고 유유히 사라진 뒤였고, 경찰은 속수무책이었다. 마침내 살인죄로 거액의 현상금과 함께 수배령이 내려졌으나, 그는 인도를 빠져나가 미국으로 건너갔고 거기서 스웨덴을 거쳐 베를린으로 갔다. 여기에서는 유럽으로 파병된 인도인 병사들 사이에서 불만을 일으키기 위한 계획을 도모하느라 동분서주했다. 보고서는 어떠한 의견이나 설명 없이 건조하게 사실만을 기술했으나 이 감정 없이 담담하게 적어 내려간 필치가 오히려 더 큰 호기심으로 가슴을 뛰게 만들고, 아슬아슬 위험한 탈출 모험을 더 숨 가쁘게 만드는 듯했다. 보고서는 이렇게 끝맺고 있었다.

찬드라는 인도에 아내와 두 아이가 있다. 여자 관련 문제는 알려진 바 없다. 술도 담배도 하지 않는다. 성품이 정직한 사람으로 평가받는다. 상당한 액수의 돈이 그의 손을 거쳐 갔으며, 이 자금의 적절치(!) 않은 유용 문제가 불거진 적은 없다. 용기 있는 인물임에는 의심의 여지가 없으며 열심히 일한다. 한번 한 말은 반드시 지킨다고 자부하는 것으로 전해진다.

어셴든은 R에게 서류를 돌려주었다.

「그래, 어떻소?」

「광신자로군요.」 어셴든은 이 사람한테 낭만적이고 매력적인 무언가가 있다고 생각했지만, R이 그런 유의 흰소리를 듣고 싶어 하지 않는다는 것을 알고 있었다. 「아주 위험한 인물로 보입니다.」

「인도 안팎을 통틀어 가장 위험한 음모가죠. 이자 혼자서 인도 인구 전체가 저지른 것을 다 합친 것보다 더 큰 타격을 입혀 왔어요. 그러니까 베를린에 이런 인도인 패거리가 있단 말입니다. 이자가 그 패거리의 지도자입니다. 이자만 해치울 수 있다면 나머지는 무시해도 하등 지장이 없을 수준입니다. 깡다구 있는 건 이자 하나뿐이거든요. 내가 이자를 잡으려고 1년을 달려들었지만 가망이 없다고 판단했죠. 그런데 마침내 기회가 오지 않았겠습니까. 맹세코 이 기회를 놓치지 않을 겁니다.」

「잡으면 어떻게 하시려고요?」

R이 음흉하게 키득거렸다.

「쏴야죠. 번개처럼 빠르게 쏠 겁니다.」

어셴든은 대꾸하지 않았다. R은 그 작은 방 안에서 오락가락 한두 바퀴 걷더니, 다시 장작불을 등지고 어셴든과 마주 보고 섰다. 그의 얇은 입술이 비꼬는 듯한 웃음으로 비틀려 있었다.

「방금 보여 준 보고서 말미에 이자의 여자 관련 문제는 알려진 바 없다고 써 있던 거 기억해요? 뭐, 그땐 사실이었죠.

하지만 이젠 아니에요. 그 빌어먹을 멍청이가 사랑에 **빠졌다**는 거 아니겠습니까.」

R이 서류 가방에서 하늘색 리본으로 묶어 놓은 종이 뭉치를 꺼냈다.

「봐요. 이게 그자가 쓴 연애편지입니다. 당신은 작가이니 흥미롭게 읽으실 것 같군요. 아니, 꼭 읽어야 합니다. 이번 임무를 준비하는 데 도움이 될 겁니다. 갈 때 가져가요.」

R은 그 단정하게 묶인 종이 뭉치를 도로 서류 가방에 휙 집어넣었다.

「그렇게 유능한 인물이 어떻게 여자 하나 때문에 정신을 놓을 수 있는 건지. 그자한테 그런 일이 생길 거라고는 꿈에도 생각지 못했죠.」

어셴든의 눈길이 테이블에 놓인 아름다운 장미 꽃병에 미쳤으나 아무 말도 하지 않았다. 작은 것 하나 놓치는 법이 없는 R이 어셴든의 눈길을 알아차리고는 갑자기 표정이 어두워졌다. 지금 대체 뭘 보고 있는 거냐고 묻고 싶은 듯했다. 그 순간 R은 자기 부하에 대한 호감이 싸늘하게 식었으나 말은 보태지 않았다. 그러고는 당면한 주제로 돌아갔다.

「아무튼 이것은 중요한 문제가 아니고. 찬드라가 불같은 사랑에 빠진 상대는 줄리아 라차리라는 여자입니다. 그 여자한테 단단히 미쳤어요.」

「그 여자를 어떻게 만난 건지 아십니까?」

「알다마다요. 그 여자는 무희입니다. 스페인 춤을 추는데, 알고 보니 이탈리아 사람입디다. 라 말라게나라는 예명을 쓰더군요. 많이 보셨겠죠. 스페인 민속 음악에, 머리에서 어깨까지 늘어뜨린 만틸라, 접이부채에, 귀 옆에 커다란 머리핀을 꽂은. 지난 10년 동안 유럽 전역을 돌며 춤을 춰왔어요.」

「잘 춥니까?」

「어휴. 형편없어요. 영국에선 지방으로 돌았고, 런던에서도 몇 군데와 계약을 하긴 했죠. 주급 10파운드 이상은 받지 못했더군요. 찬드라가 이 여자를 만난 건 베를린에 있는 팅얼탕얼이라는 곳입니다. 싸구려 카바레 같은 곳인데, 아시겠죠. 이 여자가 대륙에서 춤 공연을 하는 것은 주로 매춘부로서 자신의 가치를 올리기 위한 수단이 아닐까 하는 게 내 생각입니다.」

「전쟁 중인데 베를린에는 어떻게 들어갔을까요?」

「전에 스페인 남자하고 결혼한 적이 있습니다. 내 생각에 아직도 결혼 상태인 것 같긴 합니다. 같이 살지는 않지만. 아무튼 그래서 스페인 여권으로 여행을 다니는 겁니다. 보아하니 찬드라가 여자를 입국시키려고 필사적으로 노력했던 모양입니다.」 R은 찬드라의 사진을 다시 집어 들고 유심히 들여다보았다. 「이 간살스러운 살덩어리 여자한테 무슨 굉장한 매력이 있나 싶은데 말입니다. 세상에, 이렇게 살이 찔 수가 있느냐고! 요는 찬드라가 여자한테 빠진 것 못지않게 여자도 찬드라한테 푹 빠져 있더라는 거죠. 여자가 쓴 편지도 입수했어요. 물론 사본이고, 원본은 찬드라한테 있죠. 이자는 분홍 리본으로 묶어서 간직하고 있을 거라고, 내 장담합니다. 여자도 이자한테 미쳐 있어요. 내가 문학에 조예는 없어도 진실인지 아닌지를 읽어 낼 줄은 압니다. 아무튼 당신도 읽을 테니까 어떻게 생각하는지 말해 주면 좋겠소. 그런데도 첫눈에 반하는 사랑 같은 건 없다고들 하죠.」

R의 웃는 얼굴에 희미하게 빈정거리는 투가 배여 있었다. 확실히 오늘 아침에는 기분이 좋은 모양이었다.

「그런데 이 편지들은 어떻게 다 입수한 겁니까?」

「이것들을 어떻게 입수했느냐고요? 어떻게 했을 것 같습니까? 줄리아 라차리는 국적이 이탈리아여서 결국에는 독일에서 추방당했습니다. 네덜란드 국경으로 넘어갔죠. 영국에서 무대 출연 계약이 있었기 때문에 비자가 발급되었고…….」 R은 종이 뭉치를 뒤져 날짜를 확인했다. 「10월 24일에 배편으로 로테르담에서 하리치로 건너갔어요. 그 뒤로 쭉 런던, 버밍엄, 포츠머스 등지에서 춤을 춰오다가 보름 전에 헐에서 체포된 겁니다.」

「무슨 혐의로요?」

「간첩 행위죠. 거기서 런던 홀로웨이[1]로 이송되었을 때 내가 직접 가서 만났습니다.」

어셴든과 R은 잠시 말없이 서로를 바라보았다. 서로 상대방이 무슨 생각을 하는지 읽어 내려고 기를 쓰고 있었는지도 모른다. 어셴든은 이 사건에서 과연 진실은 어디에 있는가를 생각했고, R은 상대방에게 과연 어디까지 말해 주는 것이 좋을 것인가를 생각했다.

「무엇 때문에 그 여자의 실체를 의심하게 되었습니까?」

1 영국 최대 규모의 여성 미결수 수용 구금 시설.

「독일 쪽에서 그 여자가 베를린에서 몇 주씩 춤추도록 가만히 놔뒀다가 특별한 이유도 없이 추방을 결정했다는 게 이상했죠. 첩보 활동 입문 과정이라 보기에 충분한 겁니다. 게다가 도덕관념 따위에 그다지 개의치 않는 무희라면, 베를린에 있는 누군가가 제법 큰 대가를 치를 가치가 있는 정보를 얻어 낼 기회를 만드는 것이 어렵지 않을 테지요. 그 여자를 영국으로 오게 해서 무슨 꿍꿍이가 있는지 지켜보는 것도 좋겠다는 생각이 들더군요. 그래서 뒤를 밟았죠. 여자는 네덜란드의 한 주소로 편지를 일주일에 두세 통 보내고, 네덜란드로부터 답장도 일주일에 두세 통씩 받는다는 것을 알아냈습니다. 여자가 쓴 편지를 보면 프랑스어, 독일어, 영어가 뒤섞여 있어 희한하더군요. 영어는 조금 하고 프랑스어는 꽤잘하는 편인데, 답장으로 온 편지들은 영어만 썼어요. 훌륭한 영어지만 영국인의 영어는 아닌 화려하고 상당히 허세가 들어간 문체였죠. 누가 쓴 것인지 궁금하지 않을 수 없었어요. 언뜻 보기에는 그냥 일반적인 연애편지였지만 실은 아주 야한 내용입디다. 딱 봐도 독일에서 보내온 것인데, 편지를 쓴 사람이 영국인도 프랑스인도 독일인도 아니다? 그런데 어째서 영어로 썼는가? 유럽의 어떤 언어보다 영어를 잘하는 외국인이라면 동양인인데, 터키 사람도 이집트 사람도 아니다. 그 사람들은 프랑스어를 하니까. 일본 사람이라면 영어를 쓸 것이고, 그건 인도 사람도 마찬가지. 그렇다면 줄리아의 애인은 베를린에서 우리를 곤란에 빠뜨리고 있는 저 인도인 패거리 중 한 사람이다, 라는 결론이 나온 겁니다. 그래도 그게 찬드라 랄일 거라고는 상상도 못 했죠. 그러다가 그 사진을 발견한 겁니다.」

「이 사진은 어떻게 구하셨습니까?」

「여자가 들고 다니던걸요. 그건 내가 솜씨를 좀 발휘했지요. 잠가 둔 트렁크 안에 희극 가수며 광대며 곡예사며 공연 무대 사진이 한 무더기 있었는데, 그 안에 끼여 있는 겁니다. 하마터면 무대 의상을 차려입은 웬 보드빌 연예인 사진이구나 하고 그냥 넘어갈 뻔했지 뭡니까. 나중에 여자가 체포되었을 때 사진 속 그 사람이 누군지 물으니 모른다고 하더군요. 어떤 인도 마술사가 준 거라고, 이름은 도저히 생각이 안 난다나요. 아무튼지 내가 아주 영리한 친구 하나를 이 일에 투입했는데, 이 친구가 그 무더기 중에서 그 사진 하나만 캘커타에서 왔다는 걸 수상하게 본 겁니다. 사진 뒷면에 숫자가 찍혀 있는 걸 발견해서 가져온 거죠. 아니 내 말은, 숫자요. 당연히 사진은 상자 안에 도로 넣어 놨고.」

「그런데, 이건 그냥 궁금해서 물어보는데요, 그 아주 영리한 친구는 어떻게 그 사진을 입수한 건가요? 애초에?」

R의 눈이 반짝 빛났다.

「거기까지 알 필요는 없어요. 하지만 그 친구가 미남이었다는 것 정도는 말해 줄 수 있겠군요. 아무튼지 그건 중요하지 않아요. 사진에 찍힌 숫자를 받자마자 캘커타에 전보를 보냈는데, 얼마 지나지 않아 감개무량한 소식을 받은 겁니다. 줄리아의 연애 상대가 다름 아닌 저 난공불락의 용사 찬드라 랄이라는 소식을 말이죠. 그렇다면 이제 내가 해야 할 일은

152

줄리아를 좀 더 예의 주시하는 것이라는 생각이 들었죠. 줄리아라는 이 여자, 해군 장교들한테 은근히 끌리는 경향이 있는 것 같더군요. 뭐, 그게 줄리아 탓이겠습니까만은. 해군 장교들이 얼마나 매력 있습니까. 하지만 도덕관념이 가벼운 데다가 국적이 미심쩍은 여자가 전시에 그런 사내들하고 어울린다는 것은 현명한 처사가 못 되죠. 오래 걸리지 않아서 줄리아한테 불리하게 작용할 증거를 상당량 찾아냈어요.」

「여자는 뭐라고 해명하던가요?」

「해명하기는요. 하려고 들지도 않더군요. 독일은 정말로 줄리아를 추방했던 겁니다. 이 여자가 자기네가 아닌 찬드라를 위해서 일하고 있었으니까요. 영국에서 공연 계약이 완료되면 다시 네덜란드로 가서 찬드라를 만날 계획이었다고 합니다. 일솜씨도 영 아니었죠. 쉽게 흥분하는 성격이던데, 이 일을 우습게 본 겁니다. 아무도 자기한테 신경 쓰는 사람이 없으니 점점 신이 났던 거죠. 온갖 흥미로운 정보를 아무런 위험 없이 척척 얻어 냈어요. 한 편지엔 이렇게 썼어요. 〈하고 싶은 말이 너무 많아요, 내 사랑. 당신도 들으면 *extrêmement intéressé*(엄청나게 신날 거예요).〉 프랑스어로 쓴 부분엔 밑줄을 그어 놨고요.」

R은 잠시 말을 멈추고 두 손을 마주 비볐다. 그의 얼굴에는 피로한 기색과 함께 자신의 교묘함을 즐기는 듯한 짓궂은 표정이 담겨 있었다.

「손쉬운 첩보 활동이었지요. 물론 여자에 대해서는 신경 쓰지 않아요. 남자죠, 내가 잡으려는 건. 뭐, 증거 물품을 확보하자마자 여자를 체포하긴 했죠. 일개 연대분의 스파이를 전과자로 만들고도 남을 증거를 확보했으니까요.」

R이 두 손을 바지 주머니에 꽂고 씩 웃는데, 핏기 없는 입술이 비뚤어지면서 우거지상이 되었다.

「홀로웨이가 지내기 대단히 쾌적한 곳은 아니잖습니까.」

「어떤 감옥인들 쾌적하겠습니까.」어센든이 한마디 했다.

「한 일주일 자기가 저지른 죄의 대가를 치르게 한 후 만나 봤죠. 이미 상당히 불안한 상태더군요. 교도관 말이, 내내 히스테리 발작을 심하게 일으키고 있다고 하대요. 흡사 악마의 형상이라고밖에는 말하기 어려운 몰골입디다.」

「미인인가요?」

「직접 보도록 해요. 내가 좋아하는 유형은 아닙니다. 화장이나 치장을 하면 훨씬 나을 테지만. 나는 엄한 집안 어른처럼 사정없이 꾸짖고, 신의 노여움이 머릿속에 따라다니게 설교하면서, 징역 10년 형은 나올 거라고 했죠. 겁먹은 것 같더군요. 그러려고 한 소리였고. 당연한 노릇이겠지만, 여자가 모든 걸 부인하길래 버젓이 증거가 있으니 어림없는 수작 말라고 했죠. 그러기를 세 시간, 여자는 완전히 무너져 결국 모든 걸 실토했지요. 그때 말했습니다. 찬드라를 프랑스로 오게 만든다면 무죄로 석방시켜 주겠다고요. 죽어도 못 한다면서 완강하게 거부하더군요. 히스테리를 부리고 지긋지긋하게 굴었지만, 그냥 길길이 날뛰도록 내버려 뒀어요. 나는 잘 생각해 보라고 하고는 하루 이틀 지나서 다시 얘기하자고 말했어요. 말은 그렇게 했지만 일주일을 내버려 두었습니다.

생각할 시간이 충분했겠죠. 다시 찾아가니 차분하게 묻더군요. 정확히 어떤 조건이냐고요. 보름을 감옥에 갇혀 있었으니 그만하면 충분했을 거라 봤습니다. 최대한 명료하게 조건을 말했고, 여자는 수락했습니다.」

「이해가 잘 안 갑니다.」 어셴든이 말했다.

「그래요? 아무리 모자란 지능을 가진 자라도 알아들을 만큼 분명하게 얘기한 것 같은데요. 찬드라가 스위스 국경을 넘어 프랑스로 들어오게 만들면 여자는 자유의 몸이 된다, 스페인 아니면 남미, 어느 한 곳으로 여행 경비까지 제공한다, 이겁니다.」

「하지만 대체 여자가 무슨 수로 찬드라한테 그렇게 할 수 있다는 겁니까?」

「찬드라는 그 여자한테 완전히 빠져 있어요. 보고 싶어 애간장을 태우고 있죠. 이자가 쓴 편지를 보면 미쳐 가고 있습니다. 줄리아가 이자한테 편지를 써서 네덜란드 비자는 받을 수 없지만 스위스 비자는 받을 수 있다고 했어요(아까 말했다시피 여자는 공연 계약이 완료되는 대로 네덜란드로 건너가 그를 만날 계획이었죠). 스위스는 중립국이라서 찬드라한테도 안전하니, 이 기회를 놓쳐서는 안 되는 거죠. 두 사람은 결국 로잔에서 만나기로 약속을 잡았습니다.」

「그렇군요.」

「찬드라가 로잔에 도착하면 줄리아로부터 프랑스 당국이 국경 넘는 걸 허용하지 않아 토농으로 간다는 내용의 편지를 받게 될 겁니다. 토농은 로잔에서 프랑스 쪽으로 호수 바로 맞은편이죠. 그쪽으로 와달라고 청할 겁니다.」

「찬드라가 그 청을 들어줄 거라고 생각하십니까?」

R은 잠시 말을 멈추고 어셴든을 익살맞은 표정으로 바라보았다.

「10년을 징역살이하고 싶은 게 아니라면 여자가 무슨 수를 써서라도 그렇게 하겠죠.」

「그렇겠군요.」

「줄리아가 오늘 밤 영국에서 형사들의 감시하에 여기로 옵니다. 여기서 야간열차로 토농으로 가는데, 당신이 동행해 주었으면 합니다.」

「제가요?」 어셴든이 말했다.

「그래요. 당신이 잘 해낼 종류의 일이라고 판단했습니다. 사람의 본성에 대해서는 당신이 웬만한 사람보다 잘 알 것이고, 토농에서 한두 주 보내다 보면 기분 전환도 되고 좋을 겁니다. 아름다운 곳이라고 알고 있어요. 상류층 인사들의 사교가 활발한 곳이기도 하지요. 평화 시에 말입니다. 탕욕도 좀 즐길 수 있을 거고.」

「여자를 동행해서 토농에 도착하면 뭘 하면 됩니까?」

「그건 당신 재량에 맡기겠어요. 도움이 될 만한 몇 가지를 메모해 뒀는데, 읽어 드리죠.」

어셴든은 집중해서 들었다. R의 계획은 간단명료했다. 그렇게 철두철미한 계획을 세우는 두뇌에 내키지는 않으나 경탄을 금치 않을 수 없었다.

R은 바로 간단히 점심을 하자고 하면서 세련된 사람들을

볼 수 있는 곳으로 데려가 달라고 했다. 직무에서는 그렇게 빈틈없고 기민하고 확신에 차 있는 R 같은 사람이 레스토랑에 들어갈 때는 수줍어서 어쩔 줄 모르는 것이 어셴든에게는 재미있었다. 그는 자신이 긴장하지 않았다는 것을 보여 주기 위해 말하는 목소리가 다소 커졌고, 필요 이상으로 제집처럼 굴었다. 그의 태도에서는 어쩌다 전쟁 덕에 이런 영향력 있는 지위에 오르기 전까지 이 사람이 살아왔을 시시하고 평범했던 삶이 엿보이는 듯했다. 그는 고급 레스토랑에서 저명인사들과 가까이 있는 것까지는 좋았으나, 생애 첫 실크해트를 쓴 학생처럼 급사장의 차가운 시선 앞에서 풀이 죽고 말았다. 여기저기 힐끗거리고 자기만족에 빛나는 R의 누런 얼굴을 보면서 어셴든은 조금 민망했다. 그는 몸매가 아름답고 치렁치렁한 진주 목걸이를 한 검은 피부의 표정이 언짢은 여인에게로 주의를 돌렸다.

「저분이 드 브리드 부인입니다. 시어도어 대공의 애인이죠. 유럽에서 가장 영향력 있는 여성으로 손꼽히는 인물일 겁니다. 가장 똑똑한 여성들 중 한 사람인 것은 두말할 여지도 없고요.」

R은 은근하게 부인을 훔쳐보더니 얼굴을 약간 붉혔다.

「아! 이렇게 사는 게 진짜 사는 거죠.」R이 말했다.

어셴든은 그를 흥미롭게 지켜보았다. 사치는 경험 없이 그 유혹의 마수에 갑자기 내맡겨진 사람에게는 위험한 물건이다. R, 저 빈틈없고 냉소적인 작자가 저속한 매력과 겉만 휘황찬란한 광경에 마음이 사로잡혀 버린 것이다. 교양의 장점이 허튼소리도 가려 가며 할 수 있게 해주는 것이라면, 사치도 버릇이 되면 불필요한 허식 같은 것은 적당히 업신여기고 넘어갈 요령이 생긴다.

하지만 점심을 끝내고 커피를 마실 때 R이 맛있는 식사와 레스토랑 분위기에 취해 있는 것을 보고, 어셴든은 생각 속에 남아 있던 주제로 돌아갔다.

「그 인도인 말입니다, 범상치 않은 자임에는 분명합니다.」

「물론 머리가 있는 놈은 맞죠.」

「거의 혼자 몸으로 인도에 주둔하고 있는 영국군 전체를 상대하겠다는 용기를 가진 자라니, 인상적이라 하지 않을 수 없군요.」

「나라면 그자에 대해 그런 감상은 품지 않겠습니다만. 일개 위험한 범죄자일 뿐이라고요.」

「그 사람이 몇 개 중대, 몇 개 대대를 동원할 수 있었다면 폭탄은 쓰지 않았을 거라고 생각합니다만. 자기가 쓸 수 있는 무기를 쓰는 겁니다. 그걸 그 사람 탓으로 돌릴 수는 없지요. 어쨌거나 그 사람이 자기 자신을 위한 목적으로 한 일은 아무것도 없습니다. 표면적으로만 따지자면 그 사람의 행동은 충분히 정당하다고 볼 수 있죠.」

하지만 R은 어셴든이 하는 말의 의미를 이해하지 못했다.

「그것 참 억지스럽고 불건전한 생각이로군요. 그렇게까지 나가선 안 됩니다. 우리 일은 그자를 잡는 거고, 잡으면 쏘는 겁니다.」

「당연한 말씀입니다. 그 사람은 이미 전쟁을 선포했으니 어떻게든 해보려고 들 테죠. 저는 대령님의 지시를 수행하는 사람이고, 그게 제가 여기에 온 목적이지만, 그 사람에게 감탄하고 존경해야 할 점이 있다는 사실을 인정한다고 해서 해로울 건 없다는 것이 저의 생각입니다.」

R은 어느덧 다시 부하를 냉정하고 예리하게 평가하는 상관이 되어 있었다.

「이런 임무에 적합한 사람이 열정으로 임하는 유형일지 냉정을 잃지 않는 유형일지 아직 판단이 서지 않는군요. 개중에는 우리가 상대하는 적을 향한 증오심으로 불타오르는 사람들도 있는데, 이 사람들은 적을 무너뜨렸을 때 마치 개인의 원한을 갚은 것 같은 성취감에 사로잡힙니다. 물론 이 사람들은 맡은 일에 아주 열심으로 임합니다. 하지만 당신은 다른 것 같은데, 맞죠? 이런 일을 체스 게임 같은 것으로 여기고 어떤 식으로든 감정적으로 휘말리지 않는 유형으로 보이는데, 글쎄, 현재로서는 잘 모르겠습니다. 물론 일의 성격에 따라 이런 사람을 필요로 하는 경우도 있긴 하지만요.」

어셴든은 대답하지 않고 계산서를 요청한 뒤 R과 함께 걸어서 호텔로 돌아갔다.

줄리아 라차리

열차는 10시에 출발했다. 어셴든은 가방을 맡기고 나서 승강장 안을 거닐었다. 줄리아 라차리가 탄 객차를 발견했으나 구석에 앉은 데다 조명으로부터 고개를 돌리고 있어 얼굴을 볼 수 없었다. 줄리아는 불로뉴[1]에서 영국 경찰로부터 그녀를 인계받은 두 형사의 보호를 받고 있었다. 한 형사는 프랑스령 레만호 쪽에서 어셴든과 공조하는 관계여서 그가 다가가자 고개를 끄덕여 인사했다.

「부인에게 식당칸에서 식사를 하시겠느냐고 물었는데, 객실에서 하는 게 좋다고 해서 바구니 도시락을 주문했습니다. 그렇게 해도 되겠습니까?」

「네, 좋습니다.」

「저와 제 동료는 교대로 식당칸에 갈 겁니다. 부인을 혼자 두면 안 되니까요.」

「무척 신중하십니다. 열차가 출발하면 제가 가서 말동무를 하도록 하지요.」

---

1 불로뉴쉬르메르. 프랑스 북부 도버 해협에 인접한 도시.

「말하기 좋아하는 성격은 아닌 것 같더군요.」 형사가 말했다.

「지금 그녀의 처지가 수다를 떨고 싶은 상황은 아니지 않겠습니까.」 어셴든이 답했다.

어셴든은 2회 차 식권을 사러 갔다가 자기 좌석으로 돌아갔다. 다시 줄리아 라차리에게 갔을 때는 식사가 끝나 가고 있었다. 바구니 도시락을 흘끗 보니 식욕이 아주 없는 것은 아닌 듯했다. 어셴든이 나타나자 줄리아를 지키던 형사가 문을 열어 주었다. 어셴든의 눈짓에 형사들이 자리를 비켜 주었다.

줄리아 라차리는 어셴든을 보고 시무룩한 표정을 지었다.

「저녁 메뉴가 마음에 드셨기를 바랍니다.」 어셴든이 라차리 앞에 앉으면서 말했다.

라차리는 고개를 살짝 숙여 인사하고는 말이 없었다. 어셴든이 시가 상자를 꺼냈다.

「한 대 피우시겠습니까?」

라차리가 어셴든을 흘끗 보고는 망설이는 듯하다가 여전히 말없이 한 개비를 집었다. 성냥을 그어 불을 붙여 주던 어셴든은 그녀를 쳐다보곤 놀랐다. 어쩐지 그녀의 머리가 금발일 것이라고 짐작했었기 때문이다. 아마도 동양인이면 금발에게 더 끌릴 것이라는 선입견이 작용했을지도 모른다. 하지만 흑발에 가까운 머리가 꼭 맞는 모자에 감춰져 있었고, 눈동자는 칠흑처럼 까맸다. 서른다섯 살쯤 되었을까, 결코 어리지 않았다. 피부는 주름지고 핏기가 없었으며, 화장을 하지 않아서인지 수척해 보였다. 고혹적인 눈 말고는 어딜 봐도 미인이라 하기에는 어려운 외모였다. 몸집도 커서 어셴든은 저 정도면 우아하게 춤추기가 어렵지 않을까 생각했다. 플라멩코 의상을 입었을 때는 당찬 자태를 뽐냈을지 모르겠지만, 남루한 옷차림으로 이 열차에 앉아 있는 모습에서는 그 인도인이 무엇 때문에 그렇게 반했는지 이해되지 않았다. 그녀는 어셴든이 어떤 사람인지 살피는 듯 한참을 응시했다. 그러고는 코로 내뿜은 한 줄기의 담배 연기를 눈으로 흘끗 보고는 다시 어셴든에게로 시선을 돌렸다. 어셴든은 줄리아의 그 시무룩한 표정이 긴장과 두려움을 감추려는 가면에 불과하다는 것을 알 수 있었다. 줄리아가 이탈리아 억양이 섞인 프랑스어로 말문을 열었다.

「누구세요?」

「내 이름이 뭔지는 중요하지 않습니다, 부인. 나는 토농에 부인과 같이 가는 사람이고, 묵으실 방은 라플라스 호텔에 예약해 두었습니다. 이 시기에 문을 연 곳은 거기뿐입니다. 지내기에 꽤 편안하실 겁니다.」

「아, 대령님이 말씀하신 그분이군요. 나를 담당하는 간수요.」

「형식상의 역할일 뿐입니다. 부인 일에 끼어들거나 뭔가를 강요하진 않을 겁니다.」

「아무리 그래도 간수는 간수죠.」

「오래 하게 되지는 않기를 바랍니다. 지금 내 호주머니 안에는 부인이 스페인에 입국하는 데 필요한 모든 절차가 완료

된 여권이 있습니다.」

줄리아는 다시 몸을 뒤로 젖히고 열차 구석에 기댔다. 크고 검은 눈동자에 창백한 얼굴이 희미한 조명 아래 불현듯이 절망의 표정으로 바뀌었다.

「이렇게 지독할 순 없어요. 아, 그 늙다리 대령을 죽일 수만 있다면 죽어도 여한이 없을 텐데. 피도 눈물도 없는 인간. 너무 고통스럽네요.」

「이 불행한 상황은 부인이 자초한 것 아닙니까. 첩보 행위가 위험한 장난이라는 거 모르셨습니까?」

「나는 어떤 기밀도 팔아넘기지 않았어요. 내가 무슨 해를 끼쳤다고 그러죠.」

「정말로 그럴 기회가 없었던 것뿐이겠지요. 자술서에 서명하셨다고 들었습니다.」

어셴든은 아픈 사람을 대하듯 냉정하게 들리는 말은 되도록 쓰지 않고 상냥하게 말하느라 최선을 다했다.

「맞아요, 그랬어요. 내가 바보 같은 짓을 했죠. 대령이 시키는 대로 편지를 썼어요. 그걸로 충분한 것 아닌가요? 찬드라가 답장하지 않는다면 나는 어떻게 되는 거죠? 그이가 오고 싶어 하지 않는다면 무슨 수로 억지로 오게 만들 수 있다는 거예요?」

「이미 답장을 보내 왔습니다.」 어셴든이 말했다. 「지금 나한테 있습니다.」

줄리아는 놀란 나머지 숨이 막혀 목소리가 갈라져 나왔다.

「보여 주세요. 제발 보게 해주세요.」

「그건 어렵지 않지만, 꼭 돌려주셔야 합니다.」

그는 주머니에서 찬드라의 편지를 꺼내 내밀었다. 줄리아는 그의 손에서 편지를 낚아채듯 가져가더니 단숨에 읽어 내려갔다. 여덟 장의 편지를 읽는 동안 눈물이 양 볼을 타고 흘러내렸고, 사랑의 탄식을 내쉬며 연인을 프랑스어와 이탈리아어 애칭으로 부르면서 흐느껴 울었다. 이 편지는 줄리아가 R의 명령을 받아 찬드라에게 스위스에서 만나자고 썼던 편지에 대한 답장이었다. 그는 줄리아를 만난다는 기대감에 떨 듯이 기뻐하고 있었다. 당신과 떨어져 있으니 시간이 얼마나 더디 가는지 모르겠다고, 줄리아를 얼마나 갈망하고 있는지 모를 거라고, 이제 곧 다시 만난다고 생각하니 그 조바심을 어떻게 견뎌야 할지 모르겠다고, 구구절절 열망을 담아 써 내려간 편지였다. 줄리아는 편지를 끝까지 다 읽고는 손에서 떨구었다.

「그이가 나를 얼마나 사랑하는지 보이지 않나요? 의심할 여지가 없어요. 사랑에 대해서는 내가 좀 알죠. 내가 하는 말을 믿어요.」

「부인도 그 사람을 진심으로 사랑하십니까?」 어셴든이 물었다.

「그이는 나에게 친절하게 대해 준 유일한 사람이에요. 유럽 방방곡곡을 돌아다니면서 쉬지도 못하고 카바레에서 춤추면서 사는 인생, 그렇게 즐겁지만은 않아요. 게다가 남자들, 그런 곳을 뻔질나게 드나드는 족속치고 제대로 된 남자는 본 적이 없어요. 그래서 처음에는 그이도 다른 남자들하고 똑같다고 생각했어요.」

어셴든은 편지를 주워 수첩에 다시 넣었다.

「부인 이름으로 된 전보가 한 통 네덜란드 주소로 갔습니다. 부인이 14일에 로잔의 기본스 호텔에 있겠다는 전갈입니다.」

「내일이네요.」

「네.」

줄리아가 고개를 치켜들었다. 두 눈이 반짝 빛났다.

「당신들은 정말 지독해요. 이런 일을 하게 만들다니, 부끄러운 줄 아세요.」

「억지로 하실 필요는 없습니다.」어셴든이 말했다.

「그래서 안 한다면요?」

「그에 따른 결과에는 본인이 책임을 질 수밖에 없다고 말씀드려야겠군요.」

「감옥엔 갈 수 없어요.」줄리아가 버럭 소리쳤다. 「못 가요, 못 해요. 내 나이가 젊지도 않은데, 대령이 10년을 말하더라고요. 10년 형이 나올 가능성이 있나요?」

「대령이 그렇게 말했다면 가능성이 상당히 높지요.」

「어떤 인간인지 알아요. 냉혈한. 자비라고는 모르는 그 얼굴. 10년 뒤면 나는 어떻게 될까요? 아, 안 돼. 그럴 수 없어.」

그때 열차가 어느 역에 도착해 멈췄고, 복도에서 기다리던 형사가 유리창을 두드렸다. 어셴든이 문을 열자 형사가 그림엽서 한 장을 내밀었다. 프랑스와 스위스의 접경 지역인 퐁타를리에역 앞 풍경이 그려진 지루한 그림인데, 중앙에 동상이 있고 버즘 나무가 몇 그루 서 있는 휑한 광장이 그려져 있었다. 어셴든이 줄리아에게 연필을 건넸다.

「이 그림엽서를 연인에게 써 보내시겠습니까? 부치는 건 퐁타를리에서 할 겁니다. 주소는 로잔의 호텔로 쓰십시오.」

줄리아는 어셴든을 한번 흘끗 보고 나서 대답 없이 엽서를 받아 지시한 대로 주소를 적었다.

「이제 뒷면에 이렇게 쓰십시오. 〈국경에서 지체되었지만 다 괜찮아요. 로잔에서 만나요.〉 나머지는 쓰고 싶은 대로 쓰시면 됩니다. 〈사랑을 담아〉라든가.」

어셴든은 엽서를 넘겨받아 자기가 지시한 대로 썼는지 확인한 뒤 모자를 잡았다.

「자, 그럼 저는 이만 가보겠습니다. 편안히 주무시기 바랍니다. 아침에 토농에 도착하면 모시러 오겠습니다.」

또 다른 형사가 저녁 식사를 마치고 돌아와 있었고, 어셴든이 객실에서 나오자 두 형사가 같이 안으로 들어갔다. 줄리아 라차리는 다시 몸을 움츠리고 좌석 구석으로 붙었다. 어셴든은 엽서를 퐁타를리에로 가져가기 위해 대기하던 첩보원에게 넘기고, 붐비는 승객들 사이를 비집고 침대칸으로 돌아갔다.

다음 날 아침 목적지에 도착했을 때, 기온은 쌀쌀해도 햇빛이 쨍한 맑은 날이었다. 어셴든은 가방을 짐꾼에게 맡긴 뒤 승강장을 따라 줄리아 라차리와 두 형사가 서 있는 곳으로 갔다. 모두에게 고개를 끄덕여 인사했다.

「안녕히들 주무셨습니까. 수고스럽게 기다릴 것 없이 그만 가셔도 좋습니다.」

두 형사는 모자에 손을 대며 줄리아에게 작별 인사를 고하고 떠났다.

「저 사람들은 어디로 가는 거죠?」 줄리아가 물었다.

「저들은 임무가 끝났습니다. 부인을 더 이상 성가시게 하지 않을 겁니다.」

「이제 당신이 저를 감시하는 건가요?」

「부인을 감시하는 사람은 없습니다. 저는 부인을 호텔까지 바래다드리고 바로 떠날 겁니다. 오늘 밤은 부디 푹 쉬십시오.」

어셴든이 고용한 짐꾼이 줄리아의 손짐을 받았고, 줄리아는 짐표를 주었다. 두 사람은 걸어서 역을 나왔다. 택시가 기다리고 있었다. 어셴든이 줄리아에게 어서 타라고 했다. 호텔까지 제법 먼 거리를 달리면서 어셴든은 이따금씩 자기를 곁눈질로 보는 줄리아의 시선을 느꼈다. 눈앞이 캄캄한 표정이었다. 어셴든은 옆에서 잠자코 있었다. 호텔에 도착하니 주인이 나와 라차리 부인을 위해 준비해 둔 방으로 그들을 안내했다. 호젓한 산책로 모퉁이에 자리 잡은 아담한 호텔은 전망이 좋았다. 어셴든이 호텔 주인을 돌아보며 말했다.

「이만하면 아주 훌륭한데요. 그럼 좀 있다 내려가서 뵙겠습니다.」

호텔 주인은 깍듯이 인사하고 물러났다.

「저는 부인이 편안한 시간을 보낼 수 있도록 최선을 다하겠습니다.」 어셴든이 말했다. 「여기에서는 누구도 부인을 간

섭하거나 방해하지 않습니다. 원하는 것이 있으면 뭐든 주문하셔도 좋고요. 이 호텔 주인에게는 부인이 여느 투숙객과 다를 바 없는 평범한 손님입니다. 완전한 자유의 몸이라는 말씀입니다.」

「마음대로 외출해도 된다고요?」 줄리아가 다급히 물었다.

「물론입니다.」

「옆구리엔 경찰이 붙어 있을 텐데요, 뭐.」

「천만에요. 이 호텔에서는 집처럼 자유롭게 지내시면 됩니다. 언제든 마음대로 외출했다가 오고 싶을 때 돌아오십시오. 다만 한 가지, 저 모르게 편지를 쓴다거나 제 동의 없이 토농을 벗어나려고 하지 않겠다는 약속을 해주셔야겠습니다.」

줄리아는 어셴든을 한참 바라보았다. 무슨 영문인지 알 수가 없었다. 이게 무슨 꿈같은 소린가 하는 듯한 표정이었다.

「나야 지금 당신이 요구하는 게 뭐가 되었든 하겠다고 약속할 수밖에 없는 처지인걸요. 내 명예를 걸고 약속하건대, 당신 모르게 편지를 쓰거나 여기를 벗어나려고 하지 않겠습니다.」

「고맙습니다. 그럼 저는 이만 가보겠습니다. 내일 아침 기쁜 마음으로 찾아뵙겠습니다.」

어셴든은 고개를 끄덕이고는 밖으로 나왔다. 먼저 경찰서에 들러 5분 동안 모든 일이 순조롭게 진행되고 있는지 확인하고 난 뒤, 택시를 잡아타고 토농 교외 야산 위에 자리 잡은 한 외딴집으로 갔다. 이 도시를 정기적으로 방문할 때마다 묵는 곳인데, 탕욕을 하고 면도를 한 뒤 실내화를 신으니 상

쾌하기 그지없었다. 이제는 기분이 나른해져 남은 오전은 소
설을 읽으면서 보냈다.

날이 어두워지자마자 ― 왜냐하면 토농이 비록 프랑스 땅
이기는 해도 어셴든으로서는 될 수 있는 한 사람들 눈에 띄
지 않는 것이 바람직하다고 판단했기 때문에 ― 경찰서 소속
첩보원 한 사람이 그를 찾아왔다. 그의 이름은 펠릭스였다.
아담한 체구에 가무잡잡한 피부색의 프랑스인으로, 매서운
눈매에 턱수염은 깎지 않았고 후줄근한 회색 정장에 뒤축이
닳은 구두를 신고 있어, 변호사 사무실에서 일하다 실직한
사무원처럼 보였다. 어셴든은 포도주를 한잔 권했고, 두 사
람은 나란히 난롯가에 앉았다.

「그 여자분 말입니다, 일말의 망설임도 없더군요.」 펠릭스
가 말했다. 「도착한 지 15분도 안 되어 옷가지와 장신구를 한
보따리 챙겨 들고 호텔에서 나와 근처 시장의 한 가게에 팔
았고, 오후에 배가 들어왔을 때 부두로 내려가 에비앙행 배
표를 한 장 샀습니다.」

에비앙에 대해서는 설명이 좀 필요한데, 프랑스 쪽 레만호
근처에 있는 옆 도시로, 스위스로 가는 배가 있었다.

「물론 여권을 소지하지 않아서 승선 허가증이 나오지 않
았죠.」

「여권이 없는 이유를 뭐라고 설명하던가요?」

「잊어버렸다고 했습니다. 에비앙에서 친구들과 만나기로
약속했다면서 담당 관리에게 가게 해달라고 조르더군요. 그
관리 손에 백 프랑 지폐를 쥐여 주려고도 했죠.」

「내가 생각했던 것보다 어리석은 여자였군요.」 어셴든이 말했다.

하지만 다음 날 오전 11시에 줄리아를 찾아갔을 때, 이 탈출 시도에 대해서는 한마디도 내비치지 않았다. 이번에는 치장할 시간이 있어 머리도 공들여 매만지고 입술과 볼에 화장도 해서 그런지, 처음 보았을 때보다는 덜 수척해 보였다.

「읽으시라고 책을 몇 권 가져왔습니다.」 어셴든이 말했다. 「할 일이 없어 지루하실까 봐서요.」

「무슨 상관이죠?」

「부인이 군이 안 받아도 될 고통까지 겪기를 바라지 않으니까요. 어쨌거나 책은 놓고 가겠습니다. 읽든 말든 알아서 하십시오.」

「내가 당신을 얼마나 역겨워하는지 모르죠?」

「그걸 안다면 무척 불쾌하겠지만, 정말 왜 그러시는지 모르겠습니다. 난 그저 받은 명령을 수행하고 있을 뿐입니다.」

「이제 뭘 해야 되죠? 내 안부나 물으려고 온 것은 아니겠지요.」

어셴든은 미소를 지었다.

「연인 찬드라에게 편지를 써주십시오. 여권에 약간 문제가 생겨 스위스 당국이 국경 넘는 것을 허용하지 않으니 당신이 이쪽으로 와달라, 여기는 아주 조용하고 멋진 곳이다, 얼마나 조용한지 전쟁이 벌어지고 있다는 게 믿기지 않을 정도이다, 그렇게 적은 뒤 꼭 와달라고 쓰십시오.」

「그이가 바본 줄 알아요? 거절할 거예요.」

「그렇다면 어떻게든 설득되도록 부인이 더 애를 쓰셔야지요.」

줄리아는 어셴든을 물끄러미 쳐다보았다. 하라는 대로 고분고분 편지를 쓴다고 하고 시간을 좀 벌어 볼까, 궁리하는 모양이라고 어셴든은 생각했다.

「그럼 불러 줘요, 그대로 쓸 테니까.」

「부인 말투로 쓰시는 게 좋을 것 같습니다.」

「그럼 반 시간만 줘요. 그 안에 다 써놓을게요.」

「여기서 기다리겠습니다.」어셴든이 말했다.

「왜요?」

「그렇게 하는 게 좋을 것 같아서요.」

줄리아의 눈에서 분노의 불꽃이 튀었으나 이를 악물고 아무 말도 하지 않았다. 서랍장 위에 필기도구가 있었다. 그녀는 화장대 앞에 앉아 편지를 쓰기 시작했다. 편지를 건네는 줄리아의 입술이 핏기가 느껴지지 않을 정도로 새파르족족했다. 자기 생각을 글로 표현하는 것이 익숙하지 않은 사람의 편지였지만 그 정도면 충분했고, 그 남자를 얼마나 사랑하는지 고백하는 마지막 부분에 이르면 감정에 북받쳐 온 마음을 다해 쓰고 있다는 것이 느껴질 정도로, 진정 열정에 넘치는 글이었다.

「끝으로 이렇게 덧붙여 주십시오. 〈이 편지를 가지고 가는 사람은 스위스인인데, 절대적으로 믿을 수 있는 사람이다. 검열관에게 보이기 싫어서 이 사람을 통한 것이다〉, 이렇게요.」

줄리아는 망설이는 듯하더니 시키는 대로 썼다.

「〈절대적으로〉는 어떻게 쓰죠?」

「쓰고 싶은 대로 쓰세요. 이제 봉투에 주소만 쓰시면 달갑지 않은 이 몸은 이만 물러가도록 하죠.」

그는 편지를 호수 건너편으로 가져가기 위해 대기하고 있던 첩보원에게 넘겼다. 그날 저녁 어셴든은 답장을 줄리아에게 전했다. 줄리아는 그 편지를 그의 손에서 낚아채더니 잠시 가슴에 품었다. 편지를 읽던 줄리아는 안도의 비명을 질렀다.

「그이는 오지 않는대요.」

찬드라 특유의 미사여구와 과장된 문장으로 이루어진 편지에는 씁쓸한 실망감이 표현되어 있었다. 그는 다시 만날 날을 얼마나 학수고대했는지 말한 다음, 그녀가 국경을 넘는 것을 가로막는 문제점을 완화할 수 있도록 백방의 노력을 기울여 달라고 간청했다. 자기가 로잔으로 가는 건 도저히 불가능하다고, 자기 목에 현상금이 걸려 있는 판국에 미치지 않고서야 그런 위험을 무릅쓸 수는 없지 않느냐고 했다. 그러면서 농담조로 〈당신의 뚱보 애인이 총살당하는 걸 원하는 건 아니시겠죠〉라고 익살스럽게 쓰여 있었다.

「그이는 오지 않아요, 오지 않는다고요.」 줄리아는 거듭 말했다.

「다시 편지를 써서 전혀 위험할 일이 없다고 하십시오. 그랬을 것 같으면 꿈에라도 와달라고 하지 않았을 것이라고 꼭 쓰십시오. 나를 사랑한다면 망설일 리가 없다고 쓰십시오.」

「못 해요, 안 해요.」

「어리석게 굴지 마십시오. 달리 방법이 없다는 거 아셔야지요.」

줄리아는 와락 울음을 터뜨렸다. 그러고는 바닥에 주저앉아 어셴든의 무릎을 붙잡고 제발 자비를 베풀어 달라고 애원했다.

「나를 놓아준다면 당신을 위해 무슨 짓이든 할게요.」

「말도 안 되는 소리 말아요.」 어셴든이 말했다. 「내가 부인의 애인이라도 되고 싶은 줄 아십니까? 자, 어서요. 이 상황을 진지하게 받아들이셔야 합니다. 성사되지 않았을 때 어떻게 되는지 잘 아시지 않습니까.」

줄리아가 바닥에서 일어나더니, 갑자기 태도를 바꾸어 울분을 터뜨리며 어셴든에게 온갖 욕설을 퍼부었다.

「그렇게 하시는 편이 훨씬 낫군요. 자, 이제 편지를 쓰시겠습니까? 아니면 경찰을 부를까요?」

「그이는 오지 않아요. 다 소용없다고요.」

「오도록 만드는 게 부인한테 훨씬 이로울 겁니다.」

「그게 무슨 말이죠? 내가 할 수 있는 모든 걸 다 하고도 실패한다면, 그러니까…….」

그러고는 성난 눈으로 어셴든을 노려보았다.

「맞습니다. 그 사람이 죽느냐 부인이 죽느냐의 문제입니다.」

줄리아는 비틀거렸다. 그러고는 손을 가슴에 얹고 말없이 펜과 종이를 잡았다. 그러나 편지가 어셴든의 마음에 들지 않아 다시 쓰게 했다. 마침내 편지가 완성되자, 줄리아는 침대에 몸을 던지고 또다시 서럽게 흐느꼈다. 분명 가짜는 아니었으나 표정이며 몸짓이 어딘가 연극적으로 느껴져 어셴든에게는 그다지 와닿지 않았다. 이 여인을 보면서 어셴든은 자신이 손써 볼 도리 없는 환자의 고통을 비정하게 지켜보는 인간미 없는 의사가 된 것처럼 느껴졌다. R이 자기한테 이 임무를 맡긴 이유를 이제야 알 것 같았다. 감정에 치우치지 않는 냉철한 머리가 필요한 일이었던 것이다.

다음 날은 줄리아를 만나지 않았다. 와야 할 답장이 오지 않다가, 저녁 식사를 마치고 나니 펠릭스가 어셴든이 묵는 집으로 들고 왔다.

「새로운 소식이 있습니까?」

「우리의 친구분께서 필사적으로 애를 쓰고 있습니다.」 펠릭스가 웃으면서 말했다. 「아까 오후에 리옹행 열차가 출발하려는데, 여자분이 역에 나타난 겁니다. 막막한 기색으로 두리번거리길래 내가 다가가서 도와드릴 일이 있는지 물었죠. 나에 대해서는 경찰에서 나온 요원이라고 소개했습니다. 눈빛이 사람을 죽일 수 있다면 나는 지금 이 자리에 서 있지 못했을 겁니다.」

「앉아요, 친구.」 어셴든이 말했다.

「고맙습니다. 여자는 그냥 가더군요. 기차를 타려고 해봐도 어차피 안 될 일이라고 판단했던 거죠. 하지만 진짜 재미있는 얘기는 이제부텁니다. 여자가 호수의 뱃사공을 찾아간 겁니다. 천 프랑을 줄 테니 로잔까지 가달라고요.」

「사공은 뭐라고 했어요?」

「위험해서 할 수 없다고 했죠.」

「그랬더니요?」

펠릭스는 어깨를 살짝 으쓱하더니 싱긋 웃었다.

「그랬더니 여자가 오늘 밤 10시에 에비앙으로 가는 길에서 만나 다시 얘기하자고 하는 겁니다. 자기를 유혹하려 든다 해도 격렬하게 퇴짜 놓지는 않겠다는 언질을 준 셈이죠. 내가 사공한테 내키는 대로 하되 중요해 보이는 일은 하나도 빼놓지 않고 와서 말해야 한다고 일러뒀습니다.」

「믿을 수 있는 사람입니까?」어셴든이 물었다.

「아무렴요. 그 친구는 여자가 감시를 받고 있다는 것 말고는 아무것도 모릅니다. 걱정하실 것 없습니다. 착한 아이예요. 어릴 때부터 봐왔죠.」

간절하고 정열적인 편지였다. 어셴든은 찬드라의 편지를 읽으면서 알지 못할 그리움에 사무쳐 가슴이 아프도록 고동쳤다. 사랑인가? 그렇다. 사랑이다. 어셴든이 사랑에 대해 조금 아는 것이 있다고 치면, 이것은 진짜였다. 그는 그 긴긴 시간 호숫가를 맴돌면서 얼마나 프랑스 연안 쪽만 바라보았는지 아느냐고, 손만 뻗으면 닿을 거리에 있는 두 사람을 무엇이 이리 잔인하게 떼어 놓고 있는 것이냐고 했다. 자기는 갈 수 없다고 말하고 또 말하면서, 그러니 제발 오라고 애원하지 말아 달라고 호소했다. 당신을 위해서라면 무슨 짓이라도 하겠지만 그것만은 할 수 없다고. 그런데도 극구 간청한다면 자기가 무슨 수로 거절하겠느냐고, 제발 봐달라고 애원했다. 그러고는 당신을 만나지 못하고 떠나야 한다는 생각에 얼마나 울었는지 모른다고, 어떻게 빠져나올 방법이 없겠느냐고 물었고, 당신을 다시 품에 안을 수만 있다면 다시는 놔주지 않겠노라 맹세했다. 공들여 다듬느라 힘이 들어간 자연스럽지 않은 언어였으나 지면(紙面)에 이글거리는 뜨거운 욕정을 잠재우지는 못했으니, 그것은 사랑에 미친 사람의 편지였다.

「여자가 사공과 만나 얘기한 결과는 언제쯤 들을 수 있습니까?」 어셴든이 물었다.

「11시에서 12시 사이에 부잔교에서 사공과 만나기로 약속이 되어 있습니다.」

어셴든은 손목시계를 들여다보았다.

「같이 갑시다.」

산에서 내려가 부두로 간 두 사람은 찬 바람을 피해 세관 건물 앞 풀밭에서 사공을 기다렸다. 이윽고 한 남자가 다가오는 것을 보고 펠릭스가 어둠 속에서 걸어 나왔다.

「앙투안.」

「펠릭스 아저씨세요? 편지를 한 통 받아 왔어요. 이걸 내일 첫 배로 로잔에 갖다주기로 약속했어요.」

어셴든은 남자를 슬쩍 훑어봤지만, 줄리아 라차리와 무슨 일이 있었는지는 묻지 않았다. 그는 편지를 받아 펠릭스가 켜준 손전등 빛으로 읽었다. 서툰 독일어로 쓴 편지였다.

무슨 일이 있어도 오면 안 돼요. 내가 편지에서 했던 말은 무시해요. 위험합니다. 사랑해요. 내 사랑. 오지 말아요.

그는 편지를 주머니에 넣고 사공에게 50프랑을 건넨 뒤 숙소에 가서 잠이 들었다. 이튿날 줄리아 라차리를 찾아가니 문이 잠겨 있었다. 몇 번이나 문을 두드렸지만 대답이 없었다. 불러 보았다.

「라차리 부인, 문 여세요. 할 말이 있습니다.」

「일어나지 못했어요. 아파서 아무도 만날 수가 없습니다.」

「죄송합니다만 문을 열어 주셔야겠습니다. 몸이 편찮으시면 의사를 부르겠습니다.」

「괜찮아요. 가주세요. 아무도 만나고 싶지 않아요.」

「문을 열어 주시지 않으면 열쇠공을 불러 따고 들어가겠습니다.」

잠시 정적이 흐르더니 열쇠 돌아가는 소리가 들렸다. 안으로 들어갔다. 줄리아는 잠옷 바람에 머리도 헝클어져 있었다. 가까스로 침대 밖으로 나온 듯했다.

「기력이 다했어요. 더 이상 아무것도 못 해요. 나를 보고도 아프다는 걸 몰라요? 밤새 앓았다고요.」

「오래 걸리진 않을 겁니다. 진찰을 받아 보시겠습니까?」

「의사가 뭘 해줄 수 있죠?」

어셴든은 주머니에서 줄리아가 사공에게 주었던 편지를 꺼내 건넸다.

「무슨 뜻이죠?」

줄리아는 편지를 보고 놀라 숨이 막혔다. 누렇게 뜬 얼굴이 새파래졌다.

「도망치려 든다거나 저 모르게 편지를 쓰는 일은 하지 않겠다고 약속하셨죠.」

「그런 약속을 지킬 거라고 믿었단 말이에요?」줄리아가 버럭 소리쳤다. 경멸이 묻어나는 목소리였다.

「아뇨. 사실을 말씀드리자면, 부인을 시골 감옥이 아닌 아늑한 호텔로 옮겨 드린 것은 오로지 부인의 편의를 봐드리기 위해서 한 건 아니었어요. 호텔을 마음대로 드나들 자유를 얻었다고 해도 부인은 발이 사슬에 묶인 채 감방에 갇혀 있는 것과 마찬가지 상태라는 걸 알아 두십시오. 그런데 토농을 빠져나가요? 어림 반 푼어치도 없는 소리 마십시오. 배달되지도 못할 편지를 쓰느라 시간을 허비하다니 어리석은 행동이었습니다.」

「Cochon(돼지 새끼).」

줄리아는 온 힘을 다해 험악하게 어셴든에게 상소리를 내뱉었다.

「그래도 앉아서 배달될 편지를 쓰시죠.」

「절대로 안 써요. 더 이상은 아무것도 안 합니다. 한 글자도 더는 못 써요.」

「여기로 올 때 하기로 한 일이 있었다는 거, 아실 텐데요.」

「못 합니다. 다 끝났어요.」

「다시 생각하시는 게 좋을 겁니다.」

「생각! 생각 많이 했죠. 어디 맘대로 해봐요. 어떻게 되든지 말든지 알 게 뭐예요.」

「좋습니다. 5분 드릴 테니 다시 생각하십시오.」

어셴든은 시계를 꺼내 확인한 뒤, 흐트러진 침대 모서리에 걸터앉았다.

「정말 짜증나, 이 호텔. 차라리 감옥에 놔두지 그랬어! 왜, 왜? 어딜 가나 스파이들이 바싹 붙어 다니고. 댁들이 나한테 시키는 짓, 정말 지독해, 지독하다고! 내 죄가 뭐지? 말해 봐요. 내가 뭘 잘못했다고 그래요? 나는 여자 아니에요? 나한테 그런 짓을 하라고 시키다니, 지독해요, 지독한 놈들.」

줄리아는 새된 소리로 계속해서 말했다. 마침내 아까 말한 5분이 다 되자, 어셴든은 두말없이 자리에서 일어났다.

「그래, 가라, 가.」 줄리아가 소리를 지르더니 욕설을 퍼부었다.

「다시 올 겁니다.」 어셴든이 말했다.

어셴든은 나가면서 문에 꽂혀 있던 열쇠를 뽑아 밖에서 잠갔다. 그는 층계를 내려가면서 황급히 쪽지를 한 장 끼적여 쓰고는 구두닦이를 불러 경찰서로 들려 보냈다. 그러고는 다시 방으로 올라왔는데, 줄리아 라차리가 침대 위에 널브러져 얼굴을 벽 쪽으로 향한 채 온몸을 부들부들 떨며 울고 있었다. 아마도 어셴든이 들어온 것을 알아차리지 못한 듯했다. 그는 화장대 앞 의자에 앉아 그 위에 흐트러져 있는 잡동사니를 멍하니 바라보았다. 닳아빠진 입술연지와 마사지 크림 통, 까만 마스카라 병, 기름때가 앉아 불쾌한 머리핀 따위의 저급하고 불결한 상태의 화장 도구가 널려 있었다. 방도 지저분한 데다 싸구려 향수 냄새가 진동했다. 어셴든은 이 나라 저 나라, 이 도시 저 도시를 떠돌며 이 여자가 묵었을 수많은 삼류 호텔방을 생각해 보았다. 그녀는 어쩌다 여기까지 오게 되었을까? 지금은 거칠고 천박한 여인이지만 젊었을 때는 어땠을까? 경력에 보탬이 될 만한 경쟁력을 갖추지는 못한 듯하니 이 직업을 자발적으로 선택했을 리는 없고, 그렇다면 연예인 집안 출신일까? (전 세계 어디를 가도 집안 대대로 무희나 곡예사나 희극 가수가 되는 가족들이 있지 않은가 말이다.) 아니면 어쩌다 이 업계에 종사하는 남자를 만나 얼마간 짝으로 활동하다가 아예 이 판에 발을 들이게 되었을까? 저 여인은 그 세월 동안 얼마나 숱한 남자를 만났을 것인가. 함께 공연하는 쇼의 동료들, 성적 접대를 자기네가 누려야 할 하나의 특전으로 여기는 매니저와 대리인들, 장사꾼들, 돈 많은 사업가들, 공연을 다닌 많은 도시의 젊은 남자들. 그들은 무희가 무대에서 뿜어내는 신비로운 매력에 순간적으로 이끌렸을 것이다. 이 여인의 노골적인 관능미에! 그녀에게 그 남자들은 돈을 주는 손님들이니 좋다 싫다는 감정 없이 그저 이 직업의 비참한 벌이에 보탬이 되는 부수입원이었을 테지만, 남자들에게 그녀는 어쩌면 낭만이었을지도 모른다. 돈을 주고 산 이 여인의 품속에서 그들은 잠시나마 돈의 눈부신 권능을 엿보았을 것이며, 온기 없이 조악하나마 색다른 인생의 모험과 매혹을 만끽했으리라.

갑자기 문 두드리는 소리가 들렸다. 어센든이 바로 대답했다.

「*Entrez* (들어와요).」

줄리아 라차리가 침대에서 벌떡 일어나 물었다.

「누구세요?」

줄리아는 숨이 멎는 줄 알았다. 불로뉴에서 자기를 데려와 토농에서 어셴든에게 인도했던 두 형사였다.

「댁들이 여긴 무슨 일로 와요?」 줄리아는 비명을 질렀다.

「*Allons, levez-vous*(자, 일어나십시오).」 한 형사가 말했다. 허튼수작은 용납하지 않겠다는 의지를 알려 주려는 듯 그의 목소리에는 무뚝뚝함과 단호함이 배어 있었다.

「아무래도 일어나셔야겠습니다, 라차리 부인.」 어셴든이 말했다. 「부인을 다시 이 신사분들께 맡기겠습니다.」

「어떻게 일어나라는 거예요! 아프다고 했잖아요. 서 있을 힘도 없어요. 날 죽이려고 그래요?」

「부인 스스로 옷을 입지 않는다면 우리가 입혀 드려야 할 텐데요. 우리가 그런 일을 썩 잘하는 편은 아니라서 말입니다. 자, 어서요. 소란을 피워 봐야 부인한테 좋을 게 하나도 없습니다.」

「어디로 데려가는 거죠?」

「다시 영국으로 모셔 가려는 겁니다.」

한 형사가 줄리아의 팔을 잡았다.

「내 몸에 손대지 말아요. 가까이 오지 말라고!」 줄리아가 길길이 소리 질렀다.

「놓으시죠.」 어셴든이 말했다. 「말썽을 일으키지 않는 게 좋다는 걸 부인도 알 겁니다.」

「옷은 내 손으로 입어요.」

어셴든은 줄리아가 잠옷을 벗고 머리에 원피스를 끼워 넣어 입는 것을 지켜보았다. 발에는 아무리 봐도 너무 작은 구두를 억지로 집어넣었다. 머리도 손질했다. 그러면서 수시로

부루퉁한 얼굴로 두 형사를 힐끔거렸다. 어셴든은 줄리아가 저걸 다 끝낼 기력이 있을까 생각했다. R이라면 무슨 멍청한 소리냐고 했겠지만, 그는 제발 그래 주기를 빌고 싶은 심정이었다. 줄리아가 화장대로 가자, 어셴든이 일어나 의자에 앉는 것을 거들었다. 그녀는 마사지 크림을 빠르게 얼굴에 펴 바르고 더러운 타월로 문질러 닦아 낸 뒤 분을 바르고 눈 화장까지 끝냈다. 하지만 손을 떨고 있었다. 세 남자는 잠자코 그 모습을 지켜보았다. 그녀는 입술연지를 볼에 바르고 입술도 칠했다. 끝으로 모자를 푹 눌러썼다. 어셴든이 신호하니 형사 한 사람이 주머니에서 수갑을 꺼내 들고 다가갔다.

수갑을 보자 줄리아는 뒷걸음질을 치면서 두 팔을 넓게 뻗댔다.

「*Non, non, non. Je ne veux pas*(아니, 안 돼, 안 돼요. 싫어요). 안 돼, 그건 싫어요. 안 돼. 안 돼.」

「자, *ma fille*(착하지). 왜 이러시나.」 형사가 거칠게 말했다.

줄리아는 지켜 달라는 듯이 두 팔로 어셴든을 와락 껴안았다(어셴든은 화들짝 놀랐다).

「나를 데려가지 못하게 해줘요. 살려 주세요. 저건 안 돼요, 못 해요.」

어셴든은 최대한 조심해서 팔을 풀었다.

「더 이상 내가 해줄 수 있는 게 없습니다.」

형사가 손목을 붙잡아 수갑을 채우려는 순간, 줄리아는 고함을 지르며 바닥에 주저앉았다.

「시키는 대로 할게요. 다 할게요.」

어셴든의 눈짓에 두 형사가 방을 나갔다. 그는 줄리아가 진정할 때까지 잠깐 기다렸다. 줄리아는 바닥에 엎드려 격렬하게 흐느꼈다. 어셴든은 그녀를 일으켜 세워 의자에 앉혔다.

「뭘 하면 되죠?」 줄리아가 숨을 내뱉으며 말했다.

「찬드라에게 편지를 한 통 더 써주십시오.」

「머리가 팽글팽글 돌아서 말을 이어 갈 수가 없어요. 시간을 좀 주세요.」

하지만 어셴든은 공포에 짓눌려 있을 때 편지를 쓰게 하는 것이 더 좋겠다고 판단했다. 줄리아에게 정신을 추스를 시간을 주고 싶지 않았다.

「제가 불러 드리죠. 제가 말하는 그대로 받아쓰기만 하면 됩니다.」

줄리아는 깊이 한숨을 쉬었지만, 종이와 펜을 들고 화장대 앞에 앉았다.

「내가 이 편지를 쓰고…… 그래서 당신네가 성공한다고 해도, 나를 풀어 줄 거라는 말을 어떻게 믿죠?」

「대령이 그렇게 한다고 약속했습니다. 나는 대령의 지시를 이행하는 사람이라는 말을 믿으셔야지요.」

「내가 친구를 배신하고 10년 징역살이까지 하게 된다면 나만 바보 되는 꼴이죠.」

「확실한 믿음을 주기 위해서 말씀드리는데, 찬드라 때문이 아니면 부인은 우리에게 아무런 의미도 없습니다. 우리에게 아무런 해도 끼치지 못할 사람을 뭐 하러 번거롭게 비용까지 들여 가며 감옥에 가둬 두겠습니까?」

줄리아는 잠시 생각에 잠기더니 이내 차분해졌다. 감정이 다 소모되고 나니 현실을 받아들이는 현명한 여자가 된 것 같았다.

「받아쓸 테니 불러요.」

어셴든은 머뭇거렸다. 줄리아가 평소 말하듯이 자연스러운 문체를 구사할 수 있을 거라고 생각했지만, 고려해야 할 요소가 많았다. 청산유수가 되어서도 안 되고 문학적이어서도 안 된다. 그는 사람들이 감정이 격앙된 순간에는 연극조가 되어 억지스러워지는 경향이 있다는 것을 안다. 소설에서든 연극에서든 이런 식의 말은 진실되게 들리지 않기에 작가는 극중 인물이 현실에서보다 더 힘을 빼고 더 단순한 언어로 말하게 만들어야 한다. 지금은 심각한 상황이지만, 어셴든은 그럼에도 이 안에 일련의 희극적 요소가 있다고 느꼈다.

「내가 겁쟁이를 사랑하는 줄은 몰랐어요.」 어셴든은 이렇게 말문을 뗐다. 「나를 진정으로 사랑한다면, 내가 와달라고 했을 때 망설일 수 없었을 거예요…….〈없었을〉에 밑줄 두 번 긋고.」 그는 말을 이었다. 「위험할 일은 없을 거라고 내가 말했는데. 날 사랑하지 않는다면 오지 않은 게 맞는 거죠. 오지 말아요. 당신이 안전할 베를린으로 돌아가요. 이젠 지쳤어요. 여기엔 나 혼자뿐이니까요. 당신만 기다리다가 몸은 병이 났고, 날마다 그이가 온단 소리만 주워섬기고 있어요. 날 사랑한다면 그렇게 망설이진 않았겠지요. 아무리 봐도 당신은 날 사랑하지 않는 게 분명해요. 이제 당신이 지겹고 넌더리가 나요. 돈도 다 떨어졌어요. 이 호텔은 더 이상 감당 못 해요. 더 이상 여기에 묵을 이유도 없고요. 파리에서 계약이 하나 생길 것 같아요. 나에게 진지하게 제의를 해온 친구가 한 사람 있어요. 당신 때문에 시간을 허비할 만큼 했는데, 대체 내가 얻은 게 뭐죠. 다 끝났어요. 잘 가요. 어딜 가도 나처럼 당신을 사랑해 줄 여자는 두 번 다시 만나지 못할 거예요. 나는 지금 그 친구의 제의를 거절할 처지가 아니라 전보를 쳤고, 답신이 오는 대로 파리로 갈 거예요. 날 사랑하지 않는다고 해서 당신을 원망하진 않아요. 당신 잘못이 아니죠. 하지만 이대로 계속 인생을 허비한다는 게 바보짓이라는 건 충분히 아시겠죠. 사람이 영원히 젊을 순 없잖아요. 안녕. 줄리아로부터.」

줄리아가 다 적은 편지를 읽어 보니 썩 만족스럽지는 않았다. 하지만 어셴든으로서는 최선을 다한 것이었다. 영어가 짧아 들리는 대로 적는 바람에 철자는 엉망이고 글씨도 어린애가 쓴 것처럼 서툴렀으며 가위표를 치고 다시 쓴 곳도 여러 군데 있었지만, 그런 까닭에 오히려 말로는 표현하기 어려운 박진감이 느껴졌다. 몇몇 구절은 어셴든이 프랑스어로 불러 주었다. 한두 군데는 눈물이 떨어져 잉크가 번져 있었다.

「이만 가보겠습니다. 다음번에 만날 때는 가고 싶은 곳으로 마음대로 가도 좋다는 말을 할 수 있을지도 모르겠습니다. 어디로 가고 싶으십니까?」

「스페인요.」

「좋습니다. 모든 걸 준비해 놓겠습니다.」

줄리아는 어깨를 으쓱했다. 어셴든은 줄리아를 뒤로하고

나왔다.

이제 어셴든이 할 일은 기다리는 것뿐이었다. 오후에는 로잔으로 사람을 보냈고, 이튿날 아침에는 배를 마중하러 부두로 내려갔다. 매표소 옆에 대합실이 있어서, 형사들에게 여기에서 만반의 태세를 갖추고 대기하라고 지시했다. 배가 도착하자 승객들이 줄을 지어 잔교를 따라 이동했고, 여권을 확인받고 상륙 허가를 얻었다. 찬드라가 왔고 여권을 제시했다면, 십중팔구 중립국에서 발급된 위조 여권일 것이고, 그러면 대기하라고 시켜 놓고 어셴든이 와서 그의 신원을 확인할 것이다. 그다음에 체포하면 된다. 배가 들어오고 몇 명의 승객 무리가 트랩에 모이는 것을 지켜보면서 어셴든은 적잖이 흥분되었다. 한 사람 한 사람 면밀히 살폈으나 인도인처럼 보이는 사람은 없었다. 찬드라가 오지 않은 것이다. 어셴든은 어찌해야 할지 난감해졌다. 마지막 패까지 다 쓴 마당이었다. 토농에서 내린 승객은 많아야 대여섯 명밖에 되지 않았다. 마지막 승객까지 검사를 마치고 떠나자 어셴든은 잔교를 따라 터덜터덜 걸었다.

「이것 참, 헛수고가 되어 버렸습니다.」어셴든이 여권을 검사하고 있는 펠릭스에게 말했다. 「기다리던 사람이 나타나지 않았어요.」

「편지 온 것이 있습니다.」

그는 어셴든에게 라차리 부인 앞으로 온 봉투를 건넸다. 길쭉길쭉 구불구불한 필적을 보니 단박에 찬드라 랄이라는 것을 알 수 있었다. 그 순간 제네바에서 출발하여 로잔을 거처 호수 끝까지 가는 증기선이 시야에 들어왔다. 매일 아침 반대 방향으로 가는 증기선이 출항하고 나면 20분 뒤에 토농으로 들어오는 배였다. 어셴든에게 한 가지 생각이 떠올랐다.

「이 편지 가져온 사람, 어디 있습니까?」

「매표소 안에 있는데요.」

「그 사람한테 이 편지를 건네주고 처음 보낸 사람에게 돌려주라고 하십시오. 여자분한테 가져갔는데 그냥 되돌려 보내더라고 말하는 겁니다. 그 사람이 다른 편지를 또 가져가라고 하면, 여자분이 토농을 떠나려고 이미 짐을 꾸리고 있어서 소용없을 거라고 말하는 겁니다.」

어셴든은 편지가 넘겨지고 지시 사항이 전달되는 것을 확인한 후 교외의 숙소로 걸어서 돌아갔다.

혹시 찬드라가 온다면 5시에 도착하는 다음 배가 될 것이고, 그때는 독일에서 활동하는 한 첩보원과 중요한 선약이 있는 터라 펠릭스에게 어쩌면 몇 분 늦을지도 모르겠다고 말해 두었다. 하지만 찬드라가 오기만 한다면 붙잡는 것은 어려울 일이 없고, 그를 파리로 호송할 열차는 8시 조금 넘어서야 출발하기 때문에 급히 서두를 필요는 없었다. 어셴든은 처리해야 할 일을 끝낸 뒤 호수 쪽으로 느긋하게 걸어 내려갔다. 아직 날이 훤해서 언덕 꼭대기에서도 항구를 빠져나가는 증기선이 보였다. 초조함에 어셴든은 본능적으로 발걸음을 재촉했다. 난데없이 자기 쪽으로 달려오는 사람이 눈에 들어왔다. 편지를 가져갔던 그 남자였다.

「어서요, 서두르십쇼.」 남자가 소리쳤다. 「그 사람이 왔어요.」

어셴든의 심장이 쿵쾅쿵쾅 뛰었다.

「드디어 왔군!」

어셴든도 달리기 시작했다. 남자가 옆에서 헐떡이며 찬드라가 그 뜯지 않은 편지를 돌려받을 때의 상황을 이야기했다. 편지를 돌려받자 그 인도인의 낯빛이 겁나게 창백해지더라면서(〈인도 사람이 그런 색으로 변할 수 있다는 건 상상도 못 했어요〉), 자기가 쓴 편지가 어떻게 지금 자기 손안에 있는지 도무지 이해할 수 없다는 듯이 편지를 이리 뒤집고 저리 뒤집더라고 했다. 「눈물이 그렁그렁해지더니 볼을 타고 흘러내렸어요(보기에 흉측한 거 있죠. 그 사람 덩치가 산 만 하잖아요). 그러고는 알아들을 수 없는 말로 뭐라고 중얼거린 뒤 프랑스어로 토농으로 가는 배가 언제 있느냐고 물었어요. 배를 타고 돌아봤더니 인도인이 보이지 않았어요. 그러다가 눈이 덮이도록 모자를 눌러쓰고 얼스터코트[2]를 입고는 움츠린 채 이물에 홀로 서 있는 모습이 눈에 들어왔죠. 호수를 횡단하는 내내 그의 시선은 토농에서 떨어질 줄 몰랐습니다.」

「지금은 어디에 있습니까?」 어셴든이 물었다.

「내가 먼저 내렸고, 펠릭스 씨가 선생을 모셔 오라고 해서 이리로 온 겁니다.」

잔교에 당도한 어셴든은 가쁜 숨을 몰아쉬며 대합실로 뛰

---

2 아일랜드 얼스터 지방 모직으로 지은 외투로, 깃이 크고 벨트를 매며 두 줄 단추가 특징이다.

어 들어갔다. 한 무리의 사내들이 모여 요란한 몸짓을 해가며 천장이 떠나가라 목청 높여 떠들면서 바닥에 누워 있는 한 남자를 에워싸고 있었다.

「어떻게 된 일입니까?」어셴든이 소리쳤다.

「보십시오.」펠릭스가 말했다.

찬드라 랄이 그곳에 두 눈을 부릅뜨고 가느다란 거품을 입에 문 채 죽어 있었다. 몸은 비참하게 비틀어져 있었다.

「스스로 목숨을 끊었습니다. 의사를 부르러 보냈습니다만, 순식간에 일어난 일이라 손을 쓸 수 없었습니다.」

공포의 전율이 어셴든의 온몸을 엄습했다.

이 인도인이 배에서 내렸을 때, 펠릭스는 인상서를 보고 그들이 찾고 있는 사람임을 알아보았다. 승객은 네 명뿐이었고, 찬드라가 마지막으로 내렸다. 펠릭스는 앞선 세 승객의 여권을 샅샅이 들여다보면서 공연히 시간을 끌다가 인도인의 여권을 받았다. 스페인 국적 여권이었고, 아무런 문제도 눈에 띄지 않았다. 펠릭스는 의례적인 질문을 던지고 답변을 세관 양식에 기입했다. 그러고는 밝은 표정으로 말했다.

「잠깐 대합실로 들어오시겠습니까. 수속 절차상 한두 가지 채울 항목이 있습니다.」

「제 여권에 빠진 게 있습니까?」인도인이 물었다.

「아닙니다. 요식 행위일 뿐입니다.」

찬드라는 주저하다가 그를 따라갔다. 펠릭스가 대합실 문을 열고 옆으로 비켜섰다.

「*Entrez*(들어가십시오).」

찬드라가 안으로 들어가니 두 형사가 일어섰다. 그는 즉각적으로 이들은 경찰이며 자기가 함정에 빠졌다는 것을 눈치챘을 것이다.

「앉으십시오. 한두 가지 물어볼 것이 있습니다.」

「실내가 덥군요.」 찬드라가 말했다. 아닌 게 아니라 작은 난로가 하나 있어 대합실 안이 가마 속처럼 뜨거웠다. 「허락하신다면 외투를 벗겠습니다.」

「얼마든지요.」 펠릭스가 너그럽게 말했다.

찬드라가 힘에 겨운 듯 끙끙거리며 외투를 벗더니 의자 등에 외투를 걸치려고 돌아섰다. 그러더니 별안간에 그가 비틀거리다가 털썩하고 바닥에 쓰러졌다. 외투를 벗는 동안 용케 병에 든 내용물을 삼킨 것이었다. 그의 손은 아직도 병을 그대로 움켜쥐고 있었다. 어셴든은 병에 코를 대보았다. 아주 진한 아몬드 냄새가 났다.

사람들은 바닥에 쓰러져 있는 남자를 한동안 바라보았다. 펠릭스는 미안해하는 표정이었다.

「본부에서 노발대발하실까요?」 펠릭스가 불안한 얼굴로 물었다.

「그게 당신 잘못도 아닌데요, 뭐.」 어셴든이 말했다. 「어쨌거나 이 사람이 이제 더 이상 해를 끼칠 수 없게 된 것 아닙니까. 나로서는 그 사람이 스스로 목숨을 끊은 게 차라리 다행입니다. 이 사람이 처형된다는 생각을 하면 마음이 편치 않았거든요.」

몇 분 지나서 의사가 도착했고, 사망을 선고했다.

「청산가리입니다.」의사가 어셴든에게 말했다.

어셴든은 고개를 끄덕였다.

「라차리 부인을 만나러 가야겠습니다. 하루 이틀 더 있고 싶어 하면 그렇게 해주고, 오늘 밤 당장 떠나고 싶어 한다면 당연히 그렇게 하도록 해주십시오. 역에 나가 있는 요원들에게 그 여자를 통과시키라는 지령을 전달해 주시겠습니까?」

「역에는 제가 직접 나가겠습니다.」펠릭스가 말했다.

어셴든은 다시 한번 언덕을 올랐다. 어느새 밤이 되어 있었다. 공기는 쌀쌀하지만 하늘은 구름 한 점 없이 맑았다. 하얗게 빛나는 한 가닥 실낱같은 초승달을 보며 어셴든은 주머니 속에서 동전을 세 번 뒤집었다.[3] 호텔에 들어서니 이곳의 온기 없는 진부함이 갑자기 혐오스럽게 느껴졌다. 양배추와 양고기 삶는 냄새가 풍겼고, 현관 쪽 벽에는 그르노블과 카르카손, 그리고 노르망디의 온천장을 홍보하는 화려한 색상의 철도 회사 포스터가 붙어 있었다. 어셴든은 위층의 줄리아 라차리가 묵고 있는 방으로 올라가 가볍게 노크한 뒤 문을 열었다. 줄리아는 화장대 앞에 앉아 거울 속 자신의 모습을 바라보고 있었다. 그냥 멀뚱하게 있는 건지, 절망해서 힘이 빠진 건지 우두커니 앉아 있었다. 그러다가 거울 속에서 어셴든의 얼굴을 보고는 안색이 확 변하더니 벌떡 일어났는데, 얼마나 다급하게 움직였던지 의자가 뒤로 넘어갔다.

「무슨 일이죠? 왜 그렇게 창백해요?」줄리아가 소리쳤다.

3 스코틀랜드의 오랜 풍습으로, 초승달이 처음 나타났을 때 은전을 세 번 뒤집으면 행운이 온다고 한다.

돌아서서 어셴든을 가만히 쳐다보던 줄리아의 얼굴이 서서히 일그러지더니 공포의 표정으로 바뀌었다.

「*Il est pris*(잡혔군요).」줄리아는 숨이 턱 막혔다.

「*Il est mort*(죽었습니다).」어셴든이 말했다.

「죽었다고요! 독약을 마셨군요. 그럴 시간은 있었던 거죠. 어쨌거나 당신들한테 잡히지는 않은 거네요.」

「무슨 얘기죠? 독약에 대해선 어떻게 알았습니까?」

「항상 몸에 지니고 다녔죠. 절대로 살아서는 영국 놈들한테 잡히지 않을 거라고 했어요.」

어셴든은 잠시 생각에 잠겼다. 이 여자, 그 비밀을 철통같이 지킨 것이다. 그런 일이 자기한테 일어날 수도 있을까 생각해 보았다. 이런 신파적인 수법을 쓰리라고 누가 예상할 수 있었겠는가?

「뭐, 이제 자유의 몸입니다. 어디든 원하는 곳으로 가면 됩니다. 당신을 가로막을 장애물은 이제 없을 겁니다. 여기 차표하고 여권 받으십시오. 그리고 이건 체포 당시 소지품 속에 있던 돈입니다. 찬드라를 보고 가시겠습니까?」

줄리아는 펄쩍 뛰었다.

「아뇨, 아뇨.」

「꼭 그래야 하는 건 아닙니다. 혹시 마지막으로 보고 싶어 하진 않을까 했죠.」

줄리아는 울지 않았다. 어셴든은 감정이 다 메말라 버렸으려니 생각했다. 그렇지 않고서야 어떻게 저렇게 무덤덤할 수가 있을까.

「오늘 밤 부인이 여행하는 데 애로 사항이 없도록 스페인 국경으로 당국의 협조를 요청하는 전보가 갈 겁니다. 제가 조언 하나 드려도 될까요? 가능한 한 빨리 프랑스에서 벗어나십시오.」

줄리아는 아무 말이 없었다. 어셴든도 더는 할 말이 없어 떠날 채비를 했다.

「그동안 부인을 너무 힘들게 한 것 같아 미안합니다. 이제 더 이상 험한 일을 겪지 않으시리라 생각하니 기쁩니다. 가까운 사람의 죽음으로 상심이 크시겠지만, 세월이 슬픔을 달래 줄 테지요.」

어셴든이 살짝 고개 숙여 인사하고 문 쪽으로 향하는데, 줄리아가 그를 불러 세웠다.

「잠깐만요. 한 가지 부탁이 있어요. 당신도 사람인데, 인정이 조금은 있겠죠.」

「제가 할 수 있는 일이라면 뭐든 해드리겠습니다.」

「그 사람 소지품은 어떻게 되나요?」

「모르겠는데요. 왜 그러시죠?」

줄리아의 말을 듣고 어셴든은 어이가 없었다. 설마 그런 얘기를 할 줄이야.

「그 사람, 손목시계가 있었을 거예요. 내가 지난 크리스마스 때 선물한 거예요. 12파운드나 썼다고요. 그거 돌려받을 수 있어요?」

구스타프

어셴든이 스위스를 근거지로 활동하는 다수 스파이들의
책임자로 처음 이곳에 파견되었을 때, R이 보고서는 이렇게
쓰면 좋겠다면서 타자로 친 문서를 한 묶음 건넸는데, 첩보
기관에서 구스타프라는 이름으로 통하는 남자가 작성한 것
이었다.

「우리 쪽에서 가장 일을 잘하는 친구요.」R이 말했다. 「그
친구가 보내오는 정보는 항상 아주 알차고 상세해요. 물론
구스타프가 매우 영리한 친구인 건 사실이지만, 다른 요원들
이라고 해서 이 정도 보고서를 쓰지 못할 이유는 없지요. 우
리가 원하는 정보를 딱 잡아내서 알려 주기만 하면 되는 문
제란 말이죠.」

구스타프는 스위스 바젤에 거주하며 무역 상사를 운영했
는데, 프랑크푸르트와 만하임, 쾰른에 지사를 두고 있었다.
사업을 하는 덕분에 아무런 위험 없이 독일을 드나들 수 있
었으며, 라인강 일대를 다니면서 군대의 동정을 파악하고 군
수품 제조 현황과 민심의 흐름(R이 특히 강조하는 점이다)

을 비롯하여 연합국 쪽에서 원하는 사안에 관한 자료를 수집했다. 그는 아내에게 자주 편지를 썼는데, 그 안에 독창적으로 고안한 암호를 넣어 보내는 식이었다. 아내가 바젤에서 편지를 받으면 즉시 제네바에 있는 어센든에게 보냈고, 어센든은 그중에서 중요한 사실만 추려 관련 부서에 전달했다. 구스타프는 두 달에 한 번씩 집으로 돌아와 보고서를 작성했는데, 그것이 첩보 기관 내 이 분과에서 활동하는 다른 요원들에게 본보기로 활용되곤 했다.

그를 고용한 기관에서도 구스타프의 활약상에 만족해했지만, 구스타프도 자기를 고용한 쪽에 만족하는 이유가 있었다. 그의 활동이 워낙 훌륭해 다른 요원들보다 보수가 더 높기도 했지만, 특종급 정보에 대해서는 이따금씩 두둑한 보너스까지 따로 챙겨 받았기 때문이다.

이들의 관계는 이렇게 1년 넘게 지속되었다. 그러던 중 무슨 일 때문이었는지 R의 신뢰가 순식간에 의심으로 돌아섰다. 그는 어떠한 낌새도 놓치지 않는 놀랍도록 예리한 사람이었는데, 이는 합리적 사고의 결과라기보다 본능적인 반응에 가까운 능력이었다. 그런 그에게 불현듯 뭔가 수상쩍은 일이 벌어지고 있다는 느낌이 들었던 것이다. 그는 어센든에게 이렇다 저렇다 설명도 없이(R은 뚜렷한 증거가 없을 때는 어떤 식의 추측도 발설하지 않는 사람이었다) 대뜸 바젤로 가라고 지시했다. 구스타프가 지금 독일에 있으니, 그 아내에게 가서 얘기를 좀 해보라고. 무슨 얘기를 할 것인지도 알아서 하라면서.

바젤에 도착한 어셴든은 여기에서 묵고 갈지 말지 아직 알 수 없는 터라, 가방을 역에 맡긴 뒤 전차를 잡아타고 구스타프의 집 주소와 가까운 길모퉁이에서 내려 미행이 붙지는 않았는지 잽싸게 살핀 뒤 길을 따라 걸었다. 그가 찾던 집은 다소 궁핍함이 느껴지는 공동 주택 건물로, 하급 공무원들과 소상인들의 주거지 같은 인상을 받았다. 현관 바로 옆에 구두 수선집이 있어 잠시 들어갔다.

　「그라보 씨가 여기 사시는 거 맞습니까?」 그다지 유창하지 못한 독일어로 그가 물었다.

　「맞아요. 좀 전에 올라가시던데요. 지금 가시면 만날 수 있을 겁니다.」

　어셴든은 깜짝 놀랐다. 바로 전날 구스타프의 아내로부터 라인강 건너편에 주둔하는 연대의 통상 명칭을 암호로 알려주는 편지를 전달받았는데, 그 편지의 발신 주소가 만하임이었기 때문이다. 입에서 질문이 맴돌았지만 그것을 이 구두 수선공에게 묻는 것은 생각 없는 행동이 될 것 같아 고맙다고 인사한 후, 구스타프가 사는 것으로 알고 있는 3층으로 올라갔다. 벨을 누르니 안에서 따르릉따르릉 초인종 울리는 소리가 들렸다. 금세 문이 열리더니 바짝 깎은 짧은 머리에 안경을 쓴 깔끔한 차림의 남자가 나왔다.

　「그라보 씨입니까?」 어셴든이 물었다.

　「네, 맞습니다.」 구스타프가 말했다.

　「들어가도 될까요?」

　구스타프는 빛을 등지고 서 있어 어떤 표정인지 잘 보이지 않았다. 어셴든은 잠깐 머뭇거리다가 구스타프가 독일에서 보내오는 편지의 수신인 이름을 댔다.

「어서 오십시오. 만나 뵙게 되어 반갑습니다.」

구스타프가 안내한 곳은 조각이 장식된 육중한 떡갈나무 가구가 놓인 비좁은 방이었다. 초록색 벨벳 보를 씌운 커다란 테이블에는 타자기가 놓여 있었다. 보아하니 그 값진 보고서를 작성하고 있던 모양이었다. 한 여자가 창문을 열어놓고 그 앞에 앉아 양말을 다리다가 구스타프의 말 한마디에 자리에서 일어나 물건을 챙겨 들고 나갔다. 어셴든이 이 부부의 단란한 풍경을 훼방 놓은 꼴이었다.

「앉으시지요. 제가 마침 바젤에 있었던 게 얼마나 다행인지! 선생과 만나기를 오랫동안 고대해 왔습니다. 제가 막 독일에서 돌아온 참이거든요.」 그는 타자기 옆에 놓인 종이를 가리켰다. 「제가 가져온 소식이 마음에 드실 겁니다. 아주 귀한 정보를 입수했답니다.」 그러더니 키득거리면서 말했다. 「세상에 보너스 마다할 사람이 있겠습니까.」

살갑기 그지없었지만, 어셴든에게는 이 태도가 진실되게 느껴지지 않았다. 웃고 있는 안경 너머의 두 눈이 주의 깊게 어셴든의 일거수일투족을 좇고 있었는데, 그 눈빛에는 긴장한 기색이 역력한 듯했다.

「천리마라도 타십니까. 독일에서 여기 바젤로 편지를 부치고, 그게 다시 아내분을 통해서 제네바에 있는 저한테 도착한 게 바로 몇 시간 전인데, 벌써 여기 계시다니 말입니다.」

「충분히 가능한 일입니다. 한 가지 말씀드려야 할 것은, 독일 당국이 상용 우편을 이용한 정보 유출이 의심된다고 판단해 우편물 일체에 대해 국경에서 48시간 동안 발송을 보류하도록 결정했습니다.」

「그렇군요. 그러니까 그런 연유로 편지 발송 날짜를 48시간 뒤로 쓰는 조치를 취하신 거군요?」 어셴든이 상냥하게 말했다.

「제가 그랬나요? 이런 바보 같기는. 제가 날짜를 착각한 게 분명합니다.」

어셴든은 웃는 얼굴로 구스타프를 바라보았다. 속이 훤히 들여다보이는 소리였다. 사업가인 구스타프가 자기가 맡은 이 일에서 날짜의 정확성이 얼마나 중요한지 모를 리가 없었다. 독일에서 오는 정보는 우회해야 하기 때문에 신속하게 받기가 어렵고, 그래서 어떤 사건이 언제 발생했는지 정확하게 아는 것이 무엇보다 중요했다.

「여권을 잠깐 볼 수 있을까요.」 어셴든이 말했다.

「제 여권은 왜요?」

「언제 독일로 들어가셨고 언제 나오셨는지 보고 싶어서요.」

「아니, 제가 입국하고 출국한 날짜가 여권에 남아 있을 거라고 생각하시는 겁니까? 제가 국경을 넘는 방법은 따로 있습니다.」

이런 일에 관해서라면 어셴든도 잘 알고 있었다. 독일과 스위스, 양국 모두 국경에서 경계와 감시가 얼마나 삼엄한지는 주지의 사실이었다.

「그래요? 어째서 국경을 정상적인 방법으로 넘지 않으시는 겁니까? 선생을 고용한 것도 선생이 독일에 필수 물자를 공급하는 스위스 회사와 연계되어 있어서 의심받지 않고 국경을 드나들 수 있다는 이점 때문이었는데요. 독일 쪽 검문소에서는 보초가 눈감아 주는 경우도 있다고 알고 있습니다만, 스위스 쪽은 어떻습니까?」

구스타프는 억울한 표정이 되었다.

「무슨 말씀이신지. 그러니까 제가 독일을 위해서 일하고 있다는 뜻인가요? 제 명예를 걸고 말하는데…… 저의 정직성에 대한 공격이라면 용납하지 않겠습니다.」

「양쪽에서 돈을 받고 어느 쪽에도 중요한 정보를 제공하지 않는 것이 어디 선생 한 사람뿐이겠습니까.」

「지금 감히 제 정보가 가치 없다고 하시는 겁니까? 그럼 뭐 때문에 다른 첩보원들보다 더 많은 보너스를 주는 겁니까? 대령님도 제 활동에 대해 거듭 상찬을 아끼지 않으신단 말입니다.」

이번엔 어셴든이 살갑게 굴 차례였다.

「에이, 왜 이러실까. 그렇게 고자세로 나오실 것까지야 있습니까. 여권을 보여 주고 싶지 않으시다면 굳이 고집하진 않겠습니다. 우리가 요원들의 보고서를 확인도 하지 않고 넘긴다거나, 그들의 행동을 추적하지 않을 만큼 한심한 집단이라는 생각을 갖고 계신 건 아니겠죠? 아무리 재미난 농담이라도 두 번 들으면 김빠지는 법이지요. 제가 태평성대에는 유머 작가로 일하던 사람인지라, 다 쓰라린 경험에서 우러나온 얘깁니다.」어셴든은 한 번 엄포를 놓을 때가 왔다고 판단

200

했다. 그는 까다롭지만 대단히 탁월한 포커의 수에 대해서 좀 아는 바가 있었다. 「우리한테 당신이 이번에 독일에 가지도 않았을뿐더러, 심지어 우리와 계약한 이래로 아예 한 번도 가지 않고 여기 바젤에서 내내 한적하게 지내 왔다는 정보가 들어왔습니다. 그 보고서들 전부가 당신의 풍부한 상상력이 빚어낸 산물이었다죠.」

구스타프는 어셴든의 눈치를 살폈다. 인내심과 온화한 성품밖에는 보이지 않는 얼굴이었다. 구스타프의 입가에 슬며시 미소가 떠오르더니 어깨를 슬쩍 으쓱하면서 말했다.

「내가 고작 월 50파운드에 목숨을 걸 바보라고 생각했습니까? 난 아내를 사랑합니다.」

어셴든은 웃음이 터졌다.

「축하합니다. 우리 첩보부를 1년 동안 웃음거리로 갖고 놀았다고 자랑할 수 있는 사람은 많지 않아요.」

「힘 안 들이고 돈 벌 기회를 잡은 것뿐입니다. 전쟁이 발발하자 회사가 독일 출장을 중단시켰습니다. 그렇지만 다른 출장자들로부터 그쪽 얘기를 들을 수 있었습니다. 식당이며 맥줏집에서 사람들 얘기에 귀를 기울였고, 독일 신문도 찾아 읽었습니다. 당신들한테 보고서와 편지를 쓰는 게 정말 재미있었어요.」

「그러셨겠죠.」

「이제 어떻게 하실 겁니까?」

「어떻게는요. 우리가 뭘 할 수 있겠습니까? 우리가 계속해서 보수를 지급할 거라는 생각은 하지 않으시겠지요?」

「그럴 리가요. 사람이 염치가 있죠.」

「그런데 실례가 될 수도 있는 질문입니다만, 혹시 독일 쪽하고도 똑같은 장난을 하셨는지요?」

「아이고, 아닙니다.」 구스타프가 격하게 외쳤다. 「어떻게 그런 생각을 하십니까? 저는 절대적으로 연합국을 지지합니다. 내 마음은 전적으로 당신네들 편이라고요.」

「글쎄요, 왜 안 하셨을까요?」 어셴든이 물었다. 「독일이 세상 돈이란 돈은 다 가졌는데, 그것 좀 나눠 갖지 못할 이유는 없잖아요. 독일 쪽에서 돈을 지급하고 싶어 할 정보를 우리가 가끔씩 제공할 수도 있잖습니까.」

구스타프는 손가락으로 테이블을 타닥타닥 치다가 이제는 무용지물이 된 보고서 한 장을 집어 들었다.

「독일인들한테 섣불리 장난을 치다가는 큰일 납니다.」

「선생은 아주 영리한 분이죠. 어쨌거나 다달이 지급되던 급료는 끊기겠지만, 언제든 우리한테 쓸모 있는 소식을 가져오신다면 보너스는 버실 수 있습니다. 하지만 아주 확실한 것이어야 합니다. 앞으로는 결과물로만 판단하고 지불할 테니까요.」

「생각해 보겠습니다.」

어셴든은 구스타프에게 잠시 생각할 시간을 주었다. 그러고는 담배에 불을 붙인 뒤 내뿜은 연기가 허공으로 흩어지는 것을 바라보면서 자신도 생각에 잠겼다.

「특별히 알고 싶은 것이 있으신지요?」 구스타프가 갑자기 물었다.

어셴든이 씩 웃었다.

「루체른에서 활동하는 독일 쪽 스파이가 있는데, 그자가 독일군과 뭘 하고 있는지 알아봐 주실 수 있다면 2천 프랑쯤 아깝지 않겠죠. 영국인이고 이름은 그랜틀리 케이퍼입니다.」

「들어 본 이름입니다.」 구스타프가 말했다. 그러고는 잠시 후 말을 이었다. 「여기 얼마나 계실 계획인지요?」

「필요할 때까지 있을 겁니다. 호텔에 방을 잡고 호수를 알려 드리겠습니다. 할 말이 있을 경우 매일 아침 9시, 매일 저녁 7시에는 확실하게 방에 있을 테니 그때 오시면 됩니다.」

「호텔에 가는 건 위험합니다. 대신 편지로 알려 드리겠습니다.」

「좋습니다.」

어셴든이 자리에서 일어나니 구스타프가 문 앞까지 나와 배웅했다.

「저에게 악감정 같은 거 남은 것 없이 가시는 거 맞죠?」 구스타프가 물었다.

「물론입니다. 선생의 작업물은 훌륭한 보고서의 귀감으로 우리 기관 문서국에 보존될 것입니다.」

어셴든은 바젤을 관광하면서 2, 3일을 보냈다. 특별히 재미난 곳은 아닌지라 서점에서 이 책 저 책 들춰 보면서 많은 시간을 보냈는데, 사람이 천 살까지 산다면 읽어 볼까 싶을 만한 것들뿐이었다. 딱 한 번 길에서 구스타프를 보았다. 나흘째 날 되는 아침, 커피와 함께 편지가 한 통 전달되었다. 봉투는 처음 보는 무역 상사 것이었고, 안의 편지는 타자로 친

것이었다. 주소도 서명도 없었다. 어센든은 구스타프가 타자기도 육필만큼이나 쓴 사람의 정체를 숨겨 주지 않는다는 것을 모르는 걸까 의아했다. 그는 꼼꼼하게 두 번 읽은 뒤 편지지를 전등에 비추어 비침 무늬를 확인하고(다른 이유는 없고 추리 소설에 나오는 탐정들이 다 그렇게 하기 때문에 한번 해본 것이다) 나서 성냥을 그어 불을 붙인 뒤 다 탈 때까지 지켜보았다. 그러고는 까맣게 그을린 조각들을 손에 쥐고 가루로 만들었다.

그는 모처럼의 기회를 놓치지 않고 침대 안에서 아침 식사를 즐긴 뒤, 일어나 짐을 꾸리고 베른행 다음 열차에 몸을 실었다. 베른에서는 R에게 암호 전보를 보낼 수 있었다. R의 지령은 이틀 뒤 복도에서 마주칠 사람이 없을 것 같은 시각에 인편으로 호텔방으로 전달되었고, 비록 빙 돌아가는 길을 택해야 했으나 스물네 시간 이내 루체른에 도착했다.

배반

머물라는 지시를 받은 호텔에 방을 잡은 어셴든은 밖으로 나왔다. 태양이 빛나는 8월 초순의 구름 한 점 없는 쾌청한 날이었다. 루체른은 아주 어릴 때 와보고 처음이었지만, 처마 다리와 커다란 사자 석상, 따분했지만 감동적인 오르간 연주를 들으며 앉아 있던 교회 따위가 기억 속에 어렴풋이 남아 있었다. 지금 그늘진 부둣가를 거닐면서(호수는 요란하게 울긋불긋한 것이 마치 그림엽서 속 풍경을 보는 것처럼 비현실적이었다), 거의 다 잊힌 기억을 되찾고자 애쓴 것도 아닌데 그 옛날 이곳을 거닐던 소년이 새록새록 떠올랐다. 어서 진짜 인생을 살고 싶어 마음이 급하던, 수줍음 많고 열망 가득한 소년이(그가 갈구하던 인생은 현재의 사춘기가 아닌 어엿한 어른이 된 미래의 것이었다). 하지만 가장 선명하게 떠오르는 기억은 자신이 아닌 군중에 대한 것이었다. 태양과 열기, 사람들의 모습이 떠올랐다. 열차는 만원이었고, 호텔도 그랬다. 호수를 오가는 증기선도 만선이었다. 항구에서도 길거리에서도 휴가철 행락객 무리를 비집고 다녀야 했다. 사람들은 뚱뚱하고 늙고 추하고 이상했으며, 냄새도 고약했다. 전쟁이 벌어지고 있는 지금의 루체른은 스위스가 유럽의 휴양지임을 전 세계인이 발견하기 전의 모습이 이랬을까 싶은 생각이 들 정도로 황량한 풍경이었다. 호텔은 대부분 문을 닫았고, 길은 텅 비고 전세용 나룻배들은 물가에서 일없이 흔들리고 있었다. 배를 타려는 사람은 없고, 호숫가 큰길에서 눈에 띄는 사람이라곤 반려견 닥스훈트처럼 중립을 노상 곁에 끼고 다니는 진지한 스위스 사람들뿐이었다. 어셴든은 한갓진 분위기에 한껏 들떠 호수가 마주 보이는 벤치에 앉아 이 기분에 온몸을 맡겼다. 그 호수는 실로 말이 되지 않는 곳이었다. 물은 너무 파랗고 산꼭대기에는 눈이 쌓여 하얗고……. 그 노골적인 아름다움에 설레기는커녕 화가 치밀 지경이었지만, 그러면서도 한편으로는 멘델스존의 「무언가(無言歌)」와도 같은 이 풍경의 기교 없는 질박함에 어셴든은 절로 평온한 미소가 지어졌다. 루체른을 보면 어셴든은 유리 상자 안에 든 조화와 뻐꾸기시계, 알록달록 예쁜 베를린 모직실 수예품이 떠올랐다. 어찌 되었든 간에 이 멋진 날씨가 계속되는 한 즐겁게 보낼 생각이었다. 조국의 이익을 위해 일하면서 즐거움까지 누릴 수 있다면 마다할 이유가 있겠는가? 지금은 새로 발급받은 차명 여권으로 여행 중이었는데, 그러자니 다른 인물이 된 듯 유쾌한 기분이 들었다. 그는 자신이 지겨워질 때가 종종 있었는데, 그럴 때면 R의 손에 의해 뚝딱 만들어진 인물로 사는 것이 기분 전환이 되곤 했다. 바로 얼마 전에 있었던 일도 부조리한 세상만사에 웃을 줄 아는 그의 예리한 감각을 자극했지만, R은 확실히 그걸 재미있다고 여기지 않았다. R의 유머는 냉소 쪽이었지 자기 스스로 농담거리가 되는 데는 소질이 없었다. 그렇게 하려면 자신을 외부자의 눈으로 볼 줄 알아야 하며, 인생이란 유쾌한 희극의 구경꾼인 동시에 배우가 될 수 있어야 한다. R은 자신을 돌아보거나 자기 내면을 들여다보는 것을 건강하지 못하고 비영국적이며 비애국적인 태도로 여기는 천생 군인이었다.

어셴든은 자리를 털고 일어나 호텔을 향해 슬렁슬렁 걸었다. 조그마한 2성급 독일식 호텔로, 티끌 한 점 없이 깨끗하고 침실은 전망이 좋았다. 방에 비치되어 있는 니스 칠한 밝은색 리기다소나무 목재 가구는 춥고 궂은 날이었다면 우중충하게 느껴졌겠지만, 그날은 따뜻하고 화창한 날씨여서 밝게 빛나는 것이 마음에 들었다. 현관홀에 테이블이 몇 개 놓여 있어 한 곳을 골라 앉고 맥주를 한 병 주문했다. 호텔 주인은 이런 비수기에 무슨 일로 여기에 왔는지 궁금해했고, 어셴든은 장티푸스를 앓다가 최근에 겨우 회복되어 요양차 루체른에 오게 되었다고 기쁜 마음으로 그녀에게 대답해 주었다. 그는 검열부에서 일하고 있는데, 이참에 그동안 다 까먹은 독일어를 다시 공부하고 싶다며 독일어 교사를 한 사람 소개해 줄 수 있는지 물었다. 호텔 주인은 금발의 살집 좋은 스위스 여인으로, 마음씨 좋고 수다스러운 사람이어서 방금 들은 정보를 동네방네 퍼뜨려 주리라는 확신이 들었다. 이제 어셴든이 질문할 차례였다. 그녀는 지금이 원래는 손님이 넘쳐 이웃 살림집에서 방을 찾아 줘야 할 만큼 바쁜 한철인데 전쟁 때문에 이렇게 파리를 날리고 있다며 입담 좋게 늘어놓았다. 이따금씩 식당으로 밥 먹으러 오는 외부 손님이 있을 뿐, 지금 장기 투숙객이 든 방이 둘밖에 되지 않는다고 했다. 한쪽은 아일랜드인 노부부로 브베에 사는데 루체른에는 여름을 보내러 왔다고 했고, 다른 쪽은 영국인 남편과 독일인 아내 부부로 아내의 국적 때문에 부득이 중립국에서 살 수밖에 없는 형편이라고 했다. 어셴든은 이 영국인 부부에 대해서는 일부러 관심을 보이지 않았지만 — 이 사람들에 대한 설명으로 볼 때 그랜틀리 케이퍼가 맞았다 — 주인장이 알아서 척척 얘기해 주었는데, 그들은 거의 하루 종일 산속을 돌아다니며 지낸다고 했다. 케이퍼 씨는 식물학자로, 이 지역의 식물 군락에 관심이 많다고 했다. 그 부인은 아주 상냥한 사람이라면서 지금 처지가 참 안쓰럽다고 했다. 아, 뭐, 그렇지만 이 전쟁도 언젠가는 끝나지 않겠느냐면서 바쁜 듯이 나가 버렸고, 어셴든도 위층 방으로 올라갔다.

저녁 식사는 7시부터였는데, 다른 사람들보다 먼저 자리 잡고 앉아 나중에 들어오는 투숙객들을 관찰하고 싶어서 어셴든은 종소리가 들리자마자 식당으로 내려갔다. 식당은 특색 없이 틀에 박힌 하얀 회벽 공간이었고, 침실에 있는 것과 똑같은 니스 칠한 리기다소나무 의자에, 벽에는 스위스 호수를 한눈에 보여 주는 착색 석판화가 걸려 있었다. 테이블마다 꽃이 한 다발씩 꽂혀 있었는데, 모든 것이 깔끔하고 청결한 것으로 보아 형편없는 음식을 예고하는 듯했다. 어셴든은 맛없는 음식을 벌충할 셈으로 최고급 라인산 포도주를 주문하고 싶었지만, (두세 테이블에 반쯤 마신 백포도주 병이 있는 것으로 보아 동료 투숙객들이 술에 돈 쓰는 것을 즐기지 않는 사람들이라는 생각이 들어) 그런 사치 행각으로 사람들의 이목을 끌 때가 아니다 싶어 라거 맥주 한 조끼로 만족하기로 했다. 이내 손님이 한 명 두 명 들어오기 시작했다. 루체른에서 직장을 다니며 스위스인이 분명한 사람 몇 명이 각각 따로 들어와 작은 테이블을 하나씩 차지하고 앉아 점심을 먹은 뒤 단정하게 접어 두었던 냅킨을 펼쳤다. 그들은 요란한 소리를 내며 수프를 먹으면서 물병에 신문을 기대 세워 놓고 읽었다. 다음으로는 백발에 흰 콧수염이 축 늘어지고 몹시 늙어 허리가 굽은 노인이 백발에 까만 옷을 입은 노부인과 함께 들어왔다. 필시 이들이 호텔 주인이 말했던 그 아일랜드 대령 부부인 듯했다. 착석하자 대령이 아내에게 포도주를 아주 조금 따라 주었고, 자기도 그렇게 했다. 그들은 풍만하고 성격이 활발한 종업원이 식사를 차리는 동안 말없이 기다렸다.

마침내 어셴든이 기다리던 사람들이 나타났다. 그는 독일어 책을 읽는 데 집중하려고 무던히 애를 썼고, 그렇게 간신히 자제한 덕분에 두 사람이 들어올 때 아주 순간적으로 눈길을 준 것이 다였다. 한번 슬쩍 본 바로는, 남자는 마흔다섯 살가량으로 짙은 색의 짧게 깎은 머리는 군데군데 희끗희끗했으며, 비만한 몸집에 중키였고, 붉은 기가 도는 넓적한 얼굴은 깔끔하게 면도를 했다. 회색 정장에 깃이 넓고 목 부분이 트인 셔츠를 입은 그의 뒤로 아내가 들어왔는데, 침착하고 수수한 전형적인 독일 여자라는 인상을 받았다. 그랜틀리 케이퍼는 자리에 앉자마자 종업원에게 큰 소리로 자기네가 하루 종일 얼마나 어마어마하게 걸었는지 떠들기 시작했다. 어떤 산을 올라갔다는데, 어셴든에게는 알 바 없는 이름이었으나 종업원은 대단한 흥미를 보이며 감탄을 아끼지 않았다. 케이퍼는 유창하긴 하나 영어식 억양이 강한 독일어로, 너무 늦어서 올라가 씻을 새도 없었지만 손은 밖에서 씻고 들어왔다고 말했다. 목소리는 쩌렁쩌렁 울렸고 태도도 쾌활했다.

「빨리 갖다줘요. 배고파 죽을 지경이야. 그리고 맥주도 갖다줘요. 세 병. *Lieber Gott*(하느님 맙소사), 목 타 죽겠네!」

케이퍼는 기운이 왕성한 사람 같았다. 부담스러울 정도로 청결하기만 하고 분위기가 칙칙하던 식당이 그의 등장으로 활기가 돌기 시작했고, 손님들의 주의를 환기시켰다. 케이퍼가 아내에게 영어로 말하기 시작했는데, 그가 하는 모든 말이 사람들한테 다 들릴 정도로 큰 소리였다. 하지만 아내가 나지막한 소리로 뭐라고 한마디 하자 케이퍼가 말을 멈췄는데, 어셴든은 그의 시선이 자기 쪽을 향하고 있음을 느꼈다. 케이퍼 부인이 낯선 사람이 온 것을 알아차리고 남편에게 주의를 시킨 것이었다. 어셴든은 책장을 넘기며 읽는 척했지만, 케이퍼가 자신을 주시하고 있음이 느껴졌다. 아내에게 다시 뭔가 말을 했는데, 이번에는 소리가 너무 작아 어느 나라 말인지조차 알 수 없었다. 종업원이 수프를 가져오자, 케이퍼는 여전히 낮은 목소리로 뭔가를 물었다. 보나마나 어셴든이 누구인지 물었을 것이다. 종업원이 대답한 말 가운데 어셴든에게 들린 것은 〈*Länder*(국가)〉라는 단어 하나뿐이었다.

한두 사람이 식사를 끝내고 이를 쑤시면서 밖으로 나갔다. 아일랜드 노부부가 테이블에서 일어났는데, 대령은 아내가 지나가도록 옆으로 비켜서 있었다. 두 사람은 식사를 하는 내내 말 한마디 나누지 않았다. 아내는 천천히 문 쪽으로 걸어갔고, 대령은 이 지역 변호사인 듯한 스위스인을 보고 잠시 멈춰 서서 뭔가 말했다. 아내는 문 앞에 이르러 그대로 서서 양 같은 온순한 얼굴로 고개를 숙인 채 남편이 와서 문을 열어 주기를 참을성 있게 기다렸다. 어셴든은 저 부인이 평생 자기 손으로 문을 열어 본 적이 한 번도 없었을 것이라는 생각이 들었다. 문 여는 법을 알기는 할까. 잠시 후 대령이 노인네 걸음걸이로 다가와 문을 열어 주자 부인이 밖으로 나갔고, 대령도 따라 나갔다. 이 작은 사건이 어셴든에게는 하나의 실마리가 되어 머릿속에서 이 부부가 살아온 인생사, 두 사람의 성격과 환경 따위가 재구성되기 시작했지만, 바로 접었다. 지금은 창작 같은 사치를 부릴 상황이 아니었으므로. 그러고는 식사를 마쳤다.

현관홀로 가니 테이블 다리에 불테리어 한 마리가 묶여 있었다. 옆을 지나면서 어셴든은 자동적으로 손을 내밀어 녀석의 축 처진 말랑말랑한 귀를 어루만졌다. 호텔 주인이 층계 맨 아래에 서 있었다.

「이 귀여운 녀석은 누구네 개죠?」 어셴든이 물었다.

「케이퍼 씨네 개예요. 프리치라고 부릅니다. 케이퍼 씨 말로는 잉글랜드 왕보다도 혈통이 오래됐다고 하더군요.」

프리치는 어셴든의 다리에 몸을 비비고 코로는 손바닥을 파고들었다. 어셴든이 모자를 가지러 위층에 올라갔다 내려오니, 케이퍼가 호텔 입구에 서서 호텔 주인과 이야기를 나누고 있었다. 두 사람이 갑자기 조용해지면서 부자연스럽게 뻣뻣해지는 기색을 보니, 케이퍼가 그에 대해 묻고 있었으려니 짐작되었다. 두 사람 사이를 지나 밖으로 나와 곁눈질로 슬쩍 보니, 케이퍼가 그를 미심쩍은 눈초리로 쳐다보고 있었다.

어셴든은 어슬렁거리며 걷다가 노천에 커피 마실 자리가 마련되어 있는 선술집을 발견하고, 그곳으로 들어가 저녁 식사 때 직업적 본분 때문에 맥주만 마셔야 했던 것에 대한 보상으로 그 집에서 파는 최고의 브랜디를 주문했다. 그는 그동안 말로만 듣던 장본인과 마침내 만났고, 하루 이틀 사이에 말을 트고 지내는 사이가 될 수 있을 것 같아 기뻤다. 개를 키우는 사람하고 사귀는 것은 결코 어렵지 않다. 그러니 서두를 것은 없다. 그저 상황이 순리대로 흘러가도록 내버려두면 될 일이다. 소기의 목적을 눈앞에 둔 사람이라면 성급하게 굴어서는 안 된다.

어셴든은 상황을 되짚어 보았다. 그랜틀리 케이퍼는 잉글랜드인, 여권에 따르면 버밍엄 태생, 나이는 마흔둘. 11년 전에 결혼한 그의 아내는 독일 태생으로 양친도 동일. 여기까지가 공개된 사실이다. 그의 전력에 관한 정보는 비공개 문서에 담겨 있다. 이 문서에 따르면 그는 버밍엄에 있는 한 변호사 사무실에서 사회생활을 시작해 후에 언론계로 이직했고, 카이로와 상하이에 있는 각 영국 신문과의 연계 속에서 활동했다. 이 시기에 금전 사취(私取)를 시도하다 사달이 나서 단기간 금고형을 받았다. 출감 후 2년간 종적이 묘연하다가 마르세유에 있는 한 선원 감독관 사무소에서 다시 모습을 드러냈다. 마르세유의 해운 회사에서 일하며 함부르크에 갔다가 아내를 만나 결혼하고 런던으로 갔다. 런던에서 무역 회사를 세웠으나 얼마 후 부도를 맞고, 사업이 실패하자 다시 언론계로 돌아갔다. 제1차 세계 대전 발발 즈음 그는 다시 해운 회사에 들어갔고, 1914년 8월에는 사우샘프턴에서 독일인 아내와 조용하게 살고 있었다. 이듬해 초, 아내의 국적 문제로 자신이 궁지에 몰렸음을 회사에 토로했고, 회사는 본인에겐 아무런 잘못도 없으며 처지가 곤란할 수 있음을 인정해 제노아로 전근하고 싶다는 요청을 들어주었다. 이곳에서 지내다가 이탈리아가 참전하자 사직 의사를 밝히고 서류를 완벽하게 갖춘 뒤 월경하여 스위스에 거처를 정했다.

이 모든 정보를 종합해 보건대, 케이퍼는 정직성이 의심스럽고 불안정한 기질에, 배경도 재정 능력도 없는 사람이었고, 전쟁 발발 초기는 물론 어쩌면 더 일찍부터 독일 첩보부 일을 해주고 있었다는 사실이 밝혀지기 전까지 이 사람의 행적 따위는 그 누구에게도 관심 사항이 아니었다. 그는 한 달에 40파운드의 보수를 받았다. 위험하고 교활한 자이긴 했지만, 스위스에서 얻을 수 있는 정보를 전달하는 데 만족했더라면 이자를 처리할 조치를 취할 일은 없었을 것이다. 그런 정도의 활동으로는 아군에 대단한 위해를 가할 수 없었을 뿐만 아니라, 역으로 적의 손에 들어가 주었으면 하는 정보를 전하는 데 이용할 수도 있었기 때문이다. 그는 자신의 정체가 탄로 났다는 것을 까마득히 모르고 있었다. 그가 보내는 것은 물론 받는 것까지 상당한 양의 편지가 면밀히 검열되고 있었는데, 어떤 암호든 암호 전문가가 끝까지 풀어 내지 못한 것은 거의 없었기 때문에, 조만간 그를 이용해 잉글랜드 안에서 아직까지 활개 치고 있는 첩보 조직을 소탕하는 일까지도 기대해봄 직한 상황이었다. 그러던 터에 R의 주의를 끄는 짓을 하고 말았다. 이 사실을 그가 알아차리고 벌벌 떨었다고 해도 아무도 뭐라 하지 않았을 것이다. R은 결코 척지면 안 될 인물로 정평이 나 있었기 때문이다. 케이퍼는 취리히에서 우여곡절 끝에 고메스라는 스페인 젊은이와 가까운 사이가 되었다. 고메스는 영국 첩보 기관의 신입 요원이었는데, 케이퍼가 자신의 국적을 이용하여 고메스의 믿음을 산 뒤 살살 꼬드겨 그가 첩보 활동을 하고 있다는 사실을 캐냈다. 이 스페인 젊은이가 자기가 무슨 일을 한다고 밝혔을 리는 없고, 십중팔구 중요한 사람으로 보이고 싶어 하는 아주 인간적인 욕구의 발로로서, 그저 자신을 모호하게 흘려 말한 게 전부였을 것이다. 그러나 케이퍼가 전한 정보로 인해 고메스는 독일에 들어가자마자 감시를 받다가, 어느 날 암호로 쓴 편지를 부치던 중에 체포되었다. 암호는 결국 해독되었고, 재판 끝에 유죄가 선고되어 총살형에 처해졌다. 사심 없는 성실하고 유능한 요원을 잃은 것만 해도 기관으로서는 큰 손실인데, 더 나아가 안전하고 단순한 암호 체계까지 변경해야 했다. R에게는 결코 기쁜 일이 아니었다. 그러나 그는 복수심 하나 때문에 중대사를 그르칠 사람이 아니었고, 케이퍼가 고작 돈 몇 푼에 조국을 배반할 그릇이라면 더 많은 돈을 써서 독일을 배반하게 만드는 것도 가능하겠다고 판단했다. 케이퍼가 연합국 쪽 첩보원을 넘겨줌으로써 큰 공을 세웠으니 독일은 이번 건을 충성심의 징표로 여길 것이고, 그렇다면 아주 쓸모 있는 존재가 될 수 있었다. 하지만 R은 케이퍼가 어떤 사람인지에 대해서는 전혀 알지 못했다. 남의 눈에 띄지 않게 비루한 생활을 해온 사람이고, 입수한 사진이라곤 여권용으로 찍은 것 하나뿐이었다. 따라서 어셴든이 받은 지령은, 케이퍼와 사귀면서 이자가 영국을 위해서 헌신적으로 일할 가능성이 있는지 살펴보라는 것이었다. 가능하겠다고 생각될 경우, 은근하게 떠봐서 반응이 좋거든 거래 조건을 제안할 것이다. 이는 예리한 촉과 인간에 대한 이해를 필요로 하는 일이었다. 반대로 매수가 통하지 않겠다는 결론이 나오면, 그의 거동을 감시해 보고하는 선에서 그칠 것이다. 구스타프로부터 얻은 정보는 막연했지만 중요한 것이었다. 그 가운데 흥미로운 대목이 하나 있었는데, 베른에 있는 독일 정보부의 수장이 케이퍼의 활동이 부진하다며 못마땅해하고 있다는 정보였다. 케이퍼가 보수를 인상해 줄 것을 요구하고 있는데, 폰 P. 소령이 그러려면 그만한 가치를 증명해 보여야 할 것이라고 경고했다고 한다. 어쩌면 잉글랜드로 가라고 종용하는 것인지도 모른다. 케이퍼로 하여금 스위스 국경을 넘게 만들 수 있다면, 어셴든의 임무는 완수되는 셈이었다.

「교수대에 제 목을 들이대라는데 순순히 따라올 사람이 어디 있습니까?」어셴든이 물었다.

「교수대는 아닐 거요, 총살형이 될 테니까.」R이 말했다.

「케이퍼는 눈치가 빠른 친굽니다.」

「그럼 한 수 더 앞지를 생각을 해야지, 원.」

어셴든은 자기 쪽에서 먼저 케이퍼에게 접근하려 들지 말고 그쪽에서 다가오게끔 해야겠다고 마음먹었다. 성과를 내라는 압박을 받고 있다면, 필시 검열부에서 일하는 영국인과 알고 지내는 것이 쓸모가 있을 거라고 판단할 터였다. 어셴든은 동맹국에 들어가 봤자 아무짝에도 쓸모없을 정보를 준비해 두었다. 가명에다 가짜 여권을 쓰고 있으니, 그가 영국쪽 첩보원이라는 사실을 케이퍼가 눈치챌 염려도 없었다.

어셴든이 오래 기다릴 필요도 없었다. 다음 날, 점심을 든든하게 챙겨 먹고 졸음이 가득한 채로 호텔 문간에 앉아 커피를 홀짝이고 있는데, 케이퍼가 식당에서 나왔다. 케이퍼 부인은 위층으로 올라가고, 케이퍼가 개를 풀어 주었다. 그러자 개가 어셴든을 보고는 반가운 듯이 폴짝 뛰어올랐다.

「이리 온, 프리치.」케이퍼가 외쳤다. 그러고는 어셴든에게 사과했다. 「죄송합니다. 얌전한 놈인데.」

「아뇨, 괜찮습니다. 절 해치려는 게 아닌걸요.」

케이퍼가 문간에서 멈춰 섰다.

「이 녀석은 불테리어입니다. 대륙에선 흔히 볼 수 있는 종이 아니죠.」그는 이렇게 말하면서도 어셴든을 요모조모 뜯어보는 눈치였다. 그러고는 종업원을 불렀다. 「커피 한 잔 부탁해요, *Fräulein*(아가씨).」 그러고 나서 어셴든에게 물었다. 「지금 막 도착하신 건 아니죠?」

「네, 어제 왔습니다.」

「그래요? 어제 저녁엔 식당에서 뵙지 못한 것 같은데요. 여기 계속 묵으십니까?」

「아직 모르겠습니다. 한동안 앓다가 요양차 루체른에 온 거라서요.」

종업원이 커피를 가져왔다가 케이퍼가 어셴든과 이야기하는 것을 보고는, 어셴든이 앉은 테이블에 쟁반을 놓고 갔다. 케이퍼가 난처한 웃음을 지으며 말했다.

「이러려는 뜻이 아니었는데, 아니 종업원이 왜 제 커피를 선생 테이블에 놓고 간 건지 모르겠습니다.」

「앉으십시오.」 어셴든이 말했다.

「너그럽게 봐주셔서 고맙습니다. 대륙에서 오래 살다 보니 우리 나라 사람들이 함부로 말을 걸어오는 사람을 무례하게 본다는 걸 잊곤 합니다. 아참, 선생은 영국인이신가요? 아니면 미국인?」

「영국인입니다.」 어셴든이 대답했다.

어셴든은 원래 굉장히 수줍음이 많은 사람이었다. 나이 먹고도 이런다는 것이 영 꼴사납다고 생각해 고쳐 보려고 했지만 잘 되지 않았다. 하지만 가끔은 이 약점을 효과적으로 역이용할 줄도 알았다. 그는 쑥스러운 듯 쭈뼛거리며 전날 호텔 주인에게 꺼냈던 얘기를 다시 했고, 그러면서 호텔 주인이 이미 그 얘기를 케이퍼에게 다 전했음을 확신했다.

「루체른보다 좋은 곳은 찾기 어려울 겁니다. 전쟁으로 피폐해진 세상에 평화를 선사하는 오아시스죠. 여기서 지내다 보면 전쟁이 벌어지고 있다는 걸 잊어버리게 되거든요. 그게 제가 여기로 온 이유이기도 하고요. 저는 기자를 업으로 하고 있습니다.」

「글을 쓰는 분이 아닐까 생각은 했습니다.」 어셴든이 머쓱한 미소를 띠며 말했다.

〈전쟁으로 피폐해진 세상에 평화를 선사하는 오아시스〉 같은 표현을 해운 회사에서 가르쳐 준 것이 아니라는 사실만은 분명하다.

「제 아내는 독일 사람입니다.」 케이퍼가 진지하게 말했다.

「아, 그렇습니까?」

「세상에 저보다 애국심이 강한 사람은 없을 겁니다. 전 뼛속까지 영국 사람이고, 대영제국이 인류 역사상 가장 위대한 국가라는 제 믿음이 추호도 부끄럽지 않습니다. 하지만 독일인 아내와 살다 보니 자연스럽게 세계의 이면에 대해서도 생각을 많이 하게 되더군요. 독일인들에게도 결점이 있다는 건 저도 압니다. 하지만 솔직히 저들이 악의 화신이라고는 생각하지 않습니다. 전쟁이 처음 터졌을 때 가엾은 제 아내는 영국에서 무척이나 힘든 시간을 보냈고, 그때 일로 아내가 적의를 품었다고 해도 저는 아내를 탓하지 않을 겁니다. 모두들 아내가 첩자일 거라고 쑥덕거리더란 말입니다. 제 아내를 만나 보신다면 그게 얼마나 웃기는 소린지 아실 겁니다. 아주 평범한 독일 주부입니다. 살림과 남편과 하나뿐인 우리 아이 프리치밖에 모르는 사람이지요.」케이퍼는 개를 어루만지면서 웃었다. 「그렇지, 프리치? 너 우리 아이 맞지? 그러다 보니 제 위치가 아주 거북해진 겁니다. 제가 몇몇 유력 일간지 일에 관여하고 있었는데, 편집장들이 그걸 상당히 불편하게 느끼더군요. 그러니까 간단히 말해서, 내가 할 수 있는 가장 품위 있는 대처는 일단 사직하고 폭풍우가 잠잠해질 때까지 중립국에 와서 지내는 것이라고 생각했습니다. 아내하고는 전쟁 얘기를 일절 하지 않아요. 그 이유가 아내보다는 제 쪽에 있다고 해야겠지만요. 아내는 저보다 훨씬 더 속이 깊은 사람입니다. 상황이 이렇게 가혹한데 항상 제 입장에서 생각해 주려고 해요. 저는 아내한테 그렇게 해주지 못하는데 말입니다.」

「놀랍군요.」어셴든이 말했다. 「일반적으로는 여자가 남자보다 감정적으로 격해지기 쉽지 않습니까.」

「아내는 정말 굉장한 사람입니다. 꼭 소개해 드리고 싶어요. 아, 그런데 제 이름을 아시는지, 저는 그랜틀리 케이퍼라고 합니다.」

「저는 서머빌이라고 합니다.」어셴든이 말했다.

어셴든은 검열부에서 어떤 업무를 해왔는지에 대해 이야기했다. 그러자 케이퍼의 눈빛에서 어떤 열의가 느껴지는 듯했다. 어셴든은 바로 독일어 회화 수업을 해줄 사람을 찾고 있다고, 다 까먹은 독일어를 다시 살려 볼 수 있기를 바란다고 말했다. 그때 번뜩 한 가지 생각이 머리를 스쳤다. 케이퍼를 보니 그에게도 같은 생각이 떠오른 모양이었다. 두 사람이 동시에 어셴든의 선생으로 케이퍼 부인이 좋겠다는 생각을 한 것이다.

「호텔 주인에게 적당한 사람을 찾아 달라고 부탁했는데, 할 수 있을 것 같다고 하셨습니다. 다시 한번 말씀드려야겠군요. 하루에 한 시간 저한테 독일어로 말할 사람을 찾는 게 아주 어렵지는 않겠지요.」

「저라면 여기 주인장이 추천하는 사람을 택하고 싶지 않을 겁니다.」 케이퍼가 말했다. 「어쨌든 독일 북부 억양을 쓰는 사람을 원하실 텐데, 그 양반은 스위스 독일어밖에 못하니까요. 아내에게 아는 사람이 있는지 물어보겠습니다. 교육 수준이 높은 사람이라서 그 사람 추천이라면 믿어도 될 겁니다.」

「마음 써주셔서 고맙습니다.」

어셴든은 여유롭게 그랜틀리 케이퍼를 관찰했다. 간밤에는 잘 보이지 않았는데, 회색빛을 띤 작은 녹색 눈이 솔직하고 성격 좋아 보이는 붉은 기 도는 얼굴과 어긋나 보인다고 느꼈다. 움직임이 빨라 교활해 보이는 눈이었지만, 바삐 움직이다가도 불시에 어떤 생각이 떠올라 몰두할 때면 갑자기 정지하는 것이 흡사 저 사람의 뇌가 작동하는 것을 보는 듯해 기이했는데, 결코 신뢰를 주는 눈은 아니었다. 그럼에도 유쾌하고 사람 좋은 웃음을 잃지 않는 데다가 햇볕에 그을린 너붓한 얼굴은 호탕함을 풍겼고, 뚱뚱한 몸집과 성량 좋은 굵은 저음은 사람을 편하게 해주는 데가 있었다. 그는 호감을 주려고 최선을 다하고 있는 것이었다. 어셴든은 케이퍼와 대화하면서 여전히 어색함을 느꼈지만, 누구라도 무장 해제시키는 저 쾌활하고 씩씩한 태도에 조금씩 신뢰가 생겨나고 있어, 이자가 악명 높은 스파이라니 알다가도 모를 일이라고 생각했다. 그럼에도 이자가 고작 월 40파운드밖에 안 되는 금액에 자기 조국을 팔아넘길 수 있었던 사람임을 생각하면 대화를 하면서도 입맛이 씁쓸해졌고 정신이 번쩍 들었다. 어셴든은 고메스와 아는 사이였다. 케이퍼가 배신한 그 스페인 젊은이는 돈을 위해서가 아니라 낭만적인 열정에서 이 위험한 임무를 떠맡은, 모험을 사랑하는 혈기 방장한 청년이었다. 어설픈 독일군을 골탕 먹이는 것을 재미있어했고, 어떤 싸구려 소설 속 인물 같은 역할을 수행한다는 것이 그의 삐딱한 기질에 잘 맞는다고 마음에 들어했다. 그러던 그가 지금 어느 교도소 경내 차가운 땅속에 묻혀 있다고 생각하니 마음이 몹시 불편했다. 케이퍼는 그를 파멸의 길로 넘기면서 양심의 가책은 느꼈을까?

「독일어를 조금은 하시는 것 같은데요?」 케이퍼가 이 새로 온 사람에게 흥미를 느낀 듯 물었다.

「네. 독일에서 유학 생활을 했었거든요. 그땐 제법 유창했지만 오래전 일이고, 지금은 다 잊어버렸습니다. 읽는 건 아직도 별 어려움이 없지만요.」

「그렇군요, 지난밤에 독일어로 된 책을 읽고 계신 걸 봤어요.」

저런 멍청이! 어제 저녁에 어셴든을 보지 못했다고 말한

게 얼마나 되었다고. 어셴든은 케이퍼가 자신의 실수를 알아차렸을지 궁금해졌다. 완전 범죄란 얼마나 어려운 일인가! 어셴든도 철저하게 대비하지 않으면 안 된다. 지금 그를 가장 불안하게 만드는 문제는, 가명으로 쓰고 있는 서머빌이라는 인물에 대한 질문이 나올 경우 자기가 얼마나 막힘없이 대답할 수 있느냐 하는 것이었다. 물론 어셴든이 뭔가를 알아차리는지 보려고 케이퍼가 고의로 실수를 저질렀을 가능성도 있다. 케이퍼가 자리에서 일어났다.

「제 아내가 저기 오는군요. 우리는 매일 오후 산에 오르고 있죠. 제가 매력적인 산길을 알려 드릴 수도 있습니다. 이 계절에도 꽃이 아주 예쁘게 핀 곳이 있거든요.」

「저는 아무래도 기력이 좀 회복될 때까지 미뤄야 할 것 같습니다.」어셴든이 한숨을 쉬며 말했다.

어셴든은 원래 얼굴빛이 창백했고, 그 때문에 평생 건강해 보인 적이 없었다. 케이퍼 부인이 층계를 다 내려오자 남편이 다가갔고, 그들은 함께 길을 나섰다. 프리치는 깡충깡충 두 사람 주위를 돌면서 따라갔다. 어셴든은 케이퍼가 아내에게 뭔가를 수다스럽게 말하는 모습을 지켜보았다. 보나마나 어셴든을 탐문한 결과를 보고하는 것일 터였다. 어셴든은 호수의 수면 위로 찬란하게 아롱진 햇살을 바라보았다. 나무 위 푸르른 나뭇잎이 미풍 속에서 살랑이고 있었다. 이 모든 것이 나와서 걸으라고 손짓하는 듯했지만, 그는 자리에서 일어나 방으로 돌아갔고 침대에 몸을 던지고는 단잠에 빠져들었다.

그날 밤 어셴든이 식당에 들어갔을 때, 케이퍼 부부는 식사를 끝마치던 중이었다. 어셴든은 저녁 메뉴로 또 감자 샐러드를 마주하려면 칵테일이라도 한잔해야 할 것 같아, 우울한 기분으로 루체른 시내를 쏘다니다가 늦은 것이었다. 케이퍼가 식당을 나가다가 멈춰 서더니 자기네 부부하고 커피를 마시지 않겠느냐고 물었다. 잠시 후 어셴든이 두 사람을 찾아서 현관홀로 가자, 케이퍼가 일어나 아내에게 인사를 시켰다. 케이퍼 부인은 뻣뻣하게 고개 숙여 인사했을 뿐, 어셴든의 예를 갖춘 인사에 화답의 미소도 짓지 않았다. 자신을 대하는 부인의 태도가 적대적이라는 것을 알아차리기는 어렵지 않았다. 어셴든은 그편이 오히려 마음이 편했다. 마흔 살가량 되어 보이는 케이퍼 부인은 예쁘지 않은 여자로, 안색이 어두운 편에 이목구비가 또렷한 얼굴도 아니었다. 황갈색 머리는 나폴레옹의 아름다운 적, 프로이센의 루이제 여왕[1]처럼 땋아 머리 둘레에 단정하게 둘렀고, 뚱뚱하기보다는 통통하게 살집 있는 정도의 몸은 네모꼴로 다부졌다. 하지만 그녀의 인상은 우둔해 보이기는커녕 성격이 강한 사람으로 보였다. 어셴든은 독일에서 살아 봤으므로 이런 유형의 여자를 잘 알았는데, 그들은 집안 살림과 요리에 능하고 등산을 즐

1 Luise von Mecklenburg-Strelitz(1776~1810). 프로이센 국왕 프리드리히 3세의 아내. 프로이센-프랑스 전쟁 중 예나 전투에서 프로이센이 프랑스에 패하자, 프리드리히 3세는 강화 협상을 유리하게 이끌고자 젊고 아름다우며 자애심이 강한 아내 루이제 여왕을 대표로 파견했다. 강화에는 실패했으나 나폴레옹은 여왕의 능력과 인품에 감화를 받았는데, 그녀를 일러 〈아름다운 적〉이라 칭한 것으로 전해진다.

기며, 세상 물정에도 밝은 사람들이었다. 케이퍼 부인은 볕에 그을린 목이 드러나는 흰 블라우스에 검정 치마를 입고, 묵직한 등산화를 신고 있었다. 케이퍼는 어셴든이 자신에 대해서 들려준 얘기를 마치 아내가 아직 모른다는 듯이 그답게 영어로 쾌활하게 말해 주었다. 케이퍼 부인은 어두운 낯으로 경청했다.

「독일어를 알아듣는다고 말씀하신 것 같은데요.」 케이퍼의 붉은 기 도는 큰 얼굴은 공손하게 웃고 있었지만, 작은 두 눈은 불안한 듯 가만있지 못했다.

「네, 하이델베르크에서 얼마간 학교를 다녔습니다.」

「그러세요?」 케이퍼 부인이 영어로 말했다. 순간적으로 희미하게 호기심 어린 표정이 나타나면서 부루퉁함이 조금 가신 듯했다. 「하이델베르크는 아주 익숙한 곳이에요. 1년 동안 거기에서 공부를 했거든요.」

부인의 영어는 정확했지만 후음이 강한 데다 단어를 강조할 때마다 입 모양이 과장되게 움직이는 것이 거슬렸다. 어셴든은 그곳의 유서 깊은 대학가와 그 일대의 아름다운 풍광에 대해 찬사를 늘어놓았다. 부인은 듣고는 있었지만, 어셴든의 상찬에 열광하는 것이 아니라 우월한 게르만인의 입장에서 겨우 참고 들어 주는 듯한 표정이었다.

「네카어강 계곡은 전 세계에서도 손꼽히는 절경이지요.」 부인이 말했다.

「여보, 내가 아직 말하지 않았는데, 서머빌 씨가 여기 묵는 동안 회화 수업 해줄 사람을 찾고 있어요. 당신이 사람을 소개해 줄 수도 있을 거라고 했는데.」

「안 돼요. 내가 떳떳하게 추천할 만한 사람이 없어요.」 부인이 대답했다. 「스위스 억양은 말할 수 없이 거슬려요. 스위스 사람하고 회화 수업이라니, 해로워요.」

「서머빌 씨, 제가 선생 입장이라면 제 아내한테 수업을 해 달라고 부탁하겠습니다만. 이 사람은, 이렇게 말해도 될지 모르겠지만, 아주 교양 있고 교육 수준이 높은 여자입니다.」

「아유, 그랜틀리, 내가 그럴 시간이 어디 있어요. 이미 할 일이 얼마나 많은데요.」

어셴든은 지금이 기회라고 느꼈다. 올가미는 준비되었다. 저자가 빠지기만 하면 된다. 그는 케이퍼 부인 쪽으로 돌아서서 되도록이면 수줍어 보이게 애쓰며, 굽신거린다고 생각될 정도로 겸손하게 말했다.

「부인께서 수업을 해주신다면 더할 나위 없이 감사하겠습니다. 저에게는 크나큰 영광이지요. 당연히 부인 일에 방해가 되고 싶지는 않습니다. 저야 여기에 요양하러 온 사람이라 달리 할 일도 없고요. 전적으로 부인께서 편하실 시간에 맞추겠습니다.」

어셴든은 두 사람 사이에 만족스러운 눈빛이 오가는 것을 느꼈고, 케이퍼 부인의 파란 눈에서는 어떤 음흉한 빛을 본 것 같았다.

「물론 이건 순수하게 돈벌이를 위한 거래입니다.」 케이퍼가 말했다. 「능력 있는 아내가 약간의 잡비 정도 벌지 못할 이유는 없으니까요. 시간당 10프랑이면 너무 과할까요?」

「아닙니다. 그 금액으로 일류 선생께 배울 수 있다는 게 행운이죠.」

「어때요, 여보? 한 시간쯤 시간 내는 건 당신한테도 가능하고, 또 이 신사분에게 친절을 베푼다고 생각해요. 그러면 이분도 독일 사람이 영국 사람들이 생각하는 것처럼 전부 악귀는 아니라는 걸 깨닫지 않겠소?」

케이퍼 부인이 불쾌한 듯 눈살을 찌푸렸다. 어셴든은 앞으로 매일 한 시간씩 저 사람하고 함께해야 할 회화 시간을 생각하면 걱정이 앞섰다. 저 심각하고 시무룩한 여자와 무슨 얘기를 해야 할지 생각만 해도 머리가 지끈거렸다. 하지만 케이퍼 부인도 노력하는 모습을 보였다.

「서머빌 씨에게 회화 수업을 해드릴 수 있다면 저도 기쁘겠습니다.」

「축하합니다, 서머빌 씨.」케이퍼가 여봐란듯이 말했다.「한턱 제대로 내셔야겠습니다. 언제 시작하면 되려나, 내일 11시 어떻습니까?」

「부인께서만 괜찮으시다면 저는 좋습니다.」

「네, 전 시간은 상관없습니다.」케이퍼 부인이 대답했다.

어셴든은 두 사람이 거둔 외교술의 성과를 만끽하라고 바로 자리를 떴다. 그러나 다음 날 오전 11시 정각에 문 두드리는 소리가 나서(수업은 케이퍼 부인이 그의 방으로 와서 하기로 정했던 터라) 문을 열었을 때는 불안한 마음도 없지 않았다. 솔직하고 조금은 가벼운 사람처럼 굴 필요가 있었는데, 충분히 지적이면서도 충동적인 독일 여자를 대하려니 아무래도 조심스러워졌다. 케이퍼 부인은 낯빛이 어둡고 부루퉁했다. 어셴든과 뭔가를 해야 한다는 이 상황 자체가 싫다는 내색을 감출 생각이 없어 보였다. 하지만 자리에 앉자마자 다소 위압적인 말투로, 독일 문학에 대해 얼마나 아는지 이것저것 질문을 시작했다. 어셴든이 잘못 말하면 정확하게 고쳐 주었고, 독일어 구문의 어려운 점에 대해서 토로하니 적확하고 알기 쉽게 설명해 주었다. 그에게 수업을 해주기는 싫지만, 이왕 할 바엔 양심적으로 하기로 마음먹은 것 같았다. 그녀는 가르치는 일에 소질이 있을 뿐만 아니라 이 일을 좋아하는 듯했고, 시간이 갈수록 더 열과 성을 다해 가르쳤다. 자기가 가르치는 학생이 저 야만적인 영국인이라는 사실조차 자꾸 잊어버리는 듯했다. 부인이 겪고 있는 내적 갈등이 느껴지니, 어셴든은 그렇게 재미있을 수가 없었다. 그날 저녁 케이퍼가 수업이 어땠는지 물었을 때 무척 훌륭했다고 한 말은 진심이었다. 케이퍼 부인은 훌륭한 교사인 동시에 대단히 흥미로운 인물이었다.

「제가 그러지 않았습니까. 정말 대단한 여자라고요.」

어셴든은 이렇게 말하는 케이퍼의 얼굴에 가득한 함박웃음을 보면서, 이 사람이 거짓 없는 본심을 보여 준 것은 이번이 처음이라는 느낌을 받았다.

하루 이틀 지나자 어셴든은 케이퍼 부인이 수업을 맡은 것은 남편이 그에게 조금이라도 더 가까이 접근할 수 있게 해주려는 심산에서였음을 알 수 있었다. 왜냐하면 대화 주제를 문학과 음악, 미술 분야로 국한시킨 데다가, 어셴든이 시험 삼아 전쟁 얘기를 꺼내 보니 바로 말을 끊었기 때문이다.

「그런 화제는 피하는 게 좋겠습니다, 서머빌 씨.」 부인이
말했다.

케이퍼 부인의 수업은 더할 나위 없이 완벽했기 때문에 돈
이 아깝다는 생각은 들지 않았지만, 그녀는 그나마 가르치는
즐거움이라도 있어서 그에 대한 본능적인 혐오감을 잠시 떨
쳐 냈을 뿐, 하루도 빠짐없이 언짢은 얼굴로 그를 대했다. 어
센든은 온갖 수단을 다 동원해 보았으나 번번이 허사로 돌아
갔다. 비위를 맞춰 보기도 하고, 순진한 척 굴어 보기도 하고,
겸손하게 대하기도 하고, 반가워도 해보고, 아부도 해보고,
소심하고 하찮은 사람 행세도 해보았지만, 그 싸늘한 적개심
은 전혀 사그라들지 않았다. 그녀의 호전적이고 광신적인 애
국심에 사리사욕이라곤 없었다. 그녀는 독일의 모든 것이 우
월하다는 믿음에 사로잡혀 있었으며, 영국을 지독하게 증오
하는 것은 그런 독일이 성장하는 데 이 나라가 가장 큰 장애
가 되고 있다는 사실을 그곳에 살면서 목도했기 때문이었다.
그녀가 꿈꾸는 세상은 독일 천하, 그러니까 로마 제국보다도
강력한 독일의 패권 아래 전 세계의 모든 나라가 학문적으로
든 예술적으로든 문화적으로든 독일인들이 갈고닦아 놓은
터전에서 덕을 보는, 그런 세상이었다. 이 비할 데 없이 오만
방자한 생각이 어센든의 유머 감각을 자극했다. 결코 그녀가
허무맹랑한 사람이라서 이런 생각을 하는 것은 아니었다. 그
녀는 여러 언어로 된 책을 많이 읽는 사람이었고, 읽은 책에
대해서는 아주 감각적으로 논평할 줄 알았다. 현대 미술과

현대 음악에 대해서도 조예가 깊어 어셴든은 깊은 인상을 받았다. 한번은 점심을 먹으러 가기 전에 케이퍼 부인이 연주하는 드뷔시의 몽환적인 소곡을 들을 기회가 있었는데, 부인은 프랑스 작품이라 너무 가볍다면서 경멸하듯 연주했지만, 성을 내면서도 그 우아함과 화려함만은 인정했다. 어셴든이 연주를 감사히 잘 들었다고 인사하자, 부인은 어깨를 으쓱했다.

「퇴폐적인 나라의 퇴폐적인 음악이죠.」 부인이 말했다. 그러고는 베토벤의 소나타 한 곡의 첫 화음을 힘차게 쳤으나 바로 멈추었다. 「안 되겠습니다. 연습을 통 못 했어요. 당신네 영국인들, 음악에 대해 뭘 알죠? 퍼셀 이후로 작곡가 한 사람 나타나지 않았죠!」

「저 말씀을 어떻게 생각하십니까?」 어셴든이 옆에 서 있던 케이퍼에게 웃으며 물었다.

「사실임을 인정합니다. 내가 음악에 대해서 조금이라도 아는 건 전부 아내가 가르쳐 주었기 때문이죠. 연습을 꾸준히 할 때 아내의 연주를 들어 보셨더라면 좋았을 텐데요.」 케이퍼가 손가락이 짤막하고 뭉툭한 살진 손을 아내의 어깨에 얹었다. 「연주가 얼마나 아름다운지 심금을 울립니다.」

「*Dummer Kerl*(바보같이).」 케이퍼 부인이 다정한 목소리로 말했다. 어셴든은 부인의 입술이 순간 파르르 떨리는 것을 보았다. 하지만 그녀는 바로 냉정을 되찾고 말했다. 「당신네 영국인들은 그림도 못 그리고, 조각도 못하고, 작곡도 못하죠.」

「듣기 좋은 시를 쓰는 사람은 가끔 있습니다.」여기서 언짢아져서는 안 된다는 것을 알기에 어셴든은 쾌활하게 받아쳤다. 그러고는 무슨 이유에선지 불현듯 떠오르는 시 두 행을 읊조렸다.

오 멋진 배여, 그대 어디로 가는가,
질주하는 서풍에 안겨 그대의 하얀 돛 어디로 가는가.

「그래요. 시는 쓸 줄 알죠. 왜 그럴까요?」케이퍼 부인이 묘한 몸짓을 하며 말했다.
그러고는 놀랍게도, 그 후음 강한 영어로 방금 어셴든이 읊은 시의 다음 두 행을 암송하는 것이 아닌가.
「자, 그랜틀리, *Mittagessen*(점심시간)이 다 됐어요. 식당으로 가요.」
두 사람이 나가자 어셴든은 생각에 잠겼다.
어셴든은 선함을 높이 사지만, 그렇다고 사악함에 격분하는 사람이 아니었다. 어셴든이 누군가에게 마음을 주기보다는 흥미롭게 지켜본다는 이유로, 그를 매정한 사람이라고 생각하는 사람들도 있다. 심지어 마음을 주는 몇 안 되는 사람조차 장점, 단점을 딱딱 구분해서 바라본다고 말이다. 어셴든이 누군가를 좋아할 때는 그 사람의 결점이 보이지 않아서가 아니다. 그는 상대방에게 결점이 있어도 어깨 한번 으쓱하고 받아들이는 편이다. 그렇다고 그 사람에게 없는 장점을 멋대로 부여해 놓고 좋아하는 것도 아니다. 그는 사람을 공평무사하게 판단하므로 상대방에게 실망하는 일도 없고, 좀 처럼 친구를 잃는 일도 없다. 그는 자기가 줄 수 있는 것 이상을 타인에게 요구하지 않는다. 그는 케이퍼 부부에 대해서도 어떠한 편견이나 사적인 감정 없이 객관적으로 관찰할 수 있었다. 케이퍼 부인이 좀 더 일관성 있는 까닭에 두 사람 중 더 이해하기 쉬웠다. 그를 싫어하는 것은 분명했고, 그에게 예의를 지킬 필요가 있음에도 반감이 강하다 못해 이따금씩 무례한 말을 하곤 했는데, 무사히 해치울 수만 있다면 눈 하나 깜짝 않고 그를 죽였을 것이다. 하지만 케이퍼가 그 살진 손을 아내의 어깨에 얹는 모습이나 순간적으로 입술을 떠는 그녀의 모습을 볼 때, 어셴든은 이 호감을 느끼기 어려운 여자와 저 비천하고 뚱뚱한 남자는 깊고 진실한 사랑으로 함께하고 있는 것이리라 추측했다. 자못 감동적인 일이었다. 어셴든은 지난 며칠 동안 관찰한 사항과 눈에 띄기는 했으나 별 의미를 찾기 어려웠던 소소한 몇 가지 사항을 취합하여 정리해 보았다. 어셴든이 보기에 케이퍼 부인이 남편을 사랑하는 것은, 자신이 남편보다 성격이 강하고 남편이 자기에게 의존한다고 느끼기 때문이었다. 남편에게 칭찬받는 것을 좋아하는 것이다. 짐작컨대 땅딸막한 몸매와 예쁘다고는 할 수 없는 얼굴에, 따분하면서도 감각은 남다르지만 유머가 부족한 이 여자가 남자들로부터 칭찬을 받는 일은 많지 않았을 것이다. 그녀는 남편의 상냥함과 떠들썩한 농담을 좋아했고, 그의 넘치는 활기는 지지부진하던 삶의 의욕을 일깨워 주었다. 남편은 덩치만 컸지 천방지축 어린아이에 지나지 않기에 그녀는 어머니와 같은 애정을 느끼고 있었으며, 현재의 그를 만들어 낸 것도 그녀였다. 두 사람은 서로의 여자요 남자로 천생연분이었다. 케이퍼 부인은 그의 숱한 약점에도 불구하고(명석한 두뇌를 가진 사람이니 한순간도 놓쳤을 리 없겠지만) 남편을 사랑했으며, 이졸데가 트리스탄을 사랑한 것처럼 그렇게 사랑했다. 그러나 한편으로는 스파이 문제가 있었다. 인간의 유약함에 대해 아무리 관대한 어센든이라고 해도 돈 몇 푼에 조국을 배반한다는 것은 도저히 그럴싸한 전개가 아니었다. 물론 케이퍼 부인은 알고 있었을 것이다. 아니, 어쩌면 부인을 통해서 케이퍼에게 접선이 이루어졌다고 봐야 할지도 모를 일이다. 케이퍼의 그릇으로는 아내의 다그침 없이 자발적으로 그런 일을 떠맡았을 턱이 없다. 케이퍼 부인은 남편을 사랑하며, 거짓이나 속임수를 모르는 강직한 사람이다. 그런 사람이 어떻게 교묘하게 스스로를 납득시켰길래 남편으로 하여금 그토록 비열하고 파렴치한 임무를 받아들이도록 다그칠 수 있었을까? 어센든은 부인의 마음이 어떻게 움직였을지 갖은 실마리를 다 꿰어 맞추어 보려고 했으나 남는 것은 억측뿐, 갈수록 더 미궁 속으로 빠져들었다.

그랜틀리 케이퍼의 경우라면 얘기가 다르다. 이 사람에겐 높이 쳐줄 만한 미덕이라곤 없지만, 어차피 지금 미덕을 찾겠다는 것도 아니다. 그는 속되고 경박한 사람이었지만, 아주 특이하고 엉뚱한 구석이 있었다. 어센든은 이 스파이가 올가미로 자길 유인해 보겠다고 자기한테 정중하고 상냥하게 구는 모습을 흥미롭게 지켜보았다. 첫 수업을 하고 이틀

쯤 지나서 저녁 식사를 마친 케이퍼는 아내가 위층으로 올라가자 어셴든의 옆 의자에 털썩하고 앉았다. 충견 프리치도 쫓아와 기다란 주둥이와 까만 코를 그의 무릎에 얹었다.

「이 녀석은 머리가 나빠요.」 케이퍼가 말했다. 「하지만 마음은 비단결이죠. 저 귀여운 핑크빛 눈을 좀 보세요. 저렇게 멍청한 녀석은 처음 보시죠? 얼굴은 또 얼마나 못났는지. 하지만 얼마나 사랑스럽습니까!」

「키운 지 오래되셨습니까?」 어셴든이 물었다.

「1914년에 얻었어요. 전쟁이 터지기 직전이었죠. 참, 오늘 뉴스 어떻게 생각하십니까? 아내하고는 전쟁 얘기를 일절 하지 않거든요. 마음 터놓고 얘기할 동포를 만나서 제가 얼마나 마음이 놓이는지 모르실 겁니다.」

케이퍼가 어셴든에게 스위스산 싸구려 시가를 건넸고, 어셴든은 이런 희생을 치러야 하다니 참담해하면서 이것도 일이려니 여기고 받았다.

「물론 그놈들은 가망 없습니다. 독일군 말입니다.」 케이퍼가 말했다. 「어림없다구요. 우리가 밀고 들어가는 순간 그대로 박살 날 겁니다.」

진지하고 진심으로 확신에 찬 태도였다. 어셴든은 가타부타 따지지 않고 별 뜻 없는 말로 응수했다.

「아내의 국적 때문에 전쟁에서 어떤 일도 할 수 없다는 것이 통탄스러울 따름입니다. 전쟁이 발발한 당일에 입대를 지원했지만 나이 때문에 안 된다고 받아 주질 않더군요. 분명히 말씀드립니다만, 전쟁이 더 길어진다면 아내고 뭐고 뭔가 꼭 할 것입니다. 제가 가진 외국어 지식이면 검열부에서 분명히 할 일이 있을 겁니다. 거기가 선생이 근무하시는 곳 아닙니까?」

이것이 바로 그가 노려 온 과녁이었다. 어셴든은 잘 조준된 질문들에 대한 답변으로 미리 준비해 둔 정보를 알려 주었다. 케이퍼는 의자를 바싹 당겨 앉으면서 낮은 목소리로 말했다.

「외부에서 알면 안 되는 것을 말씀하시진 않으리라 믿지만, 스위스 사람들은 하나같이 독일을 지지하거든요. 누가 엿듣지 못하게 조심하셔야 합니다.」

그러더니 방향을 바꾸어 어셴든에게 비밀에 해당하는 몇 가지를 말해 주었다.

「다른 사람에게라면 절대 말해 주지 않을 일입니다만, 저한테 한두 명 꽤 영향력 있는 친구가 있는데, 이 친구들은 저를 절대적으로 신뢰하지요.」

이 말에 어셴든은 조금 더 의도적으로 경솔하게 나갈 수 있었고, 두 사람 다 각자의 이유에 만족하며 각기 방으로 돌아갔다. 어셴든은 아마도 다음 날 아침이면 케이퍼의 타자기가 무척이나 분주할 것이며, 베른에 있는 그 심히 정력적인 소령은 머잖아 대단히 흥미로운 보고를 받으리라 짐작했다.

어느 날 저녁, 어셴든이 저녁을 먹고 방으로 올라가다가 화장실 앞을 지나는데, 열려 있는 문틈으로 케이퍼 부부가 보였다.

「들어오세요.」 케이퍼가 그다운 쾌활한 목소리로 외쳤다.

「지금 프리치를 씻겨 주고 있답니다.」

이 불테리어는 노상 몸을 더럽히고 다녔는데, 케이퍼는 녀석의 하얗고 멀끔해진 모습을 자랑스러워하곤 했다. 어셴든이 안으로 들어갔다. 케이퍼 부인이 소매를 걷어붙이고 널따란 흰색 앞치마를 두른 채 욕조 끝에 서 있었고, 케이퍼는 바지와 내의 차림으로 주근깨가 가득한 통통한 맨 팔을 드러내어 가엾은 개에게 비누칠을 하고 있었다.

「이건 밤에 해야 하는 일이죠. 피츠제럴드 부부도 이 화장실을 사용하는데, 우리가 여기서 개를 씻겨 준다는 걸 알았다간 노발대발할 겁니다. 그 양반들이 잠들 때까지 기다렸다가 하는 거랍니다. 자, 프리치, 이리 온. 얼굴 씻을 때 네가 얼마나 얌전히 예쁘게 있는지 이 신사분에게 보여 드리렴.」

슬픔이 가득한 가엾은 짐승은 보일 듯 말 듯 꼬리를 치면서 자기한테 벌어지고 있는 이 사태가 아무리 싫을지언정 이를 행한 신에게 어떠한 악의도 품지 않으리라는 마음을 보여 주려는 듯, 가슴께까지 물에 몸을 담근 채 욕조 한가운데에 얌전히 서 있었다. 프리치는 온몸이 비누 거품으로 덮였고, 케이퍼는 한편으로는 얘기를 하면서 그 큼직한 손으로 프리치를 문질렀다.

「요 녀석이 백설처럼 하얘지면 얼마나 예쁜데요. 이 주인님은 펀치[2]처럼 우쭐해져서 녀석을 데리고 다니죠. 그러면

---

2 이탈리아 즉흥극의 주인공 폴리키넬로에서 유래하여 17세기 영국에서 만담 인형극 「펀치와 주디」로 재탄생한 인물로, 성미가 고약하고 심술궂어 악행을 일삼을 뿐만 아니라 그런 자신을 뽐내고 자랑스러워한다.

동네 암캐들은 이렇게 말할 테죠. 〈세상에, 저 귀족처럼 멋진 불테리어는 누구야? 스위스가 다 제 세상인 양 걷는데?〉 자, 귀를 씻을 테니까 얌전히 있으렴. 귀에 때가 꼬질꼬질한 채 밖에 나가는 건 너도 싫지? 더러운 스위스 남자애도 아니고 말이야. 귀족 신분이면 마땅히 솔선수범해야지. 자, 이번엔 코. 어유, 비누 거품이 요 핑크빛 눈에 다 들어가 버렸네. 따 갑겠어.」

케이퍼 부인은 넓적한 얼굴에 맥없는 미소를 띤 채 이 실 없는 소리를 기분 좋게 듣고 있다가 차분하게 수건을 집어 들었다.

「자, 이제 물속으로 들어갑니다. 영차.」

케이퍼는 프리치의 네 다리를 붙잡고 물속에 한 번 담근 후 또 한 번 담갔다. 프리치가 발버둥을 쳤고, 둘이서 한바탕 힘겨루기가 벌어지면서 물난리가 난 뒤, 케이퍼는 프리치를 욕조에서 꺼냈다.

「자, 이제 엄마한테 가서 잘 닦으렴.」

케이퍼 부인은 앉아서 힘 좋은 다리 사이에 프리치를 끼워 놓고 이마에 땀방울이 송골송골 맺히도록 물기를 닦아 냈다. 미미하게 몸을 떨면서 헉헉거리던 프리치는 다 끝나서 기분 이 좋은지 가만히 서 있었는데, 맹한 하얀 얼굴에 반들반들 윤기가 흘렀다.

「혈통은 거짓말을 못 하죠.」 케이퍼가 득의만면해서 소리 쳤다. 「이 녀석은 64대 선조까지 이름이 남아 있어요. 전부가 귀족 혈통이랍니다.」

어셴든은 마음이 조금 어수선해졌고, 방으로 올라가는데 몸이 으슬으슬 떨려 왔다.

어느 일요일, 케이퍼가 아내와 소풍을 가기로 했는데 점심은 자그마한 산속 식당에서 먹으려고 한다며, 비용은 각자 부담으로 하고 함께 가지 않겠느냐고 물었다. 어셴든은 루체른에서 3주를 보냈으니 격한 활동에도 도전해 볼 만큼 체력이 회복된 것으로 하면 되리라 생각했다. 출발은 이른 시각이었다. 케이퍼 부인은 등산화에 티롤모, 등산용 지팡이를 짚은 날렵한 차림이었고, 케이퍼는 넓은 반바지에 무릎 양말을 신었는데 무척이나 영국적인 모습이었다. 어셴든은 상황이 재미있게 느껴져 마음껏 즐기자고 생각했다. 그러나 결코 방심할 수는 없었다. 케이퍼 부부가 그의 정체를 알아내지 못했으리란 법은 없다. 벼랑에 너무 가까이 가서는 안 될 일이다. 케이퍼 부인이라면 서슴없이 그를 떠밀어 버릴 것이며, 케이퍼가 쾌활한 사람이긴 해도 위험인물이라는 사실에는 변함이 없다. 하지만 겉으로는 이 황금빛 아침에 어셴든의 즐거운 기분을 망칠 것은 아무것도 없었다. 공기는 향기로웠고, 케이퍼는 쉴 새 없이 떠들어 대면서 재미난 이야기를 많이 들려주었다. 오늘도 명랑하고 쾌활한 그는 붉은 기 도는 큰 얼굴에서 굵은 땀방울이 굴러떨어지자, 자기가 살이 쪄서 이 모양이라며 호통하게 웃었다. 그가 들려주는 산꽃에 대한 지식은 놀라운 수준이었다. 한번은 가던 길에서 좀 떨어진 곳에서 어떤 꽃을 발견하고는 굳이 길을 되돌아가서 아내에게 꺾어다 주기도 했다. 그는 다정한 눈빛으로 꽃을 보며 외쳤다.

「예쁘지 않아요?」교활해 보이던 그 회녹색 눈이 그 순간 만큼은 어린아이의 눈빛처럼 천진했다.「월터 새비지 랜더의 시 같죠?」

「식물학은 저 사람이 가장 좋아하는 학문이에요.」케이퍼 부인이 말했다.「가끔은 비웃어 줄 때도 있죠. 꽃에 얼마나 열심인지 말이에요. 어떨 때는 푸줏간에 갚을 돈도 없어서 쩔쩔매는 주제에 주머니를 탈탈 털어서 장미 꽃다발을 사다 준다니까요.」

「*Qui fleurit sa maison fleurit son cœur*(정원에 꽃 심는 이, 그 마음에도 꽃 피우리).」그랜틀리 케이퍼가 말했다.

어셴든은 케이퍼가 산책에서 돌아오는 길에 피츠제럴드 부인에게 거창하게 예를 갖추어 산꽃을 한 다발씩 바치는 것을 한두 번 본 적이 있었는데, 그런 행동에 불쾌해할 사람은 없으리라. 그에 대해 새롭게 알게 된 사실을 생각해 보니, 그 사소해 보이기만 하던 행위가 새삼 의미 있는 무언가로 다가오는 듯했다. 꽃에 대한 그의 열정은 진짜였다. 아일랜드 노부인에게 꽃다발을 주는 것도 그로서는 자신이 소중히 여기는 무언가를 선사하는 행위이며, 참으로 다정한 마음씨를 보여 주는 일면이었다. 어셴든은 식물학만큼 지루한 학문이 있을까 싶었지만, 케이퍼가 산길을 걸으면서 활기차게 들려준 이야기들이 어떤 생명을 불어넣은 듯 이 학문이 흥미롭게 느껴지기 시작했다. 케이퍼가 이 학문을 상당히 깊이 연구했던 것은 분명하다.

「아직 책은 써보지 못했어요.」케이퍼가 말했다. 「세상에는 이미 책이 너무 많은 데다, 뭔가 쓰고 싶은 욕구는 돈벌이에 더 직접적인 도움이 되고, 또 금세 사라져 버리는 신문 기사 작성으로 충족시키는 형편이지요. 하지만 여기 좀 더 머물 수 있다면 스위스의 야생화에 대한 책을 쓰고 싶은 생각은 있습니다. 선생도 여기에 좀 더 일찍 오셨더라면 좋았을 텐데요. 정말 환상적이었거든요. 이런 곳에는 시인이 훨씬 어울릴 텐데, 저야 뭐 한낱 신문 기자일 뿐이죠.」

순수한 자기감정과 가짜로 지어낸 정보를 어쩌면 저렇게 사실처럼 능숙하게 조합할 수 있는지, 보면 볼수록 신기한 사람이었다.

산과 호수가 내려다보이는 산장에 도착했을 때, 케이퍼가 얼음처럼 찬 맥주 한 병을 목구멍에 콸콸 들이부으며 쾌감을 느끼는 모습은 보기 좋았다. 그토록 단순한 것에서 그토록 큰 기쁨을 느끼는 사람에겐 호감을 느끼지 않을 도리가 없다. 점심으로는 스크램블드에그와 산천어 요리가 나와 맛나게 먹었다. 이곳 환경이 얼마나 쾌적했던지 천하의 케이퍼 부인이 낯선 모습을 보였다. 상냥해진 것이다. 한적한 터에 자리 잡아 19세기 초 여행서에서 봄 직한 스위스 농가의 오두막 삽화 같은 산장에서, 케이퍼 부인이 어셴든을 대하는 태도에서는 평소의 적개심을 찾아볼 수 없었다. 막 도착했을 때 부인은 아름다운 풍경을 보고 독일어로 탄성을 질렀다. 그리고 지금은 좋은 음식과 술의 힘으로 말랑해진 것인지 눈앞에 펼쳐진 장관에서 눈을 떼지 못했다. 부인은 두 눈에 눈물이 그렁그렁해져서 손을 내밀었다.

「굉장히 두렵고 또 부끄러워요. 끔찍하고도 부당한 전쟁이 벌어지고 있는데, 지금 이 순간 마음속에는 행복함과 감사함뿐이라니요.」

케이퍼는 아내가 내민 손을 지그시 잡아 주었다. 그러고는 생소하게도, 아내를 애칭으로 부르면서 독일어로 이야기했다. 우스꽝스러우면서도 감동적이었다. 어셴든은 두 사람이 자기들 감정에 심취하도록 내버려 두고 정원을 거닐다가 관광객의 편의를 위해 마련해 둔 벤치에 앉았다. 풍경은 물론 장관이었지만, 거기에는 사람을 꼼짝 못 하게 만드는 무언가가 있었다. 뻔하고 요란하지만 듣는 순간에는 자제심을 허물어뜨리는 통속가요 같은.

어셴든은 한가로이 산장 근처를 맴돌면서, 그랜틀리 케이퍼의 배반이라는 풀리지 않는 수수께끼에 대해서 곰곰이 생각해 보았다. 어셴든이 이상한 사람을 좋아할 때가 있는데, 그건 그 사람이 상식적으로 이해할 수 없을 만큼 이상하게 느껴졌을 경우다. 케이퍼의 성격에 온화한 데가 없다고 우기는 것도 미련한 짓이 될 것이다. 그의 쾌활함은 억지로 꾸민 것이 아니고, 사람들에게 하는 다정한 행동도 가식이 아니며, 언제든 타인에게 친절을 베풀 준비가 되어 있는 좋은 사람이다. 어셴든은 케이퍼가 호텔의 유일한 다른 투숙객인 아일랜드 대령 부부와 함께 있는 모습을 종종 봤는데, 이 늙은 대령이 늘어놓는 따분한 이집트 전쟁 얘기도 싫은 내색 하나 없이 경청했고, 노부인에게도 얼마나 곰살궂게 대하는지 모른다. 케이퍼와 어느 정도 친해지고 보니 어셴든은 반감은 줄 어드는 대신 호기심이 커졌다. 그는 케이퍼가 단지 돈 때문 에 스파이가 된 것은 아니라고 판단했다. 취향이 준수한 사 람이고, 해운 회사에서 받는 보수에 케이퍼 부인 같은 탁월 한 관리자가 있었으니, 결코 아쉬운 형편은 아니었을 것이다. 게다가 참전 선언 이후로 징병 연령이 넘은 남자에게는 벌이 가 될 만한 일거리가 얼마든지 있었다. 어쩌면 케이퍼는 멀 쩡한 길을 놔두고 상도에서 벗어난 길을 택하는 부류, 동료 를 속여 넘기면서 묘한 쾌감을 느끼는 비뚤어진 욕망의 소유 자인지도 모른다. 그렇다면 그가 스파이가 된 계기는 자기를 감옥에 가두었던 조국에 대한 원망도 아니고, 지극한 아내 사랑은 더더욱 아니며, 아마도 자신의 존재조차 모르는 거물 급 인사들에게 본때를 보여 주고 말겠다는 욕망이었을 것이 다. 어쩌면 허영심이 그를 부추긴 것일 수도 있고, 자신의 재 능이 온당하게 인정받지 못한다는 억울한 감정 때문이었을 수도 있으며, 아니면 그저 장난이나 좀 쳐보자는 악의가 동 한 것일 수도 있지만, 뭐가 되었든 악당은 악당이다. 처벌받 은 불법 행위가 두 건밖에 되지 않는 것은 사실이지만, 발각 되지 않고 저지른 불법 행위는 더 많을 것이라는 추측도 가 능하다. 케이퍼 부인은 이 일을 어떻게 생각했을까? 두 사람 이 그렇게 찰싹 붙어 다니는데 몰랐을 리는 없고, 강직하기 로는 둘째가라면 서러울 사람이니 수치스럽게 여겼을까? 아 니면 자기가 사랑하는 남자의 기벽이니 어쩔 수 없이 받아들 였을까? 어떻게든 막아 보려고 무진 애를 썼을까? 아니면 자기로서는 할 수 있는 일이 없다고 수수방관했을까?

인간이 전부 흑이면 흑, 백이면 백, 둘 중 하나이고, 다들 그에 맞춰 행동한다면 인생이 얼마나 단순하고 수월하겠는가! 케이퍼는 악을 즐기는 선량한 사람인가, 아니면 선함을 사랑하는 악인인가? 어떻게 그렇게 양립할 수 없는 두 요소가 한 사람의 심장 안에서 그토록 조화롭게 나란히 공존할 수 있단 말인가? 한 가지 분명한 것은, 케이퍼가 양심의 가책에 시달리지 않았을뿐더러 그 야비하고 사악한 짓을 신이 나서 해왔다는 것이다. 그는 배반 행위를 즐기는 반역자요 매국노다. 어셴든은 평생을 인간의 본성에 대해서 고찰하고 연구해 온 사람이고, 어느 정도는 의식적인 작업이었으나, 중년에 이른 지금 오히려 어린 시절에 알던 것만큼도 모르겠다는 생각이 들었다. 물론 R이라면 이렇게 말하겠지. 〈뭐 하러 그런 쓰잘머리 없는 생각으로 시간을 허비하는 거요? 그자는 위험한 스파이이고, 당신의 임무는 그자에게 족쇄를 채우는 것이오.〉

맞는 얘기다. 어셴든은 케이퍼와는 어떤 식으로든 협상하려는 시도 자체가 헛수고일 것이라는 결론에 이르렀다. 자기를 고용한 사람들 정도야 손바닥 뒤집듯 배신할 수 있는 사람이었지만, 그래서 신뢰할 수 없는 사람이기도 했다. 아내의 입김도 너무 셀 뿐만 아니라 어셴든에게 오다가다 흘리는 말과는 달리 마음속으로는 동맹국 쪽이 전쟁에서 이길 것이라고 굳게 믿고 있었으며, 뭐니 뭐니 해도 그는 이기는 편에 붙을 작정이었다. 자, 그렇다면 케이퍼는 반드시 잡아넣어야

한다는 결론이 나오는데, 이를 어떻게 이행할 것인지 어셴든
은 아무 생각도 떠오르지 않았다. 그 순간 말소리가 들려
왔다.

「여기 계셨군요. 대체 어디 숨어 계신가 했습니다.」

두리번거리다 어셴든 쪽으로 다가오는 케이퍼 부부가 눈
에 들어왔다. 두 사람은 손을 꼭 잡고 걸어왔다.

「그러니까 이게 바로 선생을 붙들어 놓고 있었던 것이군
요.」 케이퍼가 경치를 둘러보며 말했다. 「명당자리를 찾으셨
어요!」

케이퍼 부인이 양손을 깍지 끼며 말했다.

「*Ach Gott, wie schön! Wie schön*(세상에, 너무 아름다워요!
정말 아름다워요). 저 파란 호수와 눈 덮인 산을 보니 괴테의
파우스트가 했던 것처럼 흘러가는 순간에게 외치고 싶어집
니다. 〈섰거라〉, 하고요.」

「영국에서 공습이며 전쟁 경보에 시달리며 사는 것보단 훨
씬 좋지 않습니까?」 케이퍼가 말했다.

「그렇군요.」 어셴든이 말했다.

「참, 영국에서 출국하실 때 아무 문제도 없었습니까?」

「네.」

「요새 들어 국경에서 꽤나 귀찮게 군다는 소리가 있더군요.」

「제가 나올 때는 아무 문제도 없었습니다. 자국인에 대해
서는 크게 신경 쓰지 않는 것 같습니다. 여권 검사도 그냥 형
식적으로 하는 것 같았고요.」

케이퍼와 아내 사이에 순간적으로 눈빛이 오갔다. 저 눈빛

은 무슨 뜻일지 어셴든은 궁금했다. 어셴든이 케이퍼를 영국으로 데려갈 방도가 없을까 궁리하고 있었는데, 정작 케이퍼가 영국에 갈 방도를 찾느라 골몰하고 있는 것이라면 웃기겠다. 조금 뒤 케이퍼 부인이 돌아가는 게 좋겠다고 해서 나무 그늘진 산길을 따라 함께 어슬렁어슬렁 내려왔다.

어셴든은 정신을 바짝 차렸다. (이런 무기력 상태가 지겨웠지만) 언제 나타날지 모르는 기회를 놓치지 않으려면 두 눈 크게 뜨고 기다리는 수밖에 달리 할 수 있는 일이 없었다. 이틀쯤 지나서 무슨 일이 벌어지고 있다는 확신을 갖게 만든 사건이 있었다. 오전 회화 수업을 하다가 케이퍼 부인이 이런 말을 한 것이다.

「남편이 오늘 제네바에 갔어요. 거기서 해야 할 일이 좀 있다고요.」

「그렇군요. 오래 걸리나요?」 어셴든이 말했다.

「아뇨, 겨우 이틀인걸요.」

모든 사람이 다 거짓말에 능한 것은 아닌데, 어셴든은 무슨 까닭에선지 케이퍼 부인이 지금 거짓말을 하고 있다는 느낌을 받았다. 어셴든과 상관없는 사실을 말할 때면 흔히 나타나던 그 무심한 태도와는 사뭇 다른 표정이었기 때문일지도 모르겠다. 그 순간, 〈저 독일 첩보 기관의 가공할 수장이 케이퍼를 베른으로 소환한 것이다〉라는 생각이 들었다. 어셴든은 기회가 있을 때 종업원에게 툭 던지듯 말했다.

「일이 좀 줄었겠습니다, *Fräulein*(아가씨). 케이퍼 씨가 베른에 가셨다던데.」

「네. 하지만 내일이면 돌아오실 거예요.」

이 말은 아무 증거도 되지 않는다. 그러나 모락모락 연기가 올라가고 있는 것만은 확실했다. 루체른에는 어셴든에게 언제든 급할 때면 도움을 주겠다는 스위스 사람이 한 명 있어서, 그를 찾아가 베른에 편지를 가져다 달라고 청했다. 어쩌면 케이퍼를 찾아내 그의 뒤를 밟는 것까지도 가능할 터였다. 다음 날 케이퍼가 다시 아내와 함께 저녁 식사 자리에 나타났지만 어셴든에게는 고개만 끄덕였고, 식사 후에는 바로 방으로 올라갔다. 심란한 분위기였다. 보통 때는 그렇게 활기차던 케이퍼가 축 늘어진 어깨로 고개 한번 돌리지 않고 걸어가다니. 다음 날 아침 어셴든에게 답신이 왔다. 케이퍼는 폰 P. 소령을 만난 것이 맞았다. 소령이 그에게 무슨 말을 했을지 짐작이 가고도 남았다. 어셴든은 폰 P. 소령이 어디까지 험악해질 수 있는지 알고 있었다. 그는 잔인하고 영리하지만 물불 가리지 않는 냉혈한이었으며, 속에 있는 생각을 감추는 것이 익숙하지 않은 사람이었다. 케이퍼가 루체른에서 편안하게 놀고먹으면서 다달이 돈만 받아 가는 것을 더이상 참을 수 없었을 것이고, 그러니 이제는 케이퍼를 영국으로 보내려는 것이다. 어림짐작일 뿐일까? 물론 그렇다. 그러나 이 일의 성격상 원래 턱뼈 하나만 놓고 무슨 짐승인지 알아맞혀야 하는 식이 아니던가. 어셴든은 독일 쪽에서 영국으로 들여보낼 사람을 찾고 있다는 것을 구스타프에게 들어서 알고 있었다. 그는 숨을 길게 쉬었다. 케이퍼가 낙점된 것이라면 이제 어셴든도 할 일이 많아졌다는 얘기다.

수업하러 온 케이퍼 부인은 멍하니 맥이 풀려 피곤해 보였고, 고집스럽게 입을 꾹 다물고 있었다. 어셴든은 케이퍼 부부가 뭔가 얘기하느라 지난밤을 뜬눈으로 지새웠으리라 짐작했다. 무슨 얘기였을까? 부인은 가야 한다고 남편을 밀어붙였을까, 가지 말라고 만류했을까? 어셴든은 점심때 다시 두 사람을 주의 깊게 지켜보았다. 뭔가 문제가 생긴 것은 분명했다. 평소 그렇게 오순도순 할 말이 끊이지 않던 두 사람이 저렇게 말없이 있다니? 두 사람은 일찌감치 식당을 나갔다. 하지만 어셴든이 식당에서 나왔을 때는 케이퍼만 혼자 현관홀에 앉아 있었다.

「안녕하쇼.」 케이퍼가 쾌활하게 외쳤지만, 애쓰는 기색이 역력했다. 「어찌 지내십니까? 전 제네바에 다녀왔습니다.」

「저도 말씀은 들었습니다.」 어셴든이 말했다.

「이쪽으로 와서 같이 커피 한잔하십시다. 아내는 가엾게도 두통이 있다고 해서 올라가 좀 누워 있으라고 했습니다.」 이렇게 말하면서 분주히 움직이는 녹색 눈동자에 어떤 표정이 어렸는데, 어셴든으로서는 무슨 의미인지 읽어 낼 수 없었다. 「실은 아내에게 근심이 있어요. 가엾은 사람. 제가 영국으로 가야겠다고 생각하고 있거든요.」

어셴든의 심장이 갈비뼈 안에서 갑자기 쿵쾅거렸지만, 얼굴은 태연한 표정을 유지했다.

「오래 가 계실 건가요? 선생이 안 계시면 저희가 굉장히 허전할 거예요.」

「솔직히 말씀드리면, 이렇게 빈둥거리고 지내는 게 지겹습니다. 전쟁은 아무리 봐도 금방 끝날 것 같지 않고, 이대로 무한정 눌러앉아 있을 수는 없지 않겠습니까. 게다가 사정도 좋지 않아서 생활비를 벌어야 합니다. 아내야 독일 사람이지만 저는 영국인이잖습니까, 젠장. 뭐라도 제 몫을 하고 싶습니다. 전쟁이 끝날 때까지 조국을 위해서 뭔가 해보지도 않고 여기서 이렇게 내내 안락하고 쾌적하게 지냈다가는 친구들의 얼굴을 볼 낯이 없죠. 아내는 모든 걸 독일 사람 입장에서만 바라보려고 하는데 말씀입니다, 지금 좀 화가 나 있어요. 여자들이 어떤지 잘 아실 테죠.」

어셴든은 아까 케이퍼의 눈빛에서 보았던 그 표정이 무엇인지 이제 알 것 같았다. 공포였다. 그는 지금 곤경에 빠져 있는 것이다. 그는 영국으로 가고 싶지 않았다. 스위스에서 안전하게 지내고 싶은 것이다. 어셴든은 케이퍼가 베른에 가서 소령에게 들은 말이 무엇인지 이제 확신할 수 있었다. 영국에 가든지, 아니면 급료를 포기해야 할 것이다. 케이퍼가 이 일을 말했을 때 부인은 뭐라고 했을까? 케이퍼는 아내가 가지 말라고 잡아 주기를 바랐으나, 그의 바람대로 해주지 않은 것이 분명했다. 어쩌면 아내에게 자기가 얼마나 두려움에 떨고 있는지 말할 용기가 없었을지도 모른다. 아내에게 그는 늘 밝고 대담하고 모험을 사랑하며 매사 될 대로 되라는 식의 태평한 사내였을 것이다. 그러나 자기가 한 거짓말에 꼼짝없이 갇혀, 이제 와서 자기가 초라하고 비열한 겁쟁이라고 감히 고백할 엄두가 나지 않았던 것이다.

「부인도 함께 가십니까?」 어셴든이 물었다.

「아뇨, 아내는 여기 남을 겁니다.」

이미 모든 계획이 치밀하게 짜여 있었다. 케이퍼 부인이 남편으로부터 편지를 받을 것이고, 그 편지에 담긴 정보를 베른으로 전달할 것이다.

「영국에서 떠나온 지 너무 오래되어 전쟁에 도움이 될 만한 일을 하려면 어디서부터 시작해야 할지 막막합니다. 선생이 제 입장이라면 어떻게 하시겠습니까?」

「글쎄요. 어떤 업무를 생각하고 계신지요?」

「어, 그러니까, 선생이 하셨던 그런 일을 할 수 있으면 좋을 것 같습니다. 혹시 검열부에 저를 소개해 주실 분이 계십니까? 추천서를 써주시면 제가 찾아가겠습니다.」

그 말을 듣는 순간, 어셴든이 숨이 막혀 비명을 지르지도 않고 놀라 자빠지지도 않은 것은 순전히 하늘이 도운 일이었다. 하지만 그가 놀란 것은 케이퍼의 부탁 때문이 아니라 스스로 깨달은 바가 있었기 때문이다. 자신이 얼마나 바보 천치였던가를 말이다. 어셴든은 자기가 루체른에서 아무것도 하지 않고 시간만 허비하고 있다는 불안한 마음에 늘 시달려왔다. 어찌 되었건 케이퍼가 영국으로 가게 되기는 했으나, 그것은 자기가 잘 해낸 덕분이 아니었다. 그 결과에 대해서 어셴든이 자기 몫으로 내세울 만한 것이라곤 아무것도 없었다. 지금 일어난 일은 마땅히 일어날 일이었던 것임을 그는 이제야 깨달았다. 이를 위해 자신이 루체른에 배치되고, 어떤 인물로 행세하라는 지시를 받고, 필요한 정보를 제공받았던 것이다. 독일 첩보 기관으로서는 영국 검열부에 침투할 요원을 찾을 수 있다면 좋은 일이었는데, 무슨 요행인지 적임자인 그랜틀리 케이퍼가 하필 거기서 일했던 사람과 친해진 것이다. 운 한번 좋았군그래! 폰 P. 소령은 배운 사람이니 양손을 쓱쓱 비비며 라틴어로 이렇게 읊었을 테지. 〈*Stultum facit fortuna quem vult perdere*(운명이 누군가를 망치려고 들면 그자를 어리석게 만든다)〉. 이것은 저 악마 같은 R이 파 놓고 베른의 그 냉혈한 소령이 걸려든 함정이었다. 그러니까 아무것도 하지 않고 멀뚱히 앉아서 임무를 완수한 셈인데, R이 부하인 자신마저 속여 넘겼다고 생각하니 웃음이 나올 지경이었다.

「부장님하고 사이가 아주 좋았습니다. 원하시면 추천서를 써드릴 수 있습니다.」

「그렇게 해주시면 너무 좋겠습니다.」

「하지만 사실과 다르면 안 되니, 여기 와서 만난 분이고 알고 지낸 시간이 보름밖에 되지 않는다고 쓰겠습니다.」

「물론이지요. 하지만 저에 대해서 다른 것도 써주시겠죠?」

「그럼요.」

「그런데 제가 비자를 받을 수 있을지 모르겠습니다. 꽤나 귀찮게 군다고 들어서요.」

「그럴 이유가 있을까요. 제가 귀국하고 싶은데 비자를 내주지 않는다면 정말 화날 것 같은데요.」

「저는 올라가서 아내가 어떤지 좀 살펴봐야겠습니다.」 케이퍼가 갑자기 일어나면서 말했다. 「추천서는 언제 받을 수 있을까요?」

「언제든 필요할 때 말씀하세요. 당장 가시려고요?」

「되도록이면 빨리요.」

케이퍼는 자리를 떴고, 어셴든은 서두른다는 티를 내지 않으려고 현관홀에서 15분가량 기다렸다가 올라가서 여러 통의 서신을 준비했다. 하나는 R에게 케이퍼가 영국으로 간다고 알리는 서신이었고, 다른 하나는 베른 쪽에 케이퍼가 비자를 신청하면 이의 없이 바로 발급해 주도록 주선하는 서신이었다. 서신은 지체 없이 발송했다. 그러고는 저녁 식사 때 아래층으로 내려가 성심성의껏 작성한 추천서를 케이퍼에게 건넸다.

이튿날 한 명의 케이퍼만 루체른을 떠났다.

어셴든은 소식을 기다리면서 케이퍼 부인과의 회화 수업을 이어 갔고, 부인의 세심한 가르침 덕분에 독일어를 무리 없이 구사할 수 있게 되었다. 그들은 괴테와 빙켈만을 논했고, 예술과 인생, 여행을 이야기했다. 프리치는 부인의 의자 옆에 얌전히 앉아 있었다.

「주인님을 그리워해요.」 부인이 프리치의 귀를 당기며 말했다. 「얘는 그이만 좋아하거든요. 저는 그이의 가족이니까 참아 주는 거죠.」

어셴든은 매일 수업이 끝나는 대로 관광 안내소로 가서 편지 온 것이 없는지 물었다. 그에게 오는 모든 우편물은 이 안내소로 발송되었다. 지령을 받을 때까지 어셴든은 루체른에 붙박여 지내야 하는 처지였다. R이 부하를 오래 놀릴 사람이 아니라는 것은 알고 있었지만, 그럼에도 그때까지는 인내심을 갖고 기다리는 것 말고는 아무것도 할 일이 없었다. 얼마 후 제네바 영사로부터 케이퍼가 비자를 신청했고, 프랑스로 출발했다는 전갈이 왔다. 어셴든은 이 편지를 읽고 호숫가로 산책을 나갔다가 돌아오는 길에 관광 안내소에서 나오는 케이퍼 부인을 보았다. 부인도 여기를 주소로 쓰고 있으려니 짐작했다. 그녀에게 다가가서 물었다.

「케이퍼 씨한테서 소식이 왔나요?」

「아뇨. 아직은 이르겠지 생각하고 있어요.」

그는 케이퍼 부인과 나란히 걸었다. 실망은 했지만 불안해하는 모습은 아니었다. 우편 업무가 정상적이지 않은 시절이라는 것을 부인도 잘 알고 있을 것이다. 하지만 다음 날 수업 때는 끝까지 다 할 수 없을 정도로 초조해하는 모습이 확연했다. 우편물은 정오에 배달되는데, 5분 전이 되자 부인은 시계와 어셴든을 번갈아 쳐다보았다. 어셴든은 편지가 오지 않으리라는 것을 알고 있었지만, 저렇게 애태우는 부인을 보니 수업을 더 진행할 수가 없었다.

「오늘 수업은 이 정도면 되지 않을까요? 부인께서도 관광 안내소로 내려가 보고 싶으실 텐데요.」

「고맙습니다. 정말 친절하시군요.」

조금 후 어셴든도 관광 안내소에 갔다가 사무실 한복판에 서 있는 부인을 발견했다. 제정신이 아닌 듯한 얼굴이었다. 그를 보고는 말을 마구 쏟아 냈다.

「그이가 파리에서 편지를 보내겠다고 약속했어요. 분명히 편지가 와 있을 텐데, 이 멍청한 자들이 아무것도 없다는 거예요. 어쩜 이렇게 태만할 수가 있죠. 분개하지 않을 수가 없네요.」

어셴든은 뭐라고 말해야 할지 알 수 없었다. 직원이 어셴든 앞으로 온 편지가 있는지 보려고 우편물 뭉치를 뒤적이는 동안 부인은 다시 창구로 가서 물었다.

「프랑스에서 오는 다음 우편물은 언제 도착하죠?」

「5시경에 우편물이 오는 경우가 있습니다.」

「그럼 그때 다시 오죠.」

케이퍼 부인은 돌아서서 황급히 나갔다. 프리치는 풀이 죽어서 부인을 뒤따라갔다. 부인은 이미 뭔가 잘못되었다는 공포에 사로잡혀 있는 것이 분명했다. 다음 날 오전, 부인은 몹시 힘겨워 보였다. 밤새 한숨도 자지 못한 듯했다. 그러더니 수업을 하다 말고 벌떡 일어났다.

「실례합니다, 서머빌 씨. 오늘은 더 못 하겠어요. 몸이 너무 좋지 않습니다.」

그러고는 어셴든이 뭐라고 말하기도 전에 초조한 모습으로 방에서 뛰쳐나갔다. 저녁때 부인으로부터 회화 수업을 중단하게 되어 유감이라는 쪽지가 왔다. 이유는 적혀 있지 않았다. 이후로는 부인을 만날 수 없었다. 식사 때도 나타나지 않았고, 오전과 오후에 관광 안내소에 들르는 것 말고는 하루 온종일 방에 틀어박혀 지내는 모양이었다. 어셴든은 우두커니 앉아 영혼을 갉아먹는 저 끔찍한 공포와 끝도 없이 싸우고 있을 부인을 생각했다. 누군들 저 여인이 가련하지 않을까. 어셴든에게도 주체하기 힘든 시간이었다. 독서도 많이

했고, 글도 조금 썼으며, 통나무배를 세내어 호수에서 느긋하게 노를 저어 보기도 했다. 마침내 어느 날 아침, 관광 안내소 직원이 편지를 한 통 건넸다. R에게서 온 것이었다. 얼핏 봐서는 평범한 업무 우편이었지만, 행간에서 어셴든은 많은 사실을 읽어 냈다.

〈삼가 알립니다〉로 서두를 떼고 있었다.

귀하께서 루체른에서 발송하신 물품과 동봉하신 편지는 기일에 맞추어 송달되었습니다. 저희가 요청드린 지침 사항을 신속히 이행해 주신 점 감사드리는 바입니다.

편지는 이런 어조로 계속되었다. R은 승리감에 도취해 있었다. 어셴든은 짐작할 수 있었다. 케이퍼가 체포되었으며, 지금쯤 응분의 대가를 치렀으리라고. 온몸이 떨려 왔다. 어떤 끔찍한 장면이 떠올랐다. 새벽. 비가 추적추적 내리는 춥고 을씨년스러운 새벽, 한 남자가 눈가리개를 쓴 채 벽 앞에 서 있다. 안색이 창백한 장교가 명령한다. 일제 사격. 총살 집행대의 나이 어린 병사 하나가 뒤돌아서서 총자루에 몸을 지탱하고 구토한다. 장교는 한층 더 창백해진다. 그, 어셴든은 현기증에 졸도할 것 같다. 케이퍼는 얼마나 무서웠을까! 사형수의 얼굴에서 눈물이 흘러내릴 때는 삼가 고개가 숙여진다. 어셴든은 상념을 떨치려고 몸을 흔들었다. 그러고는 매표소로 가서 지령대로 제네바행 차표를 샀다.

거스름돈을 기다리고 있는데, 케이퍼 부인이 들어왔다. 그는 움찔 놀랐다. 차림새는 너저분했으며, 헝클어진 머리에 눈가는 그늘로 검게 얼룩졌고, 얼굴은 송장처럼 창백했다. 그녀는 비척비척 창구로 다가가 편지가 왔는지 물었다. 직원은 고개를 저었다.

「죄송합니다, 부인. 아직 아무것도 오지 않았습니다.」

「아니, 좀 봐요, 보라고요. 확실해요? 다시 한번 봐주세요.」

부인의 비참한 목소리에 가슴이 미어지는 것 같았다. 직원은 어깨를 으쓱하면서 칸막이 선반에서 편지 뭉치를 꺼내 한번 더 뒤적였다.

「없습니다, 부인. 없어요.」

케이퍼 부인은 절망에 비명을 질렀고, 얼굴은 고통으로 일그러졌다.

「오, 주여, 오 주여.」 부인은 울먹거렸다.

뒤돌아선 부인의 지친 눈에서는 눈물이 흘러내렸다. 그러고는 앞이 보이지 않아 더듬더듬 길을 찾는 사람처럼 잠시 그 자리에 서 있었다. 그 순간, 소름 끼치는 일이 일어났다. 프리치, 그 불테리어가 웅크리고 앉아 고개를 뒤로 젖히고 서럽디서럽게 울부짖는 것이었다. 두려움에 떨며 프리치를 바라보는 부인의 두 눈이 화등잔처럼 커졌다. 이제 알았다. 지난 며칠 그녀의 영혼을 갉아먹어 왔던 의심, 설마설마하던 그 생각이 더 이상 설마가 아님을. 부인은 앞을 더듬으며 비틀비틀 거리로 걸어갔다.

막후

어셴든이 X로 파견되어 상황을 파악해 보니, 아무리 봐도 입장이 애매하다고 생각할 수밖에 없는 형국이었다. X는 주요 교전국의 수도였지만, 국내적으로 내분을 겪고 있었다. 다수파는 전쟁에 반대했고, 혁명이 임박한 것까지는 아니더라도 가능성이 무르익은 상태였다. 어셴든이 받은 지령은 이곳 상황에서 할 수 있는 최선의 조치가 무엇인지 찾으라는 내용으로, 한 가지 방책을 제안해서 그를 파견한 고위 인사에게 승인을 받으면 그대로 수행하라는 것이었다. 그리고 거액의 현금이 그의 수중에 주어졌다. 대영 제국과 미국, 양국 대사의 재량으로 이러한 편의를 제공받고 있었지만, 어셴든은 사람들과 어울리지 말고 지내라는 지시를 받았다. 양대 강국의 공식 대표들이 알아서 불편할 수 있는 사실을 누설해서 곤란하게 만들지 말라는 것이었다. 그뿐만 아니라 이 나라 정권과는 원수지간이지만 미국 및 영국과 극히 우호적인 관계에 있는 세력을 비밀리에 지원해야 할 상황이 생길 수도 있었기에, 어셴든으로서는 자신의 견해나 의도에 대해서는 함구할 필요가 있었다. 고위 인사들은 양국 대사들이 웬 정체불명의 스파이가 자기네와는 상반된 목적의 임무를 띠고 파견되었다는 사실을 알게 되었다가는 이를 모욕으로 받아들일 수 있었기에, 이러한 상황을 미연에 방지하려는 것이었다. 하지만 한편으로는 반정부 진영에도 대리자를 한 사람 두어 어떤 정치적 격변이 발생할 경우 충분한 자금을 이용해서 그 나라를 이끌어 갈 새로운 지도부의 신임을 받게 하는 것이 좋을 것이라는 생각도 있었다.

그러나 대사들이란 체면을 지키는 일에 까다롭게 굴 뿐만 아니라 자기네 권위가 침해될 만한 사안에 대해서는 여간 예민한 것이 아니었다. 어셴든이 X에 도착해 영국 대사 허버트 위더스푼 경을 공식 접견했을 때, 불평이 나올 만한 어떠한 행동도 하지 않고 깍듯하게 예를 갖추었으나, 그에게 돌아온 것은 북극곰마저 등골이 오싹할 정도의 냉랭한 반응이었다. 허버트 경은 직업 외교관으로, 외교 사절로서 몸에 밴 그의 예법을 보노라면 감탄이 절로 나올 정도였다. 그는 어셴든이 곧이곧대로 대답하지 않을 것임을 뻔히 알기에 맡은 임무에 대해서는 아무것도 묻지 않았다. 다만 뭐가 되었든 어련하겠느냐는 의중은 충분히 드러냈다. 그는 어셴든을 X로 파견한 고위 인사들에 대해 씁쓸하지만 받아들인다는 태도로 이야기했다. 또한 어셴든의 요구 사항이면 어떤 것이든 도와주라는 지시를 받았다면서, 언제든 자신을 만나고 싶으면 말만 하라고 했다.

「다소 특이한 요청을 받았습니다. 암호로 전보를 치고, 아

물론 암호집은 이미 갖고 계신 것으로 알고 있습니다만, 암호로 된 전보는 받는 대로 바로 당신한테 전하라고요.」

「전보가 극히 드물기만을 바랍니다, 대사님.」어셴든이 대답했다.「암호문을 만들고, 또 그걸 해독하는 것보다 지겨운 일은 없으니까요.」

허버트 경은 잠시 주저했다. 기대하던 대답이 아니었던 모양이다. 그는 자리에서 일어섰다.

「대사관 사무국으로 오시죠. 참사관과 비서관을 소개해 드리겠습니다. 전보를 담당할 사람들입니다.」

어셴든은 대사를 따라 방에서 나갔다. 대사는 그를 참사관에게 인사시키고는 악수를 청했다. 힘없는 손이었다.

「조만간 다시 기쁜 마음으로 뵙겠습니다.」그는 퉁명스럽게 고개만 까닥하고는 나가 버렸다.

어셴든은 대사의 이런 대접에도 침착하게 대응했다. 존재감 없이 지내면서 뭇사람의 주의를 끌지 않는 것이 그의 본분이었다. 하지만 같은 날 오후 미국 대사관을 방문했다가 허버트 위더스푼 경이 그에게 그렇게 냉랭했던 이유를 알게 되었다. 미국 대사 윌버 셰이퍼 씨는 캔자스시티 출신으로, 전쟁이 일어나리라고 예상한 사람이 거의 없던 시기에 전관예우 차원에서 대사직에 임관했다. 그는 기골이 장대했고, 머리가 하얗게 센 것으로 보아 젊은 나이는 아니었지만, 관리를 잘해서 건강한 풍채를 유지하고 있었다. 네모난 붉은 얼굴은 말끔하게 면도했고, 약간 들창코에 각진 턱은 단호한 인상을 주었다. 눈 코 입을 쉴 새 없이 비틀고 묘하게 찡그려

대는데, 흡사 보온병 소재로 쓰이는 인도 고무로 만들어진 것이 아닌가 싶을 정도로 표정이 다양하고 재미난 얼굴이었다. 그는 어셴든을 따뜻하게 맞아 주었으며, 활기 넘치는 사람이었다.

「이미 허버트 경을 만나 보셨으리라 생각되는데요. 그분 성미를 건드리셨어요. 워싱턴이고 런던이고 우리보고 선생한테 무슨 내용인지 알지도 못하는 전보를 치라고 하는데요, 도대체 무슨 소리일까요? 그들에겐 그럴 권한이 없잖습니까.」

「아, 그건 대사님의 시간과 수고를 덜기 위해서 그랬을 겁니다.」

「아니, 선생이 맡은 임무가 대관절 뭔데 그렇습니까?」

물론 어셴든은 이 물음에 대한 답을 준비하지 못했으나, 그렇다고 말해 주는 것은 신중한 대응이 아닌 것 같아서 대사가 거의 아무 정보도 알아내지 못할 내용으로 답변하기로 마음먹었다. 어셴든은 셰이퍼 씨의 인상을 보고 그가 대통령 선거 같은 상황에서는 사람을 쥐락펴락할 정도로 능력 있는 사람임에는 의심의 여지가 없으나, 적어도 겉보기에는 일국의 대사라는 직위에 요구되는 예리한 통찰력은 갖추지 못한 것으로 판단했다. 그는 사람들과 어울려 즐거운 시간을 보내는 것을 좋아하는 사교적이고 화통한 사람이라는 인상을 주었다. 어셴든은 이 사람과 포커를 한다면 무척 경계했겠지만, 당면한 문제에 관한 한 어느 정도 안심해도 될 것이라고 보았다. 그는 세계정세에 관해서 두서없이 두루뭉수리로 운을 뗀 뒤, 얘기가 심각해지기 전에 상황에 대한 셰이퍼 씨의 전반적인 견해를 청했는데, 그것이 전쟁을 고하는 진군나팔 소리라도 된다는 듯 셰이퍼 씨는 숨 돌릴 겨를도 없이 장장 25분 동안 장광설을 늘어놓았다. 마침내 할 말이 고갈되어 연설은 끝났고, 어셴든은 우호적인 접대에 감사하다는 인사와 함께 그 자리에서 벗어날 수 있었다.

어셴든은 양국 대사 둘 다 멀찌감치 거리를 두고 지내는 게 좋겠다고 판단하고, 임무에 착수하여 바로 활동 방안을 궁리했다. 그러나 우연찮게 허버트 위더스푼 경에게 친절을 베풀 기회가 주어져 다시 접촉하게 되었다. 셰이퍼 씨가 외교관이라기보다는 정치인에 가까운 인상을 주었다는 점을 언급한 바 있지만, 사실 그의 견해에 무게를 실어 주는 것은 그의 인격이 아니라 지위였다. 그는 자신이 도달한 높은 지위를 이 세상의 좋은 것들을 향유할 기회로 여겨 몸이 받쳐 주지 못할 정도로 탐닉하고 다녔다. 외교에 무지한 까닭에 그가 내리는 어떠한 판단도 미덥지 않았지만, 연합국 대사들이 모이는 자리에서는 걸핏하면 혼수상태가 되도록 취해서 아예 판단이 불가능한 경우도 적지 않았다. 또 어떤 아름다운 스웨덴 여자의 매력에 완전히 사로잡혀 지낸다는 얘기도 떠돌았는데, 그 여자는 첩보원의 관점에서 볼 때 상당히 의심스러운 전력의 소유자였다. 독일 쪽과 맺고 있는 관계를 보아도 그녀가 과연 연합국에 동조하는 사람인지 확신하기 어려운 수준이었다. 셰이퍼 씨는 이 여자를 날마다 만날 뿐만 아니라 많은 면에서 강한 영향을 받고 있는 것으로 보였다. 최근에는 극비 정보가 새어 나가는 일이 왕왕 발생했는데, 셰이퍼 씨가 이 여자를 만나면서 부주의하게 말한 것이 적국 사령부에 즉각적으로 전달되는 것이 아닌가 하는 의혹이 일었다. 셰이퍼 씨의 정직성이나 애국심을 의심할 사람은 없었지만, 그의 신중함 여부는 충분히 재고해 볼 만한 상황이었다. 난처한 일이긴 하지만 워싱턴은 물론 런던과 파리에서도 고민이 커졌고, 결국 어셴든에게 이 문제를 처리하라는 지시가 떨어졌다. 물론 도와줄 인력 없이 어셴든이 X로 파견된 것은 아니었고, 조력자들 가운데 아주 기민하고 건장하며 결단력 있는 갈리치아[1]계 폴란드인 헤르바르투스가 있었다. 첩보 업무를 하다 보면 종종 기분 좋은 우연을 만나곤 한다. 이 사내와 협의한 뒤로 그 스웨덴 백작 부인(백작 부인이라고 한다)의 하녀가 병이 났는데, 아주 운 좋게도 크라쿠프 근교에서 대단히 훌륭한 사람을 구해 그 자리에 투입할 수 있었다. 전쟁 전에 한 걸출한 과학자의 비서로 근무했다는 이력이 가정부 역할도 틀림없이 잘 해내리라는 믿음을 주었다.

이 조치의 결과로 어셴든은 이틀이나 사흘 간격으로 이 매력적인 여성의 아파트에서 일어나는 일에 대해 깔끔한 보고를 받을 수 있었고, 그녀에 대한 막연한 의혹을 확증할 만한 증거는 아무것도 얻어 내지 못했으나, 결코 중요하지 않다고 할 수 없는 다른 사실을 알아낼 수 있었다. 이 백작 부인이 셰이퍼 대사를 위해 준비한 오붓한 저녁 식사 자리에서 오간 대화로 미루어 보건대, 셰이퍼 씨는 영국인 동업자에게 심한

---

1 우크라이나와 폴란드에 걸쳐 있는 역사적 지역으로, 제2차 세계 대전 이후 폴란드 영토가 된 일부를 제외하고 우크라이나가 되었다.

반감을 품고 있는 듯했다. 그는 허버트 경이 두 사람의 관계를 의도적으로 공적인 차원으로만 국한하고 있다고 불평했다. 또한 그 괘씸한 영국 놈이 꾸며 대는 허례허식에는 진저리가 난다고 투덜거리면서, 자기는 남자 중의 남자요 순도백 프로 미국인이라서 의전이며 예법 따위는 불지옥의 눈덩이보다도 쓸모없는 것이라고 했다. 서로 믿고 의지할 수 있는 친구들처럼 어울려서 환담이나 좀 나누는 게 대체 뭐가 그렇게 어렵다고? 피는 물보다 진하다는 말도 있는데, 외투를 벗고 셔츠 차림으로 편안하게 호밀 위스키 한 병을 앞에 둔 채 대화를 나누는 것이 웬만한 외교적 수완이나 실제 전투보다 더 승리에 가까워지는 길일 수도 있음을 모르느냐고. 두 나라의 대사 사이에 서로 진심 어린 대화가 오가지 않는다는 것은 대단히 바람직하지 못한 상황이었기에, 어셴든은 허버트 경에게 셰이퍼 대사를 만나 보는 것이 어떨지 요청하는 것이 좋겠다고 생각했다.

그는 안내를 받아 허버트 경의 서재로 들어갔다.

「자, 어셴든 씨, 무슨 일이신지요? 만사가 만족스럽게 잘되고 있기를 바랍니다. 요새 전신선이 꽤나 바삐 돌아가고 있는 것으로 알고 있습니다만.」

어셴든은 자리에 앉으면서 허버트 경을 흘끗 보았다. 그는 늘씬한 체구에 장갑처럼 꼭 맞게 재단된 아름다운 연미복을 차려입고, 멋진 진주가 달린 검은 실크 타이를 착용하고 있었다. 잔잔한 줄무늬가 선명한 회색 바지는 완벽하게 주름이 잡혀 있었고, 구두는 새것처럼 구두코가 날렵했다. 이 사람이 호밀 위스키 하이볼을 앞에 놓고 셔츠 바람으로 앉아 있는 모습은 상상이 되지 않았다. 그는 저런 현대식 복장을 입고 뽐내기에 안성맞춤인 키 크고 늘씬한 체형으로, 의자에 등을 곧추세우고 똑바로 앉은 자세는 공직자의 초상 사진을 위해 포즈를 취한 듯 보였다. 무정하고 생기 없는 인상이지만 굉장한 미남이었다. 단정하게 옆 가르마를 탄 백발, 깔끔하게 면도한 창백한 얼굴, 섬세하고 곧은 콧날, 회색 눈썹에 회색 눈동자, 젊은 날에는 관능적이었을 테지만 지금은 냉소적인 경향을 보여 주는 잘생긴 입, 핏기 없는 입술. 수 세기에 걸친 좋은 혈통을 이어받았음을 말해 주는 듯한 얼굴이지만, 저 얼굴이 감정을 담은 표정을 지을 수 있을지 상상이 되지 않았다. 파안대소는 기대도 할 수 없고, 기껏해야 빈정대는 미소로 차갑게 실쭉하고 마는 정도일 것이다.

어셴든은 몹시 긴장되었다.

「저하고는 상관없는 일에 참견한다고 생각하실지도 모르겠습니다, 대사님. 〈네 일이나 잘해라〉 하신대도 각오는 되어 있습니다.」

「두고 보면 알겠지요. 계속하십시오.」

어셴든은 할 말을 했고 대사는 귀 기울여 들었다. 그 차가운 회색 눈은 말하는 내내 어셴든의 얼굴을 주시했고, 당황한 기색이 역력했다.

「이런 건 어떻게 다 알아냅니까?」

「이런저런 경로를 통해 자잘한 정보를 수집하는데, 가끔씩은 쓸모가 있습니다.」어셴든이 말했다.

「그렇군요.」

허버트 경은 시선을 돌리지 않고 계속해서 어셴든을 쳐다 보았는데, 놀랍게도 그 무정한 눈빛에서 갑자기 희미한 미소 가 떠올랐다. 그 차갑기만 한 거만한 얼굴이 순간 매력적으 로 느껴졌다.

「어쩌면 나에게 도움이 될지도 모르는 또 한 가지 자잘한 정보를 주실 수 있을 것 같습니다만, 믿고 의지할 수 있는 친 구가 되려면 어떻게 해야 합니까?」

「그건 하려고 한다고 할 수 있는 일이 아닐 것 같습니다, 대사님.」어셴든이 엄숙하게 말했다. 「그건 신이 내려 주시는 재능이라고 생각합니다.」

허버트 경의 눈에서 빛은 사라졌지만, 태도는 어셴든이 아 까 안내받아서 방에 들어왔을 때보다 약간 공손해졌다.

「얘기해 줘서 고맙습니다, 어셴든 씨. 내가 그동안 너무 부 주의했군요. 그 악의 없는 노신사의 기분을 상하게 한 것은 내 잘못입니다. 변명의 여지가 없어요. 앞으로는 이 잘못을 바로잡도록 애쓰겠습니다. 이따 오후에 미 대사관을 방문해 야겠습니다.」

「하지만 너무 갖춰 입지는 마시기를 감히 말씀드립니다.」

대사의 눈이 반짝 빛났다. 어셴든은 비로소 이 사람이 인 간적으로 보이기 시작했다.

「어셴든 씨, 나는 제대로 갖춰 입지 않고는 아무것도 못 하 는 사람입니다. 불행한 기질의 문제로 봐주었으면 해요.」그 러고는 어셴든이 방에서 나가려고 할 때 덧붙여 말했다. 「참,

그건 그렇고, 내일 저녁 저와 만찬을 함께 하시지 않겠습니까? 검정 타이. 8시 15분입니다.」

그는 어셴든의 응답을 기다리지 않고 당연히 동의한 것으로 여기고는, 나가 봐도 좋다는 목례와 함께 다시 커다란 집무용 탁상 앞에 앉았다.

대사님

어셴든은 허버트 위더스푼 경이 초대한 만찬이 몹시 기다려지면서도 한편으로는 불안했다. 검정 타이란 작은 모임이라는 뜻이었다. 아직 만난 적은 없지만 대사의 부인 앤 여사한 사람만 오거나, 젊은 비서 한두 명이 참석하는 자리가 되지 않을까 싶은데, 대단히 재미난 시간이 될 조짐은 아니었다. 식사가 끝난 뒤 브리지 게임을 할 수도 있는데, 어셴든은 직업 외교관들이 브리지의 고수들이 아니라는 것을 알고 있었다. 어쩌면 실내에서 하는 시시한 게임 따위에 그 위대한 지성을 다 발휘하려 든다는 것이 어려운 노릇일지도 모르겠다. 하지만 한편으로는 대사들이 덜 공적인 환경에서 어떻게 행동하는지 더 보고 싶은 마음도 있었다. 허버트 위더스푼 경이 그냥 보통 사람이 아니라는 것만은 분명했기 때문이다. 그는 외모로 보거나 태도로 보거나 그가 속한 계급의 완벽한 표본 같은 인물이었고, 어떤 전형의 충실한 예를 만난다는 것은 언제나 즐거운 일이었다. 그는 대사의 표본이라고 할 만한 사람이었다. 그의 성격 가운데 어느 하나만 살짝 과장

265

되었더라도 풍자만화 속 인물이 되었을 것이다. 아슬아슬하게 웃음거리에서 비켜난 그를 보노라면 아찔한 고공에서 위험천만한 곡예를 펼치는 줄타기꾼을 볼 때처럼 숨 막히는 경험을 하게 될 것이다. 그는 실로 대단한 인물이었다. 그는 외교관으로서 승승장구했고, 유력 가문과의 혼인이 거기에 도움이 되었다는 점에는 의심의 여지가 없으나, 빠른 출세의 주요한 동력은 분명히 그의 실력이었다. 그는 결단이 필요할 땐 단호하게 내릴 줄 알았고, 회유가 적절한 상황이라면 달래기에 나설 줄도 알았다. 예법은 완벽했고, 6개 국어를 유창하고 정확하게 구사했으며, 두뇌는 명석하고 논리적이었다. 그는 생각하는 바를 끝까지 밀고 나가는 것을 두려워하지 않았지만, 행동에 임해서는 상황에 맞추어 조정할 수 있을 만큼 현명했다. 그는 쉰셋이라는 비교적 젊은 나이에 X에서 현재 직위를 맡게 되었고, 여러 당파의 정쟁이 치열한 국내 상황과 전쟁이 야기하는 극도로 복잡한 정국에 지략과 자신감으로 대처해 왔으며, 적어도 한번은 엄청난 용기를 발휘한 일도 있었다. 폭동이 일어나 혁명 조직 무리가 영국 대사관으로 밀고 들어온 상황이었는데, 허버트 경은 자신에게 권총이 겨누어진 와중에도 꿋꿋하게 층계 맨 꼭대기에 서서 열변을 토한 끝에 군중을 돌려세워 집으로 돌아가게 만들었다. 그는 파리 대사직을 끝으로 은퇴할 것으로 보였다. 그는 존경할 수밖에 없으나 결코 좋아하기는 어려운 인물이었다. 예법과 인습을 중시하는 빅토리아 여왕 시대 풍조를 이어받은 계열의 외교관, 어떤 중대사라도 믿고 맡길 수 있으며 남에게 의지하지 않고 주체적으로 일을 해나가는 유형으로, 그 독립적인 기상에 때로는 오만한 기미도 없지 않음을 인정해야 하겠으나, 결과물로 그 모든 것이 정당화되는 그런 인물이었다.

어셴든이 탄 차가 대사관 앞에 이르자, 문이 활짝 열리더니 땅딸한 몸집에 품격 있는 영국인 집사와 하인 세 명이 그를 맞이해 주었다. 그들의 안내를 받아 그 극적인 사건이 펼쳐졌던 웅장한 층계를 올라 아주 큰 방으로 들어갔다. 갓을 씌운 전등으로 인해 조명이 침침했지만, 위엄이 느껴지는 가구들과 벽난로 선반 위에 걸린 거대한 초상화가 눈에 들어왔다. 대관 예복 차림으로 앉아 있는 국왕 조지 4세였다. 하지만 벽난로 주위는 이글거리는 불길에 환하게 밝았고, 그의 이름이 전달되자 벽난로 옆 소파에 몸을 파묻고 앉아 있던 주인장이 천천히 몸을 일으켰다. 그를 향해 걸어오는 허버트 경의 자태가 그렇게 우아할 수가 없었다. 야회복을 차려입었는데, 웬만한 사람은 소화하기 힘든 이 복장이 그에게는 남달리 잘 어울렸다.

「아내는 음악회에 갔는데, 좀 있으면 돌아올 겁니다. 선생을 꼭 만나고 싶어 하니까요. 다른 사람은 아무도 초대하지 않았어요. 선생과 단둘이 즐거운 시간을 보내면 좋겠다 싶었습니다.」

어셴든은 소곤거리는 목소리로 공손하게 응답했으나 가슴이 철렁했다. 최소 두 시간은 될 텐데, 자신을 극도로 소심하게 만드는 이 남자와 어떻게 단둘이 그 시간을 보낼 것인가, 솔직히 고백하고 싶은 심정이었다.

다시 문이 열리고 집사와 하인 한 명이 아주 무거운 은쟁반을 들고 들어왔다.

「만찬 전에는 항상 셰리주를 한잔 마십니다만, 혹시라도 선생에게 칵테일 따위를 마시는 야만적인 습관이 있다면 드라이 마티니라고 하는 걸 대접할 수는 있을 것 같습니다.」

어셴든이 소심할지는 몰라도 이런 정도의 일에까지 물러터지게 굴 생각은 없었다.

「저는 시대와 발맞추어 나갑니다. 드라이 마티니를 마실 수 있는데 셰리주를 마신다는 건 오리엔트 특급 열차로 여행할 수 있는데 역마차를 타는 것이나 진배없는 일이지요.」

이런 식으로 흘러가는 대로 나누던 대화가 양쪽 문이 활짝 열리고 만찬이 준비되었음을 알리는 말에 중단되었다. 두 사람은 식당으로 들어갔다. 예순 명이 편안하게 식사를 할 수 있을 만큼 널찍한 방인데도 식당에는 작은 원형 식탁 하나뿐이었다. 허버트 경과 어셴든은 오붓하게 붙어 앉았다. 거대한 마호가니 찬장 선반에는 다량의 금도금 식기가 진열되어 있고, 그 위 어셴든의 맞은편에는 카날레토[1]의 멋진 그림이 걸려 있었다. 벽난로 선반 위에는 빅토리아 여왕이 소녀 시절 머리에 작은 금관을 쓰고 새침한 얼굴로 서 있는 7분신[2] 초상화가 걸려 있었다. 만찬 시중은 비만한 집사와 엄청난 장신의 영국인 하인 셋이 맡았다. 어셴든은 허버트 경이 자

---

1 Canaletto(1697~1768). 이탈리아 베네치아 출신의 풍경화가.
2 하반신의 중간 정도까지 그리는 초상화.

신이 거하는 환경의 화려함을 신경 쓰지 않고 지내는 기분을 기품 있게 즐기고 있다는 인상을 받았다. 이것은 어느 영국 귀족의 시골 저택에서 식사한다고 해도 무리가 없을 듯한 분위기였는데, 식사라기보다는 하나의 의례를 거행하는 듯 허식은 없어도 호화로웠으며, 전통만 아니었더라면 조금 우스꽝스러울 뻔도 했다. 하지만 이렇게 고즈넉한 시간을 보내는 동안 이 관저 담장 너머에는 쉴 새 없이 들끓는 소란하고 난폭한 군중이 언제 유혈 혁명을 일으킬지 모르는 위태로운 현실이 진행 중이며, 또 3백 킬로미터만 나가면 병사들이 혹독한 추위와 무자비한 포탄 공격을 피해 참호 속에서 몸을 웅크린 채 싸우고 있다는 생각에 어셴든은 묘한 기분에 젖어들었다.

만찬 자리의 대화가 어렵게 흘러갈지 어떨지는 애초에 걱정할 필요가 없는 일이었다. 허버트 경이 그의 비밀 임무에 대해 묻기 위해서 초대한 것은 아닐까 하는 우려도 금세 일소되었다. 허버트 경이 어셴든을 대하는 태도는 마치 정중한 대접을 부탁한다는 내용의 소개장을 들고 온 손님을 대하는 듯한 태도였다. 게다가 전란이 소용돌이치는 세상사에도 좀처럼 생각에 미치지 않았다. 허버트 경이 전쟁에 대해서는 골치 아픈 화제라서 의도적으로 회피하는 것은 아니라는 인상을 주는 정도로만 언급하고 넘어갔기 때문이다. 그는 미술과 문학에 대해 논하면서 어느 한쪽에 치우치지 않고 골고루 읽는 바지런한 독서가임을 입증했으며, 허버트 경 자신은 작품으로밖에 만나지 못한 작가들을 어셴든이 개인적으로 만났던 이야기를 할 때는 위대한 인물이 예술가를 향해 취할 법한 호의적이고 짐짓 겸허한 태도로 경청했다(위인들 본인이 그림을 그리거나 책을 쓰는 경우가 있는데, 예술가들에게는 소심한 복수의 기회가 되곤 한다). 그는 말이 나온 김에 어셴든의 소설에 나오는 한 인물에 대해서 언급했지만, 자기 손님이 작가라는 사실에 대해서는 일절 입에 담지 않았다. 어셴든은 이런 세련되고 정중한 태도를 높이 샀다. 그는 사람들이 자기 책에 대해 얘기하는 것을 좋아하지 않았는데, 일단 책을 다 쓰고 나면 흥미가 사라질뿐더러 칭찬이 되었건 욕이 되었건 면전에서 그런 얘기는 듣기 민망하기 때문이었다. 허버트 위더스푼 경은 어셴든의 작품을 읽었음을 알려 줌으로써 자부심은 높여 주면서도 작품에 대한 견해는 삼가는 배려를 보여 준 것이었다. 그는 외교관으로 재직하면서 주재했던 여러 나라에 대해서, 런던을 비롯하여 여러 곳에서 만난 사람들 가운데 어셴든이 알 만한 사람들에 대해서 이야기했다. 그는 말을 잘하는 사람이었고, 지적인 대화를 이어가면서도 유머로 여길 만한 유쾌한 조롱도 빠뜨리지 않았다. 어셴든은 이 만찬이 지루하지는 않았지만, 그렇다고 대단히 흥거운 것도 아니었다. 허버트 경이 떠오르는 주제마다 그렇게 올바르고 현명하고 양식 있게 말하지만 않았더라면 더 흥미로웠을지도 모르겠다. 이렇게 비범한 지성의 소유자와 보조를 맞추자니 상당히 노력이 필요했고, 책상에 발을 올린 자세로 느긋하게 즐기는 분위기에서 대화를 나누고 싶은 마음이 간절했다. 하지만 그럴 리는 없었고, 한두 번은 식사가 끝나고 얼마나 있다가 일어나야 품위 있는 처신일지 궁리하기도 했다. 11시에 파리 호텔에서 헤르바르투스와 만날 약속도 있었다.

식사가 끝난 후 커피가 들어왔다. 허버트 경은 좋은 음식이나 좋은 포도주에 대해 잘 아는 사람이었고, 어셴든은 훌륭한 음식을 대접받았음을 인정하지 않을 수 없었다. 커피와 함께 리큐어가 나왔고, 어셴든은 브랜디를 한잔 들었다.

「저한테 아주 오래된 베네딕틴이 있습니다. 드시겠습니까?」 대사가 물었다.

「솔직히 말씀드리면, 마실 만한 가치가 있는 리큐어는 브랜디뿐이라고 생각합니다.」

「동의하지는 않지만, 그러시다면 그것보단 좋은 걸 드려야겠군요.」

집사는 대사의 지시를 받아 아주 오래되어 보이는 술병과 큼직한 술잔 두 개를 가지고 들어왔다.

「자랑하려는 건 아닌데, 브랜디를 좋아하신다면 이걸 좋아하실 것이라고 감히 자부합니다. 파리에서 잠시 참사관으로 일할 때 구해 둔 것입니다.」 허버트 경은 집사가 황금빛 술을 어셴든의 잔에 따르는 것을 유심히 보며 말했다.

「최근에 그곳의 대사 후임자 한 분과 많은 일을 도모해 왔습니다.」

「바이링 말입니까?」

「네.」

「이 브랜디, 어떻게 생각해요?」

「훌륭합니다.」

「바이링은요?」

전혀 다른 성질의 두 질문이 붙어 나오니 조금 우스꽝스럽게 들렸다.

「아, 말도 못 하게 멍청하다고 생각합니다.」

허버트 경은 의자에 등을 기댄 채 그 큼직한 술잔을 두 손으로 잡고 향을 맡으면서, 위엄이 느껴지는 널찍한 식당 안을 천천히 둘러보았다. 식탁 위에 남은 것은 전부 치워지고 어셴든과 주인장 사이에는 장미 꽃병 하나만 있었다. 하인들이 전등을 끄고 나가서, 조명은 식탁 위 촛불과 난롯불만 남아 큰 공간이어도 차분하고 안락한 분위기가 되었다. 대사의 시선이 벽난로 선반 위 참으로 위엄이 느껴지는 빅토리아 여왕의 초상화에 머물렀다.

「궁금한데 말입니다.」 대사가 이윽고 입을 열었다. 「그 친구, 외교관직을 떠나야 할까요.」

「아무래도 그럴 것 같습니다.」

어셴든은 대사의 의향이 궁금해 흘끗 바라보았다. 바이링에게 연민을 느낄 사람이라고는 생각하지 못했는데.

「그렇죠. 그런 상황에서는 직을 떠나는 것이 불가피하겠죠. 유감입니다. 유능한 친구였는데, 아쉽게 되었군요. 앞길이 창창한 인재라고 생각했는데 말이죠.」

「네, 저도 그렇게 들었습니다. 외무부에서 바이링을 상당히 높게 평가하고 있다고요.」

「따분할 수도 있는 이쪽 업무에 유용한 재능을 두루 갖춘 친구죠.」대사는 희미한 미소를 지으며 그다운 냉담하고 비판적인 어조로 말했다.「미남이고 신사인 데다 좋은 매너를 갖추었고, 프랑스어도 유창하고 머리도 좋아요. 참 잘했을 겁니다.」

「그런 금쪽같은 기회를 놓치다니 안타까운 일입니다.」

「전쟁이 끝나면 포도주 사업 쪽으로 간다고 합니다. 그 친구, 내가 구한 이 브랜디를 제조한 회사 대표로 가게 된다니, 묘한 인연이지요.」

허버트 경은 잔을 코로 가져가 향을 들이마셨다. 그러고는 어셴든을 보았다. 그는 사람을 볼 때 특이한 버릇이 나타나곤 했다. 아마도 뭔가 딴생각에 빠져 있을 때 그러는 것 같은데, 상대방을 이상하게 본달까, 징그러운 벌레 보듯 하는 표정이 되었다.

「그 여자는 본 적 있습니까?」그가 물었다.

「라뤼에서 바이링과 그 여자와 함께 식사를 한 적이 있습니다.」

「흥미롭군요. 어떻던가요?」

「매력 있던데요.」

어셴든이 그 여자에 대해서 설명하려는데, 마음 한구석에 그 식당에서 바이링이 여자를 소개해 줄 때 받았던 인상이 떠올랐다. 몇 해 동안 귀에 못이 박이도록 들어 왔던 여자를 만나려니 보통 호기심이 생기는 것이 아니었다. 그녀는 로즈 오번이라고 자신을 소개했지만 본명을 아는 사람은 몇 명 없었다. 원래 글래드 걸스라는 순회 무용단원으로 파리에 와

물랭 루주에서 공연했는데, 눈부신 미모 덕에 순식간에 사람들의 이목을 끌었다. 한 부유한 프랑스 공장주가 그녀에게 홀딱 빠져 집도, 보석도 한가득 사주었으나 오래지 않아 여자의 요구를 감당하기 어려워졌고, 여자는 빠른 속도로 애인을 갈아치우며 얼마 지나지 않아 프랑스에서 가장 유명한 고급 창부가 되었다. 씀씀이는 헤프기 그지없었고, 구애하는 남자들은 그녀의 냉소와 무관심에 망가져 갔다. 아무리 부자라도 그녀의 낭비벽을 감당할 수 없었는데, 어셴든은 전쟁이 나기 전에 몬테카를로에서 이 여자가 당시로서는 막대한 금액인 18만 프랑을 한자리에서 날리는 것을 본 적이 있었다. 그녀는 커다란 테이블에 앉아 신기한 눈초리로 바라보는 구경꾼들에 둘러싸여 천 프랑짜리 지폐 다발을 제 돈처럼 던져댔는데, 그렇게 잃는 것이 진짜 자기 돈이었다면 실로 감탄할 만한 행동이었다.

어셴든이 만났을 무렵, 여자는 밤새 춤추고 도박하다 낮에는 경마를 즐기는 문란한 생활을 12, 13년째 해오고 있었다. 더 이상 어린 나이가 아니었음에도 그 잘생긴 이마에는 주름살 하나 없었고, 촉촉한 눈가에도 주름이 생기지 않아 그 나이라는 것이 믿어지지 않았을뿐더러, 무엇보다도 놀라운 것은 이 끝없는 방탕함 속에서도 청순함을 그대로 간직하고 있다는 사실이었다. 물론 이는 그녀 스스로 갈고닦은 것이었다. 그녀는 더할 나위 없이 우아하고 날씬한 몸매를 유지하고 있었고, 셀 수 없이 많은 의상은 전부 군더더기 없이 간결했으며, 갈색 머리는 아주 수수하고 단정했다. 그리고 달걀형 얼굴에 조그맣고 예쁜 코, 크고 파란 눈까지 앤서니 트롤럽의 소설에 등장하는 매력적인 여주인공들 중 어느 한 명에게는 꼭 해당할 법한 특색을 띠고 있었다. 너무나 귀해서 볼 때마다 어떤 감정이 북받치는, 소중한 이로부터 받은 정표 같다고나 할까. 하얗고 발그레한 고운 피부에 화장을 한다고 하면 필요해서가 아니라 멋을 부리고 싶을 때나 했다. 그녀에게서 발산되는 아침 이슬 같은 청초함은 예기치 못한 것이라서 더욱 매력적으로 다가왔다.

물론 바이링이 이 여자와 1년 이상 애인 사이로 지내고 있다는 소문은 이미 들어서 알고 있던 터였다. 그 명성이 어느 정도였느냐면, 이 여자와 어떤 식으로든 관계를 맺는 모든 남자에게 사람들의 눈길이 쏠리곤 했는데, 바이링의 경우에는 수군거림이 더 심했다. 왜냐하면 바이링에게는 내세울 재산이라곤 없었는데, 로즈 오번은 어떻게 해서든 현금을 안겨주지 않는 사람에게는 절대 호의를 베푼 적이 없는 것으로 알려져 있었기 때문이다. 오번이 그를 사랑했던 것일까? 그랬으리라고 믿어지지는 않지만, 그게 아니라면 달리 납득할 수가 없었다. 바이링은 어떤 여자라도 사랑에 빠질 만한 젊은이였다. 나이는 서른 줄에 훤칠한 키, 잘생긴 얼굴에 보기 드물게 다감한 매너, 길 가던 사람이 발을 멈추고 돌아볼 만큼 매력적이었다. 하지만 보통 미남자들과는 달리 바이링은 자신이 사람들에게 어떤 인상을 주는지 전혀 의식하지 못하는 듯했다. 바이링이 이 유명한 고급 창부의 아망 드 쾨르 *amant de cœur*(〈기둥서방〉이라는 뜻인데 프랑스 사람들은

〈마음의 애인〉이라는 이렇게 근사한 표현을 쓰고 있다)라는 사실이 알려지면서 그는 여성들에게는 찬미의 대상이, 남성들에게는 선망의 대상이 되었다. 그러나 그가 이 여자와 결혼할 것이라는 소문이 퍼지자 친구들은 경악했고, 나머지 사람들은 쑥덕거리며 웃어 댔다. 바이링의 상사가 그것이 사실이냐고 묻자, 맞다고 인정했다는 얘기도 돌았다. 파국이 될 것이 뻔한 계획일랑 그만두라는 압력이 가해졌고, 외교관의 아내 되는 이가 짊어져야 할 사교 활동의 의무를 로즈 오번은 결코 이행할 수 없으리라는 점이 지적되었다. 바이링은 자신의 사직이 조직에 누를 끼치지 않을 상황만 되면 언제든 물러날 준비가 되어 있다고 대응했다. 그는 온갖 충고며 논쟁을 일축했고, 결혼에 대한 의지는 확고했다.

어셴든이 처음 바이링을 만났을 때는 그다지 호감을 느끼지 못했다. 약간 거리를 둔다는 느낌이었다. 하지만 임무 때문에 이래저래 만남을 가지면서 거리를 두는 듯한 그의 태도가 순전히 내성적인 성격 탓임을 알게 되었고, 알면 알수록 그의 보기 드문 상냥한 기질에 매료되었다. 하지만 두 사람의 관계는 오롯이 공적인 범위로만 지속되었기 때문에 바이링이 어느 날 오번 양과 저녁 식사를 함께하지 않겠느냐고 물어왔을 때는 다소 뜻밖이었고, 그는 이것을 사람들이 벌써 그에게 차갑게 굴기 시작했기 때문이 아닐까 짐작만 해보았다. 하지만 막상 가보니 오번 양의 호기심에서 마련된 자리였다. 오번 양이 시간을 들여 그의 소설을 두세 권 읽었다는 것도 놀라웠지만(탄복했던 것으로 보이는데), 그날 저녁 그를 놀라게 한 일은 그것만이 아니었다. 조용하게 글쟁이의 삶을 살아온 그로서는 고급 창부의 세계를 들여다볼 기회도 없었고, 당대의 유명한 창부들도 이름만 들어서 알고 있을 뿐이었다. 로즈 오번이 그동안 어셴든이 책을 매개로 어느 정도 허물없이 지내 온 메이페어 거리[3]의 총명한 여성들과 분위기나 태도가 거의 다르지 않다는 사실도 놀라웠다. 상대 방의 기분이 조금이라도 상할까 봐 신경을 많이 쓰는 것으로 보였지만(기실 상대방이 누가 되었든 대화할 때는 관심을 기울이며 경청하는 태도가 오번의 장점이었는데) 대화는 지적 으로 흘러갔고, 이는 결코 억지로 꾸민다고 나올 수 있는 것 이 아니었다. 그녀에게는 최근 사교계 전반의 거칠고 조잡한 분위기가 없었다. 어쩌면 자신의 예쁜 입을 그런 상스러운 언행으로 망가뜨릴 수 없다고 느끼고 본능적으로 처신하는 것인지도 모른다. 오번과 바이링이 서로를 얼마나 뜨겁게 사 랑하는지 분명하게 보였다. 서로를 향한 두 사람의 열정이 보는 이에게도 고스란히 전해져 왔다. 어셴든이 먼저 일어나 면서 악수로 인사하는데, 오번이 (그의 손을 잠시 붙잡고 그 초롱초롱한 파란 눈으로 어셴든의 눈을 들여다보며) 말했다.

「저희가 런던에 정착해 보금자리를 마련하면 보러 와주실 거죠? 저희 결혼하거든요.」

「진심으로 축하드립니다.」 어셴든이 말했다.

「그이한테는요?」 오번이 방긋 웃으며 말했다. 아침 이슬의

3 각국 대사관과 호화 호텔, 명품 상점 등이 모여 있는 런던 서부의 부유 한 지역.

싱싱함과 남국의 봄 같은 온화한 환희가 스며 있는 천사 같은 미소였다.

「거울로 두 분 모습을 비추어 본 적이 없으신가 봅니다?」

허버트 위더스푼 경은 그날 저녁의 만남에 대해서 이야기하는 내내 어셴든을 뚫어져라 응시했고(이야기 속에는 유머도 없지 않았다고 생각했는데), 그의 눈빛은 웃음기조차 없이 차갑기만 했다.

「그 결혼이 성사되리라 봅니까?」 허버트 경이 물었다.

「아니요.」

「왜요?」

어셴든은 이 물음에 깜짝 놀랐다.

「남자는 아내하고만 결혼하는 게 아닙니다. 아내의 지인들하고도 결혼하는 거죠. 바이링이 어떤 부류의 사람들과 어울려 지내야 할지 생각해 보셨습니까? 평판 나쁜 화장 짙은 여자들, 사회 계급의 밑바닥까지 내려간 남자들, 저 기생충들과 사기꾼들이란 말입니다. 물론 돈이야 있겠죠. 여자가 가진 진주만 해도 수십만 파운드는 나갈 테니까요. 런던의 멋쟁이 보헤미안 행세를 하면서 허세도 부릴 수 있겠죠. 사회적 황금률이라고 아십니까? 출신 나쁜 여자가 결혼하면 패거리로부터 찬사를 얻지요. 수를 써서 남자 하나를 잡아 꿰차고 번듯한 지위를 얻는 겁니다. 하지만 남자는 어떻습니까? 조롱거리가 될 뿐이지요. 여자의 친구들마저도 저런 호구가 없다고 남자를 경멸할 겁니다. 포주 끼고 사는 노파들이며 어수룩한 사람들 찾아다 장사치한테 넘기고 소개비 조로

278

10퍼센트 받아먹고 살아가는 비천한 인생들까지 말입니다. 정말입니다. 그런 처지에서 자신을 지키며 고상하게 살자면 누구도 범접할 수 없을 지고한 인격자가 되거나, 아니면 세상에 둘도 없는 철면피가 되어야 할 텐데, 쉽지 않은 노릇입니다. 그뿐만이 아닙니다. 두 사람의 관계가 지속될 수 있을 거라고 보십니까? 그렇게 자유롭게 돌아다니면서 일하던 여자가 가정에 정착해서 집안일로 만족할 수 있을 것 같습니까? 얼마 안 가 따분해져서 엉덩이가 들썩거릴 겁니다. 게다가 대체 사랑이란 게 얼마나 오래갈 수 있답니까? 바이링도 언젠가 여자에게 마음이 식어 이 여자와 결혼하지 않았더라면 어땠을까 돌아볼 순간이 오지 않을 것 같습니까? 그때 그의 마음은 얼마나 쓰라릴까요?」

위더스푼이 자기 잔에 그 오래 묵힌 브랜디를 한 방울 더 떨구더니 묘한 표정으로 어셴든을 올려다보았다.

「자기가 진정으로 원하는 걸 하고 결과는 하늘의 뜻에 맡기는 편이 더 현명한 일이 아닐까요.」

「대사가 되는 것도 무척 기쁜 일일 텐데요.」

허버트 경이 희미하게 웃었다.

「바이링을 보면 내가 외무부 말단 사무관 시절에 알던 친구가 떠오릅니다. 지금은 널리 알려지고 존경받는 사람이 되었기 때문에 이름을 말할 수는 없지만 말입니다. 자기 분야에서 크게 출세했어요. 출세란 게 참 아이러니한 구석이 있죠.」

허버트 위더스푼 경의 입에서 이런 말이 나올 거라고는 예상하지 못했기에 어셴든은 눈썹이 살짝 올라갔지만, 뭐라고 말은 하지 않았다.

「동료 사무관이었죠. 똑똑한 친구였어요. 누구라도 부인하진 않을 겁니다. 모두들 처음부터 크게 될 친구라고 장담하곤 했어요. 외교관으로서 필요한 모든 요소를 갖춘 인재였다고 감히 말할 수 있습니다. 군인 집안 출신으로, 유수의 명문가는 아니어도 품위 있는 꽤 좋은 가문이었죠. 사교계에서 사람들하고 교제할 때는 잘난 척하지 않으면서 그렇다고 소심하게 굴지도 않는, 처세를 아는 사람이었습니다. 책을 많이 읽어 박식했고, 그림에도 관심이 많았어요. 좀 고지식한 면이 없다고 할 수는 없지만 정체되는 걸 싫어했고, 최신 유행에 아주 민감했죠. 사람들이 고갱과 세잔을 잘 모르던 시절에 일찍이 그들의 그림에 열광한 적도 있었어요. 그 친구의 태도에 속물적인 데가 없었다고 할 수는 없지요. 전통을 고수하고 인습에 의존하는 사람들을 뒤흔들어 놀라게 만들고 싶어 했으니까요. 하지만 예술을 향한 그 열망은 순수하고 진실했습니다. 파리를 좋아해서 기회만 생기면 달려가 라탱 지구[4]의 작은 호텔에 방을 잡고 화가들이나 작가들과 어울려 지냈죠. 예술을 한다는 무리들은 이 친구가 일개 외교관이라 다소 깔보는 듯한 태도를 취했고, 또 이 친구가 얌전한 신사라고 비웃는 경향이 있었죠. 그래도 이 친구를 좋아했어요. 자기네 이야기를 잘 들어 주니까요. 또, 이 친구가 자기네 작품을 칭찬할 때는 문외한이 〈진짜〉를 알아볼 줄 안

---

4 각 단위 교육 기관이 밀집한 센 강변 구역으로, 과거에 대학 강의가 라틴어로 이루어져 카르티에 라탱이라고 불렸다.

다며 그의 감식안만큼은 기꺼이 인정하기도 했습니다.」

어셴든은 허버트 경의 말에서 빈정거림을 느꼈고, 자기 직업을 그렇게 스스로 조롱하는 것을 보며 웃음이 나왔다. 왜 이렇게 장황하게 서두를 늘어놓는 것일까? 허버트 경이 이렇게 길게 끄는 것은 이 이야기가 재미있어서이기도 하지만, 한편으로는 왠지 본론으로 들어가기가 망설여져서라는 느낌도 들었다.

「이 친구는 주제넘게 나서는 법이 없는 사람이었어요. 젊은 화가들이나 무명작가들이 기성 대가들을 혹평하거나 다우닝가⁵에서 일하는 근엄하고 교양 있는 비서관들이 듣도 보도 못 한 인물을 놓고 침을 튕기며 이야기할 때면 시간 가는 줄 모르고 열중해서 들었죠. 이런 자리를 굉장히 좋아했어요. 물론 속으로는 그 예술가들이 대단치 않은 이류 패거리라는 걸 알고 있었어요. 하지만 런던의 직장으로 복귀해서도 후회는 없었죠. 뭔가 색다른 기분 전환용 연극을 한 편 보고 돌아온 기분이었어요. 막이 내렸으니 이제 집에 가야지, 그런 마음이요. 이 친구가 야심이 컸다는 걸 말씀드렸나요? 자기에 대한 친구들의 기대가 크다는 것을 알았고, 그들을 실망시킬 생각은 없었어요. 자기 능력을 확실하게 파악하고 있었고, 성공하리라는 의지 또한 강했습니다. 안타깝게도 그는 부자가 아니었고, 한 해에 겨우 몇백 파운드를 버는 정도였습니다. 하지만 양친은 이미 세상을 떠났고, 형제자매도 없었지요. 매인 식구 없이 자유로운 몸이라는 것이 하나의 자산이

5 영국 정부 각료들의 관저가 모여 있는 런던의 거리.

라는 것을 그는 잘 알고 있었습니다. 인생에 도움될 인맥을 만들어 나갈 기회가 그에게 제약 없이 열려 있다는 것을요. 가까이하고 싶지 않은 젊은이 같은가요?」

「아뇨.」 갑작스러운 물음에 어셴든은 대답했다. 「똑똑한 젊은이들 대부분은 자기네가 똑똑하다는 것을 알고, 그러다 보니 장래와 관련된 계획에 대해서도 다소 냉소적으로 바라보는 경향이 있죠. 젊은이라면 마땅히 야심이 있어야 한다고 봅니다.」

「아무튼, 이렇게 파리로 여행을 다니다가 오말리라는 재능 있는 젊은 아일랜드 화가를 알게 되었어요. 지금은 왕립 미술원 회원으로 고가에 대법관이나 각료들의 초상화를 그리고 있죠. 기억하실지 모르겠는데, 제 아내의 초상화도 그려서 몇 해 전 전시회에 걸렸었죠.」

「아뇨. 하지만 이름은 아는 분입니다.」

「아내가 그 초상화를 아주 좋아했어요. 그의 그림은 매우 정제된 스타일이라고 생각합니다. 보는 사람의 기분이 좋아지는 그림이죠. 초상화 모델마다 가진 특징을 기가 막히게 포착해서 화폭에 옮겨 놓는데 말입니다, 가령 좋은 집안 출신 여자의 초상화라면, 그 여자가 매춘부가 아니고 양갓집 규수라는 걸 누가 봐도 알 수 있는 겁니다.」

「그것참, 대단한 재능입니다.」 어셴든이 말했다. 「그럼 야한 여자를 야한 여자로 보이게도 그릴 수 있습니까?」

「그럼요. 지금은 그런 그림을 그리고 싶어 하지 않겠지만, 당시엔 셰르슈미디 거리의 비좁고 지저분한 작업실에서 선생이 말하는 그런 프랑스 여자하고 같이 살았었습니다. 그 여자의 초상화를 여러 점 그렸는데, 영락없이 그런 여자로 보였어요.」

어셴든에게는 허버트 경의 이야기가 지나칠 정도로 상세하게 느껴졌고, 지금 저 지리멸렬한 이야기 속 친구가 혹시 허버트 경 자신은 아닌지 묻고 싶었다.

「친구는 오말리를 좋아했어요. 쉬지 않고 떠드는데 재치가 있어서 같이 있으면 재미있다고요. 아일랜드인 특유의 입담을 타고난 거죠. 친구는 오말리의 화실에 자주 다녔어요. 오말리가 그림을 그릴 때면 작업 기법이니 뭐니 쉴 새 없이 재잘거리는 걸 듣기 좋아했죠. 오말리가 노상 자기 초상화를 그려 주겠다고 했는데, 그게 좀 우쭐한 기분도 들고 그랬나 보더군요. 오말리가 보기에 이 친구는 평범한 사람하고는 거리가 멀고, 그래서 전시회에 최소한 겉보기라도 신사 같은 사람의 초상화가 걸려 있으면 화가한테도 좋은 일이라고 했어요.」

「그런데 그게 언제 적 일인가요?」 어셴든이 물었다.

「오, 30년 전 일입니다……. 그들은 자신들의 미래에 대해서 이야기하곤 했는데, 오말리가 자신이 그리는 친구의 초상화가 국립 초상화 미술관에 걸리면 아주 보기 좋을 거라고 말할 때, 친구는 겸손한 인사로 받았지만 속으로는 언젠가는 반드시 거기에 걸릴 날이 오리라고 믿어 의심치 않았죠. 어느 날 저녁이었습니다. 친구는 — 편의상 브라운이라고 부를까요? — 그날도 오말리의 화실에 있었죠. 오말리는 살롱[6]에

출품할 자기 정부의 초상화를 마무리 작업하는 중이었어요.
지금은 테이트 갤러리에 걸려 있고요. 그날 해가 남아 있는
동안 끝내려고 구슬땀을 흘리고 있었죠. 그런데 오말리가 그
날 저녁 식사를 같이하지 않겠느냐고 묻는 겁니다. 정부와
그녀의 친구도 올 건데, 참 정부의 이름은 이본이었습니다,
브라운이 와주면 네 명이 되니 딱 좋겠다고요. 이본의 친구
는 곡예사였는데, 오말리가 그 여자의 나체화를 그리고 싶어
했어요. 이본이 자기 친구의 몸매가 아주 근사하다고 그랬다
나요. 그 여자가 오말리의 그림을 보고 기꺼이 모델을 서주
겠다고 해서, 이 일을 논의하기 위해 저녁 약속을 잡았다는
겁니다. 당시 여자는 공연이 없었지만 조만간 게테 몽파르나
스 극장 공연이 시작되니, 며칠 쉬는 동안 친구의 부탁도 들
어주고 약간의 가욋돈도 벌 수 있으니 괜찮겠다고 했대요.
곡예사를 만나 본 적 없는 브라운은 재미있겠다는 생각에 초
대를 받아들였죠. 이본은 브라운에게 그 여자가 취향에 맞을
지도 모르겠다면서, 마음에 들면 꼬시기가 그렇게 어렵지는
않을 거라고 했습니다. 당당한 풍채에 영국적인 옷차림을 보
면 영국 귀족이라고 생각할 거라고요. 브라운은 진지하게 받
아들일 얘기가 아니다 싶어 웃고 말았습니다. 〈*On ne sait
jamais*(사람 일은 모르는 거죠)〉 하니, 이본이 짓궂은 눈빛
으로 보는데 그냥 가만히 있었습니다. 부활절 즈음이라 날씨
는 쌀쌀했지만 화실 안은 따뜻했어요. 비좁은 공간 안은 온
갖 잡동사니로 뒤죽박죽이었고, 창틀에는 먼지가 수북했지

6 매년 파리에서 개최되는 현대 미술 전람회.

만 마음만은 편하고 아늑했습니다. 브라운은 런던 웨이버턴 거리의 작은 아파트에 살았는데, 벽에는 훌륭한 동판화가 걸려 있고 고대 중국 도자기도 몇 점 군데군데 놓아서 멋지게 장식되어 있었죠. 이렇게 고상한 자기 거실에는 어째서 그 정신없는 오말리의 화실 같은 아늑함도 낭만도 없는 걸까, 알 수가 없었어요.

잠시 후 초인종이 울리고 이본이 친구와 함께 들어왔습니다. 여자의 이름은 알릭스라는 것 같았어요. 그녀는 브라운과 악수하면서 *bureau de tabac*(담뱃가게) 뚱보 여사장 같은 걸쭉한 정중함이 묻어나는 상투적인 인사를 건넸습니다. 알릭스는 치렁치렁한 인조 밍크 코트와 커다란 빨간 모자 차림이었습니다. 말도 못 하게 천박한 인상이었고, 예쁘지조차 않았어요. 얼굴은 너부데데하고 개구리처럼 큰 입에 들창코였죠. 머리숱이 어마어마했는데 딱 봐도 염색한 금발이고, 아주 큰 눈에 눈동자는 청자색이었습니다. 화장이 아주 진했어요.」

어센든은 위더스푼이 말하고 있는 것이 본인의 경험이 틀림없다는 확신이 들기 시작했다. 그렇지 않고서야 30년 전에 한 젊은 여자가 어떤 모자를 썼고 무슨 코트를 입었는지 어떻게 기억하겠는가. 그런 빈약한 구실로 진실을 덮을 수 있다고 생각한 대사의 단순함에 웃음이 나왔다. 어센든은 이 이야기가 어떤 결말을 맞이하는지 궁금했을 뿐만 아니라, 이 냉랭하고 품위 있고 훌륭한 인물이 그런 모험에 연루된 경험이 있다고 생각하니 기분이 좋아졌다.

「여자가 이본과 재잘거리기 시작하자, 내 친구가 그녀에게서 이상하게도 매력적으로 느껴지는 특색을 한 가지 발견했습니다. 목소리가 심한 감기에서 갓 회복된 사람처럼 아주 낮고 허스키했는데, 이유는 모르겠지만 그 목소리를 듣고 있으니 몹시 기분이 좋았다는 겁니다. 오말리한테 저게 본래 목소리인지 물었더니, 자기가 처음 만났을 때부터 그랬다면서, 술에 찌든 목소리라고 하더군요. 오말리가 브라운의 말을 여자한테 전했더니, 여자는 함박웃음을 지으면서 그건 술탓이 아니라 물구나무를 많이 서다 보니 그렇게 된 거라고 했지요. 직업상 따르는 불편이라고요. 네 사람은 생미셸가 (街) 끝자락에 있는 한 지저분한 식당에서 포도주 포함 1인당 2프랑 50상팀짜리 저녁을 먹었습니다. 그것은 브라운에게 사보이나 클라리지 같은 고급 식당에서도 먹어 본 적 없는 맛난 음식이었죠. 알릭스는 수다스러운 사람이었어요. 브라운은 그 여자가 굵고 쉰 목소리로 들려주는 그날 있었던 여러 사건을 아주 흥미롭게, 심지어는 경이롭게 경청했지요. 여자가 속어를 마구 뒤섞어 썼기 때문에 절반도 알아듣지 못했지만, 그 살아 숨 쉬는 듯한 천속함에 온몸이 찌릿찌릿했답니다. 뜨겁게 달궈진 아스팔트의 열기며 싸구려 술집 함석 카운터에서 벌어지는 던적스러운 풍경, 사람들로 북적이는 파리 빈민가의 활기가 생생하게 느껴지는 이야기였어요. 그 여자는 밑바닥 사람이었습니다. 맞아요, 그랬어요. 하지만 그녀에게는 이글거리는 불길처럼 사람을 뜨겁게 만드는 생명력이 있었습니다. 브라운은 이본이 그 여자한테 자기에 대해서 딸린 식구 없고 돈 많은 영국 남자라고 말했다는 걸 알고 있었어요. 그 말을 들으면서 여자가 자기를 살펴보는 듯한 눈빛으로 바라보았지만, 그는 아무것도 모르는 척하면서 여자의 말을 들었죠. 〈나쁘지 않네〉 하는. 브라운은 재미있어했어요. 스스로도 자신에 대해서 나쁘지 않다고 여기고 있었거든요. 그보다 더한 얘기까지 나오긴 했지만 여자는 그에게 별 관심을 주지 않았고, 심지어 그는 알지 못하는 일들을 이야기하니 그로서는 지적인 호기심을 보이는 것 말고는 달리할 일이 없었습니다. 하지만 여자는 이따금씩 혀로 입술을 핥으면서 그를 빤히 바라보았어요. 요구만 하라는 듯한 뜻으로 읽혔지만, 그는 속으로 〈글쎄요〉 하고 말았죠. 여자는 젊고 건강해 보이며 긍정적인 활기가 느껴지는 사람이었지만, 허스키한 목소리를 제외하면 특별히 매력적인 면을 찾을 수 없었어요. 하지만 파리에서 잠깐 부담 없는 연애를 해보는 거라면 나쁠 것도 없을 것 같았죠. 그런 게 인생이니까요. 게다가 여자가 무대에서 공연하는 연예인이라는 점도 약간은 색다르게 느껴졌지요. 나이가 지긋한 중년이 되었을 때, 젊은 날 어느 곡예사와 사랑을 나누었다는 즐거운 회상에 빠질 수도 있지 않겠습니까. 라로슈푸코였나요, 오스카 와일드였나요? 노년에 후회할 거리를 갖기 위해서라도 젊어서 실수를 저질러 봐야 한다고 그랬죠. 저녁 식사가 끝나고(늦도록 앉아서 커피와 브랜디를 마셨죠) 밖으로 나왔을 때, 이본이 알릭스를 바래다달라고 부탁하더군요. 브라운은 기꺼이 그러겠다고 했죠. 알릭스는 멀지 않으니 걸어가겠다고 했어요.

함께 걸어가면서 알릭스가 자기는 작은 아파트가 있다고, 물론 대부분의 시간은 순회공연을 다니기 때문에 집을 비우지만 자기만의 공간이 있는 게 좋다면서, 여자는 자기 세간살이가 있어야지 안 그러면 존중을 받지 못한다고 하더군요. 얼마 가지 않아 어떤 구중중한 골목에 있는 허름한 집에 도착했어요. 알릭스가 초인종을 누르자 경비원이 문을 열어 주었죠. 그런데 들어오라고 하지 않는 겁니다. 그저 당연히 들어올 거라고 생각하는 건지 어떤지 알 수가 없었죠. 브라운은 잔뜩 소심해졌어요. 머리를 쥐어짜 봐도 할 말이 단 한마디도 떠오르지 않았습니다. 침묵이 흘렀어요. 웃겼죠. 딸깍 소리와 함께 문이 열렸습니다. 여자는 뭔가 기대하는 눈빛으로 남자를 바라보았어요. 곤혹스러운 눈치였습니다. 남자는 순간 부끄러움에 어쩔 줄 몰랐죠. 그때 여자가 손을 내밀면서 집 앞까지 바래다줘서 고맙다며 잘 가시라고 인사를 했습니다. 남자는 초조함에 심장이 터질 것 같았죠. 여자가 들어오라고 했다면 그냥 가버렸을 겁니다. 여자가 들어오라는 신호라도 보내 주면 좋으련만. 남자는 여자와 악수하고 잘 있으라며 모자를 들어 인사하고는 떠났습니다. 세상에 이런 바보가 어디 있나 생각했죠. 여자가 자기를 얼마나 멍청이로 봤을까 하는 자괴감에 이리 뒤척 저리 뒤척 밤새 잠을 이루지 못하고, 여자가 받았을 경멸스러운 인상을 상쇄할 무언가를 해볼 수 있는 날이 하루빨리 오기만을 기다렸습니다. 그는 자존심에 상처를 입었어요. 시간을 끌면 안 될 것 같아 점심 식사에 초대하려고 다음 날 오전 11시에 여자 집으로 갔지만, 그녀는 나가고 없었어요. 하는 수 없이 꽃만 보내고 그 날 오후에 다시 찾아갔습니다. 여자가 들어오기는 했는데 또 나갔다고 했습니다. 혹시나 만날 수 있을까 싶어 오말리한테 가봤지만 거기에도 없었죠. 오말리가 간밤에 집에 데려다준 일은 어땠느냐고 장난스럽게 묻더군요. 그는 체면을 생각해 알릭스가 자기하고는 그렇게 어울리는 여자 같지가 않다면 서 깔끔하게 데려다주고 돌아왔다고 둘러댔죠. 하지만 오말 리가 자기 사정을 꿰뚫어 본 것 같아 마음이 불편했습니다. 그는 *pneumatique*(공압 우편)[7]로 다음 날 저녁 식사에 초대 하고 싶다는 전갈을 보냈어요. 답신은 오지 않았죠. 그는 이 해할 수 없었어요. 호텔 문지기에게 자기한테 편지 온 것이 없느냐고 열댓 번은 물어봤죠. 에라 모르겠다 싶은 심정으로 저녁 식사 시간 직전에 여자 집으로 가봤습니다. 경비원이 여자가 집에 있다고 하더군요. 올라갔죠. 몹시 긴장했어요. 자기가 그녀를 초대하는 게 얼마나 힘들었는데 어쩌면 그렇 게 신경도 쓰지 않을 수가 있느냐며 화를 내고 싶었지만, 한 편으로는 아무렇지도 않은 듯 보이고 싶었어요. 그는 어둡고 퀴퀴한 냄새가 나는 층계를 4층이나 걸어 올라가 안내받은 문 앞에 이르러 초인종을 눌렀습니다. 약간의 시간 차를 두 고 안에서 인기척이 느껴지자 다시 눌렀어요. 여자가 바로 문을 열더군요. 여자는 누군지 모르겠다는 표정이었어요. 브

7 우편물을 캡슐에 넣어 진공관을 통해서 송달하던 시스템으로 파리에서 는 1984년까지 사용되었으며, 현재에도 병원, 호텔, 금융 기관 등에서 의약 품, 시료, 증권 등의 수송 수단으로 남아 있다.

라운은 당황했어요. 다시 한번 자존심에 금이 갔죠. 하지만 애써 밝게 웃으며 말했어요.

〈오늘 밤 같이 식사나 할까 하고 와봤습니다. *Pneumatique* (공압 우편)도 보냈는데요.〉

그러니까 비로소 누군지 알아보더군요. 그런데도 문간에 서서 들어오라고 하지 않는 겁니다.

〈저런, 오늘 밤은 안 되겠어요. 편두통이 심해서 자려던 참이었거든요. *Pneumatique*(공압 편지)에 대한 답장을 못 한 건, 어디다 뒀는지 못 찾겠더라고요. 당신 이름도 잊어버렸고요. 보내 주신 꽃은 잘 받았어요. 고마웠어요.〉

〈그럼 내일 저녁은 어떠신가요?〉

〈*Justement*(잠깐만요), 내일은 밤에 약속이 있어요. 미안해요.〉

더 할 말도 없고 더 이상 뭔가를 해보자고 할 엄두가 나지 않아, 잘 자라고 인사하고 나왔죠. 여자가 자기를 싫어하는 건 아닌 것 같은데, 까맣게 잊고 있었다는 인상을 받았습니다. 굴욕적이었죠. 그 여자를 만나지 못한 채 런던으로 돌아와서도 이상하게 뭔가 미진한 느낌이 들었습니다. 그 여자를 사랑한 것도 아닌데, 막 화가 나고 머릿속에서 그녀가 떠나지를 않는 겁니다. 그는 정직하게 자기가 고통스러운 것은 상처 난 자존심 때문이라는 걸 시인했죠.

생미셸가 끝자락의 그 작은 식당에서 저녁을 먹을 때 여자가 자기네 곡예단이 봄에 런던에 간다고 말했었는데, 브라운은 오말리에게 쓴 편지 가운데 어딘가에 그 젊은 친구 알릭

스가 런던에 올 때 (오말리가) 자기한테 귀띔해 준다면 찾아
가 볼지도 모르겠다는 소리를 슬쩍 던져 놓았죠. 그는 오말
리가 그린 자신의 나체화를 어떻게 생각하는지 알릭스로부
터 솔직한 얘기를 듣고 싶었어요. 얼마 후 오말리가 편지로
알릭스가 일주일 뒤에 에지웨어 거리에 있는 메트로폴리탄
극장에서 공연한다는 소식을 알려 왔을 때, 브라운은 피가
머리끝까지 솟구치는 것 같았죠. 물론 공연을 보러 갔습니다.
매사에 유비무환이라고, 미리 가서 프로그램을 확인하지 않
았더라면 알릭스가 나오는 걸 보지도 못할 뻔했죠. 출연 순
서가 첫 번째였더라고요. 그 순서는 남자 둘과 알릭스였는데,
남자들은 콧수염을 수북하게 길렀고 하나는 뚱보, 하나는 홀
쭉이였어요. 그들은 몸에 잘 맞지도 않는 분홍 타이츠와 헐
렁한 녹색 새틴 반바지를 입고 있었지요. 남자 둘이 쌍그네
에 앉아 이런저런 곡예를 선보이는 동안, 알릭스는 무대를
오락가락하며 남자들에게 손바닥의 땀을 닦을 손수건을 갖
다주고 중간중간 공중제비를 넘었어요. 또 뚱보가 홀쭉이를
어깨 위에 올리면 알릭스가 다시 홀쭉이의 어깨 위로 올라가
객석으로 손 키스를 날리는 곡예도 있었지요. 자전거 곡예도
있었어요. 숙련된 곡예사의 공연을 보노라면 우아하다 못해
황홀해지곤 하는데, 이들은 유치하고 허술한 데다 저속하기
까지 하니 브라운은 민망해서 쩔쩔맸어요. 다 큰 남자들이
사람들 앞에서 바보짓으로 웃음거리가 되는 것을 보고 있자
니 보는 사람이 더 부끄러워지더군요. 가엾은 알릭스. 분홍
타이츠에 녹색 새틴 반바지를 입고 시종 억지웃음을 짓고 있

는 모습이 어찌나 꼴불견이던지, 전에 아파트를 찾아갔을 때 자기를 알아보지 못한다고 분통을 터뜨렸던 일이 무색하게 만 느껴졌습니다. 그래도 공연이 끝났을 때는 무대 뒤로 가서 문지기에게 1실링을 주면서 여자에게 명함을 전해 달라고 했는데, 그 정도는 해주지 하는 마음이었지 다른 뜻은 없었습니다. 몇 분 뒤에 알릭스가 나왔어요. 반가운 표정이었죠.

〈이 칙칙한 도시에서 아는 사람 얼굴을 보니 얼마나 기쁜지 모르겠어요. 참, 파리에서 초대하셨던 저녁, 지금 사주시면 되겠네요. 배고파 죽겠어요. 원래 공연 전에는 아무것도 먹지 않거든요. 우리한테 준 순서 좀 보세요. 너무했죠. 이건 모욕이라고요. 내일 에이전트를 찾아가 따질까 봐요. 우리를 그따위로 취급해도 된다고 생각했다면 오산이죠. 홍, 그렇게는 안 되지. 안 되고말고! 관객은 또 어떻고요! 열기도 없어, 박수도 없어, 다 죽은 줄 알았잖아요.〉

내 친구는 골이 띵했습니다. 이 여자는 진짜 자기 연기를 소중히 여기기라도 하는 건가? 친구는 웃음이 터질 뻔할 걸 겨우 참았죠. 하지만 여자가 말하는 목소리는 여전히 허스키했습니다. 그의 신경을 묘하게 건드리는 그 목소리 말입니다. 여자는 위아래로 새빨간 옷을 입고, 머리에는 처음 만났을 때처럼 빨간 모자를 쓰고 있었죠. 그 모습이 어찌나 번쩍거리는지 브라운은 아는 사람 눈에 띌 만한 곳으로 가고 싶지 않아 소호 쪽으로 가자고 했어요. 그 시절만 해도 아직 2인승 마차가 다녔는데, 밀어를 나누기에는 마차가 오늘날의 택시

보다 훨씬 더 유용하지 않겠습니까. 브라운은 알릭스의 허리
에 팔을 감고 키스했습니다. 알릭스는 차분했지만 브라운도
미칠 듯이 흥분되지는 않았죠. 저녁을 먹는 동안 브라운은
제법 용감하게 나갔고, 알릭스도 분위기에 맞추어 상냥하게
굴었죠. 하지만 자리를 파하고 일어날 때 웨이버턴 거리의
자기 집으로 가자고 하자, 알릭스는 파리에서 같이 온 친구
와 밤 11시에 만나기로 되어 있다더군요. 브라운과 저녁을
같이 먹을 수 있었던 것도 그 친구가 업무 관련 약속이 있었
기 때문이라면서요. 브라운은 분개했지만 내색하지 않으려
애썼죠. (알릭스가 카페 모니코에 가고 싶다고 해서) 워더 거
리를 따라 걷다가 한 전당포 진열장 앞에 멈춰 서서 보석을
구경했어요. 알릭스는 사파이어와 다이아몬드 팔찌를 넋을
잃고 바라보더군요. 브라운이 보기에는 천박한 물건이었지
만, 그래도 갖고 싶으냐고 물어봤죠.

〈하지만 가격표에 15파운드라고 찍혀 있는걸요.〉 알릭스
가 말했습니다.

브라운은 안으로 들어가서 여자한테 그것을 사주었고, 여
자는 기뻐했습니다. 피카딜리 광장이 나오기 직전에 그녀가
브라운에게 그만 가보라고 하더군요.

〈내 말 잘 들어요, *mon petit*(예쁜이). 런던에선 친구 때문
에 당신을 만날 수가 없어요. 늑대처럼 질투가 심하거든요.
그래서 지금은 그냥 가는 게 좋겠다고 하는 거예요. 하지만
다음 주에 불로뉴에서 공연이 있는데, 그때 올래요? 거기선
나 혼자일 거예요. 친구가 네덜란드로 돌아가거든요. 원래

거기 사람이라서.〉

〈좋소.〉 브라운이 말했어요. 〈가죠.〉

브라운이 ─ 이틀 휴가를 내고 ─ 불로뉴로 간 것은 상처
입은 자존심을 회복하자는 생각이 컸습니다. 그런 일에 신경
쓴다는 게 이상하긴 하죠. 선생도 이해가 되지 않으실 거예
요. 브라운은 알릭스가 자기를 바보 멍청이로 여길 거라고
생각하니 견딜 수가 없었습니다. 여자한테서 그 인상만 지우
고 나면 두 번 다시는 거들떠보지 않을 일이라고 여겼죠. 그
는 오말리도 생각해 보고, 이본도 생각해 봤어요. 알릭스가
분명히 그 친구들한테 다 말했을 테죠. 자기가 속으로 경멸
하는 인간들이 등 뒤에서 자신을 비웃고 있을 것이라고 생각
하면 속이 쓰라려 견딜 수가 없었습니다. 되게 한심하다고
생각하시겠죠?」

「맙소사, 아닙니다.」 어셴든이 말했다. 「인간사에 이해가
있는 사람이라면 인간의 영혼을 괴롭히는 모든 감정 중에서
허영심만큼 파괴적이고 보편적이며 뿌리 깊은 것도 없다는
것을 잘 압니다. 그 파괴력을 부정하는 것이 바로 허영심의
증거죠. 사랑이 이보다 더 해롭겠습니까. 다행히도 세월이
흐르면서 사랑의 공포며 굴종쯤은 웃어넘길 수 있게 됩니다.
그러나 허영의 굴레는 나이를 먹는다고 해서 우리를 놓아주
지 않아요. 실연의 아픔은 시간이 가면 치유되지만, 상처받
은 허영심의 고통은 오로지 죽음만이 잠재울 수 있습니다.
사랑은 단순해서 아무 구실도 찾지 않지만, 허영심은 요모조
모로 위장하여 우리를 기만합니다. 허영심은 모든 미덕에서

한몫씩 차지하고 있습니다. 용기의 원동력도, 야망의 버팀목도 허영심입니다. 사랑하는 이에게는 변치 않는 마음을, 금욕주의자에게는 인내할 힘을 주는 것, 예술가의 가슴속 명예욕의 불길에 기름을 붓는 것도 허영심입니다. 정직한 사람의 고결함을 지탱해 주는 것도 허영심이요 그 보상도 허영심이지만, 성자의 겸양을 비꼬며 추파를 던지는 것 또한 허영심입니다. 인간은 이놈에게서 벗어나지 못합니다. 경계하려고 기를 써봐야 소용없습니다. 이놈이 그 경계심을 되받아 우리의 발을 걸어 넘어뜨릴 테니까요. 이놈이 맹습해 올 때는 속수무책입니다. 어디서 빈틈을 찾아내 공격할지 알 도리가 없으니 말입니다. 성실한 삶의 자세도 그 함정에 빠질 수 있으며, 유머로도 이놈의 조롱에는 당해 낼 수 없습니다.」

어셴든은 여기에서 멈췄다. 하고 싶은 말을 다 해서가 아니라 숨이 찼기 때문이다. 허버트 경도 지금은 그의 말을 듣기보다 자기가 하고 싶은 말이 더 많지만 예의를 차리느라 억지로 참고 있는 듯한 눈치였다. 하지만 어셴든도 주인장에게 어떤 깨달음을 주기 위해서라기보다는 하다 보니 흥에 겨워 일장 연설을 하게 된 면이 없지 않았다.

「결국 인간이 징글징글한 자기 팔자를 끌어안고 가는 것도 이 허영심 때문이지요.」

허버트 경은 잠시 말없이 정면을 응시했다. 어떤 고통스러운 생각이 머나먼 기억의 지평선에서 맴돌고 있는 듯했다.

「불로뉴에서 돌아온 친구는 자기가 알릭스에게 완전히 빠졌다는 걸 깨닫고, 보름 뒤 공연이 있는 덩케르크에서 다시 만나기로 약속을 했습니다. 그날이 오기까지 그는 다른 일은 아무것도 생각할 수 없었지요. 출발 전날 밤에는 도통 잠을 이루지 못했습니다. 이번 만남은 서른여섯 시간밖에 되지 않았거든요. 사랑의 열정에 완전히 사로잡힌 겁니다. 그다음에는 단 하룻밤의 만남을 위해 파리로 건너갔고, 여자가 일주일 동안 일정이 비는 기회가 생겼을 때는 런던으로 오라고 부르기도 했죠. 친구는 여자가 자기를 사랑하지 않는다는 걸 알았어요. 그저 여자가 어울리는 수많은 사내 중 한 명이었고, 여자 쪽에서도 친구가 유일한 연인이 아니라는 사실을 굳이 숨기려 들지 않았지요. 그는 질투에 몸부림쳤지만 그런 표를 내봤자 여자한테 비웃음을 당하거나, 아니면 노여움을 살 뿐이라는 것도 알았습니다. 친구는 이 여자의 취향에 맞는 구석이 하나도 없었어요. 그저 친구가 점잖고 옷을 잘 입으니까 좋아하는 거였고, 자기한테 귀찮은 요구를 하지 않는 한 정부 노릇을 해주겠다는 식이었지, 그 이상은 아니었어요. 친구한테는 여자한테 뭔가 묵직한 걸 해줄 만한 재력도 없었고, 있었다고 해도 자유를 사랑하는 여자가 거절했을 겁니다.」

「그 네덜란드 사람은요?」 어셴든이 물었다.

「네덜란드 사람요? 그건 다 지어낸 얘기였어요. 그땐 이러저러한 이유로 브라운한테 신경 쓰기가 싫었다나 봐요. 그 여자한테 거짓말 한두 마디 지어내는 일이 대수였겠습니까? 친구가 자기감정을 억제하려고 노력하지 않았다고는 생각하지 마십시오. 그게 미친 짓인 건 그 친구도 잘 알고 있었습니다. 그 여자와의 관계를 계속 이어 간다는 건 자기한테 곧 파멸이라는 걸 말이죠. 그 여자한테 괜한 환상도 없었어요. 흔히 볼 수 있는 거칠고 속된 여자였으니까요. 여자가 하는 얘기 중에 흥미로운 건 없었어요. 그러려고 노력하지도 않았고요. 브라운이 자기 일에 관심이 있다고 생각해 들려준다는 얘기가 동료 곡예사들하고 다툰 얘기, 매니저들하고 시비 붙은 얘기, 호텔 주인들하고 있었던 말다툼 같은 따분한 얘기들뿐이었죠. 여자가 하는 말은 죽도록 지루했지만, 그 쉰 목소리만큼은 심장 박동을 뛰게 만들었어요. 사람이 이러다 질식사할 수도 있겠다 싶을 정도였다니까요.」

어셴든은 의자에 앉아 있기가 힘들었다. 보기에는 좋지만 딱딱하고 등받이가 직각인 셰라톤 의자였다. 허버트 경에게 안락의자가 있는 저쪽 방으로 가고 싶은 마음이 생기기를 바랄 뿐이었다. 이제 경이 하는 얘기가 자신의 얘기임이 분명해졌다. 어셴든은 남 앞에서 자기 영혼을 이토록 적나라하게 드러내는 것은 상대에 대한 배려가 부족한 행동이 아닌가 생각했다. 남의 속내를 강요당하다시피 하는 말을 듣고 싶은 마음은 없었다. 허버트 위더스푼 경이 자기에게 무슨 의미가 있는 사람이라고. 어둑한 촛불 아래 몹시 창백해진 허버트 경의 얼굴이 보였다. 그의 눈빛에 어떤 무모함 같은 것이 있었다. 냉랭하고 침착하기만 한 사람에게서 이런 기운이 느껴지니 이상하게 당황스러웠다. 그는 자기 잔에 물을 따랐다. 목이 타서 말하기도 힘들어 보였지만 그대로 이어 갔다.

「결국 친구는 자기를 추슬렀습니다. 자기가 벌인 그 추잡하고 치기 어린 행각에 욕지기가 났어요. 아름다운 데라곤 없이 부끄러울 따름이었죠. 아무 데도 가지 못할 관계였어요. 그의 열정은 그 열정의 대상이었던 여자만큼이나 천속했어요. 이제 알릭스가 곡예단과 함께 6개월간 북아프리카로 순회공연을 떠나니, 적어도 그 여자를 만나는 것이 불가능한 상황이었죠. 그는 이것을 여자와 확실하게 헤어질 기회로 삼자고 마음먹었습니다. 여자가 콧방귀도 뀌지 않으리라는 걸 마음은 쓰라리지만 받아들였죠. 여자는 3주도 지나지 않아서 그를 다 잊었습니다.

그런데 그에게는 또 다른 일이 있었죠. 어떤 부부하고 아주 가깝게 지내게 되었는데, 인맥과 정치적 배경에서 아주 중요한 사람들이었습니다. 그 부부에게 외동딸이 있었는데, 무슨 연고인지는 모르겠으나 그 딸이 그를 사랑하게 된 겁니다. 그 딸은 모든 면에서 알릭스와 정반대되는 사람이었어요. 파란 눈과 하얀 피부에 발그레한 뺨, 늘씬한 키에 금발, 아주 전형적인 영국 미인이었죠. 『펀치』[8]에 실리는 뒤 모리에[9]의 삽화에서 걸어 나왔다고 해도 믿어질 법한 외모랄까요. 똑똑하고 박식한 데다 어려서부터 정치인이 많은 환경에서 살아온 터라 그가 관심을 가진 사안에 대해서 지적으로 논할 줄 알았어요. 청혼하면 승낙하리라 믿어도 되는 분위기였고요. 말씀드렸죠. 이 친구, 야심가였다고. 그는 자신에게 큰 재능이 있다는 것을 알았고, 그걸 펼칠 기회를 얻고 싶어 했어요.

8 영국의 풍자 주간지로 1841년 창간해 1992년 폐간되었다.
9 George du Maurier(1834~1896). 프랑스계 영국인 만화가이자 소설가.

여자는 영국 명문가의 친척 집안이었으니, 이런 결혼이 자신의 성공 가도에 얼마나 큰 보탬이 될지 깨닫지 못한다면 바보죠. 다시 오지 않을 절호의 기회였습니다. 그 추잡한 사건을 이것으로 영영 접어 버릴 수 있다고 생각하니 날아갈 것 같았죠. 무심하게 명랑하며 감정 없이 싹싹한 저 벽 같은 사람에게 바쳤던 열정에 보상이라곤 번번이 달걀로 바위 치기 같은 허무함뿐이었던 그가, 누군가에게는 자신이 정말로 중요한 존재라는 사실을 깨닫게 되었으니 얼마나 행복했겠습니까! 자기가 방에 들어서면 환하게 밝아지는 여자의 얼굴을 보면서 어떻게 감동받지 않으며 우쭐해지지 않을 수 있겠습니까? 그는 이 여자를 사랑하지는 않았습니다. 하지만 매력 있는 사람이라고 느꼈고, 알릭스가 끌어들였던 그 속된 생활도 잊고 싶었습니다. 마침내 결심한 그는 여자에게 청혼했고, 승낙을 받았습니다. 여자의 가족도 기뻐했습니다. 결혼식은 그해 가을에 올리기로 했는데, 부친이 어떤 정치적인 임무로 남아메리카에 가게 되면서 아내와 딸에게도 함께 가자고 했지요. 여름 내내 떠나 있게 된 겁니다. 나의 친구 브라운은 외무부에서 외교관 근무직으로 전임되어 리스본에 발령을 받았습니다. 곧장 거기로 가게 되었죠.

친구는 약혼녀를 배웅했습니다. 그런데 브라운의 전임자에게 잠시 사정이 생겨 리스본에 3개월 더 체류하게 되는 바람에 일 없이 빈둥거리게 된 겁니다. 이제 뭘 할까 궁리하던 차에 알릭스로부터 편지를 한 통 받게 됩니다. 프랑스로 돌아가는 길이고 순회공연 계약이 잡혔다면서 방문할 곳을 길게 나열해 놓았는데, 알릭스 특유의 부담 없고 친근한 말투로 어떻게 하루 이틀 정도 시간을 만들어 들러 준다면 재미있을 거라고 하는 겁니다. 그는 정신 나간 수치스러운 생각에 사로잡혔습니다. 만일 알릭스가 꼭 와주었으면 좋겠다고 간절하게 의사를 표했더라면 거절했을지도 몰라요. 하지만 오히려 그 감정 없이 무심하고 가벼운 태도에 끌리고 만 겁니다. 갑자기 알릭스가 그리워 견딜 수가 없었죠. 여자가 천박하고 저속하다고 해도 문제될 것 없을 만큼 뼈저리게 그리웠습니다. 게다가 이번이 그에겐 마지막 기회였습니다. 조금 있으면 결혼하게 될 테니, 지금이 아니면 영영 오지 않을 기회였습니다. 그는 마르세유로 내려갔고, 튀니스에서 돌아오는 배에서 내리는 여자를 만났습니다. 자기를 보고 반가워하는 여자를 보니 가슴이 뛰었습니다. 그는 석 달 뒤면 결혼할 거라고, 자신에게 허락된 마지막 자유의 순간을 함께해 주지 않겠느냐고 물었죠. 여자는 순회공연을 포기할 수 없다고 했습니다. 어떻게 동료들을 저버릴 수 있느냐고요. 브라운이 그들에게 보상하겠다고 했지만 여자는 말을 들으려 하지 않았어요. 그렇게 단기간에 대역을 찾을 수도 없을뿐더러 앞으로 다른 공연으로 이어질 좋은 조건의 계약을 파기할 수는 없는 일이라고요. 자기네는 뱉은 말은 지키는 성실한 사람들이고, 매니저들에게도 관객에게도 지켜야 할 의리가 있다는 거죠. 그는 누르락푸르락하며 펄펄 뛰었죠. 자기가 누려야할 행복을 그따위 형편없는 공연 때문에 희생해야 한다는 게 어이가 없었어요. 그럼 그 석 달 계약이 끝나면? 여자는 어떻게 되는 걸까? 아, 그러면 안 되는 일이었어요. 자신이 너무 무리한 요구를 하고 있는 것이었지요. 그는 여자에게 사랑한 다고, 자기가 얼마나 미치도록 그녀를 사랑하고 있는지 이제 야 깨달았다고 말했어요. 그러니까 여자가 말하더군요. 자기 네 순회공연에 같이 다니는 건 어떻겠느냐고요. 자기는 그가 같이 있으면 좋을 것 같다, 함께 즐거운 시간을 보낼 수 있고, 그 석 달이 지나면 그는 약혼녀와 결혼하면 되니 누구한테도 손해는 아닐 것이라고. 그는 잠시 망설였죠. 하지만 그녀를 다시 만났는데 그렇게 빨리 헤어진다는 것은 도저히 참을 수 가 없었습니다. 그는 받아들였습니다. 그러자 여자가 이렇게 말했어요.

〈하지만 잘 들어요, 예쁜이. 알겠지만 어리석게 굴면 안 돼 요. 매니저들은 내가 고고하게 구는 걸 좋아하지 않아요. 나 도 내 장래를 생각해야 되는데, 내가 단골손님들 기분에 맞 춰 주지 않으면 저들이 나를 도로 받아 주고 싶어 할까요? 자 주 있는 일은 아닐 거예요. 하지만 명심해요. 내가 어쩌다 마 음에 드는 사람한테 간다고 해도 호들갑을 피우면 안 된다는 거. 나한테 그런 건 아무것도 아니에요. 그저 일이니까 하는 거지. 말하자면 당신이 내 *amant de cœur*(기둥서방)가 되는 거죠.〉

그는 이상하게도 마음이 사무치게 저려 왔어요. 그때 친구 의 얼굴이 무척 창백해졌던가 봐요. 여자가 당신 이러다 기 절하는 거 아니냐면서 의아한 표정으로 그를 바라봤어요.

〈그게 조건이에요. 그대로 하겠다면 같이 가는 거고, 아니

면 말죠.〉

　그는 그렇게 하겠다고 했습니다.」

　허버트 위더스푼 경이 의자에서 몸을 앞으로 기울이는데 얼굴이 얼마나 창백한지, 어셴든은 이 양반 이러다 기절하는 게 아닌가 싶었다. 피부가 뼈의 덮개인 양 표정 없는 얼굴은 해골처럼 보였지만, 이마에는 핏줄이 매듭처럼 불거져 있었다. 과묵하기만 하던 경은 찾아볼 수 없었다. 어셴든은 제발 이야기를 그만 멈춰 주기를 다시금 속으로 빌었다. 타인의 발가벗은 영혼을 보고 있자니 불편하고 당혹스러웠다. 누구라도 그토록 구차한 자신의 모습을 타인에게 내보일 권리는 없는 것이 아닌가. 그는 외치고 싶었다.

　〈그만, 그만하십시오. 더 이상 아무 말도 하지 마십시오. 부끄러워 견딜 수 없으려고 그러십니까.〉

　하지만 지금 이 사람에게는 염치가 문제가 아니었다.

　「두 사람은 석 달 동안 이곳저곳 재미없는 도시를 다니며 싸구려 호텔의 불결한 침대에서 같이 지냈죠. 좋은 호텔에 데려가려 해도 알릭스가 싫어했어요. 그런 곳에 어울리는 옷도 없고, 늘 다니던 급의 호텔이 더 마음 편하다나요. 동료들한테 거드름 피운다는 소리 듣는 것도 싫다고 하면서요. 공연이 끝나기를 기다리는 지루한 시간은 허름한 카페에서 보냈죠. 단원들은 그를 형제처럼 대해 줬어요. 성 떼고 이름으로 부르고 농지거리를 하고 등짝을 때리고 지나가기도 했죠. 단원들이 바쁠 땐 심부름도 해줬어요. 매니저들에게선 능글능글한 경멸의 눈빛을 보았고, 단원들이 친한 척 사분거리는 꼴도 견뎌야 했습니다. 이 사람들이 이동할 땐 삼등칸을 이용하는데, 나서서 짐꾼 노릇도 해줬고요. 독서가 삶의 낙인 그였지만 책 한 장 펼쳐 보지 못했어요. 알릭스가 책이라면 지겨워하는 데다가 독서한다는 사람들은 그저 잘난 척하는 것일 뿐이라고 하니 말입니다. 그는 밤마다 뮤직홀에 가서 알릭스의 흉측하고 조악한 공연을 지켜봤습니다. 자신의 공연이 예술적이라는 알릭스의 안쓰러운 환상에 공감해 줘야 했고, 공연이 무사히 끝났을 땐 축하해 주고, 어떤 아찔한 곡예가 잘못되었을 땐 위로해 줘야 했어요. 공연이 끝나면 아무 카페에 가서 알릭스가 옷을 갈아입는 동안 기다렸는데, 가끔은 좀 급하게 들어와서 이렇게 말할 때도 있었어요.

〈오늘 밤은 기다리지 말아요, *mon chou*(예쁜이). 난 바빠요.〉

그럴 때면 질투심에 번민했습니다. 사람이 이렇게 고통받을 수 있을까 싶을 정도로 고통스러운 시간이었습니다. 알릭스는 새벽 3, 4시가 되어서야 호텔로 돌아와서는 잠자지 않고 뭐 하느냐 물었죠. 잠이라니! 비참함에 가슴이 다 문드러지는데 무슨 수로 잠을 자겠습니까? 그는 그녀의 일에 참견하지 않겠다고 약속했었죠. 하지만 지키지 못했습니다. 아주 난리를 피워 댔죠. 그녀를 때린 적도 있었어요. 그러면 그녀도 더 이상 못 참겠다, 이제 당신이 지긋지긋하다, 짐 싸서 가겠다고 호통을 쳤죠. 그러면 그는 뭐든 다 약속하겠다, 시키는 대로 다 하겠다, 어떤 수모도 다 참아 넘기겠다, 제발 자기를 버리지만 말아 달라고 애걸복걸했습니다. 정말 끔찍하고 망신스러운 짓이었습니다. 비참했습니다. 비참? 아닙니다. 그는 이보다 행복해 본 적이 없었습니다. 비록 시궁창에서 뒹구는 삶이었지만, 기쁘게 뒹굴었습니다. 지금까지 살아온 인생은 너무나 따분했습니다. 지금 이 순간이야말로 낭만이 있는 멋진 인생으로 느껴졌습니다. 이것이 진짜 인생이라고 요. 지저분하고 추한, 술에 찌든 목소리의 그 여인. 그 여인에 게는 놀라운 생명력이, 그의 삶에까지 활기를 불어넣는 듯한 삶을 향한 열정이 있었습니다. 그 열정은 실로 순도 높은 보석 같은 불꽃을 뿜어내며 그를 불타오르게 하는 것 같았지요. 요새 사람들도 페이터[10]를 읽습니까?」

「모르겠습니다.」 어셴든이 대답했다. 「저는 읽지 않았습니다.」

「그건 겨우 석 달뿐이었죠. 아, 시간은 짧게만 느껴졌고, 한 주 한 주가 날아가듯 지나갔어요. 가끔은 모든 걸 버리고 곡예사에 인생을 걸어 볼까 하는 헛된 꿈에 젖어들기도 했습니다. 단원들도 그를 마음에 들어하기 시작했어요. 조금만 훈련하면 자기네 순서에 끼워 줄 수도 있을 거라고 했지요. 농담으로 하는 소리라는 것은 알았지만 은근히 기분이 좋았어요. 그래 봤자 다 꿈일 뿐이었죠, 이루어질 리 없는. 그 석 달이 끝난 뒤 각종 의무가 기다리고 있는 본래의 삶으로 돌아가지 말까 하는 생각을 진지하게 저울질해 본 적은 없었습니다. 냉철하고 논리적인 이성을 지닌 그는 알릭스 같은 여

10 Walter Pater(1839~1894). 영국의 문학가 및 평론가. 19세기 말 데카당스적 문예 사조의 선구자.

자 하나 때문에 모든 것을 희생한다는 것이 얼마나 어리석은 일인지 잘 알고 있었습니다. 그는 야심가였고, 힘 있는 사람이 되고 싶었습니다. 게다가 자기를 믿고 사랑하는 그 딱한 처녀의 마음에 상처를 줄 수는 없었습니다. 그녀는 일주일에 한 번씩 편지를 보내 왔습니다. 집으로 돌아갈 날만 기다린다고, 시간이 멈춘 것처럼 느껴진다고 썼죠. 그런데 그는 무슨 일이 일어나 귀국이 지연되면 좋겠다고 남몰래 빌었어요. 시간이 조금만 더 있다면 얼마나 좋을까! 주어진 시간이 여섯 달이었다면 그 여자한테 빠져 정신 못 차리는 상태에서 벗어났을 겁니다. 벌써 가끔은 알릭스가 보기 싫어질 때가 있었으니까요.

마지막 날이 왔습니다. 둘은 이제 서로 할 말도 없었습니다. 둘 다 슬프긴 했지요. 하지만 알릭스는 그저 몸에 익은 하나의 습관을 떠나보내야 한다는 게 아쉬울 뿐, 스물네 시간이 채 지나기도 전에 자기네 떠돌이 패거리와 시시덕거리며 또 신나게 살아가리라는 걸 그는 알고 있었습니다. 그가 생각할 수 있는 것은 이튿날이면 파리로 가서 약혼녀 및 그 가족과 상봉해야 한다는 사실뿐이었습니다. 두 사람은 마지막 밤을 부둥켜안고 울며 보냈습니다. 여자가 가지 말라고 했더라면 그대로 남았을지도 모를 일입니다. 하지만 그런 일은 일어나지 않았습니다. 아마 그런 생각을 해본 적도 없었을 겁니다. 알릭스에게는 그가 떠나는 것이 기정사실이었으니까요. 그런데도 눈물을 보인 것은 남자를 사랑해서가 아니었지요. 남자가 아파하는 것이 안돼서 운 겁니다.

아침이 밝았는데 알릭스가 얼마나 곤히 잠들었던지, 굳이 깨워서 작별하고 싶은 마음이 들지 않았어요. 그는 가방을 들고 조용히 빠져나와 파리행 열차에 몸을 실었습니다.」

어셴든은 위더스푼의 눈에 눈물이 두 방울 맺혔다가 볼을 타고 흘러내리는 것을 보고 고개를 돌렸다. 경은 그런 자신의 모습을 애써 감추려고 하지 않았다. 어셴든은 다시 담배에 불을 붙였다.

「파리에서 상봉한 약혼녀 가족이 그를 보고 소리쳤죠. 웬 유령 꼴이 되었느냐고요. 그는 몸이 아파 좀 앓았는데 걱정할까 봐 말하지 않았다고 했습니다. 인정 많은 사람들이었습니다. 한 달 후 그는 결혼했습니다. 잘나갔죠. 공을 세울 기회가 주어졌고, 그때마다 공을 세웠습니다. 승승장구했습니다. 발군의 실력으로 그토록 원하던 입지를 탄탄하게 닦아 나갔습니다. 열망하던 권세를 얻었고, 명예도 차곡차곡 쌓았습니다. 참으로 성공한 인생이었으며, 많은 사람들이 그를 선망했습니다. 하지만 그는 모든 것이 허망했습니다. 따분했습니다. 미치도록 따분했습니다. 자신이 결혼한 그 아름답고 빼어난 여성에게 싫증이 났고, 함께 지내야만 하는 삶의 반경 안에 있는 모든 사람에게 염증을 느꼈습니다. 자기가 어떤 희극에 출연해 연기하는 배우이고, 가면을 쓰고 자기의 본모습은 숨긴 채 꾸역꾸역 살아가는 것 같아 견디기 어려웠습니다. 가끔 더 이상은 못 참겠다는 생각이 간절했습니다. 하지만 참았습니다. 가끔은 알릭스가 너무도 그리워 〈차라리 자살로 이 고뇌를 다 끝내 버리자〉 하는 생각도 들었습니다. 그는 알릭스를 다시 만나지 못했습니다. 영영 말이죠. 오말리로부터 그녀가 결혼해서 곡예단을 떠났다는 소식은 들었습니다. 지금쯤 뚱뚱한 노인이 되어 있겠지만, 다 부질없는 일이지요. 인생을 헛산 겁니다. 자신이 선택해 결혼한 그 가엾은 여자도 끝내 행복하게 해주지 못했지요. 그 긴 세월 그는 자기가 줄 것이 연민밖에 없다는 사실을 숨기고 살 수 있었을까요? 그는 고민하다가 알릭스에 대해서 털어놓았고, 그 뒤로 아내는 줄곧 질투심으로 그를 괴롭혔습니다. 애초에 이 여자하고 결혼하지 말았어야 했다는 걸 알았죠. 처음에 결혼할 수 없다고 말했더라면 그녀도 여섯 달이면 슬픔을 극복하고 다른 사람과 결혼해 행복하게 살았을 겁니다. 이 사람을 생각해서 희생한 것이라면, 아주 어리석은 결정이었죠. 인생은 한 번뿐이라는 사실을 통렬히 깨달았으니까요. 그 한 번의 인생을 헛되이 낭비했다고 생각하니 견딜 수 없이 슬펐습니다. 후회막심이었습니다. 사람들이 그에 대해 굳센 사람이라고 말할 때면 웃음만 나왔습니다. 그는 물처럼 약하고 불안정한 사람입니다. 그리고 이것이 내가 바이링이 옳다고 말하는 이유입니다. 사랑이 5년이면 다한다고 해도, 설령 출셋길이 막힌다고 해도, 그 결혼이 파국으로 끝난다고 해도 시도할 가치가 있는 일입니다. 스스로 원하는 바를 실현했기에 그에게는 여한이 남지 않을 것입니다.」

그때 문이 열리고 한 부인이 들어왔다. 흘끔 돌아보는 대사의 눈빛에 냉랭한 증오감이 스쳤지만 순식간에 사라졌고, 식탁에서 일어나면서 비틀린 표정을 털어 내고 상냥하고 정중한 표정으로 고치고는 들어온 부인을 향해 맥없는 미소를 지어 보였다.

「제 아내입니다. 인사해요, 이분이 어셴든 씨요.」

「어디 계신지 알 수가 있어야지요. 서재로 가지 그랬어요? 어셴든 씨가 몹시 불편하셨을 거예요.」

그녀는 큰 키에 늘씬한 50대 여성으로 조금은 지치고 쇠약해 보였지만, 젊었을 때는 미인이었을 것 같았다. 훌륭한 가문 태생임이 확연하게 느껴졌는데, 어딘가 온실에서 자란 외래 식물을 연상시키는 면이 있었다. 이제 갓 꽃이 지기 시작하는. 옷은 위아래로 검은색을 입고 있었다.

「음악회는 어땠소?」 허버트 경이 물었다.

「나쁘지 않던걸요. 브람스 콘체르토와 〈발퀴레〉[11] 중 〈마법의 불 음악〉, 드보르자크의 헝가리 무곡 몇 곡[12]을 연주했는데, 다소 과시적이라고 느꼈어요.」 그러고는 어셴든을 보며 말했다. 「남편하고 단둘이 계시면서 지루하시지 않았는지 모르겠어요. 무슨 말씀을 나누셨어요? 예술이나 문학?」

「아닙니다. 그 소재가 될 법한 이야기였습니다.」 어셴든이 대답했다.

그는 작별 인사를 했다.

---

11 바그너의 오페라 「니벨룽의 반지」 4부작 가운데 제2편.
12 헝가리 무곡은 브람스, 슬라브 무곡은 드보르자크인데, 원작 오류로 보인다.

동전 던지기

때가 무르익고 있었다. 아침에 눈이 내렸지만 지금은 하늘이 맑았고, 어셴든은 차갑게 빛나는 밤하늘의 별을 한번 쳐다보고는 빨리 밖으로 나갔다. 헤르바르투스가 기다리다 지쳐서 집으로 갔을까 봐 걱정되었다. 이번 면담 때 어떤 결정을 내려야 했는데, 그 결정에 대한 망설임이 통증에 가까운 불편한 상태로 저녁 내내 마음속에 도사리고 있었다. 지칠 줄 모르며 결단력이 있는 헤르바르투스는 오스트리아에 있는 군수품 공장을 폭파시키려는 작전 계획에 관여하고 있었다. 여기서 그 작전에 대해 더 상세히 언급할 필요는 없겠으나, 그것은 실전에 대단히 쓸모 있는 기발한 발상이었다. 그러나 거기에는 문제의 공장에서 일하는 많은 갈리치아계 폴란드인 동포의 죽음과 부상이 불가피하다는 난점이 있었다. 헤르바르투스는 그날 오전 어셴든에게 모든 준비가 끝났으니 명령만 내려 달라고 말한 터였다.

「그러나 반드시 필요한 경우가 아니라면 명령을 내리지 마십시오.」 그는 후음 섞인 명료한 영어로 말했다. 「반드시 필요한 경우라면 우리는 주저하지 않고 실행합니다. 그러나 우리 동포들의 목숨을 헛되이 희생하고 싶지는 않습니다.」

「언제 답을 드리면 됩니까?」

「오늘 밤이요. 내일 아침 프라하로 떠나는 사람이 있습니다.」

어셴든이 지금 서두르는 것은 이때 했던 약속을 지키기 위해서였다.

「늦지 않으시겠지요?」 헤르바르투스는 그에게 다짐하듯이 말한 바 있었다. 「자정을 넘기면 전갈 보낼 그 사람을 놓치게 됩니다.」

어셴든은 갑자기 불길한 예감이 들면서, 차라리 호텔에 도착했을 때 헤르바르투스가 이미 가고 없다면 좋겠다고 생각했다. 그렇게라도 한숨 돌리고 싶었다. 독일군이 연합군 산하 공장을 여러 차례 폭파시켰으니 고스란히 되갚아 주지 못할 이유는 없었다. 전시에는 얼마든지 합법적인 행위였다. 이 작전이 성공한다면 적군의 무기와 군수 물자 제조를 저해할 수 있을 뿐만 아니라, 민간의 사기까지 꺾어 놓을 수 있을 것이다. 물론 고위급 인사들이 간여하려 들 사안은 아니다. 그들은 자기네는 들어 본 적 없는 음지에서 활동하는 기관들로부터 혜택은 기꺼이 받아먹으면서도 궂은일에는 두 눈 꾹 감고 명예를 중시하는 이들로서, 온당치 않은 일은 일절 범하지 않았다며 자화자찬한다. 어셴든은 R과 일하면서 있었던 일이 떠올라 기분이 씁쓸해졌다. 누군가가 그에게 접근해서 한 가지 제안을 했는데, 아무래도 상사에게 알리는 것이 자기의 도리라고 생각했다.

「아, 참.」 그는 되도록이면 지나가는 말처럼 들리게 말문을 열었다. 「B 왕을 암살해 주겠다는 낚시꾼을 알게 되었는데 말입니다, 5천 파운드면 된다고 하네요.」

B 왕은 발칸반도에 있는 한 국가의 통치자인데, 그의 영향력하에 이 국가가 연합국을 상대로 전쟁을 선포하기 일보 직전이었기 때문에, B 왕의 존재가 사라진다면 연합국에 크나큰 도움이 될 판국이었다. 그 왕의 후계자가 될 사람은 어느 쪽에 동조하는지 아직 불분명한 상황이라, 잘하면 그를 설득해 중립을 지키게 하는 것도 가능할 듯싶었다. 어셴든은 R의 기민하게 움직이는 눈동자에서 그가 이 상황을 명확하게 인지하고 있음을 알 수 있었다. 그러나 그는 언짢은 듯 이마를 찌푸렸다.

「그래서, 뭘 어쩌겠다고?」

「그의 제안을 위에 전달하겠다고 말했습니다. 그 사람의 의도는 순수한 것 같습니다. 친연합국파이고, 자기 나라가 독일 편에 서게 된다면 그대로 끝이라고 생각하더군요.」

「그런 사람이 어째서 5천 파운드를 요구하는 거요?」

「자기 목숨을 거는 일이고, 또 연합국 쪽에 호의를 베푸는 일이니, 뭔가 받아 내지 못할 이유는 없다고 보는 거죠.」

R은 고개를 세차게 내저었다.

「그건 우리가 손댈 종류의 일이 아니오. 우리가 하는 전쟁에는 그런 수단을 동원하지 않아요. 그런 건 독일 놈들이나 하는 짓이지. 이런 빌어먹을, 우린 신사라고.」

어셴든은 아무 대꾸 없이 R을 주의 깊게 지켜보았다. 그의 눈에서는 가끔 알 수 없는 불그스름한 빛이 돌았는데, 그럴 때면 무척이나 사악한 인상이 되곤 했다. 그는 약간 가는눈을 하는 버릇이 있었는데, 지금은 아주 뚜렷한 사시로 보였다.

「그런 제안을 내 앞에 들이밀면 안 된다는 것쯤은 알고 있을 줄 알았는데. 그런 소리 하는 놈은 그 자리에서 때려눕혔어야지.」

「그래도 되는 줄 몰랐습니다.」 어셴든이 말했다. 「저보다 덩치가 큰 사람인 데다 아예 그런 생각이 들지 않았습니다. 굉장히 정중하고 협조적이었거든요.」

「B 왕이 비켜난다면야 연합국으로서는 이게 웬 떡이냐 하겠죠. 맞아요. 그건 인정하지만, 그렇게 되는 것하고 그의 암살을 용인하는 것하고는 천양지차요. 그자가 진정한 애국자였다면 여차저차 따지지 않고 자기가 옳다고 믿는 일을 바로 해치웠을 거요.」

「홀로 남겨질 아내를 생각했을지도 모릅니다.」 어셴든이 말했다.

「어쨌건 이런 문제는 내가 논의할 사안이 아니오. 사람마다 관점이 다르고, 물론 누군가 자신이 막중한 부담을 스스로 짊어지고 연합국을 돕는 것이라고 생각하는 사람이 있다면, 그 사람이 전적으로 알아서 하면 될 일이오.」

어셴든은 잠시 이 말이 무슨 뜻인지 생각했다. 그러고는 씩 웃었다.

「설마 제가 사비를 털어 이자에게 5천 파운드를 지급할 거라고 생각하시는 건 아니겠지요? 그럴 일은 없습니다.」

「내가 그런 생각을 할 사람이 아니라는 건 당신도 알잖소. 어설프기 짝이 없는 농담일랑 그만둬 주면 고맙겠소.」

그때 어셴든은 어깨를 으쓱했지만, 지금 그 대화를 생각하면서 다시금 어깨를 으쓱했다. 고위급 인사들은 다 이렇다. 목적을 추구하나 취해야 할 수단 앞에서는 망설인다. 공은 기꺼이 취하려 들지만, 그것에 대해 책임을 져야 할 경우에는 타인에게 전가하고 싶어 한다.

어셴든이 파리 호텔 카페에 들어가자, 헤르바르투스가 출입문이 마주 보이는 자리에 앉아 있는 것이 보였다. 물에 뛰어들었는데 생각했던 것보다 수온이 낮을 때 자기도 모르게 나오는 것처럼 흡, 하고 짧은 소리가 나왔다. 이제 피해 갈 길은 없다. 결정을 내려야 했다. 헤르바르투스는 홍차를 마시고 있었다. 어셴든을 보자 말끔히 면도한 그의 얼굴이 무거운 표정에서 환한 표정으로 바뀌면서 털북숭이의 큰 손을 내밀었다. 크고 건장한 체구에 날카로워 보이는 검은 눈과 거무스름한 피부, 이 사내의 모든 면면이 엄청난 힘의 소유자임을 말해 주는 듯했다. 그에게는 거추장스러운 가책 따위는 없었으며, 사리사욕이 없기에 인정사정 봐주는 법도 없었다.

「저녁 약속은 어떠셨습니까?」어셴든이 자리에 앉자 그가 물었다.「대사에게 우리의 계획에 대해 뭔가 말씀하셨습니까?」

「아뇨.」

「잘하셨습니다. 그런 부류 사람들은 중대한 일에서 제외하는 게 좋습니다.」

어셴든은 잠시 생각에 잠겨 헤르바르투스를 바라보았다. 그는 묘한 표정을 한 채 이제 곧 도약하려는 호랑이처럼 주위를 경계하며 앉아 있었다.

　「발자크의 『고리오 영감』을 읽어 보았습니까?」 어셴든이 뜬금없이 물었다.

　「20년 전, 학교 다니던 시절에 읽었습니다.」

　「라스티냐크와 보트랭의 대화를 기억하십니까? 고갯짓 한 번으로 중국의 한 고관대작을 죽이고 그로 인해 당신이 막대한 부를 얻을 수 있다면, 당신은 그 고갯짓을 할 것인가? 그런 딜레마에 관한 대화였죠. 루소의 개념입니다만.」

　헤르바르투스의 커다란 얼굴이 일그러지는 듯하더니 활짝 웃었다.

　「그건 이번 계획하고는 아무 상관도 없는 얘깁니다. 많은 사람의 죽음을 야기하게 될 명령을 내려야 한다는 게 어려우신 거군요. 이 일이 당신 개인의 이익을 위한 일입니까? 장수가 진격을 명할 때는 얼마나 많은 사람이 죽을지 다 알고 하는 겁니다. 그런 게 전쟁입니다.」

　「그 얼마나 멍청한 전쟁입니까!」

　「그 전쟁이 내 조국에 자유를 가져다줄 겁니다.」

　「자유를 얻으면 당신 조국은 그걸로 뭘 하려는 건데요?」

　헤르바르투스는 대답 없이 어깨만 으쓱했다.

　「이번 기회를 놓치면 빠른 시일 내에 다시 잡기는 어렵다는 걸 명심하십시오. 날마다 사람을 찾아 국경으로 보낸다는 건 쉽지 않은 일입니다.」

「한 번의 폭발로 그 많은 사람들이 순식간에 산산조각 날 거라고 생각하면 조금이라도 괴롭지 않습니까? 게다가 죽는 것만도 아니죠. 목숨은 부지한 채 몸을 못 쓰게 되는 사람들이 더 문제죠.」

「저도 좋아서 하는 일이 아닙니다. 말씀드렸다시피 이번 일로 희생하게 될 우리 동포들을 위해서라도 그럴 가치가 없는 한 아무것도 하지 말아야 합니다. 나도 그 가엾은 사람들이 죽임을 당하는 건 바라지 않습니다. 그러나 그렇게 된다 해도 내가 잠을 설친다거나 식욕을 잃는 일은 없을 겁니다. 당신은 그럴 것 같습니까?」

「아마 아닐 겁니다.」

「자, 그렇다면?」

어셴든은 몹시 추운 밤길을 걷다가 그의 눈이 잠시 머물렀던 그 뾰족한 별이 문득 떠올랐다. 대사관저의 널찍한 식당에 앉아 허버트 위더스푼 경의 성공했으나 헛산 인생 이야기를 듣던 일이 먼 옛일처럼 느껴졌다. 셰이퍼 씨의 예민한 감수성과 그와 연관된 소소한 의혹, 바이링과 로즈 오번의 사랑, 그 모든 것이 얼마나 하찮은가. 인간은 요람에서 무덤까지 그 짧은 인생을 살면서 어리석은 일에 평생을 허비한다. 아, 미물이여! 구름 한 점 없는 밤하늘에서 별들이 반짝이고 있었다.

「피곤하군요. 머리가 명징하게 돌아가질 않아요.」

「저는 바로 가야 합니다.」

「그렇다면, 동전 던지기는 어때요?」

「동전을 던진다고요?」

「그래요.」 어셴든이 주머니에서 동전을 꺼내면서 말했다. 「앞면이 나오면 국경으로 사람을 보내는 거고, 뒷면이 나오면 아무 말도 안 하는 겁니다.」

「좋습니다.」

어셴든은 엄지손톱 위에 동전을 놓고 잘 세운 뒤 능숙하게 허공으로 튕겨 올렸다. 두 사람은 빙글빙글 도는 동전을 바라보았다. 마침내 동전이 테이블에 떨어졌고, 어셴든이 손바닥으로 잽싸게 그 위를 덮었다. 어셴든이 아주 천천히 손을 떼는 동안 두 사람은 고개를 바짝 붙이고 지켜보았다. 헤르바르투스는 숨을 깊이 들이쉬었다.

「자, 이것으로 결정 났군요.」 어셴든이 말했다.

우연한 동행

갑판에 서서 전방의 저지대 해안선과 하얀 도시를 바라보니, 어셴든은 기분 좋은 흥분으로 가슴이 두근거렸다. 동이 튼 지 얼마 되지 않은 이른 시각이었지만, 바다는 잔잔했고 하늘은 파랬다. 공기가 벌써 후끈한 걸 보니 오늘은 무척 덥겠다는 생각이 들었다. 블라디보스토크. 정말로 세상 끝에 와 있다는 느낌을 주는 곳이었다. 뉴욕에서 샌프란시스코로, 일본 선박을 타고 태평양을 건너 요코하마로, 다시 쓰루기에서 배 위의 유일한 영국인으로서 러시아 선박을 타고 동해를 거슬러 올라온 긴 여정이었다. 여기 블라디보스토크에서는 시베리아 횡단 열차로 페트로그라드로 가게 되어 있었다. 지금까지 맡았던 어떤 일보다도 중대한 임무였고, 스스로 책임감도 느껴져 기분이 좋았다. 명령을 내릴 상부도 없으며, 자금에도 제한이 없다(지금 허리띠에 막대한 액수의 어음을 소지하고 있어 생각만 해도 다리가 휘청거릴 지경이었다). 가히 인간의 능력을 넘어선 일이었으나, 그때는 미처 몰랐기에 자신 있게 임하리라 단단히 마음의 준비를 하고 있었다. 그는 상황 판단력과 대처 능력에 자신이 있었다. 그는 인류의 감수성에 대해서 높이 평가하기도 하고 감탄하기도 했지만, 지능은 도저히 존중할 수 없었다. 인간이란 구구단을 외우는 것보다 자기 목숨을 희생하는 것을 더 쉽게 여기는 존재들이니 말이다.

어셴든은 러시아 열차에서 보낼 열흘이 몹시 기대되지는 않았다. 요코하마에서 들은 소문으로는 교각 한두 곳이 폭파되어 전신선이 끊겼다고 하고, 군인들이 천방지축으로 날뛰며 승객들을 상대로 노략질을 일삼고 열차 밖 대초원으로 내몰아 버리기도 한다는 소리도 들었다. 상상만 해도 즐겁구나. 그러나 열차는 어쨌든 출발할 것이고, 나중에 무슨 일이 벌어지건(어셴든에게는 만사가 예상하는 것만큼 나쁘지 않다는 믿음이 있었다) 일단은 타고 보자고 단단히 마음먹고 있었다. 그는 상륙하면 곧장 영국 영사관으로 가서 그를 위해 어떤 준비가 되어 있는지 알아보기로 계획을 세웠지만, 해안선이 가까워지면서 지저분하고 우중충한 시가가 눈에 들어오자 마음이 스산해졌다. 러시아어는 몇 마디 하지 못했다. 배 위에서 영어를 아는 사람은 사무장뿐이었고, 비록 자기가 할 수 있는 일이라면 뭐든 돕겠다고 약속했지만, 어셴든은 이 사람에게 많은 것을 기대해서는 안 될 것 같다는 인상을 받았다. 그러다가 배가 항구에 도착했고, 작은 체구에 누가 봐도 유대인인 듯한 더벅머리 청년이 다가와 성함이 어셴든인지 물었을 때, 비로소 안도의 한숨이 나왔다.

「제 이름은 베네딕트입니다. 영국 영사관 소속 통역관이죠. 선생님을 도와드리라는 지시를 받았습니다. 오늘 타고 가실 열차 좌석도 잡아 두었습니다.」

어셴든은 기분이 좋아졌다. 이윽고 상륙했다. 작은 체구의 유대인은 어셴든의 짐을 챙기고 여권을 살펴본 뒤, 대기시켜 둔 자동차에 올라 영사관을 향해 차를 몰았다.

「선생께 편의를 빠짐없이 제공하라는 명령을 받았습니다.」 영사가 말했다. 「원하는 것이 있으면 뭐든 말씀만 하십시오. 열차에는 모든 것을 마련해 두었습니다만, 페트로그라드에 무사히 도착하시게 될지는 하늘만이 아는 일이지요. 아참, 열차 여행에 동행할 사람을 한 분 구했습니다. 해링턴이라는 이름의 미국인으로, 필라델피아에 있는 회사 일로 페트로그라드로 출장 가는 길이라고 합니다. 임시 정부[1]와 뭔가 협약을 맺으려 한다고 들었습니다.」

「어떤 분입니까?」 어셴든이 물었다.

「아, 괜찮은 사람입니다. 미국 영사와 점심을 먹으면서 이 사람도 부르려고 했는데, 시골로 당일치기 유람을 갔다고 하는군요. 역에는 열차가 출발하기 두 시간 전에는 가셔야 합니다. 러시아 열차에는 늘 자리다툼이 있어서 서두르지 않으면 누군가가 좌석을 채가거든요.」

열차는 자정에 출발하므로 어셴든은 베네딕트와 역사 내 식당에서 저녁을 먹었는데, 이 너저분한 도시에서 그나마 먹을 만한 음식이 나오는 곳은 여기뿐인 듯했다. 손님이 북적

---

1 차르 체제에 반대하는 러시아 제국 의회가 1917년 3월에 구성한 내각으로 동년 7월에 해체되었다.

거렸고, 서비스는 속 터지게 느렸다. 두 사람은 승강장으로 내려갔다. 열차가 출발하려면 아직 두 시간이나 남아 있었지만 이미 북새통이었다. 짐을 첩첩이 쌓아 그 위에 죽치고 앉은 가족들, 이리 밀고 저리 미는 사람들, 무리 지어 서서 격하게 다투는 사람들, 절규하는 여자들, 소리 없이 우는 여자들. 그리고 한쪽에서는 두 남자가 난폭하게 말다툼을 벌이고 있었다. 형언하기 어려운 혼돈의 장이었다. 역사의 희미한 조명 아래 창백한 사람들의 얼굴은 흡사 최후의 심판일을 기다리는 죽은 자들처럼 끈기 있게 혹은 초조하게, 비탄에 빠져 있거나 혹은 참회하는 듯한 표정이었다. 열차는 출발 준비를 마쳤고, 대부분의 차량은 이미 미어터질 듯이 붐비고 있었다. 베네딕트가 어셴든이 앉아야 할 자리를 발견했을 때, 한 남자가 그 자리에서 벌떡 일어났다.

「어서 들어와 앉아요. 이 자리 지키느라 아주 고생했습니다. 어떤 남자가 아내와 두 아이를 데리고 이 칸으로 들어오려고 해서 영사님이 그 사람을 데리고 역장을 만나러 갔습니다.」

「이분이 해링턴 씨입니다.」베네딕트가 말했다.

어셴든은 안으로 들어갔다. 침대 두 개짜리 객실이었다. 짐꾼이 그의 짐을 자리에 넣었고, 어셴든은 동행하게 된 사내와 악수로 인사했다.

존 퀸시 해링턴 씨는 중키에 못 미치는 작고 마른 몸에 누런빛이 도는 앙상한 얼굴이었고, 파란 눈이 아주 컸다. 실랑이를 벌이느라 땀에 젖은 이마를 훔치려고 모자를 벗으니 널찍한 대머리가 드러났는데, 두개골의 울툭불툭한 윤곽이 당황스러울 정도로 선명했다. 중산모를 썼고, 검은 상의와 조끼, 줄무늬 바지를 입었으며, 목깃이 아주 높은 하얀 셔츠에 단정하고 튀지 않는 색깔의 타이를 착용했다. 어셴든은 열흘간의 시베리아 횡단 여행에는 어떤 차림이 적절할지 알지 못했지만, 해링턴 씨의 복장을 보니 별스럽다는 생각을 떨쳐 버리기 어려웠다. 카랑카랑한 고음으로 정확하게 발음하는 그의 영어는 어셴든이 알기로는 뉴잉글랜드 억양이었다.

잠시 후 역장이 왔는데, 설움에 북받친 듯한 표정의 턱수염이 덥수룩한 러시아 남자가 따라왔고, 두 아이의 손을 잡은 여자가 그 뒤를 이었다. 러시아 남자는 눈물을 주룩주룩 흘리며 떨리는 입술로 역장에게 뭔가 말하고 있었다. 그의 아내는 흐느껴 우느라 얘기가 자꾸 끊겼지만, 아무래도 자기가 살아온 이야기를 하는 듯했다. 객실 앞에 이르러 언쟁은 한층 격해졌고, 베네딕트도 유창한 러시아어로 합류했다. 러시아어를 한마디도 모르는 해링턴 씨도 기질적으로 흥분을 잘하는 사람인지 덥석 싸움에 끼어들더니, 이 두 자리는 대영 제국 영사와 미합중국 영사가 각각 예약한 좌석으로, 영국 왕은 어떤지 모르겠으나 미합중국 대통령이라면 정당한 가격을 지불한 미국 시민이 자리를 빼앗기는 사태는 결코 용납치 않으리라 장담할 수 있다고 귀에 착착 감기는 영어로 달변을 토했다. 그러면서 강압적으로 빼앗는다면 모를까 절대 포기하지 않을 것이며, 만일 자기 몸에 손가락 하나 댔다가는 곧장 영사에게 민원을 넣을 것이라고 엄포를 놓았다.

해링턴 씨는 여기에서 멈추지 않고 엄청나게 많은 말을 역장에게 쏟아부었다. 역장은 한마디도 알아듣지 못했지만 해링턴 씨의 열띤 기세와 격한 몸짓에 대한 답변으로 열정적인 연설을 늘어놓았다. 이에 해링턴 씨는 분노가 머리끝까지 치밀어 새하얘진 얼굴로 역장의 눈앞에 주먹을 휘두르며 노발대발 소리쳤다.

「이자에게 무슨 말인지 하나도 모르겠고 알고 싶은 생각도 없다고 말해. 러시아 놈들, 문명인 대접을 받고 싶거든 문명국의 말을 사용하는 게 좋을걸? 이자에게 나는 존 퀸시 해링턴으로, 케렌스키 씨 앞으로 전달될 특별 소개장을 지참하고 크루 앤 애덤스 필라델피아를 대표하여 여행 중이고, 이 객실에서 평화롭게 앉아 가지 못할 시 크루 씨가 이 건을 워싱턴 정부로 가져갈 거라고 말하라고.」

해링턴 씨의 태도가 어찌나 호전적이고 몸짓은 또 얼마나 위협적이던지, 역장은 자기가 졌음을 인정하고 두말없이 시무룩한 얼굴로 발길을 돌렸다. 말다툼에 열을 올리던 턱수염이 덥수룩한 러시아인과 그의 아내, 그리고 무표정한 얼굴의 두 아이도 역장 뒤를 따라 나갔다. 해링턴 씨는 다시 객실로 쏙 들어왔다.

「자녀 둘을 데리고 있는 여성에게 자리를 양보하지 않았다는 게 몹시 유감입니다만, 여자와 어머니 들을 어떻게 존중해야 하는지 나보다 잘 아는 사람은 없으리라 확신합니다. 하지만 아주 중요한 주문을 놓치지 않으려면 이 열차로 페트로그라드까지 가야 하는데, 러시아의 모든 어머니를 위해 열흘을 복도에 쪼그려 앉아 갈 수는 없지 않습니까.」

「해링턴 씨가 잘못하신 건 없지요.」어셴든이 말했다.

「저도 결혼해서 아이가 둘 있는 사람입니다. 가족을 데리고 여행한다는 게 여간 힘든 일이 아니라는 건 저도 잘 알아요. 하지만 그런 가족이 굳이 여행 다니지 않고 집에 있겠다고 하면, 그걸 말릴 사람은 없는 것이지요.」

누군가와 열차 객실에 열흘 동안 갇혀 지내자면 그 사람에 대해서 얼추 더 이상 모르는 것이 없게 되는데, 어셴든은 열흘 동안(정확히는 열하루를) 그것도 하루 스물네 시간을 꼬박 해링턴 씨하고 붙어 있었다. 하루 삼시 세끼 때마다 식당차로 이동했던 건 맞지만 그때도 서로 맞은편에 앉았고, 승객들이 승강장에서 몸을 좀 움직거리도록 열차가 오전과 오후 한 시간씩 정차한 것도 맞지만 그때도 두 사람은 나란히 붙어서 걸었다. 어셴든과 얼굴을 익힌 승객들이 가끔 잡담이나 나누자고 객실로 찾아오곤 했는데, 해링턴 씨는 프랑스어나 독일어밖에 못 하는 사람이면 못마땅한 표정으로 지켜만 보았고, 영어를 하는 사람이면 말할 틈도 주지 않고 혼자 떠들었다. 해링턴 씨는 그야말로 수다쟁이였다. 수다가 이 사람한테는 호흡이나 소화처럼 자동적으로 일어나는 하나의 생리 작용인 듯, 뭔가 할 말이 있어서 하는 것이 아니라 하지 않고는 못 배기는 듯, 콧소리 섞인 카랑카랑한 고음으로 굴절 없는 일직선 성조로 쉬지 않고 말했다. 그는 문장 하나하나를 신중하게 만들어 가며 방대한 어휘로 적확한 언어를 구사했고, 더 긴 단어를 쓸 수 있을 때는 절대로 짧은 단어를 쓰

지 않았으며, 쉬어 가는 법 없이 말하고 또 말했다. 또, 그의
화법은 급한 기색이 느껴지지 않기에 급류라기보다는 화산
의 경사면을 타고 압도적으로 흘러내리는 용암의 흐름에 가
까워, 차분하고도 흔들림 없는 기세로 진행 방향에 놓인 모
든 것을 뒤덮어 버리며 거침없이 앞으로 나아갔다.

어셴든은 자기가 해링턴 씨에 대해 아는 것만큼 어떤 사람
에 대해서 깡그리 다 아는 사람이 또 있는지 생각했다. 그는
해링턴 씨 본인의 온갖 견해와 생활 습관과 주변 환경뿐만
아니라, 그의 아내와 그녀의 사돈의 팔촌까지, 그리고 자녀
와 그 학교 친구들에서부터 직장 상사들은 물론 그 사람들이
필라델피아 최고 명문가 사람들과 서너 세대에 걸쳐 형성해
온 온갖 친인척 관계에 대해서까지 빠짐없이 알게 되었다.
그의 가족은 18세기 초 잉글랜드 데번셔로부터 건너왔는데,
해링턴 씨는 선조들의 무덤이 아직까지 남아 있는 교회 묘지
가 있어 그 마을을 방문한 적이 있다고 했다. 그는 영국인 선
조가 자랑스럽지만 자신이 미국 태생이라는 사실도 자랑스
럽다고 했다. 그에게 미국이란 대서양 연안을 따라 길고 좁
게 난 작은 땅뙈기요, 미국인이란 이방인과의 혼혈로 훼손되
지 않은 소수의 잉글랜드나 네덜란드 혈통 인구를 뜻했다.
지난 백 년 동안 미국으로 이주한 독일인, 스웨덴인, 아일랜
드인, 중앙 유럽 및 동유럽인들은 침입자들이라는 얘기였다.
그는 외딴 저택에서 홀로 살아가는 미혼 여성이 자신의 은둔
생활을 침해하는 공장 굴뚝에서 고개를 돌리듯, 이 사람들의
존재를 도외시했다.

어셴든이 미국에서 최고로 꼽히는 그림들 가운데 몇 점을 소유한 한 거부에 대한 얘기를 꺼냈을 때 해링턴 씨는 이렇게 말했다.

「그 사람을 직접 만나 보지는 못했지만, 저의 대고모이신 마리아 펜 워밍턴께서는 늘 말씀하셨습니다. 그 사람 조모님의 요리 솜씨가 아주 좋았다고요. 마리아 대고모님은 그분이 결혼해서 멀리 떠나게 되었을 때 무척 슬퍼하셨어요. 그분이 만든 사과 팬케이크는 그 누구도 흉내 낼 수 없다고 하셨습니다.」

해링턴 씨는 자신의 아내가 얼마나 교양 있는 사람이며, 얼마나 완벽한 어머니인지 믿기 어려울 정도로 장황하게 자랑하는 헌신적인 남편이었다. 아내는 몸이 약한 사람이고 몇 차례 큰 수술을 받았는데, 모든 수술에 대해서 하나하나 아주 상세하게 설명했다. 해링턴 씨 자신 역시 두 번의 수술을 받았다. 첫 번째는 편도 절제 수술, 두 번째는 맹장 절제 수술이었는데, 수술 얘기를 하지 않는 날이 없을 정도로 꼼꼼하게 훑어 주었다. 그의 친구들까지 모두 수술 경험이 있다는데, 수술에 관한 그의 지식은 가히 백과사전 수준이었다. 그에게는 아들이 둘 있는데, 두 아이 다 학생이다. 그는 아이들에게 수술을 받게 하는 것이 과연 분별 있는 결정일지 진지하게 고민하고 있다면서, 희한하게도 한 아이는 편도선이 비대하고 다른 아이는 맹장 상태가 영 골치 아프다고 했다. 두 아들은 어디에서도 본 적 없는 우애 깊은 형제로, 필라델피아에서 으뜸가는 명의인 그의 친구는 둘이 서로 떨어지지 않으려 하니 동시에 수술을 시키자는 제안을 했다고 한다. 그는 어셴든에게 두 아들과 아내의 사진을 보여 주었다. 이번 러시아 여행으로 그는 처음 가족과 떨어지게 되었고, 매일 아침마다 아내에게 그날 있었던 일이며 자기가 했던 말을 장문의 편지로 써서 보고했다. 어셴든은 해링턴 씨가 가독성 높은 깔끔하고 정제된 필체로 한 장 한 장 편지지를 채워 나가는 것을 구경하곤 했다.

해링턴 씨는 대화에 관해 출간된 책이란 책은 모두 다 읽었고, 대화술에 대해서도 달달 꿰고 있었다. 또 그는 사람들에게 들은 이야기를 기록하는 수첩을 들고 다녔는데, 저녁에 외식할 때면 말문이 막히는 일이 없도록 미리 대여섯 꼭지 정도는 읽고 나간다는 얘기도 어셴든에게 해주었다. 수첩 안을 보면, 일반적인 모임에서 할 수 있는 이야기에는 〈일반〉, 거친 남자들의 모임에서 할 수 있는 이야기에는 〈남〉이라고 표시해 놓았다. 그는 특히 하나의 진지한 사건에 대해서 미주알고주알 상세한 정보로 이야기를 쌓아 가다가 마지막에 가서는 익살스럽게 끝내는 일화 형식에 능했다. 그는 이야기가 끝날 때까지 어떠한 틈도 주지 않았기에, 이야기의 요점이 나오기 한참 전부터 이미 결말을 알아채고 있는 어셴든은 짜증스러운 심기를 드러내지 않기 위해서 두 주먹을 움켜쥐고 미간을 찌푸린 채 꾹 참고 듣다가 마지막에 이르면, 마지못해 공허한 억지웃음을 지어 보이곤 했다. 누군가가 도중에 객실에 들어올라치면 해링턴 씨는 정중히 환영하며 이렇게 말했다.

「들어와 앉아요. 지금 친구에게 이야기를 하나 들려주던 참이에요. 당신도 앉아 들어요. 이렇게 재미난 얘기는 못 들어 봤을 겁니다.」

그러면 그는 다시 이야기의 처음으로 돌아가, 형용사 하나 바꾸지 않고 그 익살스러운 결말에 이르기까지 구구절절 똑같이 반복해서 들려주었다. 어셴든이 한번은 브리지 게임이나 하면서 무료함을 달래자며 열차에서 카드 칠 줄 아는 두 사람을 찾아보자고 제안했지만, 해링턴 씨가 자기는 카드에 절대로 손대지 않는다며 거절했다. 어셴든이 하릴없이 혼자 하는 카드놀이 솔리테어를 시작하자, 해링턴 씨가 얼굴을 잔뜩 찌푸리며 말했다.

「지적인 사람이 어떻게 카드놀이 따위에 시간을 허비할 수 있는지 도저히 이해가 가지 않아요. 그런 비지성적인 오락 중에서도 내가 보기에 최악은 솔리테어입니다. 사람 간의 대화를 단절시키는 오락이니까요. 인간은 사회적 동물이고 사람들과의 교류에 참여할 때 자신의 본성을 가장 고도로 발현할 수 있는 겁니다.」

「시간을 허투루 보내는 데에도 모종의 우아함은 있지요.」 어셴든이 말했다. 「어떤 바보라도 돈은 허비할 수 있지만, 시간을 허비할 때는 값을 매길 수 없는 것을 허비하기 때문이지요.」 그러고는 씁쓸하게 덧붙였다. 「게다가 이 놀이를 하면서도 대화는 여전히 가능합니다.」

「빨강 8에 올릴 검정 7이 나올 것이냐 하는 생각에 온통 주의가 쏠려 있는데, 무슨 대화가 가능하다는 겁니까? 대화는 가장 높은 지력(智力)을 필요로 하는 활동입니다. 이에 대해 조금만 연구해 보면 대화하는 상대에게 가능한 모든 주의를 집중해 줄 것을 기대하는 것이 당연하다는 걸 알 수 있습니다.」

이것은 정색하고 성을 내며 한 말이 아니라, 많은 시련을 겪은 사람의 넉넉한 인내심에서 나온 이야기였다. 그저 명명백백한 사실을 말한 것이고, 그 말을 받아들일지 말지는 어셴든이 알아서 할 몫이었다. 그것은 자신의 일에 진지하게 임하는 예술가의 당연한 주장이었다.

해링턴 씨는 바지런한 독서가였다. 책을 읽을 때면 연필을 손에 들고 주의를 끄는 대목에 밑줄을 긋고, 책장 귀퉁이에는 정갈한 손 글씨로 읽은 것에 대한 자신의 생각을 적어 넣었다. 그는 이런 자기 생각에 대해서 토론하는 것을 좋아했다. 그 때문에 어셴든은 책을 읽다가 갑자기 한 손에는 책을, 다른 손에는 연필을 든 해링턴 씨가 그 커다란 파란 눈으로 자기를 보는 것이 느껴질 때면 심장이 격렬하게 뛰기 시작했다. 해링턴 씨가 이때를 토론을 시작할 호기로 여기리라는 것을 알기에, 어셴든은 감히 고개를 들지도 책장을 넘기지도 못하고 분필로 그어 놓은 선을 따라 모이를 쪼아 먹는 닭처럼 필사적으로 단어 하나에 시선을 고정한 채 해링턴 씨가 토론을 포기하고 읽던 책으로 돌아갔음을 감지할 때까지 겨우 숨만 쉬곤 했다. 당시 해링턴 씨는 두 권짜리 미국 헌법사에 관한 책을 읽으면서 틈틈이 기분 전환용으로 두툼한 세계의 명연설 선집을 읽었는데, 자기는 만찬 연설을 좋아한다면서 대중 연설에 관한 유명한 책은 빼놓지 않고 읽었다고 했다. 과연 그는 청중과 교감하기 위해서는 정확히 어떻게 해야 하는지, 그들의 심금을 울릴 진지한 말을 어디에 넣어야 하는지, 좌중의 주의를 휘어잡기 위해서는 어떤 짤막한 이야기를 끼워 넣어야 하는지, 끝으로 때와 장소에 적합한 맺음말이 되기 위해서는 어느 정도의 열변이 되어야 하는지 등 연설에 관한 모든 것에 정통했다.

해링턴 씨는 낭독을 아주 좋아했다. 어셴든은 미국인들에게는 낭독을 취미로 즐기는 피곤한 경향이 있다는 것을 여러 차례 접한 바 있는데, 가령 호텔에서 저녁 식사가 끝난 밤 시간에 응접실의 후미진 자리에서 아버지가 아내와 2남 1녀인 자식을 앞에 두고 뭔가 낭독하는 모습을 종종 보아 온 것이다. 대서양 횡단 여객선에서는 호리호리한 장신의 위풍당당한 신사가 20대는 넘겼을 열댓 명 되는 여성들 사이에 앉아 울리는 목소리로 예술사를 낭독하는 것을 외경의 마음을 가지고 바라본 적이 있었다. 어셴든은 유보 갑판을 거닐다가 갑판 의자에 누워 있는 신혼부부를 종종 만났는데, 신부가 여유로운 어조로 신랑에게 통속 소설을 읽어 주는 모습을 보면 사랑 표현치고는 참 유별나다고 생각하곤 했다. 그에게 낭독을 해주고 싶어 하는 친구들도 있었고, 누군가 낭독해 주는 것을 좋아한다고 하는 여자들도 있었지만, 어셴든은 해주겠다는 사람은 정중히 사양했고, 그런 의사를 넌지시 비추는 경우에도 단호하게 무시했다. 낭독하는 것도 낭독을 듣는 것도 좋아하지 않는 그는, 속으로 이런 형태의 오락 활동에 탐닉하는 국민적 경향이 나무랄 데 없는 미국인들의 특성 가운데 유일한 단점이라고 생각하곤 했다. 그러나 인간을 웃음거리로 삼기를 즐기는 영원불멸의 신들은 옴짝달싹할 수 없는 처지의 그를 끝내 대제사장의 칼날 앞에 세웠다. 스스로 낭독의 대가임을 자부하는 해링턴 씨는 어센든에게 낭독술의 이론과 실제를 읊어 댔다. 어센든은 이 기술에는 극적인 낭독과 자연스러운 낭독이라는 두 유파가 있음을 알게 되었다. 전자는 (소설을 읽는다고 할 때) 작중 인물의 목소리를 흉내 내서 읽는 기법으로, 가령 주인공이 울부짖으면 낭독자도 울부짖고 주인공이 격한 감정에 목이 메면 낭독자도 목이 메어 읽어야 한다. 후자의 경우, 시카고에 있는 어느 통신 판매점의 정가표를 읽는 것처럼 가급적 감정 없이 읽어야 한다. 해링턴 씨는 이 후자에 속했다. 17년간 결혼 생활을 해오면서 그는 아내에게, 그리고 두 아들이 이해할 나이가 되자마자 월터 스콧, 제인 오스틴, 디킨스, 브론테 자매, 윌리엄 새커리, 조지 엘리엇, 너새니얼 호손, 윌리엄 딘 하우얼스의 소설을 소리 내어 읽어 주었다. 어센든은 해링턴 씨에게는 낭독이 제2의 천성이며, 따라서 이를 못 하게 하는 것은 골초에게 궐련을 차단시키는 것이나 매한가지로 이 사람을 불안하게 만들 뿐이라는 결론에 이르렀다. 때로는 방심하고 있다가 허를 찔리기도 했다.

어떤 탁월한 격언이나 멋진 문구에 감명을 받으면 〈들어 봐요〉 하거나, 〈이건 꼭 들으셔야 합니다〉 하면서 치고 들어오는 것이었다. 「이게 기가 막히게 잘 쓴 문장이 아니라고 하실 수 있겠습니까? 단 세 줄로 말입니다.」

해링턴 씨는 감명받은 문장을 읽어 주었고, 어셴든도 잠깐이라면 얼마든지 들어 줄 수 있었지만, 끝났는가 하면 숨 돌릴 겨를도 없이 이어졌다. 곧장 또 이어 갔고, 다시 읽고, 또 읽었다. 그 카랑카랑한 고음으로 음조도 표정도 변화도 없이, 한 쪽 한 쪽 쉬지 않고 읽어 나갔다. 어셴든은 꼼지락거려 보고, 다리를 꼬았다 풀어 보고, 담배에 불을 붙여 피워 보고, 한쪽에 앉았다 다른 쪽으로 옮겨 앉아 보곤 했지만, 해링턴 씨는 아랑곳없이 읽고 또 읽었다. 열차는 끝나지 않을 것 같은 시베리아의 대초원을 유유히 달리며 마을을 지나고 강을 건넜지만, 해링턴 씨는 괘념치 않고 읽고 또 읽었다. 해링턴 씨는 에드먼드 버크의 연설집을 다 읽자 의기양양한 얼굴로 책을 내려놓았다.

「나의 견해로는 영어로 된 것 가운데 단연 최고의 연설입니다. 진정한 자부심을 품어도 될 우리 모두의 유산임에 틀림없습니다.」

「에드먼드 버크가 그 연설을 했던 당시의 청중이 전부 저 세상 사람이라는 사실이 조금은 으스스하게 느껴지지 않습니까?」 어셴든이 음침하게 말했다.

해링턴 씨는 이 연설이 18세기에 행해진 것이니 이상할 것도 없는 일 아니냐고 대꾸하려다가 (편견 없는 인간이라면 누구라도 인정하지 않을 수 없는 역경을 훌륭하게 견디고 있는) 어셴든의 말이 농담이었음을 깨닫고 무릎을 치며 호쾌하게 웃었다.

「이야, 그거 아주 좋았어요. 수첩에 적어 놔야겠습니다. 오찬 모임에서 연설할 일이 있을 때 이 농담을 어떻게 쓰면 될지 감이 왔습니다.」

해링턴 씨는 식자층이었다. 〈식자층〉은 서민들과는 동떨어진 고급 취미만을 추구하는 지식인들에 대한 멸칭으로 민중들 사이에 쓰인 말이지만, 그는 이를 하나의 경칭, 그러니까 예컨대 라우렌티우스[2]의 화형에 쓰인 석쇠나 알렉산드리아의 카타리나[3]의 처형에 사용하려 했던 바퀴와 같은 순교의 도구로 받아들여 무척이나 자랑스러워했다.

「에머슨도 식자층, 롱펠로도 식자층, 올리버 웬들 홈스도, 제임스 러셀 로웰도 식자층이었습니다.」

해링턴 씨의 미국 문학 편력은 걸출하나 꼭 인간적인 감동을 준다고 보기는 어려운 이런 작가들이 활약했던 시대에 국한되어 있었다.

해링턴 씨는 따분한 사람이었다. 어셴든은 이 사람 때문에 울화가 치밀고, 분통이 터지고, 짜증나고, 미쳐 버릴 것 같았다. 그런데도 이 사람이 밉지는 않았다. 이 사람의 자기만족은 그야말로 어마어마하지만 그 천진함 때문에 불쾌한 기분이 들지 않았고, 자부심이 만면한 모습은 꼭 어린아이 같아서 그저 웃고 넘어갈 수밖에 없었다. 사람이 얼마나 선량하고 사려가 깊은지, 또 얼마나 공손하고 정중한지, 죽이고 싶

---

2 Sanctus Laurentius(225~258). 스페인 출신의 초기 기독교 순교자.
3 Saint Catherine of Alexandria(287~305). 이집트 알렉산드리아의 순교자.

은 마음이 불끈불끈 솟은 것도 사실이나 그 짧은 시간 동안 이 사람에게 애정 같은 것을 품게 되었다는 사실도 부정할 수는 없었다. 그는 세련된 예법을 갖춘 사람이었다. 거추장스러울 정도로 격식을 차리는 면이 없지는 않았으나, 예의범절이란 것이 어차피 인위적인 사회의 산물이니, 분 바른 가발이나 레이스 주름 장식쯤으로 여기면 그만이지 해로울 것은 없는 일이었다. 어쩌면 가정 교육을 잘 받은 사람이라서 몸에 밴 습성일 수도 있었으나, 그의 곧고 바른 거동은 고운 심성으로 인해 한층 더 돋보였다. 그는 언제 어디서든 누구에게나 친절을 베풀었는데, 남을 도울 수 있는 일이라면 어떤 번거로움도 마다하지 않는 사람, 그야말로 *serviable*(도와주기 좋아하는) 사람이었다. 프랑스어에 있는 이 단어가 영어에는 없는데, 실용을 따지는 우리 영국인들에게는 이 말이 의미하는 매력적인 성품이 드물기 때문은 아닐까. 어셴든이 이틀 동안 앓았을 때 해링턴 씨는 헌신적으로 그를 돌보아 주었다. 어셴든은 해링턴 씨의 자상한 손길에 몸 둘 바를 몰랐지만, 해링턴 씨가 체온 한 번 재는 데 온갖 까다로운 수칙을 내세운다든가, 꼼꼼하고 질서 정연한 여행 가방 안에서 알약을 한 뭉텅이 꺼내 엄격한 태도로 의사 노릇을 할 때는 고통에 신음하면서도 웃음이 터지고 말았다. 하지만 식당차에서 어셴든이 먹을 만한 음식을 챙겨 왔을 때는 가슴이 뭉클했다. 정말이지 해링턴 씨는 아픈 어셴든을 위해 백방으로 노력했다. 말을 멈추지 않았다는 것만 제외하면.

그런 해링턴 씨도 말을 멈추고 조용해지는 순간이 있었는데, 그건 옷을 갈아입을 때였다. 예의 바른 마음에 어셴든 앞에서 어떻게 하면 무례를 범하지 않고 옷을 갈아입을 수 있느냐는 생각에만 몰두한 것이다. 그는 매사에 극도로 조심스러운 사람이었다. 매일 속옷을 갈아입었는데, 그때마다 여행 가방에서 능숙하게 깨끗한 속옷을 꺼내고 더러워진 속옷은 다시 능숙하게 집어넣었다. 하지만 속옷을 갈아입는 과정은 맨살을 손톱만큼도 보이지 않는 기적의 향연이었다. 어셴든은 하루 이틀 지나고부터 더 이상 청결을 유지하려고 애쓰지 않았다. 열차는 더러웠고, 차량 전체에 세면실은 한 칸뿐이어서 금세 모든 승객이 다 똑같이 지저분해졌지만, 해링턴 씨만큼은 어떠한 어려움에도 포기할 줄 몰랐다. 아침마다 그는 사람들이 기다리다 지쳐 문손잡이를 덜컥거리고 있어도 꿋꿋하게 버티며, 몸단장을 차분하게 마무리하고 비누 향기를 풍기며 번쩍거리는 얼굴로 세면실에서 돌아왔다. 검정 상의에 줄무늬 하의, 잘 닦아 광택이 나는 구두까지 복장을 다 갖추고 난 그의 모습은 필라델피아 자택의 빨간 벽돌집에서 막 나와 출근 전차에 오르려는 사람이 아닌가 싶을 정도로 말쑥했다. 도중에 한번은 어느 철교가 폭파되었고, 그 강을 지난 다음 역에서 소요가 발생했다는 방송이 나왔다. 이 열차를 멈춰 세우고 승객을 열차에서 내쫓거나 인질로 잡아갈수도 있다고. 어셴든은 가방과 헤어질 수도 있다는 생각에 시베리아에서 혹한의 겨울을 보내야 할 경우를 대비하여 가장 두꺼운 코트로 갈아입었다. 하지만 해링턴 씨는 어떤 말도 들으려 하지 않았고, 가능한 상황에 대비할 생각도 없어

보였다. 어셴든은 설령 그가 러시아의 감옥에서 석 달을 보내게 된다고 해도 저 말쑥하고 깔끔한 용모는 그대로 보존되리라고 확신했다. 카자흐스탄 기병대가 열차에 뛰어올라 장전한 총을 들고 각 차량 승강구 앞에 섰다. 열차는 덜컹거리며 파손된 철교를 조심조심 건넜다. 이윽고 위험이 예고된 역이 나오자 열차는 속도를 올리더니 쏜살같이 통과해 버렸다. 어셴든이 도로 얇은 여름 양복으로 갈아입자 해링턴 씨가 살짝 비웃었다.

해링턴 씨는 빈틈없는 사업가였다. 보통 명민해서는 이 사람을 이기기 어려울 것이다. 어셴든은 고용주들이 이번 일에 그를 보내기로 한 것은 확실히 탁월한 결정이었다고 생각했다. 그는 회사의 이익을 보호하기 위해 있는 힘을 다할 사람이었다. 이번에 러시아인들을 상대로 유리한 계약에 성공한다면 회사는 확고하게 자리 잡을 것이며, 그 성공은 순전히 그의 회사에 대한 충성심이 해낸 일이 될 것이다. 해링턴 씨가 고용주들에 대해 하는 말에는 애정과 존경심이 담겨 있었다. 그들을 사랑하며 자랑스러워했지만, 그들이 부자라고 해서 부러워하지는 않았다. 그는 월급을 받으면서 일하는 것에 만족하며, 적절한 수준으로 받고 있다고 생각했다. 자식들을 가르칠 수 있고 아내가 혼자되었을 때 살아갈 수 있을 만큼 물려줄 수 있으면 됐지, 무슨 돈이 더 필요하겠는가? 그는 돈을 너무 따지는 것은 좀 속된 일이라고 생각했다. 그에게는 돈보다 교양이 더 중요했다. 그러면서도 돈에 관해서는 신중해서, 식사를 하고 나면 음식 값으로 얼마를 썼는지 수첩에 가장 작은 단위까지 꼼꼼하게 기록했다. 그 회사 사람들은 해링턴 씨가 자신이 지출한 경비에서 동전 한 닢 더 부풀릴 사람이 아니라고 믿어 의심치 않을 것이다. 하지만 가난한 사람들이 열차가 멈추는 곳으로 몰려와 구걸을 한다는 것, 전쟁이 정말로 그 사람들을 궁핍하게 만들고 있다는 사실을 눈으로 확인한 그는, 열차가 멈추기 전에 잔돈을 미리 넉넉히 준비해 놓고는 그런 가짜들한테 속아 넘어가는 자신이 한심스럽다는 표정을 지으면서 주머니에 있는 동전을 남김없이 나눠 주었다.

「물론 저 사람들이 돈을 받아도 될 만하다고 생각해서 주는 건 아닙니다. 저들을 위해서 하는 행동도 아니고요. 이건 순전히 내 마음의 평화를 위해서 하는 겁니다. 어떤 사람이 정말로 배가 고파서 구걸하는 건데 내가 밥 한 끼 먹을 돈도 주지 않았다는 생각이 든다면, 정말 기분이 너무 안 좋을 것 같거든요.」

해링턴 씨는 황당하지만 사랑할 수밖에 없는 사람이었다. 어린아이를 때리는 것처럼 가혹한 짓이 될 텐데, 누가 이 사람에게 무례하게 굴 수 있겠는가. 어셴든은 속에서는 화가 부글부글 끓어올라도 예수의 가르침을 실천하는 자 된 도리로 억지로라도 친절하게 굴면서, 다정하면서도 남의 사정 봐주지 않는 이 인간과 함께하는 시간을 순종적으로 받아들였다. 블라디보스토크에서 출발하여 페트로그라드에 도착하기까지 열하루. 어셴든은 하루만 더 있었어도 자기가 어떻게 되었을지 알 수 없었다. 어쩌면 열이틀째 날에 해링턴 씨를 죽였을지도 모른다.

마침내 열차가 (어셴든은 지치고 구저분한데, 해링턴 씨는 말쑥하고 활기차며 여전히 경구를 읊어 대는 가운데) 페트로그라드 외곽에 접어들고 차창 밖으로 집들이 다닥다닥 붙어 있는 시내가 시야에 들어오자, 해링턴 씨가 어셴든을 돌아보며 말했다.

「열차에서 열하루가 이렇게 빨리 지나갈 줄은 몰랐습니다. 정말 즐거웠어요. 선생과 함께해서 아주 유쾌했습니다. 선생도 제가 동행해서 좋으셨을 거라고 생각해요. 제가 말을 제법 할 줄 안다는 걸 모르는 척하진 않겠습니다. 이렇게 함께 길을 온 사람들끼리 앞으로도 연락하고 지내야 하지 않겠습니다. 제가 페트로그라드에 있는 동안 자주 만나 뵈어야 할 것 같은데요.」

「할 일이 원체 많아서 시간을 낼 수 있을지 모르겠습니다.」 어셴든이 말했다.

「그러실 거라고 생각했습니다.」 해링턴 씨가 정중하게 말했다. 「저도 꽤나 바쁠 것으로 예상합니다만, 어쨌거나 아침 식사는 같이 할 테니까 저녁에 만나 의견을 교환하도록 하지요. 이렇게 헤어진다면 너무 아쉽지 않습니까.」

「너무 아쉽습니다.」 어셴든은 한숨을 내쉬었다.

사랑과 러시아 문학

　어셴든은 호텔 객실에 들어와 모처럼 혼자가 되자, 자리에 앉아 주변을 둘러보았다. 당장은 가방을 풀 힘도 없었다. 이 전쟁이 시작된 뒤로 이런 호텔방을 얼마나 많이 거쳐 왔던가. 이 나라 저 나라, 이 땅 저 땅, 호화로운 방, 허름한 방, 별별 방을 다 다녀온 세월. 이 여행 짐과 더불어 지내지 않은 시간이 언제였는지 기억이 나지 않았다. 그는 피곤한 상태로 이번에 맡은 임무를 어떤 식으로 시작할 것인지 생각해 보았다. 러시아의 광활함에 길을 잃은 듯 막막하고 사무치게 고독했다. 이 임무에 선택되었을 때는 너무 막중해 보여 못 하겠다고 해보았지만 무시당했다. 그가 선택된 것은 당국이 그를 이 일에 특히 적임자라고 판단해서가 아니라, 달리 그보다 적당한 사람을 찾을 수 없었기 때문이다. 누군가 문을 두드리는 소리가 들려오자, 어셴든은 자기가 아는 몇 마디를 써볼 기회가 왔다는 생각에 기뻐하며 러시아 말로 외쳤다. 문이 열렸다. 어셴든은 벌떡 일어섰다.

　「어서 들어오십시오. 이렇게 뵙게 되다니 얼마나 반가운지 모르겠군요.」

세 남자가 들어왔다. 샌프란시스코에서 요코하마로 갈 때 같은 배를 탔기 때문에 면식은 있었지만, 지령에 따라 서로 간에 어떠한 교류도 없던 터였다. 세 사람은 체코인으로, 혁명 활동을 하다가 고국에서 추방당한 뒤 오랜 세월 미국에 정착해 살아왔는데, 이번 어셴든이 맡은 임무를 돕는 동시에 러시아에 거주하는 체코인들에게 절대적인 영향력을 행사하고 있는 Z 교수를 그에게 소개시켜 주기 위해 러시아로 파견되었다. 그들 중 보스는 에곤 오르트 박사로, 희끗희끗한 머리에 마르고 키가 컸다. 그는 신학 박사로 미국 중서부 지역 어느 교회의 목사였으나, 조국 해방을 위해 싸우려고 목사직을 내려놓았다. 어셴든은 오르트 박사가 두뇌가 명석하며 양심이나 도덕 문제는 과히 복잡하게 따지지 않는다는 인상을 받았다. 하나의 확고한 신념을 추구하는 사람은 자기가 어떤 일을 하더라도 전능한 절대자께서 이를 인정하실 것이라고 스스로 확신한다는 점에서 보통 사람들보다 유리하다. 그는 장난기로 눈을 반짝이면서도 정색한 낯으로 서늘한 농담을 던지는 의뭉스러운 면이 있었다.

어셴든은 요코하마에서 오르트 박사와의 두 차례에 걸친 비밀 면담을 통해서, Z 교수가 오스트리아의 통치로부터 조국을 해방시키고자 하는 열망은 강하나 그러기 위해서는 동맹국이 몰락해야 하고 연합국과 전적으로 함께해야 하는데 아직 망설이는 상태라는 사실, 양심에 꺼리는 일은 절대 하지 않을 사람이며 모든 것이 투명하고 공명정대할 것을 요구한다는 사실, 그렇기에 반드시 해야 할 일 중에는 Z 교수 모르게 해야 하는 경우도 있다는 사실을 파악했다. 영향력이 막강한 인물이기에 그의 요구를 경시하면 안 되지만, 일을 하다 보면 그에게 알리지 않고 진행하는 게 낫겠다는 생각이 들 때가 있다는 것이다.

어셴든보다 일주일 먼저 페트로그라드에 들어온 오르트 박사는 그동안 파악한 상황을 그에게 설명해 주었다. 어셴든이 볼 때 뭐든 하려면 빠르게 해내는 것이 관건이었다. 군대는 불만이 높아 반항적이고, 무력한 케렌스키 정부가 비틀거리면서도 권력을 유지하고 있는 것은 오로지 과감하게 이를 빼앗겠다고 나오는 세력이 없기 때문이었다. 또한, 기근이 눈앞에 닥쳐왔을 뿐만 아니라 독일군이 페트로그라드로 진격해 올 가능성까지 대비해야 하는 상태였다. 대영 제국과 미합중국 대사는 어셴든이 온다는 통고를 받았으나, 맡은 임무가 그들에게조차 철저한 기밀인 데다 어셴든은 별도의 개인적인 이유로 그들에게 도움을 요청할 수 없는 처지였다. 그는 오르트 박사를 통해서 Z 교수와 만날 약속을 잡았다. 그때 그는 교수의 의견을 듣고, 연합국 정부들이 두려워하는 최악의 참사인 러시아와 동맹국의 단독 강화[1]를 방지할 어떤 계획이든 재정적으로 지원할 준비가 되어 있음을 전할 작정이었다. 하지만 그는 영향력 있는 각계 인물들과 긴밀하게 연락을 해야 했다. 사업 제안서와 국무위원들 앞으로 작성된 소개장을 들고 온 해링턴 씨는 정부 인사들과 접촉을 해야

1 이 조약이 타결될 경우 러시아의 연합 전선 이탈을 우려한 것이다.

했으므로 통역자를 찾고 있었다. 오르트 박사가 러시아어를 모국어 수준으로 말하는 것을 본 어셴든은 그 자리에 박사가 적합하겠다고 생각했다. 그는 상황을 설명하고, 어셴든이 해링턴 씨와의 점심 자리를 마련했을 때 오르트 박사가 들어와 앞서 만난 적 없는 것처럼 인사하면 해링턴 씨에게 소개를 해주고, 그러면서 어셴든이 해링턴 씨에게 하늘이 도왔는지 오르트 박사가 그 목적에 적격자라고 대화를 이끌어 가는 것으로 각본을 짰다.

하지만 어셴든의 의중에는 어쩌면 자신에게도 도움이 되리라고 생각해 둔 사람이 한 명 더 있어서 운을 띄웠다.

「아나스타샤 알렉산드로브나 레오니도프라고 하는 여자, 혹시 들어 보셨습니까? 알렉산데르 데니시에프의 딸 되는 사람입니다.」

「그 사람에 대해서는 당연히 다 알고 있습니다.」

「그 여자가 페트로그라드에 있을 거라고 짐작되는데, 어디에서 살며 무엇을 하고 있는지 알아봐 주시겠습니까?」

「물론이지요.」

오르트 박사가 함께 온 두 남자 중 한 사람에게 체코어로 무언가를 말했다. 두 사람 다 날카로운 인상이었는데, 한 사람은 금발에 키가 크고 다른 한 사람은 짙은 색 머리에 단신으로 오르트 박사보다 젊었다. 어셴든은 박사의 명령에 따르는 사람들일 것이라고 생각했다. 두 사람은 고개를 끄덕이고는 일어나 어셴든과 악수한 뒤 자리를 떠났다.

「오늘 오후면 원하는 모든 정보를 받게 되실 겁니다.」

「그럼 지금 해야 할 얘기는 끝난 것 같군요. 사실, 열하루 동안 목욕을 하지 못했습니다. 더는 못 참을 지경이랍니다.」

사색의 즐거움을 누리기에는 열차 안이 더 좋은가, 욕탕 속이 더 좋은가, 이것이 어셴든에게는 늘 풀리지 않는 화두였다. 뭔가 창의적인 사고가 필요할 때는 너무 빠르지 않은 속도로 평온하게 달리는 열차를 선호하는 편이었는데, 아닌 게 아니라 기발한 생각 대다수는 프랑스의 평원을 횡단할 때 떠오른 것들이었다. 하지만 즐거운 회상에 젖거나 이미 머릿속에 있는 하나의 주제에 장식을 입히는 재미라면 뜨거운 탕욕만 한 것이 없다는 게 그의 생각이었다. 흙탕물에서 뒹구는 물소처럼 거품 가득한 물속에서 뒹굴거리며, 어셴든은 우울한 농담 같았던 아나스타샤 알렉산드로브나 레오니도프와의 관계를 생각했다.

그때 일들은 어셴든에게도 연정이라고 부르는 얄궂은 마음이 있었구나 하는 희박하디희박한 단서를 준 사건에 지나지 않는다. 이 분야의 전문가들, 그러니까 철학자들에게는 하나의 기분 전환 거리에 지나지 않는 것을 업으로 삼는 저 재미난 사람들은, 작가나 화가나 음악가 같은, 요컨대 예술 쪽에 몸담은 사람들이 기실 사랑에 관해서는 대단히 두드러진 인상을 주지 못한다고 단언한다. 소리만 요란했지 실속은 없다는 것이다. 한탄하고 한숨짓고 글줄도 끼적여 보고 온갖 낭만적인 태도를 취하지만, 결국에는 자기네가 품은 연정의 대상보다는 예술을, 아니 어쩌면 자기 자신을(그들에게는 어차피 이 둘이 똑같은 것이지만) 더 사랑하기에, 상대는 성에 대한 상식적인 당연한 생각으로 실체적인 것을 요구하지만 그들이 내줄 수 있는 것은 그림자뿐이다. 그럴지도 모르겠다. 그리고 어쩌면 이것은 여자들이 (겉으로는 내비치지 않으나) 내심 예술을 그토록 지독하게 증오하는 이유일지도 모른다. 어쨌거나 어센든은 지난 20년 동안 이런저런 매력적인 사람에게 가슴 두근거리며 살아왔다. 그로 인해 크나큰 행복을 누렸고, 또 그만큼 크나큰 비참함에 허우적댔으나, 가슴 찢어지는 짝사랑의 고통에 다 죽어 가는 얼굴을 하고서도 그는 그럼에도 사랑이야말로 삶의 의미라고 스스로를 다독일 수 있었다.

아나스타샤 알렉산드로브나 레오니도프는 종신형을 받고 시베리아에서 탈출하여 잉글랜드에 정착한 혁명가의 딸이었다. 그 혁명가는 30년 동안 쉴 새 없는 집필 활동으로 생계를 꾸려 왔을 뿐만 아니라, 영국 문단에서 명성을 떨치기까지 한 유능한 사람이었다. 아나스타샤 알렉산드로브나는 적당한 나이가 되었을 때 마찬가지로 조국으로부터 망명해 온 블라디미르 세메노비치 레오니도프와 결혼했고, 그로부터 몇 해 뒤에 어센든을 만나게 되었다. 당시는 유럽이 러시아를 발견하던 시기였다. 너 나 할 것 없이 러시아 소설을 읽었고, 러시아 무용가들이 문명 세계를 사로잡았으며, 러시아 작곡가들은 바그너에서 탈피하고 싶어 하던 사람들의 여린 감수성에 스며들었다. 러시아 예술이 유행성 독감처럼 맹렬하게 유럽 전역으로 퍼져 나갔고, 새로운 문구, 새로운 색채, 새로운 감성이 유행했다. 지식인들은 일말의 망설임도 없이 스스로를 인텔리겐치아라고 칭했다. 인텔리겐치아, 쓰기는 어려웠지만 말하기는 쉬운 단어였다.

어셴든도 다른 사람들과 마찬가지로 거실의 쿠션을 교체하고, 벽에는 그리스 정교의 성상을 걸었으며, 체호프를 읽고 발레를 보러 다녔다.

아나스타샤는 태생부터 환경, 교육까지 한 치의 모자람도 없는 인텔리겐치아의 일원이었다. 그녀는 리젠트 공원 근처 작은 주택에서 남편과 함께 살았는데, 런던에서 문인이라는 사람들은 전부 여기에 모여 하루 휴가를 얻은 여인상처럼 벽에 기대고 선 창백한 얼굴에 수염이 덥수룩한 거인들을 우러러보곤 했다. 그들은 하나같이 혁명가들이었는데, 이들이 지금 시베리아 광산에서 강제 노동에 종사하고 있지 않다는 것은 하나의 기적이었다. 여성 문인들은 떨리는 입술을 보드카 잔에 갖다 댔다. 가끔 운이 정말 좋으면 다길레프[2]와 악수하는 호사를 누릴 수도 있었는데, 바람결에 흩날리는 복숭아꽃 같은 파블로바[3]가 출몰하기도 했다. 이 시기의 어셴든은 아직 그 대단하신 지식인들에게 맞설 만큼 이름을 날리는 작가가 아니었지만 젊은 문학도들 중에서는 확실히 출중한 편이었는데, 개중에는 탐탁지 않은 눈길을 보내는 사람들도 있었지만 그에게 희망을 품은 사람들(인간의 본성을 믿는 낙관적인 작자들)도 있었다. 아나스타샤 알렉산드로브나는 그의 면

---

2 Sergei P. Diagilev(1872~1929). 제정 러시아의 미술 평론가이자 영향력 있는 발레단 발레 뤼스의 설립자.
3 Anna P. Pavlova(1881~1931). 제정 러시아의 프리마 발레리나.

전에서 당신도 인텔리겐치아의 일원이라고 말했다. 어셴든도 그렇게 믿고 싶었다. 하긴 뭐든 받아들이고 다 믿고 싶던 시절이었으니. 그는 그 말에 흥분했고 전율이 일었다. 오래도록 좋아왔던 그 실체 없던 로맨스의 정령이 이제 드디어 손에 잡히나 보다 했다. 아나스타샤 알렉산드로브나는 눈이 아름다웠고, 요새 사람들에 비해서이긴 하지만 과도하게 풍만한 육체, 높은 광대뼈와 들창코(이건 굉장히 전형적인 타타르인의 특색이다), 큰 이가 가지런히 보이는 큰 입, 하얀 피부의 여인이었다. 옷은 꽤 화려하게 입었다. 그녀의 우수에 찬 검은 눈동자에서 어셴든은 러시아의 광대무변한 대초원과 종소리 울리는 크렘린 궁전, 성 이삭 성당의 근엄한 부활절 미사, 은빛 찬란한 너도밤나무 숲과 네브스키 대로를 보았다. 동그랗고 반짝이며 약간 튀어나온 것이 페키니즈 강아지 같기도 한 눈. 그 두 눈이 그렇게 많은 것을 말하고 있다는 것이 놀랍기만 했다. 두 사람은 『카라마조프 씨네 형제들』의 알료샤에 대해서, 『전쟁과 평화』의 나타샤에 대해서, 그리고 『안나 카레니나』와 『아버지와 아들』을 논했다.

어셴든은 얼마 가지 않아서 그녀의 남편이 아나스타샤에게 어울리지 않는다는 것, 그리고 아나스타샤도 같은 생각이라는 사실을 알게 되었다. 블라디미르 세메노비치는 말린 감초 뿌리처럼 기다랗고 커다란 두상에 러시아인들에게 흔히 보이는 부스스 헝클어진 머리를 한 자그마한 사람이었다. 상냥한 성격에 나서지 않는 이 사람이 러시아 제정이 두려워하던 혁명가였다는 얘기는 믿기 어려웠다. 그는 러시아어를 가르치고 모스크바에 있는 신문에 기사를 썼다. 그의 붙임성 좋고 친절한 성격은 아나스타샤 알렉산드로브나가 성격이 강한 사람인 까닭에 특히 더 필요한 자질이었다. 아나스타샤 가 치통을 앓을 때 블라디미르 세메노비치는 지옥에 떨어진 자의 고뇌를 맛보았고, 아나스타샤가 불우한 조국 생각에 가 슴 아파 하면 블라디미르 세메노비치는 차라리 태어나지 말 았어야 한다며 한탄했다. 어센든은 착해 빠진 이 사람이 딱 하면서도 어쩔 수 없이 호감이 갔다. 때가 되어 어센든이 아 나스타샤 알렉산드로브나에게 사랑을 고백하니 기쁘게도 사 랑은 보답을 받았으나, 그러면 블라디미르 세메노비치는 어 떻게 되는 건지 곤혹스럽기만 했다. 아나스타샤 알렉산드로 브나나 블라디미르나 서로가 한시도 떨어져서는 살 수 없는 사람들이었다. 어센든은 아나스타샤가 혁명적인 생각 등등 으로 자신과는 결코 결혼하지 않으려는 것은 아닐까 두려웠 지만, 놀랍기도 하고 또한 다행스럽게도 그의 청혼을 선뜻 받아들였다.

「블라디미르 세메노비치가 이혼을 하려고 할까요?」 어센 든이 소파에 앉아 맛이 간 생고기를 연상시키는 색상의 쿠션 에 몸을 기댄 채 아나스타샤의 손을 잡으며 물었다.

「블라디미르는 나를 숭배해요. 아마 마음이 찢어지겠죠.」 아나스타샤가 대답했다.

「좋은 분이더군요. 그분이 불행해지는 걸 원치 않아요. 잘 이겨 내시면 좋겠습니다.」

「끝내 이겨 내지 못할걸요. 그게 러시아의 영혼이에요. 내가 떠나면 그이는 살아가야 할 이유를 다 잃었다고 느낄 거예요. 그 사람이 나한테 하는 것처럼 여자한테 폭 빠진 남자는 본 적이 없어요. 물론 그이는 내 행복에 방해물이 되고 싶어 하지 않을 거예요. 그러기엔 너무 큰 사람이거든요. 나 자신의 발전에 관한 문제라면 내가 결코 주저하지 않는다는 것을 그이도 알아요. 블라디미르라면 두 번 묻지 않고 나를 자유롭게 해줄 거예요.」

당시 영국의 이혼법은 지금보다 훨씬 더 복잡하고 불합리했다. 아나스타샤가 그 이상한 점을 잘 알지 못할 수도 있으므로, 어셴든은 난점이 될 만한 경우에 대해서 그녀에게 설명해 주었다. 아나스타샤는 그의 손을 살며시 잡으면서 말했다.

「블라디미르는 그 천박하기로 악명 높은 이혼 법정에 나를 절대로 보내지 않을 거예요. 내가 당신하고 결혼하기로 했다고 말하면 그이는 자살하고 말겠죠.」

「너무 무서운 말씀이군요.」어셴든이 말했다.

어셴든은 소스라치게 놀랐지만 한편으로는 짜릿했다. 그야말로 러시아 소설 같은 이야기였다. 도스토옙스키가 그렸음 직한 가혹하면서도 애처로운 이야기가 책장이 넘어가면서 계속해서 이어지는. 등장인물들이 겪었을 고통들, 깨진 샴페인 병 조각, 집시 마을 방문, 보드카, 졸도, 강직증, 그리고 모두가 나서서 펼치는 길고 긴 연설. 전부가 굉장하고 경이로우면서도 마음이 스산해지는 이야기들이었다.

「우리 모두가 끔찍하게 불행해지겠죠.」아나스타샤 알렉산드로브나가 말했다. 「하지만 그이가 달리 뭘 할 수 있을지 모르겠어요. 나 없이도 잘 살라고 할 수는 없잖아요. 노 없는 배, 기화기 없는 차가 되었다고 느낄 거예요. 블라디미르는 내가 잘 알아요. 그인 자살할 겁니다.」

「어떻게 말이죠?」 매사를 상세하게 알아야 직성이 풀리는 사실주의적 열정으로 어셴든이 물었다.

「머리를 날리는 거죠.」

어셴든은 『로스메르 저택』[4]을 떠올렸다. 입센에게 열광하던 시절 그는 이 대가를 원문으로 읽으면 그의 사상의 숨은 정수를 찾아낼 수 있지 않을까 하는 심정으로 노르웨이어에 도전해 보기도 했다. 그는 뮌헨 맥주를 마시는 입센을 직접 본 적도 있었다.

「하지만 우리가 마음속에 블라디미르의 죽음이라는 짐을 안고 한순간이라도 편할 수 있을까요?」 어셴든이 물었다. 「그 사람이 항상 우리 사이에 있을 거라는 생각이 드는군요.」

「알아요. 고통스러울 거예요. 몹시 고통스럽겠죠.」 아나스타샤 알렉산드로브나가 말했다. 「하지만 어쩌겠어요? 인생이 그런걸요. 블라디미르를 우리가 생각해 주지 않으면 누가 하겠어요. 그이의 행복도 생각해야 할 문제죠. 그이라면 차라리 자살을 택할 거예요.」

아나스타샤는 고개를 돌렸다. 그녀의 뺨에서 굵은 눈물방울이 떨어지는 것을 보니 어셴든은 마음이 아팠다. 그는 마음이 약한 사람이라 가엾은 블라디미르가 머리에 총탄이 박힌 채 바닥에 쓰러져 있는 모습을 상상하자니 고통스러웠다.

4 헨리크 입센의 1886년 희곡.

러시아인들은 참 별나고 이상한 사람들이야!

하지만 아나스타샤 알렉산드로브나는 감정을 추스르고 엄숙한 표정으로 그를 바라보았다. 동그랗고 조금은 튀어나온 그 촉촉한 눈망울로.

「우리가 옳은 일을 하고 있다는 확신이 필요해요.」 아나스타샤가 말했다. 「블라디미르가 자살하게 만든 후 뒤늦게 내가 잘못 판단했음을 깨닫게 된다면 나는 결코 나 자신을 용서하지 못할 거예요. 우리가 정말로 서로를 사랑하는지 확실하게 알아야 한다고 생각해요.」

「아니, 그걸 아직도 모른단 말입니까?」 어셴든이 긴장한 채 낮은 목소리로 외쳤다. 「나는 아는데.」

「우리 파리로 가요. 가서 일주일 동안 지내면서 우리가 잘 맞는지 지켜보죠. 그러면 알 수 있을 거예요.」

어셴든은 조금 보수적인 사람인지라 그 제안에 흠칫 놀랐지만, 오래가지는 않았다. 아나스타샤는 참으로 놀라운 사람이었다. 그녀는 어셴든이 잠시나마 고민하며 주저했다는 것을 알아챘다.

「당신 부르주아적 편견 같은 건 없겠죠?」 아나스타샤가 말했다.

「그럴 리가요.」 어셴든은 다급하게 부정했다. 부르주아로 보이느니 차라리 깡패 취급당하는 게 나을 것 같았다. 「아주 근사한 제안이라고 생각합니다.」

「어째서 여자는 자기 평생이 걸린 일을 운에 걸어야 하죠? 같이 살아 보기 전에는 그 남자가 어떤 사람인지 알 수 없는 일이죠. 그러니 나중에 가서 후회하지 말고 미리 기회를 주는 것이 타당하다는 거예요.」

「듣고 보니 그렇군요.」

아나스타샤 알렉산드로브나는 빈둥대며 게으름 부리는 여자가 아니었으므로 곧장 준비를 마쳤고, 돌아오는 토요일에 파리로 떠났다.

「블라디미르에게는 당신하고 간다는 거 말하지 않을 거예요. 그 사람을 비참하게만 할 테니까요.」 아나스타샤가 말했다.

「그래선 안 되겠죠.」 어셴든이 말했다.

「게다가 그 일주일이 지난 뒤에 내가 이건 실수였다는 결론을 내리게 된다면, 블라디미르가 이 일에 대해서 알 필요가 없는 거죠.」

「맞는 얘기군요.」 어셴든이 말했다.

두 사람은 빅토리아역에서 만났다.

「몇 등칸인가요?」

「일등칸입니다.」

「잘하셨어요. 아버지와 블라디미르는 항상 삼등칸을 이용한다는 원칙을 지키고 있죠. 하지만 난 열차만 타면 속이 매슥거려서 누군가의 어깨에 머리를 기댈 수 있었으면 하거든요. 일등칸이 그러기가 편하죠.」

열차가 출발하자 아나스타샤 알렉산드로브나가 어지럽다면서 모자를 벗고 어셴든의 어깨에 머리를 기댔다. 어셴든은 아나스타샤의 허리에 팔을 감았다.

「가만히 있어 줄래요?」그녀가 말했다.

배로 옮겨 타자 바로 여성용 선실로 내려가 버렸지만 칼레에서는 왕성하게 식사를 하더니, 다시 열차에 올랐을 때는 모자를 벗고 어셴든의 어깨에 머리를 기댔다. 어셴든이 뭔가를 읽고 싶어 책을 꺼냈다.

「책 안 읽으면 안 돼요? 머리를 가만히 두어야 하는데, 당신이 책장을 넘길 때마다 속이 울렁거려요.」

마침내 파리에 도착해 아나스타샤 알렉산드로브나가 잘 아는 좌안의 한 작은 호텔로 갔다. 그곳은 분위기가 있다면서, 그 반대편의 호화로운 대형 호텔들은 어찌해 볼 수 없이 부르주아적이고 천박해 견딜 수가 없다고 했다.

「난 당신이 좋은 곳이라면 어디든 좋아요, 욕조만 있으면.」어셴든이 말했다.

아나스타샤가 씩 웃으며 그의 볼을 꼬집었다.

「아유, 귀여운 영국인 같으니라고. 욕조 없이 일주일도 못 버텨요? 아이고, 정말이지 당신 배워야 할 게 너무 많군요.」

두 사람은 러시아 차를 수없이 마시면서 밤이 깊도록 막심 고리키와 카를 마르크스, 인간의 숙명, 사랑과 형제애에 대해 이야기했다. 그래서 어셴든은 아침을 잠자리에서 먹고 점심때가 돼서 일어나고 싶었지만, 아나스타샤 알렉산드로브나는 아침 일찍 하루를 시작하는 사람이었다. 인생은 짧고 할 일은 많은데 아침 식사를 8시 반에서 1분이라도 넘겨서 먹는 것은 죄악이라고 했다. 두 사람은 칙칙하고 협소한 식당의 한 달 동안 단 한 번도 열린 흔적이 없는 창가 자리에 앉왔다. 과연 분위기 한번 굉장한 곳이었다. 어셴든이 아나스타샤 알렉산드로브나에게 아침으로 뭘 먹겠는지 물었다.

「스크램블드에그요.」아나스타샤가 말했다.

아나스타샤는 실컷 먹었다. 어셴든은 아나스타샤가 먹성이 좋다는 것을 일찌감치 느끼면서 러시아인의 특성이겠거니 생각했다. 하기야 안나 카레니나가 빵 한 쪼가리에 커피한 잔으로 점심을 때운다는 것이 상상이 되는가?

아침 식사를 마친 뒤 두 사람은 루브르 박물관에 갔고, 오후에는 뤽상부르 공원에 갔다. 저녁을 일찍 챙겨 먹은 뒤 코메디 프랑세즈에 갔고, 그 후에 러시아 카바레에 가서 춤을 추었다. 다음 날 아침 8시 반에 같은 식당 같은 자리에 앉아 어셴든이 아나스타샤 알렉산드로브나에게 뭘 먹고 싶은지 물었고, 그녀가 대답했다.

「스크램블드에그요.」

「하지만 어제도 스크램블드에그 아니었나요?」어셴든이 타이르듯 한마디 했다.

「오늘 또 먹으면 되죠.」아나스타샤가 미소 지었다.

「좋아요.」

그날도 루브르 대신 카르나발레에 가고 뤽상부르 대신 기메 동양 박물관에 간 것만 빼면 전날과 같이 흘러갔다. 하지만 다음 날 아침 어셴든의 물음에 아나스타샤 알렉산드로브나가 또다시 스크램블드에그라고 답했을 때는 어셴든의 가슴이 철렁 내려앉았다.

「어제도 스크램블드에그, 그제도 스크램블드에그였잖습

니까.」

「그러니까 오늘도 먹어야겠다는 생각이 들지 않아요?」

「안 듭니다.」

「오늘 아침엔 유머 감각이 조금 부족하신 거 아니에요? 난 매일 스크램블드에그를 먹는걸요. 아침엔 역시 스크램블드에그죠.」

「아, 알겠어요. 그렇다면 마땅히 스크램블드에그로 해야겠군요.」

다음 날 아침에는 더 이상 맞서지 않았다.

「평소처럼 스크램블드에그?」어셴든이 물었다.

「당연하죠.」아나스타샤가 네모 반듯한 앞니 두 줄을 보이며 다정하게 웃었다.

「좋아요. 내가 당신 것도 주문할게요. 나는 프라이로 하려고요.」

아나스타샤의 입술에서 미소가 사라졌다.

「네?」잠시 조용하더니 그녀가 말을 이었다. 「좀 배려 없는 행동이라는 생각 안 들어요? 주방에서 요리하는 분한테 구태여 일을 보태 주는 건 너무하지 않느냐고요. 당신네 영국 사람들, 다 똑같아요. 하인을 기계로 생각하죠. 그 사람들도 당신하고 똑같은 심장에 똑같은 기분, 똑같은 감정이 있는 사람이라는 생각을 해본 적 있어요? 당신네 부르주아들이 그렇게 비인간적이고 이기적으로 구는데, 프롤레타리아 계급이 불만으로 들끓는 게 뭐 놀라울 일이겠어요?」

「설마 내가 파리에서 달걀을 스크램블로 먹지 않고 프라이로 먹으면 영국에서 혁명이 일어날 거라고 생각하는 건 아니 겠지요?」

아나스타샤는 분개하여 그 예쁜 머리를 절레절레 흔들 었다.

「모르나 본데, 그게 세상 이치예요. 당신은 농담으로 받아 들이고 있어요. 물론 웃자고 그러는 거겠죠. 나도 누구보다 웃는 걸 좋아하는 사람이에요. 체호프도 러시아에서 유머 작 가로 유명했지요. 하지만 그게 뭘 이야기하고자 하는 건지 모르겠어요? 당신 태도는 처음부터 끝까지 잘못된 거예요. 감정이 없다고요. 1905년 페테르부르크에서 일어난 일[5]을 겪은 사람이라면 그런 식으론 말하지 못하죠. 겨울 궁전 앞 에 모인 사람들이 눈 쌓인 땅바닥에서 무릎 꿇고 있는데 기 병들이 총을 쏴대던 생각만 하면…… 여자와 아이들도 있었 다고요! 아, 안 돼, 안 돼요, 그럴 수는 없는 거예요.」

아나스타샤의 눈에는 눈물이 가득 고였고, 얼굴은 고통으 로 일그러졌다. 그녀는 어셴든의 손을 잡았다.

「당신이 착한 사람이라는 거 알아요. 다만 이번엔 생각이 부족했던 거죠. 이제 이 얘기는 그만하기로 해요. 당신은 상상 력이 풍부하고 감수성이 섬세한 사람이죠. 나도 알아요. 그러 니까 달걀은 나랑 같은 걸로 할 거죠?」

「그럼요.」 어셴든이 말했다.

그 뒤로 아침은 항상 스크램블드에그였다. 식당 종업원은 그를 보고 말했다. 「선생님, 스크램블드에그를 정말 좋아하

5 제1차 러시아 혁명의 발단이 되었던 〈피의 일요일〉 시위를 가리킨다.

시는군요.」 일주일이 흘러 두 사람은 런던으로 돌아왔다. 어셴든은 아나스타샤 알렉산드로브나를 품에 안고 머리를 어깨에 기대게 한 자세로 파리에서 칼레로, 다시 도버에서 런던까지 여행했다. 어셴든은 생각했다. 〈뉴욕에서 샌프란시스코까지는 닷새 걸렸었지.〉 빅토리아역에 도착해 승강장에서 택시를 기다릴 때 아나스타샤가 동그랗고 반짝이는, 약간 튀어나온 눈으로 그를 바라보며 말했다.

「우리 참 좋았죠?」

「좋았죠.」

「난 이제 마음을 굳혔어요. 이번 실험으로 충분히 증명되었어요. 언제라도 좋아요. 당신하고 결혼하겠어요.」

어셴든은 머릿속에 그림이 그려졌다. 남은 평생 매일 아침 스크램블드에그를 먹는 자신의 모습이. 그는 아나스타샤를 택시에 태운 뒤 자기도 택시를 불러 큐나드 해운 회사 사무실로 가서 미국으로 가는 첫 배편 선실의 침상 하나를 예약했다. 태양이 찬란하게 빛나는 아침, 여객선이 증기를 뿜으며 뉴욕항으로 들어갔다. 종교의 자유와 새로운 인생의 꿈을 안고 미국으로 건너간 수많은 이민자들 가운데, 어셴든만큼 자유의 여신상이 고맙고 반가운 이는 없었으리라.

해링턴 씨의 세탁물

그로부터 몇 해가 흘렀다. 어셴든은 아나스타샤 알렉산드로브나를 다시 만나지 못했다. 그해 3월에 혁명이 일어나자 블라디미르 세메노비치와 함께 러시아로 돌아간 것으로 알고 있었다. 어쩌면 그들에게 도움을 청해 볼 수도 있을 것이다. 어떤 면에서는 블라디미르 세메노비치가 어셴든 덕분에 목숨을 보전한 것으로 볼 수도 있지 않은가 말이다. 그는 아나스타샤 알렉산드로브나에게 편지를 써서 자기가 찾아가도 되는지 물어보기로 했다.

점심을 먹으러 내려갈 때 어셴든은 어느 정도 원기를 회복한 기분이었다. 해링턴 씨가 그를 기다리고 있다가 같이 앉아 앞에 놓인 음식을 먹었다.

「종업원에게 빵을 좀 갖다 달라고 해줘요.」 해링턴 씨가 말했다.

「빵이라니요? 그런 게 있을 리가요.」 어셴든이 답했다.

「빵 없이는 제가 식사를 못 하거든요.」 해링턴 씨가 말했다.

「아무래도 그러셔야겠습니다. 빵은 없어요. 버터도, 설탕도, 달걀도, 감자도 없습니다. 생선과 육류와 푸른 채소가 있고, 그게 답니다.」

해링턴 씨는 입을 다물지 못했다.

「이게 전쟁이지요.」어셴든이 말했다.

「그런 것 같군요.」

해링턴 씨는 잠시 말을 잇지 못했다. 그러더니 말문을 열었다.「이제 제가 뭘 할지 말씀드리죠. 맡은 일을 될 수 있는 한 빠르게 끝내고 바로 이 나라를 뜰 겁니다. 제가 설탕이나 버터 없이 지내야 하는 걸 해링턴 부인은 결코 좋아하지 않을 겁니다. 저는 위가 굉장히 민감하거든요. 회사에서도 최고의 대접을 누리지 못하리라는 걸 알았다면 절대로 저를 보내지 않았을 겁니다.」

잠시 후 에곤 오르트 박사가 들어와 어셴든에게 봉투를 하나 건넸다. 그 위에는 아나스타샤 알렉산드로브나의 주소가 적혀 있었다. 그는 오르트 박사를 해링턴 씨에게 소개했다. 해링턴 씨가 에곤 오르트 박사를 마음에 들어하는 것이 분명해 보여, 어셴든은 단도직입적으로 당신이 찾는 통역이 바로 여기 계시는 것 같다고 의사를 타진해 보았다.

「박사님은 러시아어를 러시아인처럼 완벽하게 하십니다. 하지만 미국 시민권자이시지요. 이분과 알고 지낸 지 상당히 오래되어서 제가 보증합니다. 언제든 믿고 의지할 수 있는 분입니다.」

해링턴 씨는 그의 제안을 아주 기쁘게 받아들였다. 어셴든은 두 사람이 나머지 일을 의논하도록 점심을 먹고 바로 자리를 뜬 뒤, 아나스타샤 알렉산드로브나에게 짤막한 전갈을 보냈다. 얼마 지나지 않아서 아나스타샤로부터 지금은 모임이 있어서 나가 봐야 하니, 7시경에 호텔에서 보자는 답신이 왔다. 그는 기다리면서 적잖이 걱정되었다. 자기가 사랑했던 건 아나스타샤가 아니라 톨스토이와 도스토옙스키, 림스키코르사코프, 스트라빈스키와 박스트였다는 것을 지금은 알았다. 하지만 아나스타샤도 그 점을 느꼈는지는 자신이 없었다. 8시에서 8시 반 사이에 아나스타샤가 왔고, 그는 해링턴 씨와 저녁을 먹기로 했는데 같이 가자고 했다. 둘만 있는 것보다는 제삼자가 있는 것이 덜 어색하리라는 생각에서였다. 하지만 그럴 필요가 없었다. 수프 접시를 앞에 놓고 앉은 지 5분 만에 아나스타샤 알렉산드로브나가 자신에게 아무런 미련도 없다는 것이 느껴졌기 때문이다. 어쨌든 자신도 감정이 식은 것은 맞지만, 그 순간엔 충격이었다. 아무리 겸손한 남자라고 할지라도 자신을 사랑했던 여자가 더 이상 자신을 사랑하지 않는다는 것을 사실로 인정하기는 힘든 법이다. 물론 아나스타샤 알렉산드로브나가 5년이라는 세월을 희망도 없이 자기를 향한 사랑으로 아파하고 있으리라고는 생각하지 않았다. 그러나 얼굴을 붉힌다거나, 속눈썹을 파르락거린다거나, 말하는 입술이 떨려 그 마음 한구석에는 아직도 자신을 향한 열망이 남아 있음을 드러내 주기를 기대했던 것도 사실이다. 그런데 웬걸. 마치 며칠 못 본 친구를 다시 만나 반갑다는 듯한 말투가 아닌가. 그것도 순전히 안부를 챙기는 정도의 친구에게나 하는 투였다. 어센든은 블라디미르 세메노비치의 안부를 물었다.

「그 사람한테 크게 실망했어요.」아나스타샤가 말했다. 「똑똑한 사람이라고 생각하지는 않았지만, 그래도 정직한 사람이라고 믿었죠. 이제 아이 아빠가 된답니다.」

해링턴 씨는 생선 조각을 입에 넣다 말고 포크를 허공에서 멈춘 채 놀란 얼굴로 아나스타샤 알렉산드로브나를 바라보았다. 이 사람이 평생 러시아 소설을 단 한 편도 읽어 보지 않았음을 짐작할 수 있었다. 어센든도 조금은 당혹스러워 어찌된 일인가 하는 눈빛으로 아나스타샤를 쳐다보았다.

「아기 엄마는 내가 아니고요.」아나스타샤가 웃으며 말했다. 「난 그쪽으론 관심 없어요. 아기 엄마는 내 친구예요. 유명한 정치 경제학 저술가죠. 나는 친구의 관점이 정통하다고 생각하지는 않지만, 고려해 볼 가치가 있다는 점은 결코 부정하지 않아요. 머리가 좋은 친구죠. 머리가 아주 좋아요.」그러고는 해링턴 씨에게 물었다. 「정치 경제학에 관심 있으신가요?」

살다 보니 해링턴 씨가 말문이 닫히는 날도 있었다. 아나스타샤 알렉산드로브나는 정치 경제학에 관한 자신의 견해를 설파했고, 다 같이 러시아 상황에 대해 이야기를 나누었다. 아나스타샤가 여러 정당 지도자와 긴밀하게 교류하는 듯해 어센든은 자기와 일해 보는 것은 어떤지 한번 마음을 떠봐야겠다고 생각했다. 그 사람에게 홀딱 반했던 것은 사실이지만 그녀의 번뜩이는 지성까지 보지 못할 만큼 눈이 멀었던 것은 아니었다. 저녁 식사를 마친 후 어셴든은 해링턴 씨에게 아나스타샤와 업무상 의논을 좀 했으면 한다고 양해를 구한 뒤, 로비의 구석진 자리로 그녀를 데리고 갔다. 필요하다고 생각되는 모든 사항을 일러 주니 아나스타샤는 흥미를 보이며 어떻게든 돕고 싶어 했다. 그녀는 음모를 즐겼고, 권력의지도 강한 사람이었다. 어셴든이 자기가 거액의 현금을 마음대로 다룬다는 점을 슬쩍 내비치니, 아나스타샤는 어셴든을 통해서 자기가 러시아 정세에 일련의 영향력을 행사할 위치를 확보할 수도 있으리라고 판단했다. 충분히 사람의 허영심을 자극할 만한 이야기였다. 아나스타샤는 열렬한 애국자였지만, 많은 애국자들이 그렇듯 자신의 지위 강화가 곧 조국의 이익이 되는 것이라는 생각을 갖고 있었다. 각자 집으로 돌아갈 즈음 두 사람은 동업 관계가 되어 있었다.

「참 대단한 여자입니다.」해링턴 씨가 다음 날 아침 식사 자리에서 말했다.

「사랑에 빠지진 마십시오.」어셴든이 씩 웃으며 말했다.

하지만 해링턴 씨에게 이 문제는 농담으로 받아칠 사안이 아니었다.

「저는 해링턴 부인과 결혼한 뒤로 여자한테 눈길을 줘본 적이 없습니다. 그 아나스타샤의 남편 말입니다, 아주 나쁜 사람이에요.」

「스크램블드에그 한 접시도 괜찮겠는데 말이죠.」어셴든이 우유 없는 홍차 한 잔과 설탕 대신 소량의 잼이 놓인 아침 식단을 보면서 뜬금없이 말했다.

아나스타샤 알렉산드로브나가 옆에서 돕고, 오르트 박사가 뒤에서 받쳐 주는 가운데 어셴든은 임무에 착수했다. 러시아의 상황은 악화 일로였다. 임시 정부의 수상이었던 케렌스키는 허영심에 사로잡혀 자신의 지위에 위협이 될 만한 역량을 입증한 각료를 전부 사임시켰다. 그러고 나서 그가 한 일은 연설이었다. 그는 연설을 거듭했다. 독일군이 페트로그라드로 진격할 가능성이 대두되고 있는데, 케렌스키가 한 일은 오로지 연설이었다. 겨울이 닥쳐오고 식량 부족은 심각해지고 연료는 바닥났는데, 케렌스키가 한 일은 연설뿐이었다. 볼셰비키가 암약하고 레닌이 페트로그라드에 은신해 있을 때, 케렌스키가 그의 행적을 알고 있으면서도 감히 체포하지 못한다는 소문이 파다했는데, 그때도 한 일은 연설이었다.

어셴든은 이 격랑 속에서 해링턴 씨가 태연하게 지내는 모습을 보니 재미있었다. 지금 역사가 만들어지고 있는데도 자기 일만 신경 쓰는 사람. 물론 고된 과정이었다. 그들은 상부에서 승인을 내주도록 하겠다는 핑계로 고관은 물론 하급 관리들에게까지 뇌물을 바치게 만들었고, 몇 시간이고 대기실에 앉혀 두었다가는 이렇다 할 해명도 인사치레도 없이 내쫓았다. 마침내 그 상부라는 자들을 만났을 때는 무의미한 말 몇 마디 말고는 아무것도 얻지 못했고, 어쩌다 받아 낸 약속은 하루 이틀 지나면 공염불에 지나지 않는다는 것이 밝혀지는 식이었다. 어셴든이 이쯤에서 손을 털고 미국으로 돌아가는 게 좋지 않겠느냐고 충언해 보았지만, 해링턴 씨는 들은 체도 하지 않았다. 그는 회사에서 이 일을 위해 자기를 여기

로 보냈으며, 하다가 죽는 한이 있어도 도중에 그만두는 일
은 없을 거라고 말했다. 그러다가 아나스타샤 알렉산드로브
나가 해링턴 씨 일을 돕게 되었다. 두 사람 사이에는 아주 보
기 드문 우정이 싹트기 시작했다. 해링턴 씨는 아나스타샤가
아주 출중한 사람인데 심히 부당하게 취급받았다고 생각했
다. 해링턴 씨는 아내와 두 아들에 대해서, 미국 헌법의 모든
것에 대해서 이야기했고, 아나스타샤는 블라디미르 세메노
비치에 대해서 시시콜콜한 것까지 빼놓지 않고 들려주었으
며, 톨스토이와 투르게네프, 도스토옙스키에 대해서 이야기
했다. 두 사람은 서로 함께하는 시간을 아주 즐거워했다. 해
링턴 씨는 아나스타샤 알렉산드로브나라는 이름이 너무 발
음하기 어렵다면서 델릴라[1]라고 불렀다. 아나스타샤는 그 지
칠 줄 모르는 에너지를 해링턴 씨 일에 쏟아부어 도움될 만
한 이를 수소문해 함께 만나러 다녔다. 하지만 정국이 중대
국면을 맞이했다. 곳곳에서 폭동이 일어나 거리는 갈수록 위
험한 곳으로 변했다. 불만을 품은 재향 군인을 가득 태운 장
갑차들이 수시로 네브스키 대로를 질주하면서, 자신들의 의
사를 과시하기 위해 행인들을 향해 무차별 총격을 가하곤 했
다. 한번은 해링턴 씨와 아나스타샤 알렉산드로브나가 전차
를 탔는데, 탄환이 날아들어 차창 유리가 산산조각 나는 바
람에 살기 위해 바닥에 납작 엎드려야 했던 일도 있었다. 해
링턴 씨는 비분강개를 금치 못했다.

1 구약 성서 「판관기」에 나오는 블레셋 여인의 이름. 초인적 힘을 지닌 이
스라엘 장수 삼손을 유혹하여 파멸에 이르게 하는 여인이다.

「한 뚱뚱한 할머니가 나를 깔고 넘어졌는데, 내가 빠져나오려고 꿈틀거리니까 델릴라가 내 옆머리를 한 움큼 잡아당기면서 〈꼼짝 말아요, 바보같이 굴지 말고〉, 이러는 게 아니겠습니까. 당신네 러시아 사람들의 방식은 정말 마음에 들지 않아요, 델릴라.」

「어쨌거나 꼼짝 않고 계셨잖아요.」 아나스타샤가 키득거렸다.

「이 나라에 필요한 거라면, 예술은 좀 덜고 교양은 좀 늘리는 거예요.」

「당신은 부르주아예요, 해링턴 씨. 인텔리겐치아는 아니시지요.」

「그런 소리는 금시초문이군요, 델릴라. 내가 인텔리겐치아가 아니라면 대체 누가 인텔리겐치아가 될 수 있다는 건지 모르겠습니다.」 해링턴 씨가 근엄하게 되받아쳤다.

그러던 어느 날, 어셴든이 방에서 일하고 있는데 문 두드리는 소리가 들리더니 아나스타샤 알렉산드로브나가 슬그머니 들어왔고, 그 뒤로 약간 주뼛거리며 해링턴 씨가 따라 들어왔다. 아나스타샤가 굉장히 흥분한 상태라는 것이 느껴졌다.

「무슨 일입니까?」 어셴든이 물었다.

「이 사람 미국으로 돌아가지 않았다가는 비명횡사하게 생겼어요. 당신이 얘기 좀 해봐요. 내가 그 자리에 없었다면 이 사람 무슨 험한 일을 당했을지 몰라요.」

「전혀 그렇지 않습니다.」 해링턴 씨가 퉁명스럽게 말했다.

「내 몸은 내가 건사할 줄 알아요. 게다가 무슨 위험한 일이 있었다고 그럽니까.」

「어떻게 된 일입니까?」어셴든이 물었다.

「해링턴 씨에게 도스토옙스키의 묘를 보여 주고 싶어서 같이 알렉산드르 네브스키 수도원에 갔다가 돌아오는 길이었어요. 어떤 군인이 할머니 한 분한테 좀 거칠게 굴고 있더라고요.」

「좀 거칠게라고요!」해링턴 씨가 버럭 소리쳤다. 「어떤 할머니가 식료품 바구니를 품에 안고 인도를 따라 걷고 있었어요. 군인 둘이 할머니의 뒤를 바짝 따라가는가 싶더니, 그중 한 명이 바구니를 낚아채 가버리는 겁니다. 할머니가 비명을 지르면서 우는데, 무슨 말인지 알아듣지는 못해도 짐작은 갔죠. 그러자 다른 군인이 들고 있던 총의 개머리판으로 할머니의 머리를 내려친 겁니다. 맞죠, 델릴라?」

「맞아요.」아나스타샤는 웃음을 참지 못하는 얼굴로 대답했다. 「내가 막을 겨를도 없이 해링턴 씨가 차에서 뛰어내리더니 쫓아가서는 군인이 들고 가던 바구니를 비틀어 빼앗는 거예요. 그러고는 소매치기한테 하듯 그 둘한테 매섭게 호통을 치더라고요. 그자들, 처음에는 무슨 영문인지 몰라 어안이 벙벙하더니 마구 날뛰는 거예요. 그래서 내가 쫓아가서 이 사람은 외국인이고 술기운에 그런 거라고 해명했죠.」

「술기운이라니요?」해링턴 씨가 외쳤다.

「그래요, 술기운이라고 했어요. 당연히 사람들이 모여드는데, 뭔가 호의적인 분위기가 아니었다고요.」

해링턴 씨는 그 크고 파란 눈으로 웃었다.

「나는 당신이 그자들한테 매섭게 꾸지람하는 걸로 들었는데요, 델릴라. 연극 감상하는 것처럼 재미있게 보았습니다.」

「바보 같은 소리 말아요.」 아나스타샤가 갑자기 땅을 발로 찍으며 화를 냈다. 「그 군인들, 당신을 얼마든지 죽일 수 있었다는 걸 모르겠어요? 나까지도요. 구경꾼들은 어떻던가요? 우리를 도와주겠다고 손 하나 까닥하던가요?」

「나를요? 난 미국 시민권자예요, 델릴라. 그자들은 내 머리털 하나 건드리지 못해요.」

「있어야 건드리겠죠.」 아나스타샤는 화가 나면 극도로 무례해질 수 있는 사람이었다. 「당신이 미국인이라서 러시아 군인들이 죽이지 못할 거라고 생각한다면 언젠간 큰코다칠 수 있어요.」

「그런데 그 할머니는 어떻게 되었습니까?」 어셴든이 물었다.

「군인들이 바로 가길래 할머니에게 가보았어요.」

「바구니는 지켰습니까?」

「네. 해링턴 씨가 악착같이 끌어안고 있었거든요. 할머니는 바닥에 쓰러져 머리에서 피를 철철 흘리고 있었어요. 할머니를 차에 태우고 사는 곳이 어딘지 물어서 모셔다 드렸죠. 피가 무섭게 쏟아졌는데, 겨우 지혈했어요.」

그러더니 아나스타샤 알렉산드로브나는 해링턴 씨를 야릇한 눈빛으로 쳐다보았다. 놀랍게도 해링턴 씨의 얼굴이 발갛게 상기되었다.

「또 뭔가요?」

「그게 말이에요, 지혈하려는데 묶을 만한 물건이 없더라고요. 해링턴 씨의 손수건은 이미 피로 흥건하게 젖었고요. 보니까 나한테 딱 하나가 있지 뭐예요. 그걸 쓰면 되겠다 싶어서 내가 잽싸게…….」

하지만 해링턴 씨가 말을 가로챘다.

「당신이 뭘 벗었는지까지 말해야 되는 건 아니잖아요. 난 결혼한 사람이라 여성들이 그런 걸 입는다는 걸 알지만, 그걸 남들 앞에서 굳이 언급할 필요는 없다고 봐요.」

아나스타샤 알렉산드로브나는 키득거렸다.

「그러면 나한테 키스해 줘야 해요, 해링턴 씨. 안 해주면 말할 거예요.」

해링턴 씨는 그래도 되는가 여부를 따져 보느라 멈칫했지만, 아나스타샤 알렉산드로브나는 확고해 보였다.

「그럼 해요. 나한테 키스해도 됩니다, 델릴라. 이게 당신한테 무슨 즐거움을 주는지 알 수가 없다고 말할 수밖에 없지만 말입니다.」

아나스타샤는 그의 목에 팔을 두르고 양쪽 볼에 입맞춤했다. 그러더니 예고도 없이 눈물을 쏟았다.

「당신은 용감한 사람이에요, 해링턴 씨. 좀 이상한 사람인 건 맞지만 당신은 정말 고결해요.」

해링턴 씨는 어셴든이 예상했던 것만큼 놀라지는 않았다. 그는 난처한 웃음을 보이며 아나스타샤의 어깨를 다정하게 토닥였다.

「자, 델릴라, 좀 진정하도록 해요. 아깐 많이 놀랐죠? 지금
꽤 심란할 거예요. 계속 이렇게 어깨에 대고 울면 나 류머티
즘 걸립니다.」

웃기지만 감동적인 장면이었다. 어셴든은 웃음을 터뜨렸
지만 목이 메어 왔다.

아나스타샤 알렉산드로브나가 돌아가자, 해링턴 씨는 앉
아서 골똘히 생각에 잠겼다.

「아주 이상해요, 이 러시아 사람들. 델릴라가 뭘 했는지 알
아요?」해링턴 씨가 불쑥 물었다. 「양쪽으로 사람들이 지나
다니는 대로 한복판 차 안에서 팬티를 벗는 겁니다. 그걸 두
갈래로 쭉 찢더니 한쪽은 나한테 붙들라고 하고 다른 쪽으로
붕대를 감는 겁니다. 내 평생 그렇게 민망한 적은 없었어요.」

「델릴라라는 이름은 어떻게 나온 건지 말해 줘요.」어셴든
이 웃으며 말했다.

해링턴 씨는 얼굴을 조금 붉혔다.

「델릴라는 아주 매력적인 여성입니다, 어셴든 씨. 그런 사
람이 남편한테 심히 부당하게 취급받고 살았으니 자연히 깊
은 연민을 느끼는 거죠. 이 러시아 사람들은 무척이나 감정
적이라서, 델릴라가 이 연민을 다른 것으로 오해하지 않을까
걱정입니다. 내가 해링턴 부인 없인 못 사는 사람이라고 말
은 해두었습니다만.」

「델릴라를 보디발의 아내[2]로 생각하신 건 아니겠지요?」어

2 보디발은 요셉을 가내 노예로 산 이집트의 궁정 관리로, 그의 아내가 요
셉을 유혹하려다 거절당한 내용이 「창세기」37~39장에 전해진다.

셴든이 물었다.

「무슨 뜻으로 하는 말씀인지 모르겠군요, 어셴든 씨.」해링턴 씨가 말했다. 「아내가 항상 그랬어요. 내가 여자들한테 아주 매력 있는 사람이라고요. 그래서 우리 친구를 델릴라라고 부르면 내 위치가 좀 분명해지지 않겠나 생각했죠.」

「러시아는 당신에게 맞는 곳이 아닌 것 같습니다, 해링턴 씨. 저라면 될 수 있는 한 빨리 여기를 벗어나겠습니다.」 어셴든이 미소 지으며 말했다.

「지금은 갈 수 없어요. 이제 겨우 계약 조건에 합의가 이루어졌어요. 다음 주에 계약서에 도장을 찍을 거고, 그러면 바로 짐을 싸서 떠날 겁니다.」

「그 계약서라는 게 도장 찍은 종잇장만큼의 값어치라도 될까 싶습니다만.」 어셴든이 말했다.

어셴든은 임무 수행을 위한 계획을 상세하게 작성했다. 그를 페트로그라드로 파견한 사람에게 이 계획을 알리는 전보를 암호화하는 데 꼬박 스물네 시간이 걸렸는데, 승인이 나서 필요한 비용 전액을 지원하기로 약속받았다. 어셴든은 임시 정부가 앞으로 석 달을 버티지 못하는 한 자신이 할 수 있는 일은 아무것도 없다고 판단했다. 하지만 겨울이 닥쳐오고, 식량은 점점 더 바닥을 보이고 있었다. 오랜 전쟁에 지친 군대는 항명하고, 민중도 목놓아 평화를 외쳤다. 어셴든은 매일 밤 Z 교수와 카페 유럽에서 핫초코를 마시면서 그를 헌신적으로 따르는 체코 동포들을 어떻게 활용할 것인가를 논의했다. 아나스타샤 알렉산드로브나가 외진 곳에 살고 있어,

이곳에서 각계각층 인사와의 만남이 이루어졌다. 주도면밀한 계획이 세워지고 다양한 조치가 취해졌으며, 어셴든은 논쟁하고 설득하고 약속했다. 우유부단한 인사를 자극하고 설득해야 했으며, 숙명론에 굴복한 인사와 씨름을 해야 했다. 그는 누가 결단력이 있는지, 누가 자신감을 넘어서서 자만한지, 누가 정직한지, 누가 목적의식이 뚜렷하지 않은지를 판별해야 했다. 러시아인들의 수다스러움에는 짜증을 억눌러야 했고, 당면한 사안만 제쳐 놓고 온갖 세상사를 논하고 싶어 하는 사람들에게 성격 좋게 대응해야 했으며, 호언장담과 욕설에도 호의적으로 귀를 기울여야 했다. 그런가 하면 배신의 기미를 알아차려야 했고, 어리석은 자들의 허영심에 비위를 맞춰 줘야 했으며, 야심가의 탐욕을 요령 좋게 피해야 했다. 시간은 촉박하고, 볼셰비키들의 활동이 왕성해지고 있다는 소문이 여기저기서 들려오는데, 케렌스키는 겁먹은 닭처럼 우왕좌왕 갈팡질팡할 뿐이었다.

일은 불시에 벌어졌다. 1917년 11월 7일 밤, 볼셰비키가 무장봉기해 케렌스키 정부의 각료들이 체포되고, 겨울 궁전이 제압되며, 레닌과 트로츠키가 권력을 장악했다.

아나스타샤 알렉산드로브나가 아침 일찍 호텔로 어셴든을 찾아왔다. 어셴든은 전보를 보내기 위한 암호 작업에 매달려 있었다. 그는 밤새 처음에는 스몰니 수도원에 가보고, 다음으로 겨울 궁전에 가보느라 한숨도 자지 못해 기진맥진한 상태였다. 아나스타샤는 안색이 창백했고, 반짝이는 갈색 눈동자에는 비통함이 서려 있었다.

「소식 들었어요?」아나스타샤가 어셴든에게 물었다.

어셴든은 고개를 끄덕였다.

「다 끝나 버렸어요. 케렌스키는 도망갔대요. 싸워 보지도 않고 투항한 거예요. 그 가소로운 놈의 광대 자식!」아나스타샤는 격분하여 소리 질렀다.

그 순간 누군가 문을 두드렸다. 아나스타샤 알렉산드로브나는 근심스러운 눈빛으로 문을 돌아보았다.

「볼셰비키들이 처형자 명단을 만들었대요. 내 이름도 올랐어요. 당신 이름도 올라갔을지 몰라요.」

「만약 저게 그자들이고 여기 들어오려는 거라면, 그냥 열고 들이닥쳤겠지요.」어셴든은 웃으며 말했지만, 명치끝이 찌르르했다. 「들어오세요.」

문이 열리고 해링턴 씨가 들어왔다. 짧은 검정 외투에 줄무늬 바지, 반짝반짝 광을 낸 구두와 대머리를 덮은 중산모. 한결같이 말쑥한 모습이었다. 그는 아나스타샤 알렉산드로브나를 보자 모자를 벗었다.

「이런, 이렇게 이른 시각에 여기서 당신을 볼 줄은 몰랐습니다. 나가는 길에 들러 본 겁니다. 내 소식을 알려 드리고 싶어서 어젯밤에 찾았는데, 안 계시더군요. 저녁 식사에도 안 오셨죠.」

「네, 못 갔어요. 회의가 있었거든요.」

「두 분께 축하받고 싶습니다. 어제 계약서에 도장을 찍었거든요. 이제 제 일은 끝났습니다.」

해링턴 씨가 활짝 웃었다. 스스로 대견해하는 모습이었다.

그는 경쟁자를 다 쫓아 버린 투계처럼 등을 둥글리며 뽐냈다. 아나스타샤 알렉산드로브나가 갑자기 꺽꺽대며 웃어 댔다. 해링턴 씨는 당혹스러운 얼굴로 그녀를 바라보았다.

「왜 그래요, 델릴라, 무슨 일이죠?」

아나스타샤는 눈물이 나도록 웃더니 이제는 심각하게 울기 시작했다. 어셴든이 이유를 설명했다.

「볼셰비키가 정부를 전복했습니다. 케렌스키 내각의 장관들은 전부 투옥되었고요. 볼셰비키들이 지금 사람들을 죽이겠다고 혈안이 되어 있다고 해요. 델릴라 얘기가 자기 이름도 명단에 올라 있답니다. 그 장관이 어제 계약서에 도장을 찍은 건 그게 아무 의미도 없다는 걸 알았기 때문이에요. 그 계약서는 종잇장에 불과해요. 볼셰비키는 가능한 한 빨리 독일과 강화를 맺으려 들 겁니다.」

아나스타샤 알렉산드로브나는 순식간에 이성을 잃었던 것만큼이나 빠르게 그것을 되찾았다.

「가능한 한 빨리 러시아를 떠나세요, 해링턴 씨. 여긴 지금 외국인이 있을 만한 곳이 못 돼요. 며칠 뒤면 나가고 싶어도 나갈 수 없을 거라고요.」

해링턴 씨는 두 사람을 번갈아 바라보았다.

「아이고, 이런!」 해링턴 씨가 말했다. 「아이고, 정말 큰일이군!」 그는 사색이 되었다. 「그러니까 그 러시아 장관이 나를 가지고 놀았다는 말씀입니까?」

어셴든은 대답 대신 어깨를 으쓱했다.

「그 사람이 무슨 생각이었는지 어찌 알겠습니까? 어쩌면 유머 감각이 발동해서 내일 벽 앞에 세워져 총살당할 사람이 오늘 5천만 달러짜리 계약서에 도장 찍는 게 재미난 일이라고 생각했을지도 모르지요. 아나스타샤 알렉산드로브나 말대로 해요, 해링턴 씨. 첫차로 스웨덴으로 넘어가시는 게 좋겠습니다.」

「당신은 어떻게 하려고요?」

「저도 여기서 더 이상 할 수 있는 일이 없습니다. 지령을 요청하는 전보를 보내고 허가가 떨어지는 대로 떠날 겁니다. 볼셰비키가 선수를 치는 바람에 나와 함께 일했던 사람들이 목숨을 지키기 위해 일을 다 그만두지 않으면 안 되게 되었거든요.」

「보리스 페트로비치는 오늘 아침 총살당했어요.」 아나스타샤 알렉산드로브나가 눈살을 찌푸리며 말했다.

두 사람이 해링턴 씨를 보니, 그는 바닥만 뚫어져라 보고 있었다. 어려운 일을 해냈다는 좀 전의 그 자부심은 산산이 부서지고, 구멍 난 풍선처럼 볼품없이 쪼그라들어 있었다. 하지만 이내 고개를 빳빳이 들고 아나스타샤 알렉산드로브나에게 씩 웃어 보였다. 어셴든은 그의 미소가 얼마나 다정하고 매력적인지 여태 몰랐다. 그 미소는 사람의 마음을 열게 만드는 힘이 있었다.

「델릴라, 볼셰비키가 당신을 잡으려고 한다면 나랑 같이 가는 건 어때요? 미국에 함께 가겠다면 내가 보살펴 주겠습니다. 해링턴 부인도 기꺼이 당신을 도우려고 할 겁니다.」

「당신이 러시아 난민을 데리고 필라델피아에 도착했을 때,

해링턴 부인이 어떤 얼굴이 될지 눈에 선히 보이네요.」아나스타샤가 깔깔 웃으며 말했다. 「내가 설명해도 잘 이해하지 못하겠지만, 나는 여기 남겠습니다.」

「지금 상황이 당신한테 얼마나 위험한지 알지 않습니까?」

「나는 러시아인이에요. 내가 있을 곳은 여기입니다. 그 어느 때보다 나를 필요로 하는 조국을 이대로 등지고 떠날 수는 없습니다.」

「그건 잘못된 생각입니다, 델릴라.」해링턴 씨가 차분히 말했다.

지금까지 격한 감정으로 심정을 토로하던 아나스타샤 알렉산드로브나가 이 말에 깜짝 놀라 당황스러운 표정으로 해링턴 씨를 바라보았다.

「나도 알아요, 삼손. 솔직히 말하면, 우리 모두에게 참혹한 시간이 될 거예요. 무슨 일이 벌어질지 누가 알겠어요. 하지만 내 눈으로 직접 보고 싶은 겁니다. 지금 이 시간을 이 세상 무엇과도 바꾸지 않을 겁니다.」

해링턴 씨는 고개를 저었다.

「호기심은 당신네 여성을 파멸에 이르게 할 맹독입니다, 델릴라.」

「어서 가서 짐을 꾸려요, 해링턴 씨.」어셴든이 웃으면서 말했다. 「우리가 역까지 모셔다 드리지요. 열차도 곧 포위될 겁니다.」

「좋아요, 가겠습니다. 미안한 마음은 갖지 않겠습니다. 러시아에 온 뒤로 먹을 만한 음식 한 끼 못 먹었어요. 내 평생 내가 하리라고 상상도 하지 못한 일을 했죠. 설탕 안 탄 커피를 마시다니요. 어쩌다 운이 좋아 흑빵 한 조각이 생겨도 버터 없이 먹어야 했고. 해링턴 부인은 내가 무슨 일을 겪었는지 말해 줘도 믿지 못할 겁니다. 이 나라에는 체계가 필요해요.」

해링턴 씨가 나가자 어셴든과 아나스타샤 알렉산드로브나는 정세에 대해 이야기를 나누었다. 어셴든은 꼼꼼하게 세웠던 모든 계획이 물거품이 되어 침울했지만, 아나스타샤 알렉산드로브나는 흥분해서 이 혁명이 가져올 결과에 대해 온갖 예측의 날개를 펼치고 있었다. 심각한 체하고 있었지만, 내심 그녀는 이 모든 것을 스릴 넘치는 한 편의 연극으로 여기고 있었다. 조금이라도 더 많은 일이 벌어지기를 바라는 것이다. 그때 또다시 문 두드리는 소리가 났다. 어셴든이 대답하기도 전에 해링턴 씨가 후다닥 들어왔다.

「정말이지 이 호텔 서비스는 욕을 하지 않을 수가 없네요.」 해링턴 씨가 씩씩거리며 소리쳤다. 「15분 동안 벨을 눌렀는데 누구 하나 신경 쓰는 사람이 없어요.」

「서비스라니요?」 아나스타샤 알렉산드로브나가 외쳤다. 「이 호텔엔 종업원이 한 명도 남아 있지 않아요.」

「세탁물을 돌려받아야 한단 말입니다. 어젯밤까지는 갖다 주겠다고 했어요.」

「아무래도 돌려받기 어려워 보이는데요.」 어셴든이 말했다.

「내 세탁물 없이는 가지 않을 겁니다. 셔츠 네 장, 유니온 수트[3] 두 장, 잠옷 한 벌, 목깃 네 장입니다. 손수건하고 양말

3 상하가 붙은 내의.

은 내가 방에서 빨았고요. 난 세탁물을 돌려받을 거고, 그걸 받을 때까지는 이 호텔에서 한 발자국도 못 움직입니다.」

「바보같이 굴지 말아요.」 어셴든이 외쳤다. 「지금 당신이 해야 할 일은, 갈 수 있을 때 여기서 빠져나가는 겁니다. 가져다줄 사람이 없다면 그냥 놔두고 가야죠.」

「죄송하지만 그렇게는 못 하겠습니다. 내가 직접 가지러 가면 되죠. 이 나라에 와서 내가 당한 게 얼만데, 내 근사한 셔츠 네 장을 저 더러운 볼셰비키 놈들한테 입게 할 수는 없습니다. 아니요, 못 해요. 내 세탁물을 놓고 러시아를 떠나요? 언감생심입니다.」

아나스타샤 알렉산드로브나는 잠시 바닥을 응시하다가 희미하게 웃음 띤 얼굴로 고개를 들었다. 어셴든은 아나스타샤 안의 무언가가 해링턴 씨의 저 백해무익한 고집에 응답하리라는 것을 알았다. 러시아 사람인 아나스타샤는 해링턴 씨가 그 세탁물 없이는 페트로그라드를 절대로 떠나지 않으리라는 것을 알았다. 그의 집착이 세탁물에 하나의 상징적 가치를 부여한 것이다.

「내가 내려가서 그 세탁소가 어딘지 알 만한 사람을 찾아볼게요. 찾게 되거든 같이 갈게요. 함께 세탁물을 가지러 가요.」

해링턴 씨는 비로소 긴장이 풀려 예의 사람의 마음을 열게 하는 다정한 미소로 대답했다.

「당신 정말 친절하군요, 델릴라. 세탁이 되지 않았어도 괜찮아요. 있기만 하면 돼요.」

아나스타샤 알렉산드로브나는 방을 나갔다.

「그래서 러시아와 러시아 사람들, 지금은 어떻게 생각하십니까?」해링턴 씨가 어셴든에게 물었다.

「이젠 넌더리가 납니다. 톨스토이도 넌더리 나고 투르게네프, 도스토옙스키도 넌더리 나고 체호프도 넌더리가 납니다. 인텔리겐치아도 넌더리가 나요. 나는 자기 마음속에서 일어나는 일을 놓치지 않고 잘 이해하는 사람, 자기가 한 말을 뒤집지 않는 사람, 무슨 말을 하든 믿어도 되는 사람을 원합니다. 거창한 소리, 점잔 빼는 소리, 미사여구 따위는 이제 지긋지긋해요.」

어셴든이 부아가 치밀어 한바탕 연설을 하려는데, 북 위로 콩이 굴러가는 듯한 소리에 말이 끊겼다. 낯설도록 고요하던 시가지에서 돌연 나온 소리라 이상했다.

「저건 뭡니까?」해링턴 씨가 물었다.

「소총이 발사되는 소린데요. 강 건너편인 것 같습니다.」

해링턴 씨가 묘한 표정을 지었다. 입은 웃고 있는데 얼굴이 창백했다. 그 소리가 기분 나쁘다고 했다. 어셴든도 그 심정이 이해되었다.

「지금이야말로 빠져나갈 때인 것 같습니다. 내 한 몸이야 어찌 되든 상관없지만, 보살펴야 할 처자식을 생각해야 하지 않겠습니까. 아내한테 오랫동안 편지가 오지 않아서 걱정도 되고요.」해링턴 씨는 잠시 멈췄다가 말을 이었다. 「해링턴 부인을 꼭 만나 보시면 좋겠습니다. 정말 멋진 여자입니다. 이상적인 아내라고 할 수 있지요. 결혼한 뒤로 여기 오기 전까지는 사흘 이상 떨어져 지내 본 적이 없어요.」

아나스타샤 알렉산드로브나가 돌아와 세탁소의 주소를 알아냈다고 말했다.

「걸어서 40분 거리예요. 지금 가신다면 내가 같이 갈게요.」

「바로 가죠.」

「조심하십시오.」 어센든이 말했다. 「오늘은 밖을 돌아다니기에 썩 좋은 상태가 아닐 겁니다.」

아나스타샤 알렉산드로브나가 해링턴 씨를 돌아보았다.

「난 내 세탁물을 꼭 찾을 겁니다, 델릴라. 그걸 놔두고 간다면 내 마음이 도저히 편치 않을 것 같군요. 해링턴 부인도 끊임없이 잔소리를 할 거고요.」

「그럼 어서 가요.」

두 사람이 출발하자, 어센든은 본국에 전달해야 하는 심란한 소식을 아주 복잡한 암호로 바꾸는 따분하기 짝이 없는 작업에 한없이 매달렸다. 엄청나게 긴 전문이었고, 자신의 거취에 관해서도 지침을 요청해야 했다. 기계적인 작업이지만 잠시라도 눈을 뗄 수 없는 일이었다. 숫자 하나만 잘못 써도 문장 전체가 통째로 꼬여 버리기 때문이다.

갑자기 문이 열리며 아나스타샤 알렉산드로브나가 방으로 뛰어 들어왔다. 모자는 어디로 갔는지 보이지 않았고, 머리며 옷차림이 엉망인 채로 숨을 헐떡이면서, 눈은 튀어나올 듯이 휘둥그레진 모습으로 몹시 흥분한 상태였다.

「해링턴 씨 어딨어요? 여기 없어요?」 아나스타샤가 소리쳤다.

「여기 없는데요.」

「본인 방에 있나요?」

「모르겠습니다. 왜요? 무슨 일입니까? 같이 가보죠. 왜 같이 오지 않은 겁니까?」

두 사람은 복도를 걸어 해링턴 씨의 방문을 두드렸다. 대답이 없어 손잡이를 돌려 보았지만 문은 잠겨 있었다.

「방에 없어요.」

두 사람은 어셴든의 방으로 돌아왔다. 아나스타샤 알렉산드로브나는 무너지듯 소파에 몸을 던졌다.

「물 한 잔 주시겠어요? 너무 숨이 차요. 계속 달렸거든요.」

그녀는 어셴든이 물을 따라 주자 다 마시더니, 갑자기 흐느끼기 시작했다.

「아무 일 없어야 할 텐데. 해링턴 씨가 다치기라도 했다면 나를 용서 못 할 거예요. 나보다 먼저 와 있기를 바랐는데. 세탁물은 찾았어요. 세탁소는 제대로 찾았죠. 할머니 한 분만 계셨는데, 세탁물을 주려고 하지 않았지만 우리가 끈질기게 우겨서 겨우 받았어요. 해링턴 씨는 손도 대지 않았다고 펄펄 뛰었지요. 맡길 때 그대로라고요. 지난밤까지 갖다주겠다고 했는데 해링턴 씨가 모아 놓은 빨래 뭉치 그 상태였어요. 내가 러시아는 원래 이렇다고 하니까 해링턴 씨가 흑인들이 일을 더 잘한다고 하더군요. 골목길이 더 안전할 것 같아서 그쪽으로 해서 돌아오기 시작했죠. 골목이 끝날 즈음해서 보니까 사람들이 모여 있더라고요. 한 남자가 연설을 하고 있었어요.

〈가서 무슨 말을 하는지 좀 들어 봐요.〉 내가 그랬죠.

뭔가 논쟁이 벌어지고 있는 것 같았어요. 재미있어 보이더라고요. 무슨 일인지 궁금했어요.

〈어서 갑시다, 델릴라. 우리 일을 잊으면 안 되죠.〉 해링턴 씨가 그러는 거예요.

〈그럼 먼저 호텔로 돌아가서 가방을 꾸려요. 나는 좀 보고 갈게요.〉

내가 이렇게 말하고 달려가니까 해링턴 씨도 따라오더라고요. 사람이 2, 3백 명 모여 있고, 한 학생이 연설을 하고 있더군요. 몇 명 있던 노동자가 그 학생을 보고 소리를 질렀어요. 내가 싸움 구경을 좀 좋아해서 군중 사이로 밀고 들어갔는데, 느닷없이 총소리가 들리더니 무슨 일인지 파악할 겨를도 없이 장갑차 두 대가 질주해 오는 거예요. 거기 타고 있던 군인들이 총을 마구 쏴 갈기더라고요. 이유는 모르겠어요. 재미 삼아? 아마도 그랬을 것 같아요. 다 술에 취해 있더라고요. 우리는 토끼들처럼 뿔뿔이 흩어져 죽어라 달렸어요. 그러다가 해링턴 씨를 놓친 거예요. 왜 여기에 없는지 모르겠네. 무슨 일이 생긴 걸까요?」

어셴든은 잠시 말이 없었다.

「가서 찾아보는 게 좋겠군요. 대체 어쩌자고 그놈의 세탁물에 집착은 해가지고.」어셴든이 말했다.

「나는 이해가 돼요. 그 마음 너무 잘 알아요.」

「그것참, 위로가 되겠군요.」어셴든이 짜증스럽게 말했다. 「갑시다.」

어셴든이 모자와 외투를 걸쳤고, 둘은 밖으로 나왔다. 호텔이 이상하리만치 비어 보였다. 거리로 나갔다. 사람이 좀 처럼 보이지 않았다. 두 사람은 길을 따라 걸었다. 전차마저 운행을 멈춘 시내, 그 큰 도시를 가득 메운 적막이 오싹했다. 상점들도 문을 닫아걸었다. 자동차 한 대가 맹렬한 속도로 질주해 올 때는 온몸이 얼어붙는 듯했다. 어쩌다 만나는 행인들은 두려움에 질린 모습으로 고개를 푹 숙이고 걸었다. 큰길을 통과할 때는 발걸음을 서둘렀다. 거기에 있는 많은 사람들은 이제 뭘 해야 할지 모르는 것처럼 하릴없이 서성였다. 닳고 해진 회색 군복을 입은 재향 군인들이 삼삼오오 무리 지어 차도 한복판으로 걸어가고 있었다. 그들은 자기네 목동이 어디 있는지 찾는 양처럼 묵묵히 걷고 있었다. 두 사람은 아나스타샤 알렉산드로브나가 호텔로 오던 길에 달렸던 골목 앞에 이르렀다. 이번에는 반대쪽 끝으로 들어갔다. 마구잡이로 쏘아 댄 총격에 유리창이 여기저기 박살 나 있었다. 텅 빈 골목. 사람들이 뿔뿔이 흩어진 지점이 어디였는지를 말해 주듯 사람들이 서두르다 떨어뜨린 책 몇 권, 남자 모자 하나, 여자 가방 하나, 바구니 하나가 나뒹굴고 있었다. 아나스타샤 알렉산드로브나가 저기 좀 보라고 어셴든의 팔을 쳤다. 포장도로 위에 머리를 무릎 사이에 파묻고 앉은 여자가 있었다. 죽어 있었다. 조금 떨어진 곳에 두 남자가 나란히 쓰러져 있었다. 그들도 죽어 있었다. 부상당한 사람들은 몸을 질질 끌어 가까스로 그곳을 빠져나갔거나 친구들이 옮겨 주었으리라. 그리고 해링턴 씨가 보였다. 그의 중산모는 길 도랑으로 굴러갔고, 얼굴을 바닥으로 한 채 엎어져 있었다.

피가 홍건히 고인 바닥에서 그의 대머리가 하얗게 빛나고 있었다. 그 말쑥하던 검정 외투는 피로 얼룩지고 흙투성이가 되어 있었다. 하지만 그의 손은 셔츠 네 장, 유니온 수트 두 장, 잠옷 한 벌, 목깃 네 장이 담겨 있는 꾸러미를 단단히 움켜쥐고 있었다. 해링턴 씨는 세탁물을 끝내 손에서 놓지 않은 것이다.

서머싯 몸과 현대 스파이 소설의 탄생

서머싯 몸은 19세기 말에서 20세기 중반까지 두 세기에 걸쳐서 팍스 브리타니카[1]의 세계, 양차 세계 대전의 세계, 그리고 이어 냉전의 세계를 〈경험이 자기를 찾아와 줄 때까지 기다리고 있을 여유가 없어〉[2] 직접 찾아다니면서 목격하고 경험하는 탐색의 작가였다. 그 격동의 세기에 전통적 복장과 예법을 신조처럼 고수하면서도 자신이 속한 계급과 그들의 위선과 모순을 냉소했고, 사랑 없는 상대와 혼약하면서도 진실한 사랑을 갈구했으며, 타인의 비밀이나 약점은 알뜰하게 작품에 갖다 쓰면서 자신의 사생활에 대해서는 지인들과 주고받은 편지 한 장 세상에 내보내지 않으려고 애썼다. 그는 열여섯 살에 진지하게 글쓰기를 시작한 이래로 아흔한 살 말년까지 단편소설과 장편소설, 희곡, 여행기, 평론 등 장르를

1 라틴어로 〈영국에 의한 평화〉를 의미하는 용어로서, 19세기 대영 제국이 사실상 다른 나라들은 범접할 수 없을 정도로 세계를 주름잡는 강력한 해상 장악권을 구가하여 유럽이 상대적으로 평화로웠던 시기를 가리킨다.

2 『서머싯 몸의 비밀스러운 삶*The Secret Lives of Somerset Maugham*』 7장, 몸이 마이클 왓킨스Michael Watkins에게 보낸 편지에서 재인용.

가리지 않고 거의 평생을 쉬지 않고 써서 50여 편의 작품을 남겼다.

윌리엄 서머싯 몸은 1874년 파리에서 태어났다. 아버지 로버트 몸은 영국 대사관 법률 자문 변호사였고, 아버지보다 열여섯 살 어린 어머니 이디스 스넬은 군인 집안 출신으로 예술을 사랑하는 섬세하고 감성적인 여성이었다. 아버지는 일에 매여 함께하는 시간이 적었고 세 형 찰리, 프레디, 해리는 영국에 있는 학교로 진학했기 때문에, 몸은 경제적으로도 풍족하고 어머니의 관심과 사랑을 한 몸에 받을 수 있었던 이 시기를 가장 행복한 시절로 기억했다. 폐 질환을 앓던 어머니가 몸이 다섯 살 때 아들을 임신했으나 사산되었고, 3년 뒤 다시 생긴 아기는 태어난 날 죽었다. 그로부터 일주일도 지나지 않아서 어머니도 세상을 떠났다. 슬픔을 홀로 견뎌야 했던 몸은 말년까지도 이 상실감에서 회복되지 못했다고 회고했다.

아버지도 2년 뒤 위암으로 세상을 떠나 열 살에 고아가 된 몸은 영국 켄트주 위츠터블의 교구 목사인 작은아버지 부부가 맡아 키우게 되었다. 작은아버지는 냉담한 사람이었고 작은어머니는 소심하고 표현이 서툴러, 몸은 낯선 환경에 적응하기 어려웠다. 영어가 서툴다고 동급생들에게 놀림을 당하면서 말더듬증이 생겼고, 엄격한 교장과 담임에게 시달리는 학교생활도 힘들었다. 열네 살에 뇌막염에 걸려 한 학기 휴학했다가 결국 학교를 그만두었고, 독일 태생인 작은어머니의 조언으로 독일 하이델베르크로 건너가면서 몸의 인생이 달라지기 시작했다. 1년 동안 독일인 교수 집에서 하숙하면서 독일어를 배우고, 다양한 국가 출신의 학생들과 교류하면서 예술을 토론하고 입센에 입문하여 연극에 대한 열정을 키웠다. 독일 문학과 철학, 특히 자유 의지는 착각이요 사후 세계는 존재하지 않는다는 쇼펜하우어의 사상에 심취하여 갈등하던 신앙을 버리고 무신론을 받아들이게 되었다. 라로슈푸코, 스탕달, 발자크, 모파상 같은 프랑스 작가들을 처음 접했고, 글쓰기에 몰두하기 시작했다.

하숙집에서 함께 기거한 미국에서 온 학생 제임스 뉴턴 James Newton, 케임브리지 법대생 존 브룩스John Ellington Brooks를 통해 처음으로 동성애를 경험했다. 1895년 오스카 와일드가 동성애 행위로 체포되어 징역 2년 형을 선고받은 사건이 많은 이에게 깊은 충격을 남겼다. 몸은 자신의 성 정체성을 받아들이기까지 긴 시간이 걸렸다. 평생을 들키면 안 된다는 긴장 속에 살았을 뿐만 아니라, 지인들에게 자신의 사후에 전기를 쓰지 않겠다는 다짐까지 받아 두었다.

몸은 1891년 영국으로 돌아와 진로를 고민했다. 말더듬증 때문에 작은아버지가 바라는 성직은 가능하지 않았고, 가업인 변호사는 더더욱 어려워 가족 주치의의 권고로 성 토머스 병원 부속 의과 대학에 진학하기로 결정했다. 성 토머스 병원은 빈민층 치료 목적의 자선 기관으로 설립된 병원(나이팅게일이 이 병원에 간호 교육 학교를 세웠다)이어서 외래 진료 시간에 만나는 환자들을 통해 영국 빈민의 실상을 생생하게 확인할 수 있었다. 의대 마지막 학기에 산파 보조 실습을 하면서 쓰기 시작한 『램버스의 라이자*Liza of Lambeth*』를 6개월 만에 탈고했고, 1897년 9월에 출간되었다. 졸라와 모파상의 작품을 읽으며 프랑스 리얼리즘에 경도되었던 몸은 〈병원 외래 병동에서 만난 환자들을 아무런 가감 없이 과장하지 않고 서술했다〉고 회고했다(『서밍 업*The Summing Up*』). 영국 독자들에게 처음 소개된 런던 빈민가에 대한 사실적인 묘사라는 평단의 격찬과 함께 단 두 주 만에 초판 2천 부가 매진되었다. 몸은 외과의 자격증을 획득했지만 이 성공에 자신감을 얻어 전업 작가가 되기로 결심하고, 제의받은 의사직을 거절하고 스페인으로 떠났다.

스페인에서 1년 동안 체류하면서 겪은 안달루시아의 경험을 담은 여행기 『축복받은 성녀의 나라*The Land of the Blessed Virgin*』(1905)를 비롯하여 단편 4편, 장편 1편을 완성했다. 이들 작품이 바로 성공으로 이어지지는 않았지만, 영국으로 돌아온 몸은 생의 활력과 창작 의욕에 넘치는 매력적인 젊은이, 그러니까 완전히 다른 사람이 되어 있었다. 단편집 『방향 찾기*Orientation*』(1899)는 앞으로의 가능성을 확인받는 선에서 그쳤고, 나머지 작품들은 출판을 거절당해 2년 이상 공백이 생겼지만 몸의 창작열은 꺾이지 않았다. 1902년 장편소설 『크래덕 부인*Mrs. Craddock*』이 호평과 함께 상업적으로도 성공하자, 그동안 열망해 왔던 희곡 작업으로 전향하여 1903년부터 1914년까지 10년 동안 희곡 네 편을 썼다. 그 가운데 비극 「명예를 아는 남자*A Man of Honour*」가 1903년에 회원제 소극장 스테이지 소사이어티*Stage Society*에서 상연되어 평론가들에게 호응을 얻었지만, 소수의 지식인층보다는 다수 관객을 원했던 몸은 이 성과가 성에 차지 않아 두 형이 있는 파리로 떠났다.

1903년 몸은 파리 오데사 거리에 있는 작은 식당 르 샤 블랑Le Chat Blanc에서 유수의 자유분방한 예술가들과 어울리며 예술적으로 풍성한 자양을 쌓았다. 고갱Paul Gauguin에 대한 호기심을 키우게 된 것도, 얼마 뒤 쓰게 될 공포 소설 『마법사The Magician』(1908)의 모델(시인이자 소설가이며 오컬트 숭배자 알레이스터 크롤리Aleister Crowley)을 만난 것도 이곳이었다. 하지만 같은 해에 몸처럼 극작가의 꿈을 키우던 셋째 형 해리가 자살했다. 몸 형제 모두 우울증을 앓았거나 우울증 경향이 강해 언제나 두려움이 도사리고 있었기에 남은 형제들 사이에서 이 일을 언급하는 것은 금기였다. 몸은 슬픔을 드러내고 나눌 기회를 갖지 못해 상실감과 상처가 더욱 깊었다. 1906년에는 한눈에 마음을 사로잡은 매력적인 배우 수 존스Sue Jones를 만났다. 몸은 오랜 준비 끝에 청혼했다가 거절당했지만 연심은 변치 않아, 『어센든, 영국 정보부 요원Ashenden: Or the British Agent』(1928)에 수록된 「대사님His Excellency」에 나오는 바이링의 약혼녀 로즈 오번과 대사의 옛 연인 알릭스, 『과자와 맥주Cakes and Ale』(1930)의 로지처럼 사랑스럽고 다정하지만 손에 잡히지 않는 매력적인 여성으로 여러 차례 등장시켰다.

쉬지 않고 글을 쓰지만 결과를 얻지 못하는 시간이 길어져 돈도 바닥나고 심신도 지쳐 가던 차에, 런던 로열 코트 극장의 스케줄이 취소되어 급히 채울 작품을 구한다는 연락이 왔다. 열일곱 개 극장에서 거부당해 희망이 보이지 않던 3막 희극 「프레더릭 부인Lady Frederick」(1907)이 그 대타로 올라갔고, 장장 422회 연속 공연이라는 놀라운 기록을 세웠다. 이 듬해 1908년에는 네 작품이 동시에 웨스트엔드에서 상연되는 진기록을 세우면서 몸은 〈영국의 국민 극작가〉라는 칭호를 얻었다.

몸의 희극은 대중이 원하는 것을 오차 없이 적재적소에 배치하여 속도감 있게 던지고 되받는 세련된 재담 스타일 대화가 강점이었다. 평론가들은 그것을 대중의 입맛에 맞춰 쓰는 것이라고 비난했지만, 몸은 자기가 그것만 할 줄 아는 게 아니라면서 〈그 작품들은 관객을 즐겁게 해주기 위한 의도로 쓴 것이고, 그래서 그 목적을 달성한 것〉이라고 응수했다. 몸이 희곡을 쓰고 싶어 한 것은 〈대화를 만드는 것이 서사를 구성하는 것보다 덜 어려워 보였고〉(『서밍 업』), 또 소설보다 벌이가 더 좋기 때문이었다. 몸은 창조적인 직업에 종사하는 사람일수록 경제적 안정이 중요하다고 보았다. 〈돈은 육감과 같은 것이고, 돈이 없으면 다른 오감을 적극적으로 활용할 수 없다〉고. 무엇보다 지시받지 않고, 타협하지 않고, 원하는 것을 원하는 대로 쓸 수 있는 자유를 위해서는 돈이 필요했다. 그리고 몸은 목표한 바를 충분히 이루었다.

몸은 산문 희곡으로는 인물의 복잡성과 독창성, 심오한 주제 의식과 사건들의 개연성, 소리의 아름다움을 다 갖춘 완벽함을 성취할 수 없으며, 소설이라는 매개라면 훨씬 더 근접할 수 있을 것이라고 믿었다. 1913년 11월, 셰익스피어의 「말괄량이 길들이기」를 현대적으로 재해석한 「약속의 땅The Land of Promise」의 뉴욕 공연이 성공적으로 시작되었지만, 제1차 세계 대전 발발로 중단되자 바로 소설 작업으로 들어갔다. 몸의 유년기와 청년기를 연상시키는 주인공 필립 캐리가 인생의 의미를 묻고 자유를 찾아가는 자전적 소설 『인간의 굴레Of Human Bondage』가 1915년에 출판되었지만 전쟁 분위기 때문에 크게 주목받지 못하다가 고갱의 삶에서 영감을 얻은 『달과 6펜스Moon and Sixpence』(1919)의 폭발적 인기와 더불어 재조명되면서, 이제 극작가뿐만 아니라 장편소설 작가로서도 확고한 지위를 다졌다. 런던의 문인들의 속물근성을 경쾌하게 폭로한 장편 『과자와 맥주』는 몸이 얼마나 능수능란한 이야기꾼인지 보여 주었다. 전쟁의 상흔을 안고 인생 궁극의 의미를 찾고자 구도의 길에 나서는 젊은이의 이야기로 전 세계 독자들에게 깊은 울림을 안겼던 『면도날Razor's Edge』(1944)이 어쩌면 몸이 추구한 완벽함에 가장 근접한 작품일지도 모르겠다.

수 존스와 이루어지지 못한 사랑의 아픔을 잊기 위해 창작에 더욱 몰두하던 어느 날, 제약업계 거물 헨리 웰컴Henry Wellcome의 별거 중인 아내 시리 웰컴Syrie Wellcome을 만났다. 헨리 웰컴은 아내의 부정을 의심하여 위자료 없이 이혼할 구실을 찾고 있었다. 사정을 모르는 체 교제하다가 관계가 부담스러워지던 중 전쟁이 터졌다. 몸은 나이와 신체 조건 때문에 입대가 허용되지 않자 적십자 구급 구조대에 자원해 전선으로 갔다가 스물두 살의 미국 적십자 자원병 제럴드 핵스턴을 만나 사랑에 빠졌다. 이 관계는 죽음이 둘을 갈라놓을 때까지 지속되었다. 그사이 시리는 딸을 출산했다. 드디어 간통 물증을 잡았다고 확신한 헨리 웰컴이 시리와 몸을 공동 정범으로 고소했다. 몸은 이 혼란과 소동 속에서도 결혼을 원하지 않는 남자 주인공을 내세운 희곡 「캐롤라인Caroline」 (1916)의 공연을 성공시킨 뒤, 모든 것에서 도주하듯 첩보 임무를 의뢰받아 제네바로 떠났다. 8개월간의 임무를 끝내고 돌아와서도 결혼을 미룰 수 있는 일이라면 거리와 장소, 이유를 가리지 않았다. 시리는 포기하지 않고 결혼을 종용했다. 딸 리자에 대한 책임감과 시리가 자신의 동성애 정체성을 폭로할 수 있다는 두려움에, 결국 1917년에 결혼식을 올렸다. 몸은 수시로 잠적하거나 연인과 여행을 갔고, 아내와 가정에는 불성실했으며 시리는 비참했다. 시작부터 파탄이었던 이 관계는 1929년 이혼으로 끝났다.

핵스턴이 음란 행위로 추방당해 두 번 다시 영국 땅을 밟을 수 없게 된 까닭에 더더욱 여행이 필요했다. 두 사람은 미국에서 피지, 하와이, 사모아, 뉴질랜드, 그리고 고갱의 발자취를 찾아가는 타히티 등 남태평양 일대를 돌아 다시 미국으로 가는 장거리 여행을 함께했고, 스페인, 중국, 인도에도 함께 갔다. 여행서 『중국의 병풍On a Chinese Screen』(1922)과 『일등실의 신사The Gentleman in the Parlour』(1930), 남태평양의 군도에서 벌어지는 이야기를 모은 단편집 『나뭇잎의 떨림The Trembling of a Leaf』(1921), 경찰 단속을 피해 배로 뛰어든 매춘부 세이디 양의 이야기 「비Rain」(1921) 등 많은 작품이 핵스턴이 동행한 여행의 결실이었다. 몸은 핵스턴을 1941년 중편소설 「별장에서Up at the Villa」의 주인공 롤리 플린트로 그려 냈다.

몸은 자서전은 쓰지 않았지만 많은 작품의 등장인물을 통해서 자신의 경험과 생각을 드러냈고, 문학적 회고록이라고 할 수 있는 『서밍 업』(1938), 전쟁 때의 경험을 소개한 『극히 개인적인Strictly Personal』(1941), 어린 시절부터 써온 수첩 일부를 묶은 『작가 수첩A Writer's Notebook』(1946), 동성 연인을 제외하고 나머지 사적인 관계를 상당 부분 공개한 「회상Looking Back」(1962) 등 여러 편의 회고록을 펴냈다.

『어셴든, 영국 정보부 요원』은 제1차 세계 대전 당시 몸이 직접 정보 요원으로 유럽 본토와 러시아에서 활동한 경험을 토대로 쓴 연작 단편소설 모음이다. 본래 쓴 것은 31편이었지만 공공 비밀법 위반 우려가 있다는 처칠의 조언을 받아들여 열네 편은 파기했다고 전해진다. 1928년 출간 당시 평단의 반응은 엇갈린 편이었고, 전쟁에 지쳐 있는 사회적 분위기로 인해 대중의 반응도 더뎠으나, 스파이 소설의 새로운 전형으로 서서히 가치를 인정받아 여러 판본, 많은 언어로 번역 출간되었다. 앨프리드 히치콕Alfred Hitchcock이 1936년 이 책을 저본으로 영화 「비밀 첩보원Secret Agent」(1936)을 만들었으며, 수차례 텔레비전 드라마 시리즈로도 제작되었다. 한편으로는 수년간 영국 비밀 정보부(MI5·MI6)의 신입 요원 교육용 필독서로 활용되는가 하면, 나치의 국가 대중 계몽 선전 장관 괴벨스Joseph Goebbels가 영국의 냉소주의와 잔혹성을 보여 주는 전형적인 표본이라고 방송에서 언급하는 등, 몸으로서는 기대하지 않은 결과를 낳기도 했다.

스파이 소설은 전 세계에서 전쟁이 벌어지던 20세기 초 하나의 장르로 새로 등장했다. 존 버컨John Buchan의 『39계단 *The Thirty-Nine Steps*』(1915)을 위시하여 스파이 소설은 대개 비장의 무기를 갖추고 요인 암살이나 적국의 군사 작전 교란 같은 중차대한 임무에 투입되어 아슬아슬하게 위기를 탈출하며 백전백승하는 영웅적인 인물들의 모험담이었다. 독자들은 전쟁이 그치지 않는 현실의 불안과 공포를 잊게 하는 이 초현실적인 주인공들에게 열광했다. 하지만 몸의 어센든은 특출한 신체 능력도 최첨단 무기도 없이 몇 개 국어를 구사하는 언어 능력과 관찰력, 침착함, 소속 없이 이동이 자유로운 작가라는 직업만이 무기요 자격인 스파이다. 자신이 수행하는 활동이 〈시 공무원의 업무만큼이나 판에 박히고 단조롭다〉며 담담히 말하고, 긴박하게 잡힌 약속보다 탕욕 시간 놓칠까 조급해하는 어센든이 당시 독자들에게는 당혹스러웠지만, 『어센든』은 정보 당국을 환멸의 눈으로 바라보고 스파이들의 세계를 여느 직업군의 하나로 그려 냄으로써 영국 스파이 소설의 새 지평을 연 작품으로 평가된다. 이 장르의 대가인 에릭 앰블러Eric Ambler와 존 르카레John le Carré도 이 책의 영향이 컸다고 밝힌 바 있다.

몸은 단순하고 명료한 문장으로 권력의 나태와 부패, 권위

의식에 대해서 신랄하게 비판하고 속물근성, 위선, 가식, 오만, 이기심 같은 악덕이 눈에 띄면 여지없이 매섭게 비웃는 작가였다. 버터 바른 토스트를 장갑 낀 채로 먹고는 〈보는 사람이 없으면 태연하게 그 손가락을 의자에 닦는〉(『달과 6펜스』) 찰나를 놓치지 않는 세밀한 관찰력과, 말단직 첩보원의 위치에서도 전 세계 규모 전장의 판세를 읽어 내는 거시적 관점을 동시에 운용하며 막힘없고 빈틈없이 상황과 속사정을 말해 주는 만능 이야기꾼이다. 세계정세를 움직이는 커다란 음모부터 그 안에 휩쓸린 개인의 삶의 섬세한 면면까지 아우르며 능숙하게 이야기보따리를 풀어 놓는 『어셴든』은, 몸의 재능이 유감없이 발휘된 걸작이라 할 수 있다.

끝으로, 이 작품의 번역 대본으로는 William Somerset Maugham, *Ashenden*(London: Vintage, 2000)을 사용했음을 밝힌다.

2020년 5월
이민아

서머싯 몸 연보

1874년 출생 1월 25일 프랑스 파리에서 파리 주재 영국 대사관의 법률 고문 변호사인 아버지 로버트 몸Robert Ormond Maugham과 예술 애호가 어머니 이디스 스넬Edith Mary Snell 사이에서 넷째 아들로 태어남.

1882년 8세 폐결핵을 앓아 오던 어머니가 여섯째 아들을 출산하나 아기는 몇 시간 뒤 사망하고 일주일 뒤 어머니도 41세 나이로 사망. 어머니의 이른 죽음이 평생 마음에 큰 상처로 남음.

1884년 10세 아버지마저 위암으로 사망하여 고아가 되자 영국 켄트주 위츠터블의 교구 목사인 작은아버지 헨리 몸Henry MacDonamd Maugham 부부에게 양육됨. 냉랭한 작은아버지로 인해 새로운 환경에 정을 붙이지 못하고 취미로 시작한 독일어 공부에서 위안을 얻음.

1887년 13세 사립 중등학교 킹스 스쿨King's School에 진학하나 서툰 영어가 놀림거리가 되면서 학교생활을 힘들어함. 이 시기에 생긴 말더듬증이 평생 따라다님.

1888년 14세 뇌막염으로 휴학하고 프랑스 남부 예르에서 요양함.

1889년 15세 복학하지만 달라진 낯선 학교 분위기와 교사와 교장의 폭력성에 반발하여 학교 그만둠. 만족스럽지 않고 회한 남음.

1890년 16세 독일 태생 작은어머니의 권고로 하이델베르크로 가서 대학교수 집에서 하숙하며 여러 나라에서 온 하숙생들을 통해서 독일어, 독일 문학과 철학을 공부하고, 특히 라로슈푸코, 라신, 스탕달, 발자크, 플로베르 등 프랑스 작가들을 새로 접함. 글쓰기 시작함. 미국 학생 제임스 뉴턴James Newton, 케임브리지 법과생 존 브룩스John Ellington Brooks, 훗날 몸의 자산 관리를 맡게 되는 회계사 지망생 월터 페인 Walter Adney Payne과 교제하면서 시와 문학, 연극에 대한 열정을 키움. 입센에 입문하여 1막극 실험함. 동성과 첫 성관계 경험함.

1891년 17세 영국으로 돌아와 진로 고민, 가족 주치의의 조언에 따라 성 토머스 병원 부속 의과 대학 진학을 결정함.

1892년 18세 성 토머스 병원 부속 의과 대학에 입학함. 성 정체성 고민하다가 받아들이지만 비밀로 지키기로 결심함. 매춘 여성과 첫 성관계 경험, 이성애가 가능하다는 것을 알고 안도함. 동급생들과의 관계는 여전히 어려워 주로 혼자 지내며 학업과 문학 공부, 글쓰기에 열중함.

1894년 20세 부활절 방학 동안 브룩스와 함께 6주 동안 러스킨John Ruskin과 페이터Walter Pater의 눈으로 이탈리아를 여행하며 단테에 심취함. 의학에는 흥미를 느끼지 못해 글쓰기를 생계로 삼으리라 결심하고 모작과 습작에 몰두함. 특히 희곡을 쓰고자 하는 열정이 커서 꾸준히 연극을 관람함. 외과의 실습 보조 중 산모의 사망을 목격하고 어머니의 죽음을 떠올려 깊은 슬픔에 잠김.

1895년 21세 브룩스와 동성애자들의 낙원 이탈리아 카프리섬으로 여행을 감. 휴가 중이어도 오전 공부, 오후 수영, 저녁 산책의 일과를 정확히 지킴. 오스카 와일드가 동성애 행위로 체포되어 형법에 의거 2년 징역형을 받자, 남성 동성애자 6백여 명이 하룻밤 새 유럽 대륙으로 떠남. 평생 성 정체성을 들킬까 봐 두려움 속에 사는 계기가 됨.

1896년 22세 의과 대학 마지막 학기 산과학 산파 보조로 왕진 다니면서 빈민층의 현실 목격함. 프랑스 리얼리즘 작가 졸라, 모파상에 심취함.

1897년 23세 외과의 자격증을 획득함. 의대생 시절의 경험을 바탕으로 열여덟 살 노동자 리자의 짧은 삶과 죽음을 그린 장편소설 『램버스의 라

이자*Liza of Lambeth*』를 6개월 만에 탈고하고 9월에 출간함. 발간 2주 만에 초판 2천 부가 매진되는 뜨거운 반응에 자신감을 얻어 의사의 길을 포기하고 전업 작가가 되기로 결심함. 1년 체류 계획으로 스페인에 감.

1898년 24세   세비야에서 지냄. 스페인과 스페인 사람들에게 매료됨. 여행기 1편, 단편소설 4편, 장편소설 1편을 완성하여 삶의 의욕과 창작의 열정을 간직하고 영국으로 돌아옴. 15세기 이탈리아 프란치스코회 수사 베아토 줄리아노Beato Giuliano의 회고록 형식으로 쓴 역사 소설 『성자의 탄생*The Making of a Saint*』 출간.

1899년 25세   스페인에서 완성한 단편 4편과 재작업한 기존 원고 2편을 모은 단편집 『방향 찾기*Orientation*』 출간. 가능성을 기대하게 만드는 작품이라고 평가받지만 이 시기 작품들은 성적 열정이 과도하여 많은 곳에서 출판을 거절당함. 창작을 멈추진 않았지만 2년 이상 공백기 보냄.

1901년 27세   보어 전쟁을 배경으로 전쟁이라는 상황이 만들어 내는 인간 조건과 도덕적 선택의 문제를 다룬 반자전적 성장 소설 『영웅*The Hero*』 출간함.

1902년 28세   여성주의 작가 바이올렛 헌트Violet Hunt를 만남. 훗날 『달과 6펜스*Moon and Sixpence*』에서 애정 어린 인물 로즈 워터포드로 그려 냄. 소설 『빵과 생선*Loaves and Fishes*』 집필함. 교양 있는 중산층 여성과 잘생긴 청년 농부의 결혼과 파탄을 다룬 장편소설 『크래덕 부인*Mrs. Craddock*』 출간함. 여성의 심리를 매섭도록 정확하게 그려 낸 작품으로 평가받으며 상업적으로도 성공하여 그동안 억눌러 왔던 연극에 대한 열정을 이행하기로 결심함.

1903년 29세   파리 형네 집에서 화가 제럴드 켈리Gerald Kelly를 만나 미술에 대해 배움. 식당 르 샤 블랑Le Chat Blanc에서 영국 미술 평론가 클라이브 벨Clive Bell, 아일랜드의 인상주의 화가 로더릭 오코너Roderic O'Conor, 캐나다의 풍경화가 제임스 윌슨 모리스James Wilson Morrice, 알레이스터 크롤리Aleister Crowley 등 예술가들과 교류함. 입센의 영향이 짙은 비극「명예를 아는 남자A Man of Honour」를 소극장 스테이지 소사이어티Stage Society에서 상연, 평론가들에게 호평을 받음. 『빵과 생선』을 희곡으로 개작함. 연극 무대에 대한 반응은 신통치 않음.

1904년 30세 변호사였지만 극작가를 꿈꾸며 작품을 쓰던 셋째 형 해리 Harry Maugham 자살함. 장편소설 『회전목마*Merry-Go-Round*』 출간.

1905년 31세 안달루시아의 경험을 그린 여행서 『축복받은 성녀의 나라 *The Land of the Blessed Virgin*』 출간.

1906년 32세 배우 수 존스Sue Jones와 만남. 사랑에 빠져 8년 동안 관계가 이어짐. 사랑이 이루지지는 않았으나 『어셴든, 영국 정보부 요원 *Ashenden: Or the British Agent*』과 『과자와 맥주*Cakes and Ale*』에서 여러 명의 매력적인 여성으로 그려 냄. 희곡 「빵과 생선」의 플롯 완성도를 높이고 인물의 성격을 발전시켜 장편소설로 개작한 『주교의 성직복 *Bishop's Apron*』 발표함. 프랑스 세기말 문학의 대표적인 작가 위스망스 Joris Karl Huysmans의 영향을 받은 장편 공포 소설 『마법사*The Magician*』를 씀. 지나치게 공포스럽다는 이유로 여러 출판에서 거절당하자 〈편집자들은 애당초 글 읽는 법을 배우면 안 되는 사람들〉이라고 푸념함.

1907년 33세 작가로서 결과가 나오지 않아 가난과 좌절에 빠져 있던 시점에 극적으로 희곡 「프레더릭 부인Lady Frederick」을 런던 로열 코트 극장Royal Court Theatre에서 상연하여 422회의 장기적인 공연을 이끌어냄.

1908년 34세 「프레더릭 부인」의 성공으로 그동안 팔리지 않던 「잭 스트로Jack Straw」, 「도트 부인Mrs. Dot」, 「탐험가The Explorer」까지 총네 작품이 웨스트엔드에서 동시 상연되는 진기록을 세움. 평단으로부터는 대중에 영합하는 작가로 비판받음. 『마법사』 마침내 출간됨.

1909년 35세 희곡 「페넬로페Penelope」, 「스미스Smith」 상연. 여러 작품의 흥행과 성공적인 자산 관리로 체스터필드 6번지 조지 왕조 시대 양식의 5층 저택 구입함. 당시 내무장관이던 윈스턴 처칠 첫 만남. 종종 골프 치는 사이가 됨.

1910년 36세 「도트 부인」, 「스미스」, 「페넬로페」 공연이 예정된 미국으로 떠남. 뉴욕 예술계에서 유명 인사로 환대를 받음.

1911년 37세 희곡 「빵과 생선」 재상연함. 이번에도 반응이 시들하자 희곡에 대한 열정은 다소 사그라들고 다시 소설을 쓰고 싶다는 생각에 강박적으로 매달림. 15년 동안 쉬지 않고 작품을 써 왔을 뿐 아니라 이미 작가로서 충분한 부와 명성을 쌓은 터라 여가를 즐기기로 결정함. 런던에 망명 중인 러시아 무정부주의 운동 지도자 표트르 크로폿킨Pyotr Kropotkin의 딸 알렉산드라Alexandra 크로폿킨과 잠시 교제하며 러시아 역사와 문학에 심취함. 체호프, 톨스토이, 도스토옙스키 사숙함.『어셴든, 영국 정보부 요원』의 「사랑과 러시아 문학Love and Russian Literature」 장에 알렉산드라와의 만남을 그림.

1912년 38세 스페인 세비야에서 자전적 소설『인간의 굴레*Of Human Bondage*』집필 시작함.

1913년 39세 수 존스에게 청혼하나 거절당함. 셰익스피어의 「말괄량이 길들이기」를 개작한 희극 「약속의 땅The Land of Promise」 공연이 뉴욕과 런던에서 흥행에 성공함.

1914년 40세 「약속의 땅」 공연이 전쟁 발발 전까지 계속됨. 제약업계 거물 헨리 웰컴Henry Wellcome의 별거 중인 아내 시리Syrie 웰컴과 교제함. 7월에 제1차 세계 대전이 발발하자 입대를 희망함. 나이와 단신이라는 신체 조건 때문에 군 입대가 좌절되자 영국 적십자 야전 병원 구급 구조대에 입대함. 프랑스 전선으로 떠나기 직전 시리의 임신 소식을 들었으나 비밀리에 분만할 수 있는 거처를 제공하기로 약속하고 출발함. 얼마 지나지 않아서 영국 비밀 정보부 요원으로 기용되어 제네바와 페트로그라드에서 활동함. 틈틈이『인간의 굴레』퇴고함. 전선에서 미국 적십자 구조대 소속의 매력적인 22세 청년 제럴드 핵스턴Gerald Haxton을 만남. 핵스턴이 1944년 늑막염 합병증으로 사망할 때까지 30년 동안 인생에서 가장 중요한 사람이었음. 핵스턴을 만난 뒤 시리에게 낙태를 종용하지만 통하지 않음.

1915년 41세 장편소설『인간의 굴레』출간. 상업적인 통속 작가로 바라보던 평단의 시선이 바뀌게 됨. 전쟁 중인 사회 분위기 때문에 크게 주목받지는 못함. 그러나 작가로서 안정된 지위에 올랐음을 확신하면서 앞으로 누구와도 타협하지 않고 자신이 원하는 작품을 써 나가리라 결심함. 시리 웰컴이 이탈리아 로마에서 딸 엘리자베스Elizabeth Mary Wellcome를 낳음. 헨리 웰컴이 아내의 출산과 몸의 존재를 알자마자 두 사람을 상대로 이혼 소송을 청구함.

1916년 42세 시리와 자신의 관계를 빗댄 〈결혼은 예술가의 창조적 자유를 억압한다〉는 주제의 경쾌한 희극「캐롤라인Caroline」을 상연해 큰 성공을 거둠. 첩보 활동으로 쇠약해진 건강을 회복하고 원치 않는 결혼을 조금이라도 미루고자 하는 마음으로「캐롤라인」과「우리의 상급자 Our Betters」공연이 예정된 미국 뉴욕으로 핵스턴과 함께 떠남.

1917년 43세 영국과 미국을 무대로 한 복고풍 희극「우리의 상급자」상연. 상류 사회의 어리석음과 악덕을 냉소적으로 그린 이 작품에 런던 대중의 반응은 싸늘했고, 영국 외교부는 강력한 잠재적 동맹국인 미국의 반감을 살까 두려워 공연을 금지함. 얄궂게도 뉴욕 무대는 호평을 받고 상업적으로도 성공함(1923년 런던에서 다시 상연했을 때는 크게 성공함). 러시아 혁명을 직접 보고 싶었으나 폐 질환으로 인해 좌절되고 연인 핵스턴과 남태평양으로 여행을 떠남. 결국 딸에 대한 책임감과 〈자신이 저지른 어리석은 행동에 대한 대가〉로 5월에 결혼식을 올리고 아직까지 성이 웰컴인 딸을 정식으로 입적함. 비밀 정보부로부터 케렌스키 Aleksandr Kerenskii 내각을 지원하여 볼셰비키 혁명을 저지하라는 임무를 받고 7월에 러시아 페트로그라드로 파견됨. 임무에는 실패함.

1918년 44세 러시아에서 돌아온 뒤 악화된 건강을 회복하기 위해 스코틀랜드 북부에서 요양하면서 고갱의 인생을 모티프로 삼은 장편소설『달과 6펜스』를 구상함.

1919년 45세 장편소설『달과 6펜스』4월 영국에서 출간. 평단보다는 대중이 더 열광함. 7월 미국판 출간 때는 즉각적으로 베스트셀러가 되어, 잊혔던『인간의 굴레』까지 다시 주목을 받음. 성공에 고무되어 앞으로

1년 반 동안 네 편의 희곡, 「카이사르의 아내Caesar's Wife」(3월 런던 초연), 시대착오적인 당대 이혼법을 비판한 풍자극 「가정과 미인Home & Beauty」(8월 런던, 뉴욕 초연), 전쟁과 신앙의 문제를 파고든 「미지의 세계The Unknown」(1920년 8월 런던 초연), 도발적인 결혼관으로 관객 사이에 파장을 일으켰던 3막극 「공전The Circle」(1921년 3월 런던 초연)을 씀. 런던에서 주로 생활하면서 남들에게는 화목한 가정으로 보이도록 노력함. 〈낯선 나라에 사는 기이한 사람들의 생활 습관이 궁금한 여행자 자격〉(『서밍 업』, 「소설에 대하여」 중)으로 중국으로 6개월간 여행을 떠남.

1920년 46세 4월 도자기와 비단, 시리에게 줄 보석 목걸이, 모피 따위를 가득 싣고 중국에서 돌아옴.

1921년 47세 남태평양의 여러 섬을 배경으로 하는 단편집 『나뭇잎의 떨림Trembling of a Leaf』 출간.

1922년 48세 『중국의 병풍』 출간. 여행 중 수집한 인물과 풍경을 허구인 듯 실화인 듯 서술한 실험적 성격의 여행기로 평단의 상찬을 받음. 작가로서 성장하는 데 중대한 기점이 된 책으로, 앞으로 많은 여행기를 이 방식으로 서술하게 됨.

1924년 50세 4막극 희곡 「빵과 생선」(1903년 집필, 1911년 상연)을 책으로 출간함.

1928년 54세 정보부 요원 시절의 경험을 토대로 한 연작 소설집 『어셴든, 영국 정보부 요원』 출간. 후에 아주 중요한 사람이 될 노동자 계급 출신의 잘생긴 스물세 살 청년 앨런 설Alan Searle과 만남. 사랑과 도덕의 본질적인 질문을 던지는 진지한 드라마 「성스러운 불꽃The Sacred Flame」 뉴욕 초연. 냉랭한 반응에 충격을 받음. 다음 해 2월 다른 연출가와 다른 배우들의 공연으로 몇 달 연속 매진 행진 중에 런던 주교가 이 작품의 부도덕함을 비난하자 불에 기름을 부은 듯 관객이 쇄도함. 프랑스 남부 지중해 해안의 세계적인 관광지인 알프마리팀주 생장카페라에서 무어풍 호화 저택 빌라 모레스크를 구입함. 여생을 여기에서 살고 싶다고 할 정도로 기뻐함. 저 유명한 H. G. 웰스Herbert George Wells, 수 필가 막스 비어봄Max Beerbohm, 소설가 아널드 베넷Arnold Bennett 등 당대 영국 문학계 인사가 즐겨 모이는 명소가 됨.

1929년 55세 시리가 빌라 모레스크의 존재를 알고 비로소 이 결혼 안에 자신의 자리가 없음을 깨닫고 이혼을 요구함. 핵스턴과의 관계에 대해 함구하는 조건으로, 런던의 집 두 채와 롤스로이스 자동차를 시리와 딸 리자에게 주며 시리가 재혼할 때까지 매년 거액의 연금을 지불하기로 합의하고 이혼함. 위자료 부담 때문에 감정이 더욱 나빠지지만 바람과 달리 시리는 끝까지 재혼하지 않음.

1930년 56세 여행서 『일등실의 신사*The Gentleman in the Parlour*』, 런 던 문인들의 속물근성을 풍자한 장편소설 『과자와 맥주』 출간.

1933년 59세 희곡 「셰피Sheppey」 상연. 공연은 실패였으나 11년 전 런 던에서 이미 실패한 바 있어 좌절하지는 않음. 이것이 마지막 희곡 작품 이 됨.

1935년 61세 여행기 『돈 페르난도*Don Fernando*』 출간.

1938년 64세 문학적 회고록이라고 할 수 있는 중요한 저서 『서밍 업*The Summing Up*』 출간.

1939년 65세 미국, 영국, 프랑스, 러시아, 독일 작가들의 단편소설 100편을 모은 『세계의 이야기꾼 100선*Tellers of Tales*』 출간.

1941년 67세 핵스턴을 주인공 롤리 플린트로 그려 낸 중편 「별장에서 Up at the Villa」 출간. 전쟁 시기의 경험 회고록 『극히 개인적인*Strictly Personal*』 출간.

1944년 70세 11월 7일 30년간 〈삶의 모든 기쁨과 불안〉이었던 제럴드 핵스턴, 늑막염 합병증으로 52세에 사망. 비통스러운 나날 가운데 소설 네 편을 더 쓰기로 결심. 작업에 몰두하여 전쟁으로 친구와 인생의 의미 를 잃고 구원을 찾아 떠나는 젊은이의 방황과 해답을 그린 장편소설 『면도날 *Razor's Edge*』 출간. 최고의 베스트셀러가 됨.

1945년 [71]세 르네상스 시대 이탈리아의 피렌체 대사 마키아벨리와 로마냐 공국 군주 체사레 보르자의 만남을 다룬 역사 소설 『과거와 현재 *Then and Now*』 출간. 영국 방문 때마다 만나 오던 앨런 설을 모레스크로 데려옴. 생애 마지막 날까지 비서 겸 연인의 역할을 하게 됨.

1949년 [75]세 의대생 시절부터 적어 온 수첩을 모은 『작가 수첩 *A Writer's Notebook*』 출간.

1955년 [81]세 7월 25일 시리 몸 협심증과 폐렴 합병증으로 사망함. 몸은 〈야호, 랄랄라, 위자료는 이제 끝〉이라고 노래하며 기뻐함. 장례식과 추모 예배에도 참석하지 않음.

1958년 [84]세 평론집 『관점들 *Points of View*』 출간. 작가로서 은퇴 선언함.

1961년 [87]세 영국 왕립 문학 협회 Royal Society of Literature로부터 문학 훈작사 Companion of Literatue 훈장 받음. 설의 이간질로 딸 리자와 관계 틀어짐. 리자가 친딸이 아니라며 설을 입양하여 유산을 상속하겠다고 하여 법정에 서게 됨.

1962년 [88]세 법원이 리자가 서머싯 몸의 딸이 아니라는 근거가 없다며 리자 편을 들어주지만 설도 사후 저작권 인세 등 많은 것을 받음. 인생을 돌아보는 회고 내용의 기고문 「회상 Looking Back」을 『선데이 익스프레스 *Sunday Express*』(영국의 우파 성향 타블로이드 『데일리 익스프레스 *Daily Express*』의 주말판 잡지)에 7주간 연재함(미국에서는 『쇼 *Show*』라는 잡지에 연재함). 기고문을 책으로 출간하기로 했던 출판사가 세상을 떠난 전 부인 시리 몸에 대한 내용이 지나치게 악의적이고 망상적인 비방이라 판단하여 계획을 철회함. 평소 가까웠던 문인들, 지인들 모두 분노하여 몸을 외면함. 이 일로 크게 충격을 받아 정신 착란 증상을 일으킴.

1965년 [91]세 12월 16일 프랑스 남부 니스 앵글로-아메리칸 병원 Anglo-American Hospital에서 폐렴으로 영면함.

열린책들 세계문학 251 어셴든, 영국 정보부 요원

옮긴이 이민아 이화여자대학교에서 중문학을 공부했고, 영문 책과 중문 책을 번역한다. 옮긴 책으로 올리버 색스의 『온 더 무브』, 『깨어남』, 『색맹의 섬』, 빌 헤이스의 『인섬니악 시티』, 에릭 호퍼의 『맹신자들』, 이언 매큐언의 『토요일』, 헬렌 한프의 『채링크로스 84번지』, 수전 손택의 『해석에 반대한다』, 피터 브룩의 『빈 공간』 등 다수가 있다.

지은이 서머싯 몸 **옮긴이** 이민아 **발행인** 홍예빈·홍유진
발행처 주식회사 열린책들 **주소** 경기도 파주시 문발로 253 파주출판도시
전화 031-955-4000 **팩스** 031-955-4004 **홈페이지** www.openbooks.co.kr
Copyright (C) 주식회사 열린책들, 2020, *Printed in Korea.*
ISBN 978-89-329-1251-6 04840 **ISBN** 978-89-329-1499-2 (세트)
발행일 2020년 5월 30일 세계문학판 1쇄 2024년 1월 25일 세계문학판 3쇄

이 도서의 국립중앙도서관 출판예정도서목록(CIP)은 서지정보유통지원시스템 홈페이지(http://seoji.nl.go.kr)와 국가자료공동목록시스템(http://www.nl.go.kr/kolisnet)에서 이용하실 수 있습니다.(CIP제어번호 : CIP2020019066)

열린책들 세계문학
Open Books World Literature

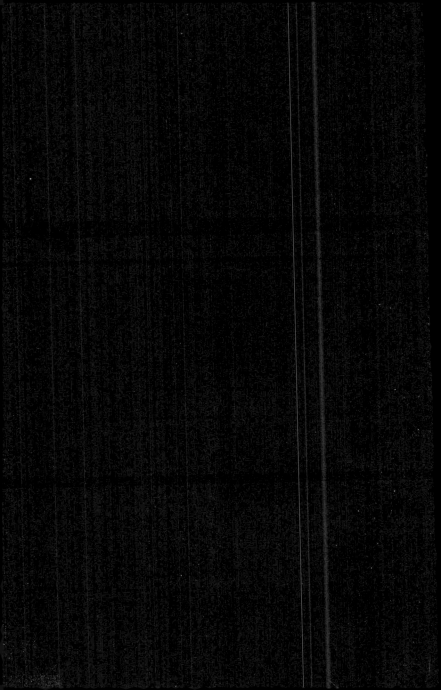